NF文庫
ノンフィクション

特攻の真意

大西瀧治郎はなぜ「特攻」を命じたのか

神立尚紀

潮書房光人新社

大西長官と門司副官

第一航空艦隊司令長官・大西瀧治郎中将（右）と、副官・門司親徳主計大尉。昭和20年5月13日、台湾・赤土崎の司令部防空壕前にて。大西の軍令部への転出に際して撮影された一枚。

神風特別攻撃隊の誕生

昭和19年10月、フィリピン・マバラカットで神風特別攻撃隊が編成される。10月20日、21日、25日の三つの異なったシーンが、一日の出来事のように編集され、11月8日、「日本ニュース」第二百三十二号として、全国の映画館で公開された。

10月20日、特攻隊編成の日。バンバン川の河原で敷島隊、大和隊の別盃。手前の後ろ姿は大西中将。向かって左から、門司、二〇一空副長・玉井中佐（いずれも後ろ姿）、関大尉、中野一飛曹、山下一飛曹、谷一飛曹、塩田一飛曹（宮川一飛曹、中瀬一飛曹は画面外）

神風特攻敷島隊指揮官・関行男大尉。出撃直前にマバラカット基地で撮影

10月21日、マバラカット西飛行場で、出撃直前の敷島隊、朝日隊の隊員たち。飛行服姿向かって左端が関大尉。落下傘バンドを装着した谷口飛曹長以下の直掩隊搭乗員をはさんで、左の列が敷島隊の中野一飛曹、谷一飛曹、永峰飛長、右の列が朝日隊の上野一飛曹、崎田一飛曹、磯川一飛曹

10月25日、マバラカット東飛行場で、敷島隊の最後の発進。手前で松葉杖をついているのは、この朝、病院から見送りに駆けつけた二〇一空司令・山本栄大佐

特攻隊、続々と編成される

昭和19年10月25日、敷島隊以下の突入成功を受けて、フィリピンでは続々と特攻隊が編成され、出撃していった。

10月31日、マバラカットの第二〇一海軍航空隊本部の建物一階ホールでの、第三神風特攻隊（二〇一空第二陣）命名式。左が大西中将。正面に松葉杖をついた司令山本大佐の姿が見える

マニラの第一航空艦隊司令部の前庭で、初櫻隊の命名式。10月26日。画面左に、軍刀を地に突いた大西瀧治郎中将が写っている

11月6日、司令部前庭で撮られた梅花隊の搭乗員たち。左から高井威衛上飛曹、和田八男三上飛曹、坂田貢一飛曹（立ち姿）、尾辻是清中尉、角田和男少尉、岡村恒三郎一飛曹

11月11日、梅花隊の直掩機としてマニラ湾岸道路を発進する角田和男少尉搭乗機（先頭）。毎日新聞社の新名丈夫記者が撮影した。角田はカメラに気づき、「ああ。ここでニッコリ、と思ったけれど、顔がこわばってしまって私は笑えませんでした」と回想する

零戦搭乗員・角田和男の戦い

角田は、日本海軍屈指といえる歴戦の零戦搭乗員だったが、フィリピンで特攻隊の一員となり、直掩機（爆装特攻機の掩護、戦果確認を主任務とする）として約二十回の出撃を重ねた。うち二度は、敵機動部隊に爆装機が突入するのを見届けている。

昭和20年3月9日、台湾で特攻待機中の二〇五空大義隊隊員たち。前列左より鈴村善一二飛曹、高塚儀雄二飛曹、藤井潔二飛曹、磯部義明二飛曹、永田正司二飛曹。後列左より、常井忠温上飛曹、村上忠広中尉、角田和男少尉、小林友一上飛曹

昭和20年4月、沖縄戦が始まると、台湾から次々と「大義隊」の特攻機が飛び立っていった。壇上で出撃直前の訓示を述べる二〇五空司令・玉井浅一中佐。左の半ズボン姿は、飛行隊長・村上武大尉

昭和20年、敗戦後、ふたたび着ることのない飛行服姿で撮った一枚

昭和19年11月6日、特攻隊に編成され、待機中の角田少尉

最初に特攻隊出撃を命じた大西瀧治郎中将

大西瀧治郎。大正4年（1915）から飛行機乗りへの道を歩み、日本海軍航空隊の、まさに草分けであった。日米開戦に反対だった大西は、大戦末期、自らの命令で特攻隊を出撃させ、終戦時、部下たちの後を追って自刃した。

昭和18年3月2日、飛行服、飛行帽に身を包んだ大西。当時、海軍少将で、航空本部総務部長を務めていた

昭和20年2月下旬、台湾・台南神社で。左から副官・門司主計大尉、児玉誉士夫、大西中将

昭和20年5月13日、大西の帰国を前に、台湾・赤土崎の司令部防空壕前にて、司令部総員の記念写真。前列中央・大西中将、その右・菊池参謀長、後列右から2人目門司副官

大西瀧治郎、自刃

大西瀧治郎、淑惠夫妻。大西が中将に進級後の昭和18年5月以降の撮影と思われる

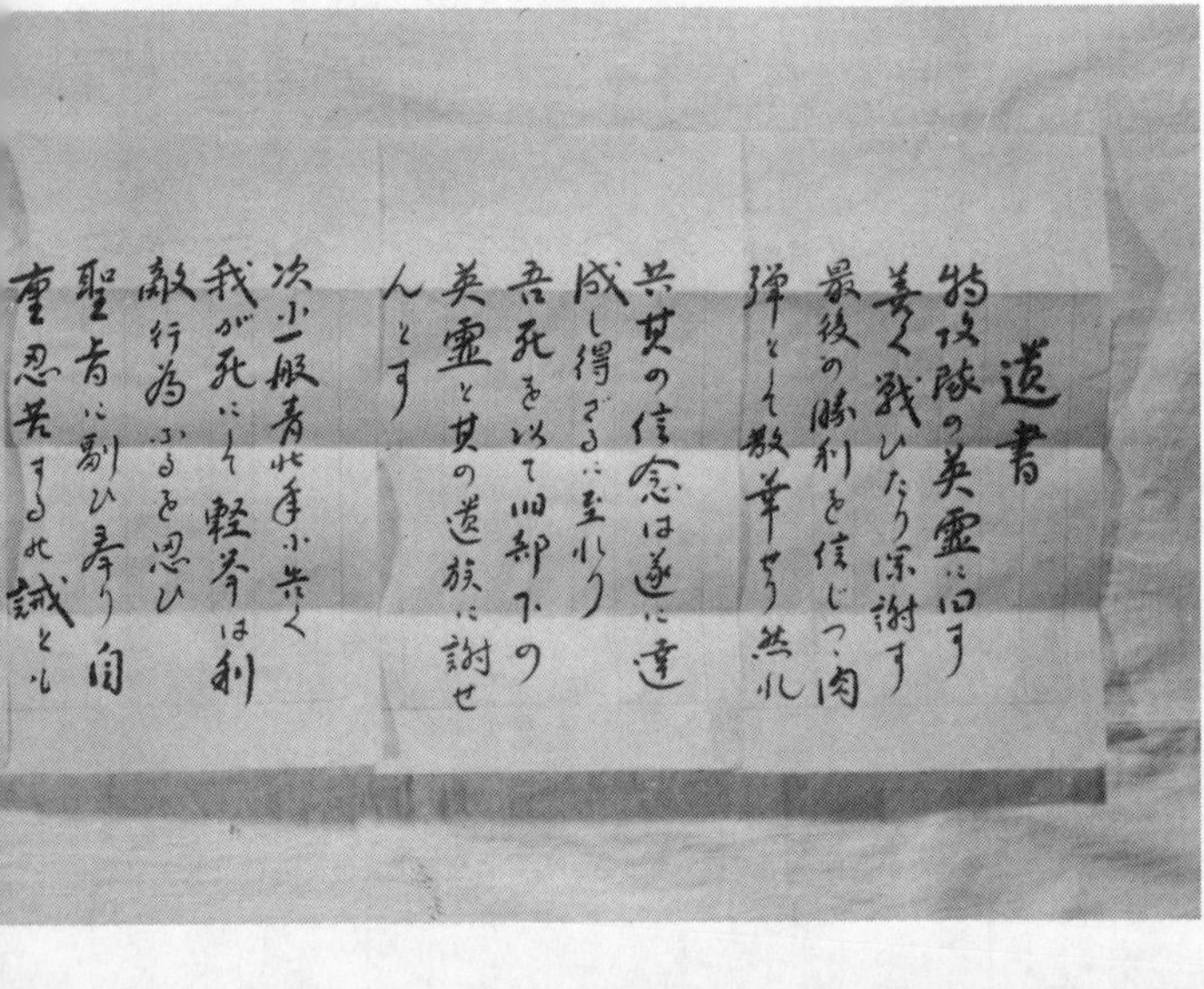

遺書
特攻隊の英霊に曰す
善く戦ひたり深謝す
最後の勝利を信じつゝ肉
弾として散華せり然れ
共其の信念は遂に達
成し得ざるに至れり
吾死を以て旧部下の
英霊と其の遺族に謝せ
んとす
次に一般青壮年に告ぐ
我が死にして軽挙は利
敵行為なるを思ひ
聖旨に副ひ奉り自
重忍苦するの誡とも

大西が、第一航空艦隊司令長官から軍令部次長への就任のため内地に呼び戻された昭和20年5月、自宅前で撮られたとされる写真。心なしか憔悴の色が見える。

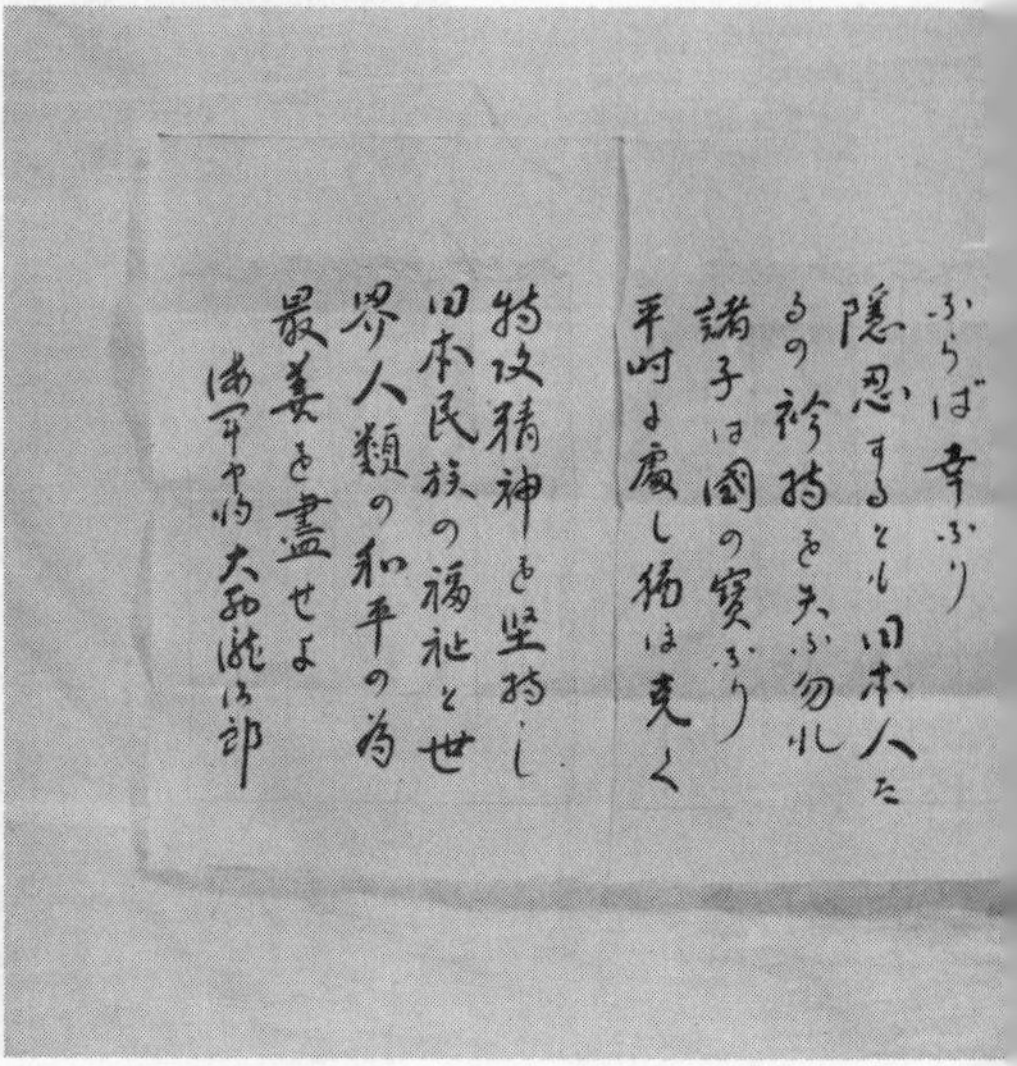

ならば幸なり
隠忍するとも日本人た
るの矜持を失ふ勿れ
諸子は國の宝なり
平時に処し猶ほ克く
特攻精神を堅持し
日本民族の福祉と世
界人類の和平の為
最善を盡せよ
海軍中将大西瀧治郎

大西瀧治郎の遺書。便箋五枚に毛筆でしたためられている。大西は、昭和20年8月16日未明、自刃した

門司親徳の戦中と戦後

昭和19年秋、マニラの第一航空艦隊司令部で。当時、主計大尉（26歳）

平成15年12月、神奈川県大磯の自宅にて。門司親徳（86歳当時・著者撮影）

角田和男の戦中と戦後

昭和19年、二五二空の一員としてフィリピンに出撃する前、三沢基地で。当時、少尉（25歳）

平成15年5月、靖国神社で行われた「海軍ラバウル方面会」の慰霊祭に参列した角田和男（84歳当時・著者撮影）

「生き残り」たちの慰霊の集い

戦後、多くの戦友会や戦没者慰霊団体がつくられ、戦争を生き残った者の多くは、戦後、亡き戦友たちを偲びながら日々を送った。

「神風忌」慰霊法要の「参会者名簿」(全6冊)。昭和21年から平成17年まで、東京・芝の寺で毎年10月25日に営まれた特攻隊戦没者の慰霊法要には、多くの関係者が寿命の尽きるまで参列を続けた。昭和28年のページには、軍令部総長・及川古志郎大将や横須賀鎮守府司令長官・戸塚道太郎中将、二航艦司令長官・福留繁中将、三航艦司令長官・寺岡謹平中将らの名前が見える(右下、左上写真は著者撮影)

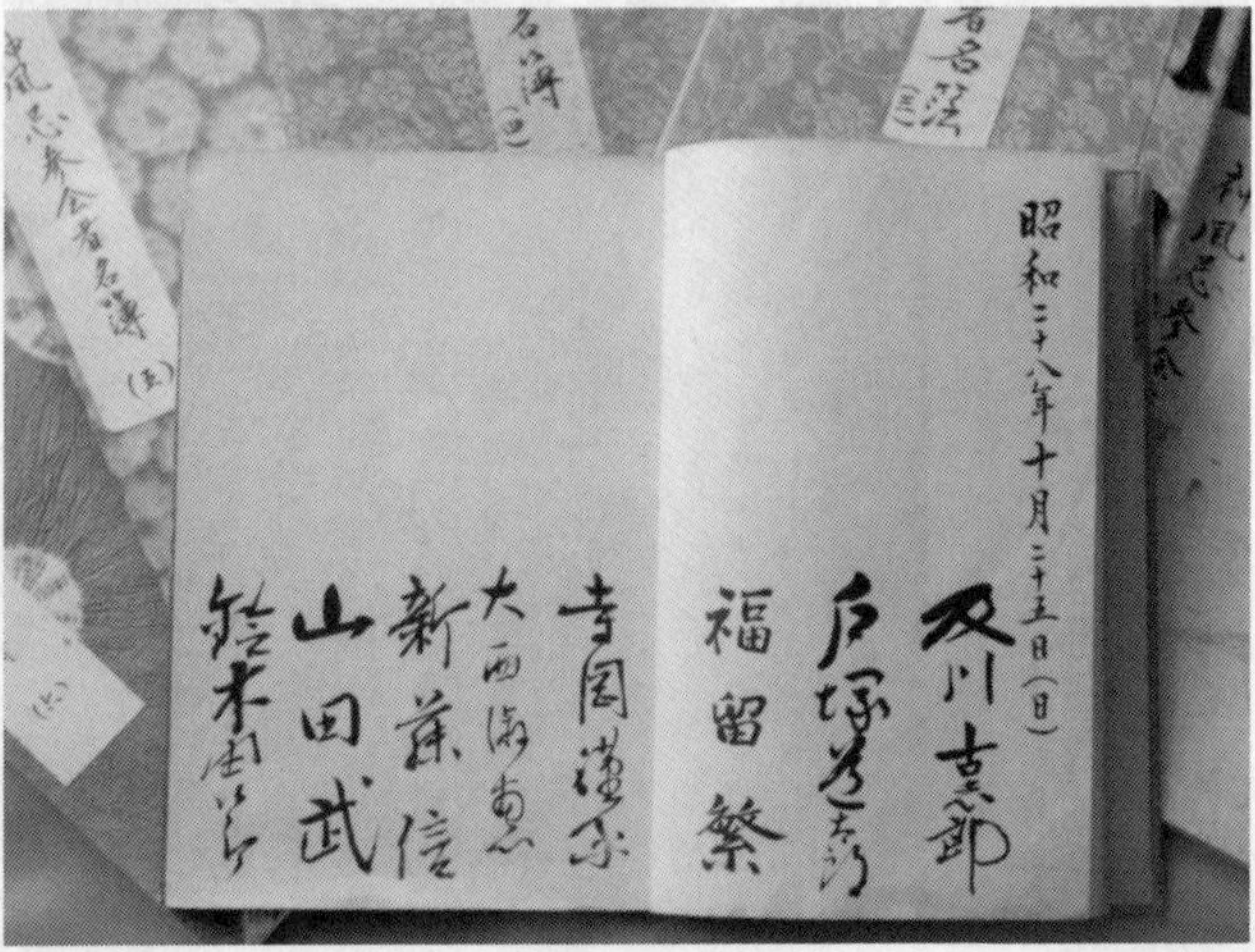

平成15年9月、「零戦の会」懇親会に集った歴戦の零戦搭乗員たち。左から三上一禧少尉、角田和男中尉、原田要中尉、田中國義少尉、小町定飛曹長（九段会館にて）

平成16年の「海軍ラバウル方面海」慰霊祭、靖国神社で。前列右から3人め角田和男、一人おいて門司親徳。後列左端は門司親徳の弟・親昭

靖国神社境内を歩く、門司親徳（左）と角田和男（右）。平成16年5月（著者撮影）

特攻の真意——目次

『特攻の真意』関係地図

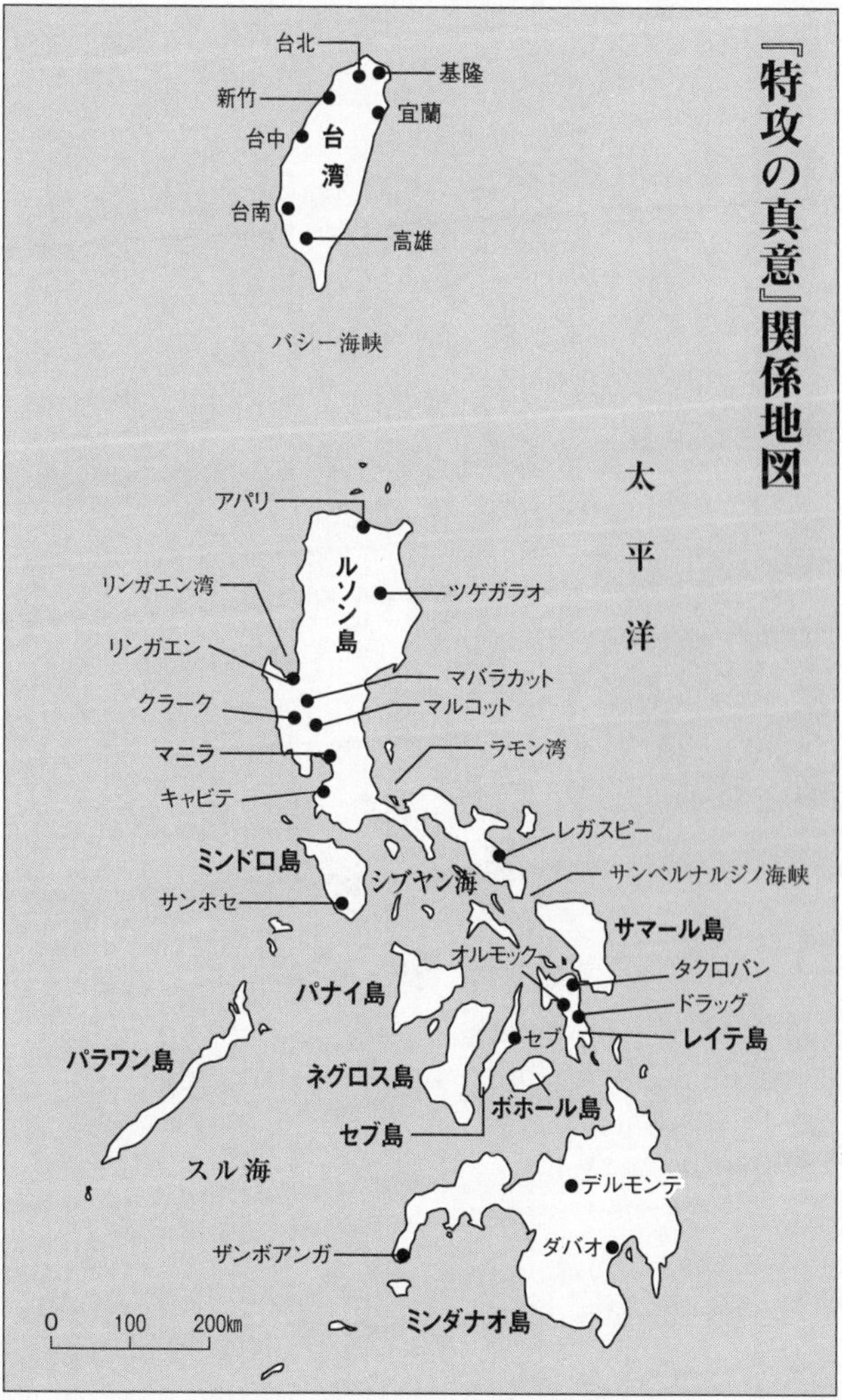

台北
基隆
新竹
宜蘭
台中
台湾
台南
高雄
バシー海峡
太平洋
アパリ
ルソン島
リンガエン湾
ツゲガラオ
リンガエン
マバラカット
クラーク
マルコット
マニラ
ラモン湾
キャビテ
レガスピー
ミンドロ島
シブヤン海
サンベルナルジノ海峡
サンホセ
サマール島
オルモック
タクロバン
パナイ島
ドラッグ
セブ
レイテ島
パラワン島
ネグロス島
ボホール島
セブ島
スル海
デルモンテ
ダバオ
ザンボアンガ
0
100
200km
ミンダナオ島

特攻の真意

大西瀧治郎はなぜ「特攻」を命じたのか

第一章
元零戦特攻隊員の真情

角田和男（昭和17年、海軍飛行兵曹長時代）

蛇腹折りのアルバム

角田《つのだ》和男《かずお》の一日は、机の上に戦死した戦友の遺影を一頁に一枚ずつ貼った蛇腹折りのアルバムを広げ、般若心経を唱えることから始まる。

二十年前に脳梗塞を患い、体の自由が利かない角田にとって、ベッドから起き出すことは容易ではない。目覚めるのは朝といっても遅い時間で、そのまま布団のなかで手足の指から順に体を動かしウォーミングアップをして、やっと床を離れる頃には時計の針は正午近くを指している。

杖を頼りにベッドの横にある質素な木の椅子に腰を下ろすと、目の前の机の上には般若心経の経典と鈴《りん》、遺影のアルバムが置かれている。

アルバムは、戦後、角田が慰霊祭のために作ったもので、遺族を訪ね歩いて集めた遺影の多くは、当人たちが海軍に入ったときや飛行練習生時代に撮られた集合写真の顔の部分だけを切り取り、戦死後、特別進級した階級の服装に写真館が着せ替えた合成写真である。

角田はこれを、ソロモンやフィリピンでの慰霊祭に行くときも、靖国神社に参拝するときにも、肌身離さず持ち歩いた。慰霊祭が始まり、アルバムを広げると、なぜか決まって雨が降る。そのため、畳んだときに写真同士がくっついてしまい、何人かの遺影は傷んでしまった。

新しく写真をプリントできればいいのだが、原板がすでに失われているものもあるし、慰霊祭で降る雨は彼らの涙のような気がして、そのままにしている。

写真のなかの顔は、みな痛々しいほどに年若い。

彼らの顔をじっと見つめ、無心に般若心経を唱えていると、一人一人の最期の状況が、まざまざと角田の脳裏に甦ってくる。

一番機が突入した敵空母の飛行甲板の穴を狙って突っ込んだ二番機、被弾して火の玉のようになりながらも最後まで操縦を誤らず、一直線に敵空母に体当りした三番機。出撃の時の屈託のない笑顔。……そんな情景が、つい最近のことのように鮮明に思い出されるのだ。

角田は、太平洋戦争中、日本海軍の零式艦上戦闘機《れいしきかんじょうせんとうき》（零戦《れいせん》）の搭乗員として戦い、大戦末期には神風《しんぷう》特別攻撃隊の直掩機《ちょくえんき》（護衛、戦果確認機）となって、戦友たちが爆弾を抱いた零戦に乗って敵艦に体当り攻撃をかけるのを見届ける非情な任務についた。

総飛行時間は約四千時間におよび、協同戦果をふくめれば約百機の敵機を撃墜してきた、海軍きってのベテラン搭乗員であった。

九十二歳の角田は、現存する約三百名の元零戦搭乗員のなかでも、飛行時間、実戦参加回数ともにもっとも多く、昔の仲間の誰からも一目置かれる存在である。だが、穏やかな現在の容貌からは、かつて戦闘機乗りであった頃の姿を想像するのはむずかしい。

百七十七回の「南無阿弥陀仏」

琵琶湖に次いで日本第二位の湖面積（二二〇・〇平方キロメートル）をもつ霞ヶ浦。その西浦と呼ばれる扇形の湖の北西に、半島状に突き出た土地がある。現在は周辺市町村と合併し、「かすみがうら市」の一部になっているこの地はかつて「出島村」と呼ばれていた。いまも雄大な田園風景が広がるが、近辺の農地のほとんどは、もとは雑木林だったのを戦後、急務となった食糧増産のために人の手で開拓したものである。

角田は昭和二十二年（一九四七）、ここに入植し、戦後は農業ひと筋に生きてきた。いまは農業を次男・照實が継いでいるが、いわゆる兼業農家の形になって、平日の昼間は次男も嫁も、外に働きに出ている。妻・くま子を昭和四十四年に亡くし、孫たちもすでに独立しているので、日中はたいてい一人でいる。

歩行が困難な角田は、立ち上がるときにも両手に杖が手放せない。だが週に三度は、唯一の移動手段である三輪バイクにまたがって、四・五キロほど離れたJR常磐線神立《かんだつ》駅近くの病院に、点滴を受けに通っている。角田の家から神立駅に向け、まっすぐに伸びる農道は、太平洋戦争後期、日本海軍が設けた秘匿滑走路の名残である。道がよく交通量が少ないので走っている間は楽だが、いざ病院についてバイクから降り、荷台に積んだ二本の杖を手にとって、玄関に入るまでが一苦労だ。

医者に行かない日は、人が訪ねてこなければ物音ひとつ聞こえない静かな家のなかで、角田はずっと、七十年近くも昔の戦いの日々を追想している。

戦死した搭乗員たちの若い顔、顔。当時、みな二十歳前後の若者だった。彼らの短かった人生を思い、残された遺族の悲嘆を思うとき、角田はいたたまれない気持ちになる。

「あれほど多くの命を奪い、遺族を悲しみの淵へと突き落とした戦争は、いったいどうして始まったのか。ほんとうの戦争責任者は誰なのか」

角田は、「戦争責任」について、家族や戦友があきれるほどの執念をもって、たくさんの本を読み、探究することを試みてきた。

戦後、極東国際軍事裁判で裁かれた、いわゆる「A級戦犯」をはじめ「戦犯」とされた人たちは、聯合《れんごう》軍が裁いたもので、日本人自身が裁いたのではない。だが、どの本を読んでも、下の者は「上からの命令でやった」、上の者は「下から突き上げられた」というばかりで、結局のところは確たる答えが見出せないままである。

それでも……と、角田は想う。開戦時、いかに日本陸軍が対米英強硬論を吐いても、海軍が毅然たる覚悟で開戦に反対すれば、三百万人もの人命を失う戦争にはならなかったのではないか。

聯合艦隊《れんごうかんたい》司令長官・山本五十六《いそろく》大将は、近衛文麿《このえふみまろ》首相に戦争の見通しを聞かれたとき、「ぜひやれと言われれば半年や一年は存分に暴れてみせます」と答えたと伝えられている。なぜそこで、「戦争はできません」と、はっきり言えなかったのか。

この山本の発言には続きがあって、近衛に、「外交にラストワードはない」と、外交面でのさらなる努力を求めている。しかし、実戦部隊の総指揮官の言葉としては「存分に暴れてみせる」のほうがずっとインパクトが強いから、どうしてそんな、政治家に気を持たせるような言動をしたのか、角田には理解できないのだ。

山本五十六を「名将」だとはけっして思わない。昭和十八年四月十八日、山本長官が前線視察中に乗機が敵戦闘機に撃墜され、戦死したとき、角田は第五八二《ごおやあふた》海軍航空隊の一員として、巡視先のブーゲンビル島ブイン基地にいた。長官が来ることは当時飛行兵曹長だった角田には伝えられておらず、撃墜された一式陸攻に長官が乗っていたことを知ったときも、

「どうせまた、誰か別の偉い人が長官をやるのだろう」

と、特に感慨は覚えなかった。

……そんなことをとつおいつ考えているうちに、いつしか日が傾き、ガラス窓を通した夕映えに部屋の壁が茜色に染まり、やがてそれが色あせて、夜のとばりが降りる頃、息子夫婦が仕事から帰ってくる。

夕食のあとは、夜十一時過ぎまで起きて本を読んでは物思いに耽り、ベッドに入ると、自分の関係した部隊の戦没者百七十七名の氏名を「南無阿弥陀仏」とともに唱える。順番は、部隊ごとに日によって変えている。

「崎田清、南無阿弥陀仏。廣田幸宣、南無阿弥陀仏。山下憲行、南無阿弥陀仏。山澤貞勝、南無阿弥陀仏。鈴木鐘一、南無阿弥陀仏。櫻森文雄、南無阿弥陀仏。新井康平、南無阿弥陀仏。大川善雄、南無阿弥陀仏。……」

心をこめて名前を唱えていると、彼らのまだ幼さを残した顔や、戦後、訪ねた遺族のことなどが脳裏に浮かんでくる。その一人一人が、角田には愛しくてならない。

つとめて全員の名前を唱えようと努力するが、ここ数年は、途中で眠りに落ちてしまうことが多く、

「昨夜も途中までしか唱えられなかった。許してくれよ」

と、目覚めてから詫びるのである。

第五期予科練習生

角田和男は、大正七年（一九一八）十月十一日、房総半島南端に近い千葉県安房郡豊田村（現・南房総市）に小作農の次男として生まれ育った。

世界恐慌後の不景気で米価は暴落し、大正末期には一俵十四、五円した米が、昭和五、六年にはわずか五円になっていた。農村は疲弊し、収穫の半分は地主に納めなければならない小作農の暮らしは困窮を極めていた。

家を継ぐのは長男だから、次男の角田にはいずれ居場所がなくなる。といって、ほかに就職口のあてがあるわけでもない。角田には、ひそかに思いを寄せる少女がいたが、彼女は自作農の娘で、このままでは結婚の申し込みもできそうにない。

角田が海軍を志願したのは、とくに空に憧れたわけでも、人一倍、国のために働きたいと思ったからでもなかった。海軍に入れば二十歳になるまでに一人前の軍人になれ、そうする

と結婚を申し込んで所帯を持つこともできるだろう。それに、もしかすると下士官から准士官、特務士官（兵から累進した士官）となって、一生働けるかもしれないと思ったからだ。

昭和九年、十五歳のとき難関の海軍少年航空兵を志願、第五期予科練習生（予科練《よかれん》）として六月一日、横須賀海軍航空隊（横空《よこくう》）に入隊した。昭和九年十一月から十一年三月まで、約一年半にわたって角田たちの指導にあたった横空の副長兼教頭は、のちに第一航空艦隊司令長官として角田に特攻を命じる大西瀧治郎《おおにしたきじろう》大佐（のち中将）だった。

予科練での基礎教育は三年二ヵ月におよんだ。

一般科目の座学や体育、飛行機乗りになるのに必要な無線や気象、内燃機関などの勉強はもちろん、鍛冶で日本刀を鍛造する実習まで行った。練習生が交代で務め、二週に一度ずつまわってくる「当番生徒」の日には、その日の航空隊司令や分隊長、教官たちの訓示を聞いて、それを一字一句間違わずに書いて提出する訓練も課せられた。卒業間際には戦艦、巡洋艦はもちろん、潜水艦にいたるまで日本海軍の一通りの艦を体験する「艦務実習」も行われた。

のちに戦争が激しさを増してからは教育期間がどんどん短縮され、飛行機搭乗員がわずかな期間の速成教育を受けただけで前線に送り出されるようになったが、角田たちのクラスは、海軍が理想と考えていた教育を、じっくりと時間をかけ施されたのだ。

昭和十二年八月、飛行練習生として霞ヶ浦海軍航空隊に転じた角田は、大きなG（重力加速度）のかかる特殊飛行、いまでいうアクロバット飛行の訓練を受けた晩など鼻血が溢れて眠れず、それでも「搭乗員不適」の烙印を押され練習生を罷免《ひめん》されたくない一心で、凍てつく深夜、すでに氷の張った大浴場の浴槽で頭を冷やし、無理に止血するような苦労も味わった。

その甲斐あって念願の戦闘機操縦専修に選ばれ、昭和十三年三月、佐伯《さいき》海軍航空隊に転じて戦闘機の飛行訓練に明け暮れた。

角田が予科練を卒業する直前の昭和十二年七月七日、北京郊外の盧溝橋《ろこうきょう》で起きた日中両軍の衝突に端を発する「北支事変」の戦火は八月には上海に飛び火し、「支那事変」と呼ばれるようになっていた。戦線は拡大し、いつ果てるともしれない泥沼化の様相を呈していた。

晴れて戦闘機乗りとなった角田は、昭和十四年十月、空母「蒼龍《そうりゅう》」乗組の二等航空兵曹として九六式艦上戦闘機に搭乗し南寧《なんねい》空襲に参加、初陣を飾った。

翌昭和十五年、角田は漢口《かんこう》基地の第十二航空隊に転じたが、同年夏、この部隊に「零式艦上戦闘機（零戦）」と呼ばれる新型戦闘機が配備され、角田もこの新鋭機の練成員に選ばれた。

零戦は、低翼単葉、日本海軍の戦闘機としては初の引込脚を採用し、機首の七ミリ七（七・七ミリ）機銃二挺に加えて、主翼には二十ミリ機銃二挺を装備する、新時代の戦闘機だった。そのスピードと、軽快な運動性も、同時代の戦闘機の世界水準を超えていた。

中国大陸上空での零戦は、昭和十五年九月十三日、進藤三郎大尉率いる十三機が中国空軍のソ聯《れん》製戦闘機約三十機と交戦、一機の損失もなしに二十七機を撃墜（中国側記録では被撃墜十三機、被弾損傷十一機）したのを皮切りに、迎え撃つ中国軍戦闘機を次々と撃墜し、しかも敵機には一機も撃墜されたことのない、まさに無敵の戦闘機であった。

角田は、零戦の初空戦にこそ出撃を逃したものの、十月二十六日に参加した成都攻撃で、初めての敵機撃墜を果たしている。

戦いの渦中にあっても、角田は、弟、妹が上の学校に通うために必要な学費の仕送りを、欠かしたことがなかった。だがその間に、角田を海軍に駆り立てた初恋の人は、家庭の事情で他家に縁組してしまったという。一人前の下士官になって、結婚も夢ではないと思っていた矢先だっただけに、角田は大きな衝撃を受けた。

「まあ、いい。戦闘機乗りはいつ死ぬかわからない。愛する人を悲しませずにすんだのはかえってよかった」

と、自分を納得させてみたものの、心にすきま風が吹くような寂しさが残った。

太平洋戦争はじまる

昭和十六年十二月八日、日本政府がアメリカ、イギリスに宣戦を布告し、太平洋戦争が勃発したときは一等飛行兵曹で、筑波海軍航空隊の教員を務めていた。

ちょうどその頃、土浦の映画館で、初恋の彼女に後ろ姿の似た女性と出会い、交際をはじめる。

昭和十七年四月一日、准士官である飛行兵曹長に進級すると、横須賀海兵団准士官学生を命ぜられ、ここでは隊員の人事や戦闘記録などの書類の書き方など、分隊長を補佐する分隊士になるために必要な教育を受けた。

この「准士官学生」も、戦火の拡大により、角田たちを最後に事実上廃止されている。そのため、角田以後に准士官に任官した者は、分隊士としての仕事を予備知識なしでいきなり任され、第一線で戦いながら苦労して覚えていくしかなくなった。

つまり角田は、予科練から准士官学生まで、一切の速成教育を受けず、戦闘機を操縦して戦うことはもちろん、部隊の人事や戦闘記録を司ることのできる、日本海軍でも稀有な資質をもつ搭乗員だったのだ。

角田はこの准士官学生だった十七年五月に結婚したが、それもつかの間、その月のうちに実戦部隊である第二航空隊（二空《にくう》）に転勤を命ぜられる。

二空は、アメリカとオーストラリア間の補給路を遮断し、米軍のオーストラリアからの反攻を阻止する目的で、南太平洋の仏領ニューカレドニアを攻略するために横須賀基地で編成された。飛行機定数は零戦十五機（うち補用三機）、九九式艦上爆撃機（九九艦爆＝急降下爆撃機）十六機。司令はのちに最初の特攻隊を出撃させた二〇一空司令となる山本栄中佐（のち大佐）で、角田はその戦闘機分隊士となった。

二空は客船を改造した特設空母「八幡丸《やわたまる》」に便乗し、昭和十七年八月六日、最前線のニューブリテン島ラバウル基地に進出した。

翌八月七日、米海兵隊が、ラバウルの南東五百六十浬《カイリ》（約千キロ）に位置し、日本海軍が飛行艇基地を置いていたソロモン諸島のツラギ島に突如として上陸、次いでその南側対岸で日本海軍が飛行場を建設中だったガダルカナル島に上陸を開始した。そのため、二空は当初目的のニューカレドニア攻略ではなく、ガダルカナル島攻防戦に投入され、さらに、ニューギニア南東部のポートモレスビーに配備された米軍機の活動が活発化すると、東部ニューギニア戦線にも駆り出されることになった。

空戦に、あるいは味方輸送船団の上空直衛にと、連日のように苦しい戦いが続いた。二空は、十一月一日付で海軍の制度変更により第五八二海軍航空隊と改称されている。

ちょうど使いごろのベテラン搭乗員の域に達していた角田は、五八二空零戦隊の中心的存在として、風土病のマラリアを発症しても休む間もないほど出撃に明け暮れた。

日本海軍は、それまで少数精鋭主義を貫いてきていて、養成されてきた搭乗員の絶対数が少なく、戦争が始まって急速養成されるようになったものの、補充が消耗に追いつかない。なかでも一年に数名から十数名しか養成してこなかった戦闘機隊の士官搭乗員の不足は深刻で、本来ならば古参の大尉か少佐が率いるべき零戦三十六機の大編隊を、飛行兵曹長の角田が率いて飛ぶこともあった。

角田は山本栄司令の信任もあつく、ひそかに「大人《だいじん》」のニックネームで呼ばれていた。前線基地に派遣されるときなど、司令の下に准士官以上の隊員が角田一人しかいないこともある。角田は司令の相談役も務め、山本に、「角田飛曹長は副長兼飛行長兼分隊士だなあ」としみじみ言われたこともある。

海軍の制度上、撃墜などの戦果確認には准士官以上の「見認証書《けんにん》」が、戦死者が出た場合はやはり准士官以上の「現認証明書《げんにん》」が要る。下士官兵搭乗員が敵機撃墜を主張しても、それを准士官以上が目撃していなければ単独戦果として認められず、准士官以上が最期を確認していない戦死者は、すべて「未帰還」または「行方不明」とされ、そうなると遺族への戦死公報も遅れてしまう。それだけ、士官、准士官には重要な任務が課せられているのだ。

飛行学生を卒業したばかりの新任中尉の分隊長が名目上の指揮官として出撃するときも、基地を発進すれば中尉は角田機の一歩後ろに下がり、階級が下の角田が事実上の指揮官を務める。その働きぶりは、まさにソロモン方面の海軍戦闘機隊の屋台骨を支えているといって過言ではなかった。

戦闘機の敵は敵機だけではない。急変しやすい南洋の天候も、零戦搭乗員たちにとって大きな脅威であった。

角田には、昭和十七年十一月十三日、ガダルカナル島沖で被弾し漂流中の戦艦「比叡」の上空直衛に向かい、悪天候で「比叡」を発見できず帰投する際、積乱雲に閉じ込められて超低空飛行を続けるうち、ぴったりついてきた三番機を海面に激突させてしまった苦い思い出がある。

昭和十八年二月二十日、零戦十五機を率いて輸送船団上空直衛の任務についた帰途にも、巨大な積乱雲に閉じ込められた。視界は三〜四メートル、自分の飛行機の主翼に描かれた日の丸がやっと見えるぐらいである。角田は雲に入る前、全機を単縦陣にして、後続機は前を飛ぶ零戦の尾翼にプロペラが触れるほどの距離につくよう、手信号で合図した。角田の計器飛行だけを頼りに約二十分、全機が無事に雲の上に出た。

この積乱雲のなかでの編隊飛行は、有視界飛行しか事実上できなかった単座戦闘機として、おそらく空前絶後の出来事ではないかと、角田は自負している。昭和十六年、角田が筑波空で教員をしていたとき、戦闘機搭乗員の教員を集めて計器飛行のやり方を一から教え込んだのが、艦上攻撃機搭乗員の出身で、海軍における計器飛行のエキスパートだった小田原俊彦大佐であった。角田は小田原と、のちに特攻作戦の渦中で再会することになる。

零戦に勝る敵戦闘機現る

太平洋戦争の初期には零戦に圧倒されていた米軍も、この頃になると高性能な新型戦闘機を次々と実戦に投入してきた。昭和十八年四月十四日、ニューギニア東岸のラビ上空で、双発双胴の米陸軍戦闘機・ロッキードP－38ライトニングと遭遇したとき、角田は戦闘詳報の「所見」として、

「P－38の水平速力はやや零戦より勝り、上昇、下降においては相当の差あり。敵に戦意なき場合、これを捕捉すること極めて困難なり」

と書いて司令部に提出した。零戦の性能の限界を知り、上層部が早く対策をたててほしいとの思いをこめたつもりだったが、その日の夕食後、これを読んだ司令部偵察機搭乗員の同期生・大原猛飛曹長が顔面を蒼白にひきつらせて角田を詰問に来た。

「この戦闘報告はなんだ。いままでどの部隊からも、『零戦に勝る敵戦闘機がある』という報告はない。貴様は意気地がない。司令部の参謀連中からはさんざんの悪評だ。貴様のために『二空の戦闘機隊は敗戦主義者の集まりだ』と決めつけられているんだ。P－38が怖いなら戦闘機乗りをやめてしまえ。俺は恥かしくて司令部に座っておれんじゃないか」

とまくしたてる大原に、角田は、

「あれは他人の報告や意見ではない。俺が三回、自分で追って追いつけなかったんだ。ワシントンは零戦では落とせないぞ。俺が言わなきゃ、司令部はいつまでもわからんじゃないか」

と反論する。前線視察中の山本五十六聯合艦隊司令長官の搭乗する一式陸上攻撃機がP－38に撃墜され、長官が戦死したのはそのわずか四日後のことであった。

日本海軍の一大拠点であったラバウルには、戦闘部隊だけでなく病院や慰安所の施設も完備していた。

角田は、「天皇陛下のために兵隊さんの奥さんの代わりを務めようと決心しました」と健気に語る朝鮮半島出身の若丸という慰安婦が、「いまさら生きて帰れない、戦死したい」と

言って空襲があっても防空壕に逃げようとしないのに同情し、

「天皇陛下のためにとこの道を選んだ少女がいるのなら、万一の場合は陛下に代わって、お詫びの印に死んでやろう」

と、空襲下、若丸とともに防空壕に入らず一夜をともにしたこともあった。若丸は、「今日は爆弾が当る、当る」と歌うように口ずさみ、「神様、仏様。どうか爆弾が当りますように」と祈りながら角田の胸に顔を埋めた。角田は、この子の運命がなんとかならないものかと考えながら、「当れば仕方がないが、なるべく爆弾は当りませんように」と祈った。彼女がその後どうなったか、角田には知るすべがない。

また、「死ぬのが怖くなった」と、飛行場に出てこなくなった中堅の下士官搭乗員に、「そう簡単にアメちゃんに墜とされてたまるか。閻魔《エンマ》の関所は俺が蹴破る。地獄の底までついて来い！」

と気合を入れたこともあった。その搭乗員は角田の言葉に持ち前の明るさを取り戻したが、次の出撃で、艦爆隊を敵戦闘機から守ろうと、単機でボートシコルスキーF4Uコルセア十五機の編隊に挑み、撃墜されて戦死した。

昭和十八年六月、内地の厚木海軍航空隊教官として転勤するが、その後、第二五二《ふたごおふた》海軍航空隊に転じた角田は、内地に妻子を残して、昭和十九年七月からは硫黄島、フィリピンの最前線で多くの激戦をくぐり抜けた。

フィリピンでは特攻隊に編入され、直掩機として幾度となく出撃した。ルソン島が米軍に蹂躙《じゅうりん》され、日本軍の航空兵力が失われると台湾に脱出、ここでも度重なる沖縄方面の特攻出撃に参加、昭和二十年八月十五日、台湾の宜蘭《ぎらん》基地で特攻待機中に終戦を迎えたときには海軍中尉になっていた。

「他言は絶対に無用」

飛行機に爆弾を抱いて敵艦に体当りする、日本海軍の「神風特別攻撃隊」は、戦勢が日本に決定的に不利となった昭和十九年十月二十日、日米両軍の決戦場となったフィリピンで、第一航空艦隊司令長官としてマニラに着任したばかりの大西瀧治郎中将の命により最初に編成された。

すでにフィリピンには戦いに使える飛行機が数十機しかなく、残された数少ない航空兵力をもって、圧倒的な戦力を誇る敵機動部隊に打撃を与えるには、それしか方法はない、というところにまで日本軍は追いつめられていた。そもそも、米英を相手とする戦争に勝算がないことは、海軍上層部の共通認識であり、大西自身も開戦前から見通していたことであった。

それなのになぜ、「特攻生みの親」ともいわれる大西は、搭乗員の生還を期さないかくも非情な命令をくだし、のべ数千人もの若い命を爆弾に代えて突入させたのか。

角田には、特攻隊の搭乗員のなかでは彼だけが知る、大西中将の「特攻の真意」がある。

昭和十九年十一月下旬、部下の特攻機を率いてフィリピン・ミンダナオ島のダバオ基地に派遣された際、大西の右腕である第一航空艦隊参謀長・小田原俊彦大佐から聞かされた話である。角田がかつて小田原から計器飛行を教わったことは、前に触れた。小田原は、「教え子が、妻子をも捨てて特攻をかけてくれようと言うのに、黙っているわけにはいかない」

と、大西から、「参謀長だけは私の真意を理解して賛成してもらいたい。他言は絶対に無用である」と言われていたというその真意を話してくれたのだ。それは、要約すれば、特攻は「フィリピンを最後の戦場にし、天皇陛下に戦争終結のご聖断を仰ぎ、講和を結ぶための最後の手段である」というものであった——。

「自分が聞いた話は幻だったのか」

角田の戦後は、農作業と農閑期の出稼ぎに追われながら、暮らしを切り詰めてまで戦友たちの遺族を巡拝し、戦跡を訪ねる慰霊の旅に終始したと言っていい。そして角田の脳裏には、つねにダバオで聞かされた「大西中将の真意」があった。若い搭乗員が肉弾となって命を散らすことで、講和への道を拓く。自分たちの死が、日本にふたたび平和をもたらす。

「戦争に勝てるとは思えない。しかし、そういうことならやむを得ない」

と、角田は心底で納得しようと努力しながら、それを拠りどころに身をなげうって終戦まで戦い抜いたのだ。

ところが、角田が聞かされたはずのその「真意」は、大西のもとで特攻作戦を推し進めた第一航空艦隊先任参謀・猪口力平《いのぐちりきへい》大佐と第二〇一海軍航空隊飛行長・中島正中佐の手により特攻の「正史」として出版された『神風特別攻撃隊』（日本出版協同・昭和二十六年刊）をはじめ、戦後、海軍のしかるべき地位にあった関係者が著した書籍などでも全く触れられていない。

「自分が聞いた話は幻だったのか」

角田は、同じ話を聞いたはずの元上官や部下に、折に触れそのことを問い合わせたが、一向にはかばかしい答えは返ってこなかった。

角田は、戦後三十年が経った昭和五十年頃、世田谷山観音寺に鎮座する「特攻平和観音」の慰霊法要（特攻平和観音奉賛会主催）への参列を通じて知遇を得た門司親徳《もじちかのり》にも、「特攻の真意」についての疑問をぶつけてみた。丸三証券代表取締役社長を務めていた門司は、特攻作戦開始当時は海軍主計大尉で、第一航空艦隊副官として大西中将に仕え、もっとも近いところで特攻の一部始終を見届ける立場にあった。

特攻は、戦後、「統率の外道」とか、「狂気の作戦」などと評されている。大西中将も、第一航空艦隊長官から軍令部次長に転じて、昭和二十年七月、連合国によるポツダム宣言が発せられたのちも最後の最後まで講和に反対し、徹底抗戦を叫び、「あと二千万人の特攻隊を出せば必ず勝てる」などと非情きわまりない主張をしたと伝えられている。

天皇がポツダム宣言受諾の聖断をくだし、国民に終戦を伝える玉音放送が流れた翌八月十六日未明、大西は渋谷南平台の軍令部次長官舎で自刃して果てた。その行動の表層的な部分だけ見れば、まさに狂気の沙汰である。

しかし、副官であった門司から見て、大西中将はけっして非情な冷血漢でも、狂気の長官でもなかった。むしろ抗戦論者とは逆の冷静な目を持ち、人間味あふれる、いや、人情が表に出すぎるぐらいの人、という印象のほうが強い。

終戦のとき、大西中将が講和を妨害し、日本をさらなる破滅に導こうとした、などという話を聞いたり読んだりするたびに、

「いや、長官はそんな人じゃありませんよ」

と反論したくなる。エキセントリックに見える大西の行動には、何らかの意味があったはずだ、と門司は信じている。

角田と同じように、門司も、戦後ずっと、大西と特攻のことについて思いをめぐらせている。

大西の真意はどこにあったのか。いつしか角田と門司は折に触れ、このことを語り合う無二の仲になっていった。

第二章　「徹底抗戦」と「世界平和」のはざまに

門司親徳（昭和16年、海軍主計中尉時代）

特攻平和観音

「ふふん、そうね。それはあながち考えられないことじゃない」

昭和十九年（一九四四）十一月下旬、ダバオ基地で第一航空艦隊参謀長・小田原俊彦大佐から聞かされた大西瀧治郎中将の「特攻の真意」を語る角田和男の話に、門司親徳は控えめな笑みを浮かべて頷いた。

平成十三年九月二十三日、「特攻平和観音」を祀《まつ》る世田谷区下馬の世田谷山観音寺で執り行われた慰霊法要を終え、タクシーで向かった東京駅ステーションホテルのレストランでのこと。磨硝子《すりガラス》の窓を通して、やわらかい西日が、昭和初期を思わせるアンティークな調度に囲まれた店内に差している。

「特攻平和観音」は、法隆寺の秘仏「夢違観音《ゆめたがえ》」を模した一尺八寸の金銅仏で、二体が観音堂に安置され、一体に海軍二千六百三十柱、もう一体には陸軍千九百八十五柱、あわせて四千六百十五柱の特攻戦死者の氏名をおさめた巻物を胎内に蔵している。

昭和二十七年、海軍大将及川古志郎、高橋三吉、陸軍大将河辺正三《まさかず》、陸軍中将菅原道大《みちお》、海軍中将寺岡謹平らが発起人となって四体が建立されたうちの二体で、同年五月五日、音羽の護国寺で開眼法要が営まれたが、その後、紆余曲折を経て昭和三十一年、世田谷山観音寺に遷座された。

以後、毎年秋の彼岸に、午後二時から年次法要が営まれている。この慰霊法要にははじめ海軍関係者の出席が多かったが、年を経るにしたがい、隊員の絶対数の多い陸軍関係者のほうが多くなった。

戦時中から、陸軍と海軍とは水と油である。互いに恨みがあるわけではなく、戦場では互いに協力しあった仲なのに、若き日に染み付いた「匂い」はとれないらしく、戦後、慰霊祭や慰霊法要に集ってみても自然に陸海軍、別々の人の輪ができる。

慰霊法要が終わったあとの直会《なおらい》で、樹木の茂る観音寺の境内にテーブルが並べられ、ビールや肴がふるまわれるが、ここ数年はすっかり陸軍色に染まっていて、言葉遣いも歌う歌も異なる海軍勢は、なんとなく隅に追いやられた感じで居心地がよくない。

それで、まだ午後の早い時間ということもあり、焼香をすませると、あとは場所をかえてお茶でも飲んで話をしようと、門司と角田は早々に移動してきたのだ。

あのときの搭乗員

角田は憶えていなかったが、二人は戦地でも顔を合わせたことがある。

昭和十九年十一月六日。すでに神風特別攻撃隊の作戦は発動され、つぎつぎに新しい特攻隊が編成・命名されていた。門司は、フィリピン・マニラの海岸通りに面した第一航空艦隊司令部の前庭の芝生の上で、特攻隊の別杯の用意などを手伝っていた。

そこに集められた十数名の飛行服姿の特攻隊員のなかで、ひときわ目を引く搭乗員がいた。鼻の下に濃い髭を蓄えた、見るからに練達の搭乗員。少年のような他の搭乗員たちとは全く異なり、近寄りがたいような殺気を全身にみなぎらせている。だが、よく見るとその顔は意外にやさしく、何より澄んだ目が印象的だった。

飛行服の左腕につけた袖章は少尉。海軍兵学校出身の士官なら、飛行学生を卒業して第一線部隊に配属されるときには中尉になっているし、学徒出身の予備士官の少尉たちとは雰囲気が全く異なり、兵から叩き上げた特務士官であることは一目瞭然である。

それが、神風特攻梅花隊直掩機の角田和男少尉であることを知ったのは、その夜、特攻隊の戦闘報告の書類に目を通したときのことだった。

麾下《きか》部隊から司令部に上がってくる戦闘報告を最初に見て長官に通すのも、軍令部へ上げる書類に検印を押すのも門司の仕事である。角田の名を、門司は心に刻みつけた。

マニラでの命名式から約三十年後、元特攻隊員たちに誘われて参列した、特攻平和観音の慰霊法要で再会したときも、

「あっ、あのときの搭乗員……」

と、一目で角田とわかった。戦地では互いに言葉を交わす機会がなかったが、同じ戦場にいて、同じ空気を吸った同世代の人間同士として、二人はいっぺんに意気投合した。

話してみると、戦地での共通の知人も多いことがわかった。

当時、海軍報道班員としてフィリピンにいて、特攻隊員の取材をしていた毎日新聞社の新《しん》

名丈夫《みょうたけお》記者も、その一人である。新名は、昭和十九年二月二十三日付の毎日新聞一面で、「勝利か滅亡か　戦局は茲《ここ》まで来た」「竹槍では間に合はぬ　飛行機だ、海洋航空機だ」と、暗に陸軍の精神主義を批判し海軍航空兵力を増強すべきだと説く記事を掲載。これが当時の東条英機・首相兼陸相の逆鱗《げきりん》に触れ、掲載紙は発禁処分となり、記事執筆の八日後、新名は三十七歳にして陸軍に二等兵として懲罰召集された。いわゆる「竹槍事件」で知られる硬骨のジャーナリストである。

海軍省の記者クラブ「黒潮会」の主任記者である新名の召集に海軍は強く抗議し、三ヵ月で召集は解除される。そして、陸軍による再召集を避けるため、海軍が報道班員としてフィリピンに送り込んだのだ。

数多くの特攻隊員の出撃を見送った新名は、戦後、特攻隊の慰霊祭には必ず参加し、かつての隊員たちと往時を語り合った。また、ことあるごとに門司と角田に回想記執筆を勧めた。門司の『空と海の涯で』（毎日新聞社）、角田の『修羅の翼』（今日の話題社）という著書は、新名なくしては生まれなかった本である。いずれも、特攻について何ごとかを書こうとするときに、無視することのできない重要な基礎資料となっていて、本稿も、門司と角田の直接証言はもちろんだが、これら二冊の記述に負うところが大きい。（二冊はともに、現在は光人社NF文庫）

特攻隊員たちと新名との交流は、新名が昭和五十六年四月三十日に亡くなるまで続く。

門司と角田は再会以来、毎年の慰霊祭、慰霊法要のほか、ソロモン諸島、パプアニューギニア、フィリピンなどへの慰霊旅行にも同行するようになった。そんなわけで、もうかれこれ二十五年も、二人は大西中将と特攻にまつわる共通の思いを語り合っている。傍目《はため》には同じ話を繰り返しているように見えるが、話題は尽きない。

新名丈夫の教え

門司は、自分が直接見聞きしたこと以外は、何ごとも決めつけるということを好まない。

門司が、自らの戦争体験について本を書くにあたって戒めにしていたのが、「I was there」の立ち位置に徹することだった。「自分はそこにいた。そこで見たものだけを書く」ということで、これは、新名丈夫の教えであった。

戦後、人が書いた戦記本をずいぶん読んだが、当事者から見て、ひどい誇張や歪曲の含まれているものが少なくない。

たとえば、下級士官の手記で、本人の経験の及ぶ範囲の話は貴重なのに、同じ著者が上層部批判をしたり作戦の正否そのものを論じだすと、内容がとたんに怪しくなる。「自分が聯合艦隊司令長官だったらこうした」などと言い出すと、もういけない。

「その掌《しょう》になかった者が、うかつなことをさも真実であるかのように語るのは間違いの元」というのが門司の信念だった。

戦争の話は、会社や家庭でほとんどしたことがない。子供たちに対しては、

「責任をもって自由にやりなさい」

というだけで、進路を押しつけることもしないし、戦争中の苦労など一切、語ろうとはしなかった。長男の和彦は、小さい頃、風呂で問わず語りに戦争のことを聞かされたかすかな記憶があるのみだという。

しかし門司は、戦後、台湾から復員し、籍のあった日本興業銀行に復職してずっと、「〇月〇日。昭和十九年の今日は何があった日」と、海軍時代の四年間を振り返ることを毎朝の日課にしている。

戦時中、つけていた日記は復員の際の手荷物制限にかかり、持ち帰ることができずに焼却してしまった。こうやって往時を思い出すことで、日記の復元をも試みていたのである。日記の復元が終わってからも、これは生涯にわたっての習慣になった。

戦争の話をするのは、海軍で一緒になった戦友同士の会合に出たときか、門司の過去を知って来訪した記者の取材に応じるときに限られる。

そんなときも、門司は、相手の話に安易に調子を合わせることも、大所高所からものごとを断定的に言うこともしなかった。

人名や日時、直接見聞きしたことについての記憶は、聞く者が驚くほどに鮮明で、しかも天性の資質というべきか、その場の情景をまるで写真で切り取ったかのように、虚飾を排し筋道を立てて滔々《とうとう》と語ることができる。大学卒の短期現役主計科士官という、本職の軍人でも戦闘員でもないが、部隊の全体に目が届き、戦いを客観視できるポジションにいたせいでもあるだろう。

ただ、門司にはちょっとした癖があって、質問をしてくる相手を試すところがある。話題が重要な部分に及ぶと必ず、

「あなたはどう思う?」

と問い返す。そして、的外れな答えに対しては、

「それはちょっと違うと思うね」

と穏やかに反論する。可もなく不可もない場合は、

「あるいはそうかもね」

といった調子で受け流す。それで相手を値踏みした上で、言っていいこと、言わないほうがいいことを判断している。というと意地悪なようだが、元「第一航空艦隊副官」としての発言は、その言葉の受け取られ方ひとつで、人の名誉や遺族の心情が傷つくかもしれないことを、門司はよく自覚していた。何より、「特攻」を曲解されることを嫌って相手の理解度や思想背景を量《はか》っていたのだ。

「知っていることと言っていいことは別。同じことでも言っていい相手と悪い相手がいる」

と、門司は心を許した相手には口癖のように言った。

ときに的を射た意見をぶつけられると、

「ふふん」

と、はにかんだような表情で含み笑いをして、

「そうね」

と頷く。門司の話が核心に触れるのは、そこからである。角田に「特攻の真意」を問われたときの門司の反応は、まさにそれであった。

大西中将の遺書への思い

角田が戦後ずっと、「特攻の真意」を問い続けてきたように、門司は門司で、誰よりも近い立場で大西中将に仕え、その素顔にじかに触れているだけに、大西の「特攻の真意」、さらには「徹底抗戦を主張した真意」について、思うところは大いにある。

特に門司の心に挟まったままになっているのが、大西中将が自決前、五枚の便箋に書き残した遺書のことである。門司は、昭和二十年五月、大西が軍令部次長に転じたのちも台湾に残り、終戦が伝えられた数日後、台湾の新聞でその遺書を読んだ。

その原文は以下のようなものであった。（本文に誤字があるが、そのまま紹介する）

特攻隊の英霊に曰《もう》す
善く戦ひたり深謝す
最後の勝利を信じつゝ肉
彈として散華せり然《しか》れ
共《ども》其の信念は遂に達

成し得ざるに至れり
吾死を以て旧部下の
英霊とその遺族に謝せ
んとす
次に一般青壮年に告ぐ
我が死にして軽挙は利
敵行為なるを思ひ
聖旨に副《そ》ひ奉り自
重忍苦するの誡《いましめ》とも
ならば幸なり
隠忍するとも日本人た
るの衿持を失ふ勿れ
諸子は國の寶《たから》なり
平時に處し猶《な》ほ克《よ》く
特攻精神を堅持し
日本民族の福祉と世
界人類の和平の為
最善を盡《つく》せよ

海軍中将大西瀧治郎

前段で、特攻で戦死させた将兵に陳謝し、死をもってその英霊と遺族への償《つぐな》いをすると述べている。その死にざまも、拳銃で頭を撃ち抜くような簡単なものではなく、日本刀で腹を十文字に切って、なおかつ喉を突き、なるべく苦しんで死ぬようにと介錯を断り、自らの血の海で半日以上も悶えた末に絶命するというすさまじいものであった。

特攻を命じた指揮官のうち、このような責任のとり方をした者は他に一人もいない。

大西は、最初の特攻隊を送り出すとき、すでに死を決意しているように、門司の目には映っていた。大西は、「お前たちだけを死なせはしない」とか、「俺もあとから行くぞ」などといった、偽善的で安っぽいことはけっして口にしなかった。それどころか、若い搭乗員を扇動するような言動を極力抑えているようにも見受けられた。それでも、結果がどうあれ、戦争の終結を見届けたなら生きているつもりはないことは、門司には肌で伝わってきた。ゆるぎない死の決意があったからこそ、大西は部下に死を命じることができたのだ。

――だから、前段を見ればいかにも大西らしい遺書であり、最期だとは思う。

だが、違和感は残る。門司が注目するのは、遺書の中段、後段の部分である。そこには、つい前日まで徹底抗戦を叫んでいたのと同一人物が書いたのとは思えない冷静な筆致で、若い世代に後事を託し、軽挙を戒め、世界平和を願う言葉が綴られている。

世界平和を願いながら、何のために大西はあれほど激越に徹底抗戦、一億総特攻を主張したのか。長官は、狂ったのか、狂人を演じていたのか。遺書を読む限り、ほんとうに狂っていたとは考えにくい。なのにどうして後世に狂人と見られるようなふるまいをし続けたのか。門司の疑問は、つまるところはそれである。

いつも側にいたにもかかわらず、大西の心中を十分に理解していなかったのかもしれない。軍令部次長になって門司と別れたあとの三ヵ月の心中がどのようなものだったのかも、門司には知る由がない。

そもそも、この遺書は、いつ書かれたものか。門司が調べた限り、割腹直前の大西には、このような遺書を書く時間的余裕があったとは認められない。だとすれば、事前に書いて準備していたことになるが、それならば終戦前の大西の抗戦論や行動も、理性と計算に基づいたものということになり、その解釈も、巷間伝わっている大西瀧治郎像とは異なったものになるはずだ。

戦後、日が経つにつれ、大西の「真意」と「行動」の間を検証し、その間を埋めることは自分にしかできない、と門司は思うようになっていった。こうして、大西の遺書を読み解くことが門司のライフワークになった。

「仕事」から「慰霊」へ

JR東海道線大磯駅の北側、歩いて十五分ほどの山裾に、樹木の合間に瀟洒《しょうしゃ》な邸宅が建ち並ぶ一角がある。門司は、昭和四十五年、日本興業銀行取締役から丸三証券社長に転じたのを機に、ここに自ら設計した木造二階建ての家を建てて暮らしていた。

昭和五十六年、同社相談役となり、六十二年には日魯漁業㈱（のち㈱ニチロ）の監査役も兼ねるが、「相談役」とはいえ、会社にいても業務の相談に来る社員がいるわけでもなく、監査役もいわば閑職で、日常の重点は「仕事」から戦没者の「慰霊」へとシフトしていった。

慰霊祭があれば出かけていくし、外出の用のないときはたいてい自宅にいて、大西中将や特攻隊で見送った若い搭乗員たちのことを考え続けている。

平成七年（一九九五）十一月に妻・豊子を亡くしてからはずっと一人暮らしで、日中は一階の、手入れの行き届いた庭に面した板張りの居間で、籐椅子に座って読書をしたり、クラシック音楽を聴いたりしている。一日に、多いときには十数件も電話が鳴るが、ほとんどは昔の特攻隊員からの慰霊祭や戦友会についての相談、報告である。どこで電話番号を調べたものか、ときには、山下奉文《ともゆき》陸軍大将が隠し、フィリピンに眠ると噂されている、いわゆる「山下財宝」のありかについての怪しげな問い合わせもある。

「私は海軍だから陸軍のことはわからない。そんな財宝はないと思いますよ」

と答えても、財宝を探しあてて一攫千金《いっかくせんきん》をもくろむ相手はなかなか納得しない。戦後六十年が経っても、この種の電話はなくならなかった。

居間の正面上の壁には、大西中将の妻・淑恵から贈られた、煤《すす》けてはいるものの墨痕《ぼっこん》あざやかな大西の書が飾られている。

「和気如春」

揮毫をもとめられたとき、大西が好んで書いた言葉だという。その字は達筆だがやわらかい筆致で、「猛将」や「闘将」のイメージからはほど遠い。また、門司は大西淑惠の歿後、形見分けで手元にきた大西の書の掛軸を別に保管していて、そちらには、「池頭春草夢」

と、やはり丸みを帯びた穏やかな筆致で書かれている。

日が暮れると二階の、寝室の横にある書斎で書きものをし、夜十一時頃になると古典落語のCDを聴きながらベッドに入る。落語は、古今亭志ん生に限る、と思っている。

真珠湾攻撃に向かう空母「瑞鶴」で

門司親徳は、大正六年（一九一七）十二月九日、男三人、女一人のきょうだいの次男として東京に生まれた。父・門司鉄は海軍兵学校を明治三十五年（一九〇二）に卒業（三十期）した海軍士官だったが、昭和五年、ロンドン軍縮会議のあおりを受け、大佐で予備役に編入されている。

東京府立六中（現・新宿高校）五年のとき、海軍兵学校（六十六期）を受験するが体格検査で不合格となり、旧制浦和高校を経て、昭和十六年三月、東京帝国大学経済学部を卒業、日本興業銀行に入行。同年四月、第六期短期現役主計科士官として海軍主計中尉に任官し、東京・築地の海軍経理学校に入校した。

「短期現役」は、軍医や技術士官にも同様の制度があったが、要は中国大陸での戦争が拡大したための士官不足を、大学卒の優秀な人材で補おうとしたものである。二年間、現役士官として勤務させて社会に戻すことで、官庁や企業に海軍シンパを増やす狙いがあったともいわれている。

門司の同期生には、戦後、内閣総理大臣を務めた中曽根康弘、外務大臣を務めた鳩山威一郎らがいる。経理学校で四ヵ月の教育を受けたが、百十名の同期生のうち、クラスヘッド、すなわち卒業成績の席次がトップだったのは鳩山で、門司は二十番、中曽根は五十五番だった。

門司は戦艦「陸奥」で研修配置についたのち、空母「瑞鶴」乗組を命ぜられ、そのまま十二月八日の真珠湾作戦に参加した。門司の配置は庶務主任。書類の接受と仕分け、人事の資料管理などをおもな仕事とする、民間企業でいえば文書係長である。ただし、戦闘行動に入ると、艦橋で戦闘記録をとる任務も課せられていた。

「瑞鶴」が大分湾を出港したのは、昭和十六年十一月十九日、午前零時のことである。乗組員には伊勢湾方面に行くと伝えられていたが、翌日になって、同じ「瑞鶴」の艦内にある第五航空戦隊司令部から門司に、軍機（軍機密）書類を受け取りにくるよう連絡があった。

さっそく、司令部に行くと、封筒に入った五種類の書類を渡されて、そのなかに「艦長直披」というのが二通あった。

庶務の部屋に戻って、「直披」でない封筒を確認のため開けてみると、司令部が入れ間違

えたのか、当然直披であるべき『機密聯合艦隊命令作第一号』という書類が入っていて、門司は、

「おやおや」

と思った。分厚いので細かに読むことはできないが、要点だけを拾い読みしても、機動部隊（空母部隊）はハワイ・真珠湾を攻撃、台湾の第十一航空艦隊はフィリピンを攻撃するなど、驚くべき詳細な作戦計画が書いてある。

「これは、大変なものを見てしまった」

門司は、書類のもつ重みに狼狽する思いがした。

ふとしたことから一般乗組員よりも先に計画を知ってしまった門司は、それ以後、

「この人たちはもうすぐ死ぬんだな」

と、搭乗員に対する見方がかわったという。この作戦では、日本側の空母も六隻のうち三隻は失う覚悟だと聞かされて、自分も近く死ぬかもしれないと思うと、ときどき胸がキューッと締めつけられるような痛みを感じた。門司の回想――。

「海軍には志願して入ったんだから、戦争で死ぬこと自体は仕方がない。人に後ろ指をさされない働きをしようとも思う。ただ、その死に方がね……。搭乗員の最期は決まっているが、艦に乗っている者の最期は、沈没する艦内に閉じ込められて窒息死するのか、海のなかで溺れ死ぬのか、それとも弾丸に当たって痛い思いをするのか、予測がつかないでしょう。それを考えるとちょっと胸が痛くなる。

それが、いまの八十いくつになっての心境と似てるんですよ。つまり、この年まで生きてくればいずれ死ぬのはやむを得ないにしても、癌で死ぬのか脳梗塞で死ぬのか、ヨイヨイになるのか突然パタッと逝くのか、自分の死に方については何もわからない。そういう心境が、当時といまとできわめて近いものがあるんです。人間、なかなか悟りを開けないものですね」

十二月八日、門司は艦橋で攻撃隊の出撃を見送った。まだ夜明け前で、空一面に雲が広がっていたが、水平線の近くだけが浅葱《あさぎ》色に明るく、そこだけ雲が切れていた。

「搭乗員集合、上部格納庫」という命令が出て、搭乗員は総員、飛行甲板の一つ下の格納庫に集合した。艦橋から見ていると、命令を受けた搭乗員たちが前部のリフトでスーッと飛行甲板に上がってきて、暁闇のなか、艦橋に向かって軽く敬礼すると、めいめいの飛行機に向かって歩いてゆく。

艦長の「発艦始メ」の命令で、攻撃隊が次々と発艦してゆく。それはまるで、映画の一シーンのようだった。門司は、ロマンチックな甘い感傷に、つい涙が出たという。

二次にわたる発艦を見送った後、艦橋のなかでは誰も言葉を発せず、息をつめて攻撃隊の報告を待っていた。艦橋内部では、記録板をスケッチブックのように首から下げて持つ門司の右前方に艦長、左前方に司令官がいて、その真ん中で航海長が操艦の指揮をとっている。門司の後ろには、副長や飛行長が立っていた。

一時間も経った頃、通信長から伝声管を通して、「全軍突撃セヨ」を意味するモールス信号の「ト」（・・－・・）連送が伝えられ、ほどなく艦上爆撃機指揮官の「我《ワレ》『ヒッカム』飛行場爆撃　効果甚大」の電報を皮切りに、立て続けに戦闘の実況が入ってきた。

「静まり返った艦橋のなかで、それで初めて、みんな顔を見合わせてニヤリとしました。声をかけ合うことも万歳をすることもなく、黙ったままでただニヤリです」

と、門司は語る。

しばらくして、攻撃隊の飛行機が続々と帰ってきた。「瑞鶴」では飛行機の損害が一機も出なかったこともあり、搭乗員たちは興奮していた。そこで初めて、艦内はワッと沸いた。

弟を予科練へ

続いて門司は、ミッドウェー島攻略のために編成された呉鎮守府第五特別陸戦隊（呉五特）主計長となった。准士官以上五十名、下士官兵千五十名。一個大隊の陸戦隊である。

呉五特は輸送船「あるぜんちな丸」（のちの空母「海鷹《かいよう》」）、「清澄丸に分乗してミッドウェーに向かうが、味方機動部隊の思わぬ大敗で作戦は中止され、すでに日本軍が占領していたグアム島で待機することになる。

そしてそこから、ニューギニア方面に転用されることになり、ラバウルを経由して昭和十七年八月二十六日未明、ニューギニア最東端・ミルン湾の奥にあるラビに、飛行場攻略のため上陸。しかし、上陸地点が予定よりかなりずれてしまったこともあり、間断のない敵機の空襲を受け、門司ら主計隊が揚陸した食糧は、隊員たちの俸給の入った金庫とともに、爆弾の直撃で初日に吹っ飛ばされてしまう。

地面がいつもぬかるんだジャングルのなかで、門司は、部下や同僚が敵弾に斃《たお》れるのを幾度も目にした。敵の激しい反撃を前に飛行場の攻略も思うに任せず、十二日間の戦闘で、上陸した六百十名のうち、司令・林鉦次郎中佐はじめ戦死二百二十名、負傷百八十名の損害を出し、ラビ攻略は失敗に終わる。

このとき、ラビ飛行場が占領できたら進出する予定だった航空隊が、角田飛曹長のいる第二航空隊だったこと、二空零戦隊と艦爆隊が、陸戦の支援のためラビ飛行場攻撃に出撃していたことを門司が知るのは戦後のことである。思えば、門司と角田とはこのときから不思議な縁でつながっていた。

昭和十七年十一月、門司は予科練の教育航空隊である土浦海軍航空隊（土空《つちくう》）主計科分隊長となった。当時の土空には、のちに特攻隊の主軸となった甲種飛行予科練習生十期生、十一期生が在隊していた。

門司の直属の上官である主計長は、昭和十一年、ベルリンオリンピックにレスリング日本代表選手として出場し、五位入賞を果たした風間栄一主計大尉だった。

広い航空隊の敷地内で、きびきびと、課業に訓練にと励む少年たちの姿は清々しい。明るく伸びやかな隊の空気が、門司には心地よかった。

ほんとうは、門司たち「短期現役」主計科士官は、海軍に二年勤めたら、もとの職場に戻る約束で入っている。本来ならば昭和十八年四月に兵役を終え、興銀に戻るはずだったが、海軍省からは何の音沙汰もなく、門司としても、この戦争が終わるまで、海軍を辞めるつもりは毛頭なかった。

昭和十八年の春には、土空の予科練を舞台に、東宝映画『決戦の大空へ』（渡辺邦男監督・昭和十八年公開）のロケが始まった。主演の原節子や高田稔といった、人気俳優を間近で見たり、撮影スタッフと交流したりするのは、門司にとって楽しいひと時であった。

この映画の主題歌としてできたのが、「七つ釦《ぼたん》は桜に錨」の歌詞で知られる「若鷲の歌」（作詞・西條八十、作曲・古関裕而）である。

すっかり予科練が気に入った門司は、中学生だった十一歳年下の弟・親昭にも熱心に受験を勧め、親昭は昭和十九年四月、甲飛十四期生として予科練に入隊する。しかし、門司の見ていたのはいわば「表向き」の部分で、夜、士官の目の届かない宿舎で日常的に行われている「罰直」と呼ばれる陰惨な制裁については知らなかった。『決戦の大空へ』でも、教員に練習生が殴られるシーンは一つも出てこない。いわんや、「海軍精神注入棒」で気絶するほど尻を叩かれるなど、練習生として入ってみたものにしかわからなかった。

予科練に入った親昭は、予期せぬ罰直の嵐に、「しまった、兄さんと映画に騙された」と、臍《ほぞ》をかむことになる。

トラック大空襲

土浦での勤務は、いわば骨休めの配置であった。在隊九ヵ月で、昭和十八年九月一日、木更津基地で編成中の第五五一海軍航空隊主計長に発令される。五五一空は、九七式艦上攻撃機（雷撃、水平爆撃兼用）と、新鋭の艦上攻撃機「天山」で編成され、インドネシア・スマトラ島北端のコタラジアを拠点に、マレー半島の西に連なるニコバル諸島、アンダマン諸島に分遣隊を出す。つまり、インド洋の東側のラインに展開して、西からの敵の来襲に備えるために編成された部隊であった。

戦場にはちがいないが、門司は、行けば死ぬかもしれないということよりも、未知の土地を見ることができる楽しみのほうが勝っていたという。事実、インド洋方面の戦況は静かなもので、門司は、シンガポールからスマトラ島、カーニコバル島、アンダマン諸島のポートブレアなど、行く先々で風物を楽しむことができた。

だが、そんな平穏は長くは続かなかった。昭和十八年夏以降、ソロモン諸島では米軍がまるでブルドーザーで地ならしをするように、日本軍の手にあった島々に上陸し、占領していった。南太平洋の戦況は防戦一方で、このままでは敵はいずれ、中部太平洋からマリアナ諸島に兵力を進め、そこを拠点に日本本土を窺うことが確実な情勢となった。

昭和十八年十一月二十一日、中部太平洋ギルバート諸島のマキン、タラワ両島に米軍が上陸、日本軍守備隊は絶望的な戦闘ののち玉砕した。米軍は続いて、昭和十九年二月二日、マーシャル諸島のクェゼリン、ルオットに上陸を開始、両島の守備隊も、六日までにマキン、タラワと同様の運命をたどった。

五五一空は中部太平洋の日本海軍の拠点・トラック環礁(現・チューク諸島)に増援部隊として進出することになり、昭和十九年二月十一日、門司をふくむ第一陣がトラックに到着した。環礁内の楓島《かえでじま》基地に駐留することになったが、機材や物資の揚陸も終わり、落ち着いたばかりの二月十七日、トラックは米機動部隊艦上機による大空襲を受けた。

五五一空艦攻隊は索敵に、あるいは空中退避に、次々と発進していったが、離陸直後の不利な体勢で敵戦闘機・グラマンF6Fの攻撃を受け、その多くが撃墜された。

二月十七日の空襲で、日本側は、邀撃《ようげき》に上がった零戦、敵機動部隊の攻撃に向かった艦攻などの未帰還機六十七機、地上での大中破九十六機という甚大な被害を受けた。翌十八日にも三次にわたる空襲を受け、地上施設や燃料タンク、糧食などの多くが灰燼《かいじん》に帰した。

この両日で撃沈された日本側艦船は、艦艇十隻十七万八千トン、船舶三十一隻十九万三千五百トンにおよび、ほかに船舶十一隻が損傷した。失われた飛行機は、三百機を超える。五五一空は、せっかくインド洋から運んできた天山二十六機のうち、二十機が、撃墜されたり地上で燃やされたりした。

こうして、トラックは一時、海軍の拠点としての機能を事実上失った。トラックの戦力をテコ入れするために、ラバウル基地に展開していた航空部隊はすべてトラックに引き揚げさせることになり、二年間にわたり南太平洋の前線基地として米軍の侵攻を食い止めてきたラバウルも、ついにその戦力を失った。

門司の瞼には、トラックの環礁内で、敵機の爆撃を受けて火焔を上げる油槽船や、みるみるうちに沈んでゆく貨物船の姿が焼きついている。晴れた空と青い海がひどく澄んでいて、そこで繰り広げられる一方的な殺戮《さつりく》が、ことさら凄惨な光景として胸にこたえた。緊張と不安のなか、空襲を敵上陸の前触れと早合点した司令・菅原英雄少佐の玉砕命令。「えい、クソ！」と、簡単に玉砕の覚悟をした隊員たち。防空壕では、隣の航空隊司令の中佐が恐怖におののき、部下の下士官に蔑《さげす》まれている姿をまのあたりにした。

「特攻」を語るときには必ず、このトラック大空襲から語り起こさないといけない、というのが門司の持論である。

太平洋戦争は、日本軍の奇襲攻撃、それに続く快進撃に始まり、ミッドウェー海戦の敗戦でその勢いが止まり、ガダルカナル島失陥からは完全に守勢に転じた。それでもなんとか決死の防戦で重要拠点は守り通してきたのが、この戦いを境に、敵を迎え撃つことすらままならなくなった。あとは、坂道を転がり落ちるだけである。

神風特別攻撃隊の編成まで八ヵ月。この間の戦争の推移が、そのまま体当り攻撃隊の出撃に自然につながってゆくように、門司には思えてならないのだ。

第三章
「決死隊を作りに行くのだ」

大西瀧治郎中将（昭和18年、中将進級時）

新任長官・大西瀧治郎

フィリピンの海軍航空戦力の主力・第一航空艦隊（一航艦《いちこうかん》）が司令部を置くマニラから、クラーク・フィールド、マバラカット基地近くの、民家を接収した第二〇一海軍航空隊本部までは約九十キロ、車で二時間あまりの距離である。

昭和十九年（一九四四）十月十九日。大西瀧治郎中将と副官・門司親徳主計大尉を乗せた黒塗りの乗用車が、一航艦司令部を出発したのは、午後三時半のことであった。大西は軍需省航空兵器総局総務局長から一航艦司令長官に補せられることが決まり、レイテ島のレイテ湾口に位置するスルアン島に米軍上陸の一報を受けた十月十七日、台湾・高雄基地から輸送機でマニラに飛んできていた。

当時、フィリピンの治安は非常にわるく、基地から離れた地点に不時着した日本軍の搭乗員が住民に物品を奪われ惨殺されたり、日本軍将校を乗せた車がゲリラに襲撃されるなどの事件がしばしば起きて、夜は特に危険だと言われている。

十月十八日夕、敵のフィリピン進攻に備えてあらかじめ定められていた「捷《しょう》一号作戦」が発令され、日本海軍は総力をもって米軍を迎え撃つことになった。

十九日の早朝、大西は作戦方針を前線指揮官に伝えるため、麾下の二〇一空（零戦）、七六一空（陸攻、艦攻）の司令、飛行長に司令部への出頭を命じた。

正午になって七六一空司令・前田孝成大佐と飛行長・庄司八郎少佐がクラーク・フィールド西方山麓のストッツェンベルグから姿を見せたが、同じくクラーク・フィールドのマバラカット基地から来るはずの二〇一空司令・山本栄大佐と飛行長・中島正少佐は姿を現さない。この日、マバラカットは三次におよぶ米艦上機の攻撃を受け、また午後一時半には敵機動部隊攻撃のため戦闘機を艦爆とともに出撃させたりと、戦闘指揮にかかり切りで動けなかったのだ。

山本大佐と中島少佐が、ようやく車でマバラカットを出発したのは、午後二時五分。しかし、そのことを知る由もない大西は、自らがマバラカットに赴くことを決めた。

「午後三時ごろ、参謀長・小田原俊彦大佐に呼ばれて、大西長官がクラークに行くから用意しなさい、と言われました」

と、門司は語る。

「前任の長官は、自分から動くということをしない人でしたから、精力的に動く新長官だと思った。さっそく長官車の用意をさせ、防暑服を第三種軍装に着替え、軍刀、ピストル、水筒を肩から下げて、大西中将が出てくるのを待ちました」

「前任の長官」寺岡謹平中将のもとで副官を務めていた門司は、新たに長官となる大西中将を迎えに十月九日、マニラから台湾へ飛び、十七日、大西と一緒にマニラに戻ってきたばかりである。

上空を飛ぶ敵機から発見されにくいよう屋根に木の葉の擬装を施した車は、マニラの海岸通りから市街地を抜け、郊外の国道に出るとルソン島中部の平野を北上する。「将官乗車中」を示す黄色い将官旗は、ゲリラの格好の目標になるので、道中は外している。

「決死隊」という言葉の響き

門司は、大西と並んで後席に座っている。大西が右、門司が左。運転席では、司令部の運転員が黙々と運転している。

会話は全然ない。門司は、副官というのは、空気のような存在であるべきだと思っている。必要な仕事をこなせば、あとは長官の邪魔にならない程度に控えめにしているのがちょうどいい。長官も、考え事をしたいときがあるだろう。だから、長官が口をきくか、用があるとき以外は黙っている。そうすると、長官も、副官の存在が気にならなくなるようであった。

大西は、マニラを出てからずっと黙っている。門司もあえて話しかけることはせず、窓の外を眺めている。

時々、左側に鉄道線路が見える。左右はずっと田んぼで、黄金色の稲穂が続くが、稲刈りの時期らしく部分的に刈り取られている。サンフェルナンドの町の大きな教会が見えたときには、もうだいぶ陽が傾いていた。

右前方にアラヤット山という擂鉢《すりばち》を伏せたような形の山が見える。その向こう側の空に、墨色の雨雲が見えた。

「暗い陰鬱な雲だ。あの下は雨かな」

と思って見ていると、不意に、大西が低い声で何かをつぶやいた。門司は、はじめはよく聞きとれず、「は？」とちょっと顔を右に向け、耳を澄ませた。大西は、今度は門司にもはっきりと聞きとれる声で、

「決死隊を作りに行くのだ」

と言った。門司は、ただ、そうか、と思い黙っていた。大西の言う「決死隊」が体当り攻撃隊を意味するものだとは、そのときの門司には知る由もない。

自らが経験してきたこれまでの戦いの流れを見ても、尋常な手段でアメリカ軍と渡り合うことはできないのはわかっている。「決死隊」という言葉の響きが、特別なものではなくむしろ当然の響きをもって、門司の胸にストンとおさまった。

大西は、それ以上一言も言葉を発せず、また沈黙が続いた。街道はダウの町に入り、鉄道線路の近くを通ってさらに北上する。町を出て草原を抜けると、めざすマバラカットまではもうすぐである。

門司は、車窓を流れる景色を見ながら、「決死隊」の言葉と合わせて、トラック大空襲以来の戦いの日々を想い出していた。

古賀聯合艦隊司令長官の殉職

昭和十九年二月十七日、十八日と艦上機の空襲でトラックを叩いた米機動部隊は、その余勢を駆ってマリアナ諸島のサイパン島、テニアン島に来襲した。トラックは以後、敵のマリアナ来攻を阻止するための最前線という位置づけになる。三月二十九日から、トラックは敵の大型爆撃機・B－24の激しい空襲を受けるようになり、ラバウルや西部ニューギニア戦線から駆り集められた零戦隊が邀撃戦を繰り広げた。

トラックが敵機の波状攻撃にさらされている間にも、戦況はめまぐるしく動いている。聯合艦隊がトラックに代わる新たな内南洋（日本が国際連盟によって統治を委託されていた西太平洋の赤道付近に広がる島々。現在の北マリアナ諸島、パラオ、マーシャル諸島、ミクロネシア連邦）の拠点としたパラオは、昭和十九年三月三十日、三十一日と、敵機動部隊の艦上機による大空襲を受けた。

前日、索敵機が敵機動部隊を発見したとの報告を受け、旗艦「武蔵」以下、聯合艦隊遊撃部隊は洋上に退避して危うく難を逃れたが、出港準備の遅れたその他の艦船は三十四隻が撃沈され、あるいは炎上擱座《かくざ》した。

パラオにいた二〇一空の零戦二十機、五〇一空の零戦十二機も敵の第一波空襲でほとんど全滅し、サイパンから応援に駆けつけた第一航空艦隊麾下の二六一空、二六三空零戦隊も、空戦と敵の爆撃で五十七機全機を失った。このとき壊滅した零戦隊のうち、二六一空の三十二機を率いたのが指宿正信《いぶすきまさのぶ》大尉である。

パラオに敵上陸の兆しありと判断した聯合艦隊は、司令部を旗艦「武蔵」から日本海軍基地のあるフィリピン・ミンダナオ島のダバオに移動させることに決め、三十一日夜、古賀峯一長官、福留繁参謀長以下の幕僚、司令部職員は、二機の二式大型飛行艇に分乗しパラオを脱出した。

だがこの日、フィリピン南方は天候が悪く、古賀長官の搭乗した一番機は発進後、そのまま消息を絶ち、行方不明になってしまう。

福留参謀長の乗った二番機はセブ島沖で不時着し、福留以下司令部要員三名を含む九名がゲリラの捕虜になった。福留一行は、のちにゲリラ討伐の日本陸軍部隊に救出されたものの、作戦計画書、暗号書など最高度の機密を要する書類を奪われた。

書類はのちにゲリラを通じて米軍の手に渡り、この後の日本軍の作戦の概要はほぼ米軍に握られることになる。

本来ならば捕虜になった者は海軍の「俘虜《ふりょ》査問会規定」により査問にふされ、軍法会議にかけられるなどの処分を受けなければならない。ましてや、軍の最高機密まで敵に奪われた罪は重い。しかし福留一行は、機密書類を奪われたことについては、最後までついに口を割らなかった。

海軍上層部は、

「福留中将を捕えたのは敵の正規軍ではなくゲリラであるから、捕虜にはあたらない」

という妙な理屈をつけ、福留を軍法会議にかけることも、予備役に編入することもしなかかった。それどころか、司令部の失態を糊塗するかのように、六月十五日付で、新編された基地航空部隊・第三航空艦隊司令長官の要職に福留を栄転させたのである。

古賀大将の殉職後、聯合艦隊の指揮権は一時、南西方面艦隊司令長官・高須四郎大将が継承したが、五月三日、豊田副武《そえむ》大将が古賀の後任の聯合艦隊司令長官として親補《しんぽ》された。

この時期の戦闘で、門司の記憶に強烈に焼きついているのは、四月三十日、五月一日と敵機動部隊がふたたびトラックに来襲したときのことである。

敵の空襲の合間に、魚雷を抱いて索敵攻撃（敵艦隊の位置を探しながら飛行し、発見すれば攻撃をかける）に向かう旧式の九七艦攻。黎明《れいめい》に出撃し、生還したものは薄暮、また敵艦を求めて出撃してゆく。眦《まなじり》を決して飛び立ってゆく搭乗員たち。見送るほうも悲壮な思いであった。護衛戦闘機もなく、敵を発見したら生還は期しがたい。これはまさに「決死隊」だと門司は思った。

通信班の入った横穴の防空壕で、司令以下の隊員が、固唾を飲んで艦攻からの電信を待つ。

「司令、ト連送です」

と通信員。「突撃」の合図である。だが、それに続く報告は一向に入ってこない。

「やられたのか」

と思いながらも、誰も口に出すことができない。時間ばかりが空しく過ぎ、帰投してきた艦攻はわずかであった。

「この両日の戦闘で、五五一空艦攻隊は、分隊長・宮里照芳大尉以下九機を失い、二十七名の搭乗員が空と海のどこかへ消えました」

門司は、ついさっきまで語り合っていた搭乗員たちが、いまはもうこの世にいないのかと思うと、不思議な気がした。

壊滅そして玉砕

圧倒的な航空兵力で進攻速度を増した米軍をはじめとする聯合軍は、いよいよ日本の喉元ともいえるマリアナ諸島への侵攻を開始した。

来るべき決戦に備えて、聯合艦隊は、空母「大鳳」「翔鶴」「瑞鶴」「隼鷹《じゅんよう》」「飛鷹《ひよう》」「龍鳳」「千歳」「千代田」「瑞鳳」の九隻を基幹とする第一機動艦隊（司令長官・小澤治三郎中将）を編成し、これと基地航空部隊である第一航空艦隊とで敵機動部隊と本格的な決戦を行い、敵の進攻意図を破砕して退勢を一挙に挽回しようとした。この作戦は「あ」号作戦と呼ばれる。

掛け声こそ勇ましいが、機動部隊も第一航空艦隊も、その実態は心もとないものであった。第一航艦は、二月のトラック空襲以来の敵機動部隊との戦闘で戦力を消耗し、飛行機は配備予定の三分の一にも満たない五百三十機しか揃っていない。しかもベテラン搭乗員の多くをすでに失い、補充された搭乗員の多くは練習航空隊を出て短期間の訓練を受けただけの若年者であった。

機動部隊も、五月中旬、燃料を求めて産油地に近いボルネオ島北東部のタウイタウイ泊地に集結したのはいいが、基地訓練を終了しただけの搭乗員が多く、空母の飛行甲板に着艦するのも一苦労である。着艦訓練で事故を起こし、失われた搭乗員は六十六名に達した。機動部隊の合同訓練をタウイタウイで実施する予定だったが、無風状態が続いて飛行機を発艦させるために必要な風力が得られず、泊地の外では米軍の潜水艦が出没して危険なこともあって、結局、満足な訓練は行われないままに終わる。

「あ」号作戦では、日本機の長い航続力を生かして敵艦上機の攻撃圏外から攻撃隊を発進させる「アウトレンジ戦法」をとることになっていたが、肝心の搭乗員の練度がこれでは、そう都合よく戦いが運べるはずがない。

サイパンに米軍が上陸したのは六月十五日、日米機動部隊が激突したのは六月十九日のことである。日本の機動部隊はグアム島西方三百浬《カイリ》の位置にあって、未明から四十四機の索敵機を出し、その「敵機動部隊発見」の報告をもとに次々と攻撃隊を発艦させた。

参加兵力は、日本側の空母九隻、艦上機四百三十九機に対して、米機動部隊は空母十五隻、艦上機九百二機と、約二倍の開きがある。

日本側の攻撃隊はレーダーの誘導で待ち構えていたグラマンＦ６Ｆの奇襲を受け、かろうじてそれを突破した機も、敵機動部隊上空で恐るべき威力を持つＶＴ信管（電波を発し標的が一定の距離まで近づくと炸裂する）を装備した対空砲火で次々と撃墜された。

先制攻撃をかけながら攻撃隊のほとんどが撃墜され、それに対し得られた戦果はわずかであった。

米機動部隊は十九日には日本機動部隊を発見できず、二十日の夕刻にやっと発見、一度だけ攻撃をかけてきている。上空直衛の零戦隊は敵機二十機を撃墜したが、この空襲と前日来の米潜水艦による魚雷攻撃で、日本側は空母「大鳳」「翔鶴」「飛鷹」を失った。二日間におよぶ戦闘が終わったとき、日本機動部隊に飛行機は六十一機しか残っていなかった。

この、昭和十九年六月十九日、二十日の日米機動部隊の戦いを、「マリアナ沖海戦」と呼ぶ。

基地航空部隊も、敵輸送船団攻撃に出撃したが、見るべき成果を挙げることなく壊滅した。サイパン島は七月七日、テニアン島は八月三日、グアム島は八月十一日、それぞれ米軍に占領された。サイパンに進駐していた二六一空零戦隊の搭乗員たちは、守備隊とともに玉砕した。サイパン、テニアンが敵手に渡ったことで、日本本土のほとんどは米軍の新型爆撃機・ボーイングB－29の空襲圏内に入った。

マリアナ沖で日本機動部隊を掃討した米機動部隊は、勢いに乗じてこんどは日本の領土である硫黄島に向かった。硫黄島は、マリアナ諸島からのB－29による本土空襲の中継基地となりうる位置にあり、ここを取られたら日本本土は米陸軍の新型戦闘機、ノースアメリカンP－51ムスタングの行動半径の中に入ってしまう。

昭和十九年六月二十四日、硫黄島は五百ポンド爆弾を搭載したグラマンF6F五十一機による空襲を受けた。日本側はレーダーでこれを探知し、横空、二五二空、三〇一空の零戦五十九機で邀撃した。この空戦で零戦隊は、F6F六機撃墜の戦果と引き換えに、三十四機を失った。日本側は第一次・天山艦攻二十機、第二次・天山艦攻九機、彗星艦爆三機、零戦二十三機、第三次・一式陸攻十八機の攻撃隊を敵機動部隊に向け発進させるが、敵艦に損傷を与えることはできず、この日の未帰還機の合計は六十機にのぼった。

七月三日、四日にも硫黄島は激しい空襲を受け、邀撃した零戦隊は、三日に三十一機、四日に十二機を失った。

七月四日、硫黄島は敵艦隊の艦砲射撃を受け、三つの飛行場に残存していた零戦をはじめ約八十機の飛行機は、全機が破壊された。もはや、戦いはワンサイドゲームと言ってよかった。

一航艦司令部の再建

門司親徳が、五五一空主計長から第一航空艦隊副官への転勤命令を受け、トラックから一式陸上攻撃機に便乗してフィリピン・ミンダナオ島のダバオに着任したのは、昭和十九年八月十四日のことである。

一航艦司令部は、マリアナ決戦に備えてテニアンに置かれていたが、テニアンはすでに最後の無電を発して玉砕している。司令長官・角田《かくだ》覚治中将以下、テニアンにいた司令部要員も、総員が戦死した。そこで急遽、ダバオで第一航空艦隊司令部が再建されることになり、八月七日付で、新司令長官・寺岡謹平中将が親補《しんぽ》され、参謀長・小田原俊彦大佐以下、司令部要員の人事が発令されたのだ。フィリピンは日本政府の支援のもと、昭和十八年十月十四日、独立宣言を発し、ホセ・ラウレルを大統領とするフィリピン共和国が誕生している。日本は占領以来の軍政を廃し、新たに結ばれた日比条約に基いて陸海軍部隊を各地に引き続き駐留させていた。

ダバオには第一、第二の二つの飛行場があり、夜間戦闘機「月光」をもつ第一五三海軍航空隊と、第二〇一海軍航空隊の零戦隊の一部が駐留している。

一航艦には他に、陸攻・艦攻隊の七六一空、輸送機部隊の一〇二一空が所属しているが、七月十日の編成替えで、飛行機を持つ「甲航空隊」と、飛行場整備や地上支援を行う「乙航空隊」が分かれることになり、乙航空隊を統括する航空戦隊として、南部フィリピンを担当する第六十一航空戦隊（司令官・上野《うわの》敬三少将・のち中将）と、中部、北部フィリピンを担当する第二十六航空戦隊（司令官・有馬正文少将）が、一航艦の指揮下に置かれた。

門司がダバオに着いたときには、すでに長官、参謀長と数名の幕僚が着任していた。

初対面の小田原参謀長は、生え抜きの飛行機乗りだが、小柄でニッケル縁の眼鏡をかけ、少し白髪の混じった髪をきちんと分けた、一見して軍人らしからぬ穏やかな印象の人だった。はじめての司令部勤務にとまどう門司の緊張をほぐすように、小田原は、

「ご苦労さん、長官にはあとで引き合わせるけど、ご老体だからよくお世話するようにね」

と、やわらかい笑顔で話しかけた。

寺岡中将は、白髪の多い坊主刈り、真ん丸い童顔に白いあごひげを生やしていた。聞けば、寺岡は海軍のなかでは中国通で知られ、昭和九年から支那事変が始まる昭和十二年までの大佐時代には蒋介石《しょうかいせき》の中華民国海軍大学校教官を務め、中国海軍を育てることに貢献したという。中佐時代には高松宮宣仁《のぶひと》親王の御附《おつき》武官も務めている。いかにも大陸風で鷹揚で、軍人というより文人といったほうが似合いそうな、穏やかな印象だった。寺岡は、緊張して着任の申告をする門司に、威張ったそぶりも見せず、ニコニコとした笑顔で、

「よろしく」

と言った。

司令部には、長官、参謀長をはじめ、先任参謀・猪口力平中佐（のち大佐）以下、七人の参謀と気象長、暗号長、艦隊軍医長、艦隊主計長、副官の門司、そしてテニアンに敵上陸のとき、たまたま出張していて玉砕を免れた二人の参謀がいる。

門司は副官として、発信、受信の電報や、発受の書類の全てに目を通す立場になり、にわかにこの戦争の状況をつぶさに知ることになった。

海軍では、准士官以上の食事と、下士官兵の食事（兵食）が昔から別になっている。准士官以上の食費は自費で、下士官兵は官費ということもあるが、戦地では、「食い物の恨み」は士気にかかわる。

新しい一航艦司令部では、テニアンの生き残りである山田武参謀の提案で、司令長官以下、士官も全員が下士官兵と同じ食事をとる「兵食主義」を取り入れた。

長官も幕僚たちも、一汁一菜の食事を琺瑯《ほうろう》引きの兵食器で黙って食べていた。

「司令部もいいことをすると思った。全員平等というのは、気持ちのいいことでした」

と、門司は回想する。幕僚も、前線で苦労してきた人が多いせいか、みな謙虚で、いやな癖のある人はいなかった。だが、この司令部は、テニアンが玉砕したから次の作戦に向けて、人を寄せ集めてつくった、急ごしらえの司令部である。幕僚同士がじっくり話し合って意思の統一をはかるような暇はなく、そこに一抹の不安が残った。

九月一日、ダバオは初めて敵大型機の爆撃を受ける。このとき以来、ダバオは度重なる夜間空襲と昼間の絨毯爆撃を受けるようになり、一航艦は、地上での損耗を防ぐため、ほとんどの飛行機をセブ島やルソン島の各基地に退避させた。

マリアナ諸島が米軍の手に落ちたいま、「絶対国防圏」はすでに崩壊している。軍令部は、敵の出方をいくつか予想して、「捷一号」（フィリピン方面）、「捷二号」（九州南部、南西諸島、台湾）、「捷三号」（本州、四国、九州など）、「捷四号」（北海道）の区分に分け、それぞれの作戦計画をたてた。しかし、米軍が次に攻めてくるのは、大方フィリピンに違いなかった。

零戦を使った「反跳爆撃」

第一航空艦隊司令部は、攻撃部署の策定、基地整備、燃料の準備、通信計画、陸軍との協定づくりなどの作戦準備に忙殺され、飛行機隊は、それぞれの指揮官のもとで練成を図っている。

これまでの戦訓によれば、重い爆弾や魚雷を搭載し、速度の遅い陸攻や艦爆、艦攻が、白昼、編隊を組んで敵艦隊上空までたどり着くことはむずかしい。それに、敵機動部隊を攻撃するのに十分な攻撃機の機数も揃わない。

そこで考えられたのが、目下、内地から搭乗員と飛行機を補充して戦力を蓄えつつある二〇一空零戦隊による「反跳爆撃《はんちょうばくげき》」である。これは、零戦に二百五十キロ爆弾を搭載し、高度十メートルの超低空を高速で接敵し、敵艦の二百〜三百メートルまで肉薄して投下、爆弾を水面に反跳させて舷側に命中させるというものである。

この戦法は、昭和十八年三月、東部ニューギニア沖のダンピール海峡で、アメリカ・オーストラリア聯合軍の爆撃機が日本海軍の駆逐艦、陸軍将兵を乗せた輸送船を攻撃、日本側が大きな打撃を受けたときに敵がとった戦法で、その有効性を認めざるを得なくなった日本海軍が、横須賀海軍航空隊で実験を続けていた。

投弾後、敵艦の上空スレスレをかわして退避することになるため極めて危険だが、照準が難しい急降下爆撃と違い、練度の低い搭乗員でも相当な命中率が期待できると考えられた。横空からは艦爆搭乗員で反跳爆撃の研究に携わった高橋定大尉がセブ基地に出張してきて、数日間、二〇一空の搭乗員たちの指導にあたった。

二〇一空は、戦闘第三〇五飛行隊（飛行隊長・指宿正信大尉）、戦闘第三〇六飛行隊（同・森井宏大尉）、戦闘第三一一飛行隊（同・横山岳夫大尉）、戦闘第三〇一飛行隊（同・鈴木宇

三郎大尉）の四個飛行隊からなり、飛行機定数はそれぞれ零戦四十八機であった。

四名の飛行隊長のうち、二人が戦死、一人は戦後、航空自衛隊で殉職し、平成二十三年現在、健在なのは横山大尉だけである。

「ダバオ近くでしばらく反跳爆撃の訓練をやりましたが、ただ超低空を飛ぶだけで、模擬爆弾を落とすわけでも、目標があるわけでもありませんでした。高度を下げすぎてプロペラで海面を叩き、ペラをひん曲げて帰ってきたやつがいたのは覚えています。飛行長・中島少佐は、『（反跳爆撃は）実績もなく効果も未知数』と懐疑的で、九月に敵機動部隊艦上機の空襲で手荒い被害を受けたこともあり、結局、実戦で行う機会はありませんでした」

と、横山は言う。横山は、横空から高橋大尉が反跳爆撃の指導にセブに来たことは知らなかった。ほかの飛行隊が、三十キロまたは六十キロ爆弾を実際に使用して反跳爆撃の訓練にあたったと伝えられることについても、横山には、自分の隊で爆弾を使って訓練をした記憶がない。

四個飛行隊のなかで、横山の率いる戦闘第三一一飛行隊は、異色の存在だった。というのは、ほかの三つの飛行隊は、隊長がそれぞれ生粋の戦闘機乗りであるのに対し、横山は水上機からの転科者だったからである。

戦闘第三〇五飛行隊は、二〇一空（旧千歳空戦闘機隊）がかつてラバウルで活躍した頃以来の、いわば生え抜きで、戦闘第三〇六飛行隊も、マリアナ戦以前から二〇一空に属している。戦闘第三〇一飛行隊は、開戦以来、フィリピン、蘭印（現・インドネシア）、ラバウルなどで活躍、オーストラリアのダーウィン空襲ではイギリスの誇る名機・豪州空軍のスピットファイア隊に対して一方的勝利を収め続けた二〇二空（旧三空）の流れをひいている。搭乗員も、戦闘機を専修した者が揃っていて、いわばこの三隊は、戦闘機本来の任務を帯びた制空隊《せいくうたい》である。

いっぽう、横山大尉の戦闘第三一一飛行隊は、艦上爆撃機出身の搭乗員が主体で、艦爆の代わりに零戦を使って爆撃に任じることを目的にした、戦闘爆撃隊であった。

搭乗員が空戦訓練をほとんど受けていないので、敵機の空襲があっても邀撃には上がらない。フィリピン各地に飛行隊を分散しているせいもあるが、二〇一空の指揮下にはあるものの、司令や飛行長の指示を受ける機会はほとんどない。横山は、

「飛行長から指示を受けたのは反跳爆撃のときぐらい。あとはノータッチで、自分で爆撃法を考えて訓練をやるしかありませんでした」

と回想する。

横山岳夫大尉の「第四の飛行隊」

横山岳夫大尉は、大正六年（一九一七）生まれ、海軍兵学校六十七期出身。昭和十六年十一月、飛行学生を卒業後、水上偵察機操縦員として戦艦「日向《ひゅうが》」、次いで「山城」に勤務。昭和十七年、横須賀海軍航空隊で二式水上戦闘機（零戦にフロートをつけ水上機としたもの）へ転換し、同年十二月、八〇二空増援隊指揮官としてソロモン諸島のショートランド島に着

任。敵重爆B－24や戦闘機P－39相手の空戦に参加した。

昭和十八年五月、厚木海軍航空隊に転勤を命ぜられ、横山はここで、フロートのついた水上機から車輪のついた陸上機、すなわち零戦に転科する。

昭和十九年三月、木更津基地で編成中の戦闘第三五一飛行隊長となるが、この隊は、使用機は零戦だが艦爆隊である第五〇一海軍航空隊に属する戦闘爆撃隊であった。戦闘三五一は三月二十日、ペリリューに進出するが、米機動部隊艦上機による空襲で壊滅し、ダバオ基地に後退。七月、内地からの補充搭乗員を加えて戦闘第三一一飛行隊に吸収され、横山はそのまま横すべりで戦闘三一一の飛行隊長になった。

そして二〇一空の指揮下に入ったものの、「第四の飛行隊」の扱いで、よく言えば別格だが、悪く言えば疎外されている感が否めない。

横山は、戦闘機で有効に爆撃を行うために、反跳爆撃のほかにも、戦闘三五一の頃から独自の工夫を重ねた。七月の再編当初から、横山が自らの列機として指名し、つねに一緒に飛んだのが、のちに神風特攻敷島隊の一員として戦死する大黒《おおぐろ》繁男上等飛行兵（上飛《じょうひ》）である。

零戦は、急降下爆撃を目的とする艦上爆撃機と違い、空気抵抗板がついていないから、急降下すると過速に陥り、操縦が困難になる。突撃中に敵の防御砲火で撃墜されるものも少なくない。

そこで横山が考えたのが、敵艦隊を発見したら、高度二千メートルで空母めがけて突進し、目標の空母の真上で機体をくるりと背面に入れ、直上方から降下して高度五百メートルで爆弾を投下するというやり方である。この戦法はのちに、実戦に使われることになる。

「ダバオ水鳥事件」と「セブ事件」

昭和十九年九月九日から十日にかけ、ダバオは、米機動部隊を発進した艦上機による大空襲を受けた。トラック以来、空襲を受け続けている門司親徳は、以前、空母から陸上部隊に転勤したとき、

「基地は沈むことはないから、安心して敵艦隊を攻撃することができて有利」

だと思っていたのがとんでもない勘違いだったことを悟った。こちらは動けなくて、敵機動部隊はいつどこを攻めるかを自由に決められる。まさに、敵のやりたい放題だと思った。

味方の索敵機が敵を発見できず、設置を急いでいた電探（レーダー）は、輸送の途中で積んでいた大発（輸送用舟艇）が敵機の襲撃を受けたために、設置ができていない。

日本側は全く気づかないまま、またも完全な奇襲を被った。九月九日は終日、ダバオ基地上空は敵機に制圧された。味方戦闘機は空襲を避けてフィリピン各地に分散していたため被害は少なかったが、その代わり、迎え撃つ戦闘機もいなかった。

翌十日も、早朝から空襲がはじまった。日本側に飛べる飛行機は一機もない。ほどなく、海岸の見張所から「敵水陸両用戦車二百隻陸岸に向かう」との報告がもたらされる。飛行機も電探もない状況で、敵情については見張員の目視に頼るしかない。

ミンダナオ島防衛を担当する海軍部隊は、第三十二特別根拠地隊（司令官・代谷《しろや》清志中

将）である。浮き足立った根拠地隊司令部は、確認に幕僚を海岸に派遣することもしないまま、「ダバオに敵上陸」を報じ、一航艦司令部もそれにつられた形で混乱を起こす。司令部は玉砕戦を覚悟して通信設備を破壊、重要書類を焼却したが、十日夕方になって、一五三空飛行隊長・美濃部正少佐が、修理した零戦で現地上空を偵察飛行してみたところ、敵上陸は全くの誤報であることがわかった。見張員が、海面の白波を水陸両用戦車と見間違えたのであった。

これは、昔、平氏の軍勢が水鳥の羽ばたく音を源氏の軍勢と間違えて潰走《かいそう》した「富士川の合戦」を思わせることから、「ダバオ水鳥事件」と呼ばれる。

早まって通信設備や重要書類を処分してしまったために、一航艦司令部は司令部としての機能を失った。そのため、しばらくの間、フィリピンでの航空作戦の指揮は、セブ基地にあった二十六航戦司令官・有馬正文少将に委ねられた。一航艦司令部は九月十一日、ルソン島のマニラに後退することになる。

有馬少将は、ダバオに敵上陸の誤報を受け、まぼろしの敵攻略部隊に備えてセブ基地に二〇一空零戦隊を集結させたが、九月十二日、こんどはセブ基地が敵機動部隊艦上機の急襲を受けた。

この日午前九時、レイテ湾東方にあるスルアン島の見張所は、米軍機の百六十機にもおよぶ大編隊が西に向かうのを発見、ただちに各基地宛に緊急電を打電した。だが、この報告はセブ基地には届かず、セブでは警戒配置が解かれたままになっていた。

セブ基地では、飛行長・中島正少佐が飛行場に搭乗員たちを集めて戦闘上の注意の座学を行っていた。不幸な偶然は、同じ時間に、味方のダグラス輸送機が到着する予定になっていたことである。そのため、爆音が聞こえても一時の逡巡があった。

一瞬の判断が勝敗を分ける空戦の怖さを知っている歴戦の搭乗員のなかには、いち早く零戦に向かって走り出した者がいたが、

「いや待て、あれは味方の輸送機だ」

と、中島少佐がそれを制した。

事実、ダグラス輸送機はセブ基地に着陸したが、そのすぐあとを追うように敵の大編隊が姿を現したのである。着陸したばかりの輸送機は、敵弾を受け一瞬で炎上した。

零戦隊は空襲下の不利な態勢から四十一機が邀撃に上がったが、空戦で二十七機を失い、戦死した搭乗員のなかには戦闘三〇六飛行隊長・森井宏大尉ほか、支那事変以来歴戦の大石英男飛曹長《ひそうちょう》などの、余人をもって代えがたいベテラン搭乗員が数多くいた。

地上で撃破された飛行機も五十三機におよび、フィリピンでの決戦に向けて用意されていた虎の子の零戦は、戦力の過半を失った。

「反跳爆撃」による敵機動部隊攻撃に一縷《いちる》の望みを抱いていた一航艦の企図は、こうして実現することなく頓挫した。

この日受けた、戦力の過集中による大損害は、「セブ事件」と呼ばれる。

司令長官の更迭

ダバオから移転した新しい第一航空艦隊司令部は、マニラ湾に沿った海岸通りにある二階建ての洋館に置かれている。南北に走る海岸通りに面した門を入ると、芝生の広い庭があり、その奥にクリーム色のコンクリート建ての二階屋が西を向いて、横に広く建っていた。

二階中央のホールを長官公室にし、公室の奥の部屋を二つに区切って長官、参謀長の個室とした。南側の二つの小部屋に参謀たちの仮設ベッドを並べている。一階は幕僚事務室で、各幕僚の事務机が置かれ、廊下には各部隊との連絡用電話があって、電話当番が常駐している。

この建物の南隣に、六角形の木造家屋があり、ここが副官部になった。門司副官や気象長の私室もこの建物にある。司令部の裏には、半地下の頑丈なコンクリート造りの通信室があった。

「二階の窓からは道路を隔ててマニラ湾が一望に見おろせ、真正面にバターン半島が見える。ここから見る夕焼けは絶景でしたが、いまは海岸通りを散策する人もおらず、あたりはひっそり閑《かん》としていました」

門司は、この風景が忘れられないという。

一航艦が指揮下に入る南西方面艦隊の司令部は、海岸通りをマニラ市街に向かって北上した突き当たりに近いところの、かつてアメリカのネイビークラブのあったビルに入っている。南西方面艦隊の司令長官は三川軍一《みかわぐんいち》中将であった。

門司が突然、小田原参謀長に呼ばれたのは、昭和十九年十月九日のことである。一航艦司令長官が更迭され、寺岡中将の後任として大西瀧治郎中将が着任するという。

寺岡中将は在任わずか二ヵ月、誰が見てもこれは、「ダバオ水鳥事件」「セブ事件」と続いた一連の不祥事の責任をとらされたのは明らかであった。「水鳥事件」の直接の責任者である第三十二特別根拠地隊の代谷司令官も罷免されると聞けば、疑う余地はない。来るべき「捷一号作戦」は、当然、寺岡長官のもとで戦うものだと、司令部の職員は誰もが思っていた。寺岡は、いわゆる闘将型の指揮官ではなかったが、そのやわらかい人柄で部下たちの敬愛を集めていた。

門司はそのとき、寺岡中将を庇う気持ちのほうが強かったと語っている。

「一連の不祥事を招いた責任は、根拠地隊の混乱につられて浮き足立った幕僚や司令部職員にもあるわけで、小田原参謀長も辛そうな表情をしておられました。私も、『われわれが至らなかったばかりに……』と、胸が痛む思いがしました」

大西中将はすでに、「南西方面艦隊附」という発令があって、内地を発ちマニラに向かっているという。

「もう内地までお迎えに行くことはできないが、台湾までお迎えに行ってくれないか」

と、小田原に言われて、門司はその日のうちに台湾に行くことにした。

現場の認識としては、この司令長官交代劇は、あくまで寺岡長官が不祥事の責任をとらされた、いわば偶発的なものだと捉えられている。

この二日前の十月七日、聯合艦隊司令長官・豊田副武大将が、参謀副長・高田利種大佐、航空乙参謀・多田篤次少佐らを帯同し、前線視察のためマニラに赴いた。

多田少佐の回想によると、このとき、多田はもっぱら一航艦司令部で、先任参謀・猪口力平中佐の戦況説明を聞いたが、猪口は、

「もうこの戦況では、体当り攻撃しか手がない」

との感想を漏らしたという。

相次ぐ体当りの意見具申

このときから遡ること約一年三ヵ月、昭和十八年六月末頃から、海軍部内では飛行機に爆弾を抱いて敵艦に突入するという捨て身の作戦が議論に上るようになっていた。

昭和十八年六月二十九日、侍従武官・城《じょう》英一郎大佐は、艦攻、艦爆に爆弾を積み、志願した操縦員一名のみを乗せて体当り攻撃をさせる特殊部隊を編成し、自身をその指揮官とするよう、当時、航空本部総務部長だった大西瀧治郎中将に意見具申した。大西は、

「意見は了承するが、搭乗員が百パーセント死亡するような攻撃方法はいまだ採用すべき時期ではない」

としてその具申を却下した。同年十月には、黒木博司大尉、仁科関夫中尉が共同研究した「人間魚雷」の設計図と意見書を軍令部に提出したが、これも却下されている。

しかし、昭和十九年二月十七日、トラックが大空襲を受け、壊滅的な打撃を受けたことで潮目が変わった。二月二十六日、先の「人間魚雷」の着想が見直されることになり、呉海軍工廠魚雷実験部で「㊅《マルロク》金物」の秘匿名で極秘裏に試作が始められる。

これはのちに「回天《かいてん》」と名づけられる水中特攻兵器で、魚雷に操縦装置をつけ、人間の操縦で敵艦に体当りするものであった。

昭和十九年四月四日、軍令部第二部長（軍備）・黒島亀人少将は、第一部長（作戦）・中澤佑少将に、「体当り戦闘機」「装甲爆破艇」をはじめとする新兵器を開発することを提案し、その案を元に軍令部は、九種類の特殊兵器の緊急実験を行なうよう、海軍省に要望した。海軍省の命を受けた艦政本部は、これらの兵器に㊀から㊈までの秘匿名称をつけ、実験を急いだ。

昭和十九年五月には、一〇八一空の大田正一少尉が、大型爆弾に翼と操縦席を取りつけ、操縦可能にした「人間爆弾」の着想を、同隊司令・菅原英雄中佐を通じて空技廠長・和田操中将に進言、航空本部の伊東祐満中佐と軍令部の源田實中佐とが協議して研究を重ねることになった。

マリアナ沖海戦当日の六月十九日、三四一空司令・岡村基春大佐が、二航艦司令長官・福留繁中将に、「体当り機三百機をもって特殊部隊を編成し、その指揮官として私を任命されたい」と意見具申。岡村はさらに、二十七日には軍需省航空兵器総務局長になっていた大西瀧治郎中将のもとへ赴き、体当り戦法に適した航空機の開発を要望している。

そんな動きの流れがあって、昭和十九年八月に入ると、航空本部は大田少尉の「人間爆弾」試案に㊅《マルダイ》の秘匿名をつけ、空技廠に試作を命じた。のちの「桜花《おうか》」である。

「熱望」「望」「否」

㊅の試作が決まったのを受け、昭和十九年八月上旬から下旬にかけ、第一線部隊をのぞく日本全国の航空隊で、「生還不能の新兵器」の搭乗員希望者を募集した。ただし、その「新兵器」がどんなものであるか、その時点では知らされていない。

筑波海軍航空隊の零戦搭乗員・湯野川《ゆのかわ》守正中尉は、飛行学生になる前、巡洋艦「阿賀野《あがの》」に乗組み、ガダルカナル島攻防さなかのソロモン戦線での戦いを経験している。一撃で死に至る任務を志願するには躊躇《ためら》いもあったが、

「この戦争は尋常な手段では勝てない。自分の命を有効に使えるならやってやろうじゃないか。母が悲しむかも知れないが、俺は次男で、戦死要員だ」

と決心し、「熱望」の意志を上層部に伝えた。湯野川はのちに、「桜花」を主戦兵器とする七二一空（神雷部隊）桜花隊分隊長になる。

硫黄島で壊滅し、千葉県の館山と茂原の両基地で再建中の二五二空でも、「新兵器」搭乗員の募集が行われた。茂原基地では、司令・藤松達次大佐より、この新兵器は絶対に生還のできないものである旨の説明があり、紙が配られ、官職氏名と「熱望」「望」「否」のいずれ

かを記入して、翌朝までに提出するよう達せられた。

「青天の霹靂《へきれき》だった」

と、角田和男少尉は回想する。先任搭乗員の宮崎勇上飛曹が、司令の言葉が終わるやいなや二、三歩前に進み出て、整列している下士官兵搭乗員をふり返り、

「お前たち、総員国のために死んでくれるな！」

と、どすの利いた大声で気合を入れた。間髪をいれず、「ハイッ！」と、五十数名の搭乗員の声が一糸乱れず響き渡った。

彼らは全員が、その場で「熱望」として提出した。この部下たちが志願するなら、生死をともにするのは分隊士である自分の役目である。角田も用紙に「熱望」と書いて提出した。だが、歴戦の搭乗員の中には志願しなかった者もいる。岩本徹三飛曹長の意見ははっきりしていた。

「死んでは戦争は負けだ。われわれ戦闘機乗りは、どこまでも戦い抜き、敵を一機でも多く叩き墜とすのが任務じゃないか。一回の命中で死んでたまるか。俺は『否』だ」

「海軍特攻部」の新設

昭和十九年九月十三日付で、海軍省に「海軍特攻部」が新設され、大森仙太郎中将が特攻部長に就任していた。すでに、㈥、㈫のみならず、ボートに爆薬を積んで敵艦に突入し、装甲を破壊する㈣（のちの「震洋」）の開発も進んでいる。

「特攻」は、すでに海軍の既定路線だった。

――多田少佐は、聯合艦隊参謀としてその間の経緯はよく知っている。昭和十八年十月から聯合艦隊司令部に着任するまでの約半年にわたって勤務していた横須賀海軍航空隊では、横空飛行隊長だった中島正少佐が、

「もう体当り攻撃をやらなきゃ駄目だ」

と、実際に零戦を操縦して体当り攻撃の研究をしていたのも目の当りにした。

中島は昭和十九年七月、二〇一空飛行長としてフィリピンに赴く際にも、のちに二五二空飛行長としてフィリピンでともに戦う戦闘機乗りの後輩・新郷英城《しんごうひでき》少佐に、

「体当り攻撃隊を作りに行くんだ」

と話したと伝えられている。

多田自身、飛行将校として十年におよぶ経験のなかで、数多くの仲間が殉職するのを間近に見るうち、

「むずかしい死生観を言わなくても、生には死が続いていることを気楽に納得できるようになっていた」

という。しかも、

「職責の自覚とその完遂」

を徹底すると、体当りするのがもっとも職責を全うする方法だと思ったら、躊躇なく体当り攻撃ができるというのが、多田の見るところでは、海軍の飛行機乗りの一般的気風であっ

た。

そんな思いでいた多田は、

「体当り攻撃しか手がない」

という猪口中佐の言葉に大きく頷いた。ただ、自分が「死」を決意するのと、「死」を人に命じるのとでは天と地ほどの差があることに、多田は気づいていない。

これまでも、敵艦隊を発見した索敵機が、自分の飛行機の燃料がもたないのを知りながら攻撃隊の誘導を続けたり、被弾した飛行機の搭乗員がとっさの判断で自爆した例は数多くある。だが、それらはあくまで個人としてのその場の状況判断によるものであり、多田たちが考える、海軍という組織としての「特攻隊」編成とは、本質的に異なっている。

そのことに思いが至っていた首脳や幕僚がどれほどいたか、いまとなっては確かめるすべはないが、海軍の作戦方針は、大きな転換期を迎えようとしていた。

聯合艦隊司令長官護衛戦闘機

豊田大将一行がマニラを離れ、台湾に向かったのは、門司が大西中将の出迎えを命じられた十月九日のことである。

長官一行の搭乗する二機の一式陸攻には、横空の柳澤八郎大尉を指揮官に、ラバウル帰りの歴戦のつわものを揃えた零戦九機が護衛についていた。

そのうちの一機、大原亮治上飛曹が、マニラでの様子を記憶している。

「マニラに着いたら、かつてラバウルで一緒だった戦闘三〇一飛行隊長の鈴木宇三郎大尉が、『おお、大原、来たのか』と迎えてくれました。その何日か前に空襲を受け、敵機動部隊の攻撃にも行ったらしい。『こんどの敵戦闘機（グラマンF6F）は、ラバウルで戦ったF4Fとは全然ちがう。大変な相手だぞ』と言っていました」

戦況を反映してか、フィリピンでは日本軍の軍票の価値が暴落している。ひどいインフレになっていて、一箱七銭の日本の煙草「誉《ほまれ》」が、現地で十円で売れると聞き、大原は「誉」の十箱入りを二カートン買って内地から持参した。

「長官一行がマニラにいる間、上陸（外出）していいというので、隊のトラックで街に出たことがありました。すると、子供たちが『タバコ、タバコ！』と言って寄ってくるんですよ。最初は、七本の指を立てて『七円！』というのを、こちらは『十円！』と両手を広げて譲らない。子供たちはその煙草をさらに売って利益を出すのでしょう。結局、それを売って二百円になりましたが、軍票は内地に持って帰っても使えない。そこで司令部の経理に、『聯合艦隊司令長官護衛戦闘機です』と言って、日本円の現金に換えてもらいました。海軍少尉の俸給が月七十円ですから、大変な金額です。砂糖も、統制がかかっていて、持ち帰れるのは一人一斤（約六百グラム）と決められていましたが、これも『聯合艦隊司令長官護衛戦闘機』と言えば六斤買うことができました。

それと余談ですが、豊田長官の乗る輸送機には、帰りに三川軍一中将から内地の各方面宛の荷物の包みを二十四個、積み込みました。ところが、横空で荷物を降ろすと二十三個しかない。幕僚たちが探し回って、私も心当りがないか聞かれましたが、そんな心当りはない。あとで格納庫に行ってみたら、なんとその包みは、整備員が『ギンバイ』（海軍隠語で物品をくすね取ること）してたんです。中身は高級石鹸がぎっしり詰まっていて、みんなで分けました」

大原上飛曹はその後、新型機の飛行実験に従事しながら、本土上空に来襲する敵艦上機やB－29の邀撃戦《ようげきせん》で活躍した。

日米開戦に反対した大西

豊田大将一行を追うように、門司は、台湾行きの輸送機に便乗して、高雄基地に向かった。新長官になる大西中将については、門司はそれまで何も知らなかったが、輸送機が出る前に、幕僚たちからいろんな話を聞かされている。

大西瀧治郎中将は、明治二十四年（一八九一）六月二日、兵庫県氷上郡の生まれでこのとき満五十三歳。明治四十五年に海軍兵学校を四十期生として卒業した。一航艦の前任の長官・寺岡謹平中将、二航艦長官の福留繁中将とはクラスメートである。

大正四年（一九一五）、中尉進級と同時に日本初の水上機母艦「若宮《わかみや》」乗組兼航空術研究委員となり、飛行機乗りへの道を歩む。時あたかも第一次世界大戦の最中で、飛行機がこれから急速な進歩をとげ、有効な兵器となってゆこうとする、海軍航空の黎明期であった。

大正七年から九年にかけてイギリス、フランスに出張し、ここでは飛行船の操縦術も習得して、日本で初めての飛行船を購入して帰国した。その後、横須賀海軍航空隊や霞ヶ浦海軍航空隊の教官、航空本部教育部部員などを歴任した。

同期生百四十四名中二十番という好成績で海軍兵学校を卒業しながら、横須賀で芸者を殴って海軍大学校に入れなかったとか、日本で初めて落下傘降下を試みたとか、無鉄砲なエピソードのいくつかは門司も聞いている。

昭和九年には横空副長兼教頭となり、予科練習生の教育にあたる。昭和十一年、航空本部教育部長に転じ、海軍上層部に対し、「戦艦主体論から航空主体論に移るべき」との建言をしている。海軍のマークの「錨」を「プロペラ」に変えて航空兵力を拡充しろとまで主張したと伝えられるが、これは、「大口径の砲を搭載した戦艦が海戦の勝敗を決する」という、海軍伝統の「大艦巨砲主義」に真っ向から挑戦するもので、海軍部内では強い反発を受けた。

翌十二年、支那事変が始まると、教育部長として視察に来た身で、南京への渡洋爆撃の九六式陸上攻撃機に乗っていったという話もある。その後、中国大陸漢口基地の第二聯合航空隊司令官として、重慶、成都など奥地への空襲を指揮。出撃のときはしばしば陸攻、それも指揮官機ではなく、敵戦闘機の邀撃を受ければ真っ先に狙われやすい編隊最後尾の飛行機に同乗した。

昭和十五年夏、大西の指揮下にある第十二航空隊に新鋭戦闘機・零戦が配備されると、同年九月十三日の初空戦で、敵機二十七機撃墜、損失ゼロという戦果を収めさせてもいる。

太平洋戦争開戦時には、台湾・高雄の第十一航空艦隊参謀長として、東南アジアにおける日本海軍航空隊の緒戦の快進撃を仕掛けた。

ただし、大西は、日米開戦には反対、ないしは慎重な立場であったと伝えられている。

山本五十六聯合艦隊司令長官から、真珠湾攻撃についての意見を求められたとき、大西は、機密保持が難しいこと、港の水深が浅くて魚雷が使えないことの二点を挙げて反対した。その二点がクリアされ、作戦が成功したのちも、真珠湾で戦艦を屠ったばかりに、アメリカ国民の意思を結集してしまったのだという趣旨のことを、アメリカから交換船で帰国した中学の同窓生で実業家の徳田富二に語っている。

大西はその後、航空本部総務部長、軍需省航空兵器総局総務局長を歴任し、飛行機が戦争の主力であることを力説し続けた。その強い意思と言葉は、航空畑の海軍軍人の支持を得たが、思考の硬直化した海軍首脳をほんとうに動かすまでには至らなかった。

草柳大蔵著『特攻の思想』によると、軍需省にいた頃、大西は、東京・有楽町の朝日講堂で行った「血闘の前線に応えん」と題した講演で、「美談のある戦争はいけない」という歴史観を披露している。

〈非常に勇ましい挿話がたくさんあるようなのはけっして戦いがうまくいっていないことを証明しているようなものなのである。たとえば、足利・北条が楠木正成《まさしげ》に対して、事実は勝った場合の如きがそれである。あの場合、足利や北条のほうにはめざましい武勇伝なり、挿話なりというものはなくて、かえって楠木方に後世に伝わる数多い悲壮な武勇伝がある。だから、勇ましい新聞種がたくさんできるということは、戦局からいってけっして喜ぶべきことではない。この大東亜戦争（太平洋戦争）でも、はじめ戦いが非常にうまく行っていたときには、個人個人を採り上げて武勇伝にするようなことは現在に比べるとズッと数は少なかった。いまはそれだけ戦いが順調でない証拠だともいえるのである。状況かくのごとくなった原因は、航空兵力が残念ながら量においてははなはだしい劣勢にあり、制空権が多くの場合、敵の手にあるからである〉

歴史と照らして現在の戦況を、じつに冷静に分析し、悲観的な見通しを率直に吐露しているのがわかる。そんな経緯を経て、今回のフィリピン行きとなったのである。

筋肉質の西郷隆盛

「寺岡長官と違って、怖い人だぞ。副官、大変だなぁ」

幕僚たちにそんな先入観を吹き込まれたまま、門司が高雄基地に着くと、そこには一週間ほど前に内地から進出してきたばかりの第二航空艦隊司令部があった。二航艦の司令長官は福留繁中将、参謀長は杉本丑衛《うしえ》大佐（のち少将）であった。

門司はここで宿泊や食事の世話になりながら大西の到着を待つが、兵食主義の一航艦の食事と違い、二航艦司令部の夕食が、びっくりするほどの皿数で、まるで何かの記念日のようなご馳走だったことが印象に残っている。

門司が台湾に着いた翌日の十月十日、敵機動部隊が沖縄に来襲した。二航艦の縄張りは九州、沖縄、台湾だから、司令部はにわかに慌しくなった。しかし、一航艦からの居候である門司には何の仕事もない。

十月十一日、門司が昼食後、個室のベッドでつい昼寝をしていると、杉本参謀長の従兵が、

「参謀長がお呼びです。新しい一航艦長官がお着きです」

と呼びにきた。飛行場に行かねばと思い、草色の第三種軍装の上衣を着、飛行靴を履くと、

「長官室におられます」

従兵が言った。門司は、しまったと思った。眠っている間に、大西中将は上海を経由して高雄に到着したのだ。飛行場の指揮所で出迎えるはずだったのに、最初からしくじったと、身の縮む思いだった。

ノックして長官室に入ると、左手のソファに、福留中将と向かい合って、大西中将が座っていた。参謀長が、

「マニラからお迎えに来ている一航艦の副官です」

と紹介してくれ、門司は、固くなって、背筋を伸ばしたまま上半身を十五度前に傾ける室内の敬礼をした。大西は、ジロリと門司を見ると、黙って頷いた。畏怖を覚えるような大きくするどい目だった。

好々爺の寺岡中将とはまったく違う、厳しさに満ちた雰囲気。だが、門司は不思議と苦手な感じはせず、直観的に親しみを感じた。

「大丈夫だ」

門司は密かに思った。

「初対面の大西中将は、上野公園の西郷隆盛像を筋肉質にしたような容貌で、そんな既視感が親しみを感じさせたのかもしれません」

門司は戦後、そう語っているが、それだけではない「相性」のよさが、立場も階級も全く違うこの二人の間にはあったと思われる。

豊田聯合艦隊司令長官は、マニラからの帰り道に台湾・新竹《しんちく》に立ち寄ったが、敵機動部隊の沖縄空襲のため足止めを食っていた。大西はそれを聞くと、すぐに新竹に赴いて豊田大将と会うことにした。

「新竹基地は広々とした飛行場で、立派な庁舎や格納庫が並んでいる。基地の副直将校に案内されて、大西長官は、豊田大将のいる第二十一航空戦隊庁舎二階の一室に入っていった。そこでどんな会話が交わされたのか、私にはわかりません」

と、門司。

だがこの頃、早朝に新竹を発進した索敵機が、台湾東方海域に敵機動部隊を発見、続いてさまざまな索敵情報が入ってきた。翌十二日朝、新竹基地に空襲警報のサイレンが鳴り響いた。

門司は、大西中将を防空壕に案内すると、ふたたび宿舎に戻って、大西の大きなトランクを二つ、両手に持って防空壕に引き返した。敵艦上爆撃機の爆撃が始まる。最初の一機の爆撃をやり過ごし、半地下の防空壕に降りてきた門司の顔を見て、大西がニヤリと笑った。強がりでも自嘲でもなく、ひどく人間くさいニヤリであった。

空襲の合間を縫って、門司が庁舎へ走って朝食用の乾麵麭《かんめんぽう》と水をもらってくると、大西は、乾麵麭をポリポリとかじりながら、

「副官は空襲馴れしてるなあ」

と一言、言った。

「第一線の体験を否応なしにしてきましたが、その匂いを大西中将が感じ取ってくれたことは何よりも快く、胸に沁みて嬉しいことでした。私は、いわばこの一言で、大西中将になついてしまったわけです」

このときから六十年後の、門司の述懐である。

聯合艦隊航空乙参謀・多田篤次少佐は、豊田大将を防空壕に案内して、爆撃がおさまったときに戦況を見ようと外に出た。すると、遠くで戦闘機同士が空戦しているのが見える。零戦が敵機の後ろにつく。が、そこからがなかなか墜《お》とせない。敵機はスピードを上げて射程圏外に離脱してしまう。まどろっこしい思いで見ていると、気がつけば、防空壕から出てきた大西中将が後ろに立って観戦している。

「コクサ（航空参謀）、これをどう見るか」

大西は多田に声をかけた。多田は、マリアナ沖海戦のときの損害の大きさや横空での中島正少佐による体当り攻撃の研究、マニラで聞いた猪口力平参謀の話などを頭の中ですばやく思い浮べ、

「もう体当り攻撃しかないと思います」

と、思うところをありのままに答えた。

「お前もそう思うか」

大西は言ったと、多田は戦後、回想している。

T攻撃部隊の「大戦果」

昭和十九年夏、体当り攻撃隊の編成開始と並行して、海軍軍令部は、来るべき日米決戦で敵機動部隊を撃滅するための新たな作戦を練っていた。全海軍から選抜した精鋭航空部隊と、臨時に海軍の指揮下に入る陸軍重爆隊で編成された「T攻撃部隊」による航空総攻撃である。「T」はTyphoonの頭文字をとったもので、敵戦闘機の発着艦が困難な悪天候を利用して、敵機動部隊を攻撃するというものである。

ただ、精鋭部隊とはいえ、飛行機の性能、機数が敵より劣り、実戦経験のない搭乗員が多くを占める現状では、まともに考えれば敵が飛べないほどの荒天下で有効な攻撃ができるはずがない。

この作戦を発案したのは、軍令部第一部第一課の部員・源田實中佐であり、採択したのは軍令部第一部長・中澤佑少将である。T攻撃部隊は、福留中将が率いる第二航空艦隊の指揮下に入ることになった。

台湾が米機動部隊艦上機による大空襲を受けた昭和十九年十月十二日、鹿屋基地を発進した索敵機が、夕方までに、台湾東方海域に三群の敵機動部隊を発見した。福留中将はT攻撃部隊の発進を下令。作戦にふさわしく、洋上には台風が発生していた。

鹿屋から出撃した陸上爆撃機「銀河」、一式陸上攻撃機計五十六機、沖縄を発進した艦攻二十三機、陸軍重爆撃機二十二機が夜間攻撃を敢行し、

「撃沈二隻、中破二隻、艦種不明なるも撃沈、中破各一は空母の算大」

という戦果を報じた。

十月十三日も、台湾は激しい空襲にさらされたが、T攻撃部隊は鹿屋から四十五機の攻撃隊を出して、薄暮攻撃を行った。

十月十四日、総力を挙げて攻撃隊を出すことになり、南九州各基地から新手の四百機とT攻撃部隊の残存兵力、またフィリピンからは海軍、陸軍あわせて百七十機を攻撃に投入することとされたが、実際に攻撃に参加できたのは約四百五十機だった。

十月十四日午後、T部隊指揮官・久野修三大佐は、十二、十三両日の総合戦果を、

「十二日空母六乃至八隻轟撃沈（内正規空母二～三ヲ含ム）

十三日空母三乃至五隻轟撃沈（内正規空母二～三ヲ含ム）」

と報告した。

絶えて久しい敵空母撃沈の報に、

〈多大の戦果を挙げつつあることは確実と思考し、海軍部の空気は興奮の坩堝《るつぼ》と化した〉

と、防衛庁防衛研修所戦史室『戦史叢書45』（大本営海軍部・聯合艦隊〈6〉第三段作戦後期）は述べている。

十四日には高雄、台南の基地が、中国大陸から発進した敵の新型爆撃機・B－29数十機の絨毯爆撃を受けたが、機動部隊艦上機による空襲はやんだ。十五日には、残敵掃討の攻撃隊が、台湾とフィリピンの各基地を飛び立った。

この日、横山岳夫大尉率いる戦闘三一一飛行隊の爆装零戦六機が、戦闘三〇五飛行隊長・指宿正信大尉率いる零戦十九機に護衛され、マニラ東方二百浬の敵機動部隊攻撃に向かった。司令・山本栄大佐の日記によると、途中、敵戦闘機四十機と遭遇、指宿隊はこれと空戦に入ったというが、当時は戦闘機同士の無線電話は雑音が多くて使い物にならず、横山大尉は、指宿隊が「敵艦隊上空まで護衛して帰ってしまった。敵戦闘機は見なかった」と記憶している。

横山隊は、敵空母四隻を中心に、数隻の駆逐艦、巡洋艦が輪形陣を組んで航行しているのを発見した。横山大尉の回想――。

「高度二千メートル、敵空母の真上で機体を背面に入れると、そのまま苦もなく機首が下がり、スピードがつく。それで、高度五百メートルまで垂直に降下して爆弾を落とす。敵の防禦砲火はすごかったですよ。曳痕弾がアイスキャンデーが飛んでくるように目の前に飛んでくる。曳痕弾はふつう四～五発に一発の割合で入ってますから、目に見えない弾丸のほうが多い。しかし、爆弾を投下して、海面すれすれに機体を引き起こすと、輪形陣の中なもんだから、味方撃ちを恐れて敵はそこまで撃ってこないんですよ。そのまま輪形陣を超低空で突っ切って、外側の駆逐艦に銃撃を加え、離脱しました。

私は爆撃効果までは確認できませんでしたが、第二小隊長の耕谷《こうたに》信男飛曹長が、敵空母と巡洋艦から煙が出ているのを確認した。六十キロ爆弾ですから、命中してもたいした効果は望めなかったでしょうが、これまで自分で工夫し、訓練してきた戦法が実践できて、しかも全機無事に帰ってくれたのが嬉しかった」

米側記録によると、この日、空母「フランクリン」が、横山隊とおぼしき攻撃を受け、爆弾一発が命中、死傷者十五名を出している。ただ、「二機を対空砲火で撃墜した」とあるのは、横山大尉の記憶と食い違いを見せている。双方の戦果と損害を見比べて、一致することはなかなかないから、これはやむを得ない誤差だと考えるしかない。

有馬正文少将の自爆

十五日にはまた、フィリピン中部、北部の基地整備を担う第二十六航空戦隊司令官・有馬正文少将は、クラークから出撃する七六一空の一式陸攻に乗り込み、台湾東方の敵機動部隊を雷撃したのち、被弾、自爆したとの報がもたらされた。

有馬は、万一、遺体が敵軍の手に渡ったときのことを考え、少将の階級章をはずし、双眼鏡の「司令官」という文字を削り取って、覚悟の上での出撃であった。

この有馬の陣頭指揮、自爆は、のちの特攻隊のさきがけと評価されることがあるが、門司親徳は「それは違う」と考えている。

「本来、飛行機隊を指揮する立場にない乙航空戦隊の司令官が、陸攻に搭乗して行ったということに不思議な気がしました。有馬少将は、『ダバオ水鳥事件』で一時、一航艦の指揮を任されたときに『セブ事件』で大きな損害を出してしまい、非常な責任を感じておられるのは、傍で見てもわかりました。有馬少将は、その責任を、指揮官先頭の範を示したやり方でとられたのではないでしょうか。

報道班員の新名丈夫さんによると、かつて有馬司令官に会ったとき、司令官は、『こんどの戦争では上に立つものが死なねばならぬ』と言われたとか。姿勢がよくて寡黙な人でしたが、内に秘めた責任感の強さは尋常ではなかったのでしょう」

十月十六日にも、「明らかに敗走中」と海軍中央部が判断した敵機動部隊への攻撃は続けられ、報告された戦果はさらに拡大した。

聯合艦隊の戦果報告では、空母だけで十隻を撃沈、八隻を撃破したことになっている。

いっぽう、この日、鹿屋基地を発進した索敵機が、思いもよらない敵情を打電してきた。午前十時三十分、高雄の九十五度（東方やや南寄り）四百三十浬に、西に向かって航行中の敵空母七隻、巡洋艦十数隻からなる機動部隊を発見したのである。

正午前に届いたこの報告は、撃滅したはずの敵機動部隊が健在であることを示している。祝勝ムードに浮かれていた大本営海軍部と聯合艦隊司令部にとって、これは青天の霹靂であった。

聯合艦隊司令部は戦果の判定に疑念を持ち、戦果の再検討を始めた。その結果、「確実な戦果は、空母四隻撃破程度」と判断が覆ったのは、十八日の午後以降だったといわれる。

戦果判定の多くは、薄暮から夜間の攻撃で、味方機が自爆炎上するのを敵艦の火災と誤認したものと考えられた。

十月十二日から十六日まで五日間にわたって続いた「台湾沖航空戦」と呼ばれる一連の戦闘で、日本側が四百機の飛行機を失ったのに対し、結局、撃沈した米軍艦艇は一隻もなく、八隻に損傷を与えただけだった。米軍の飛行機喪失は七十九機であった。

だが、十八日には戦果の判定が訂正されたにも拘らず、大本営は十九日、訂正前の大戦果にさらに脚色を加える形で大々的な戦果発表を行っている。

大本営発表とは裏腹に、日本海軍航空部隊が、台湾沖航空戦で受けた打撃はとてつもなく大きかった。

フィリピンの航空兵力は、十八日現在の可動機数が、一航艦の三十五～四十機、陸軍の第四航空軍約七十機しかなく、台湾から二航艦の可動機二百三十機を派遣しても、あわせて約三百四十機に過ぎなかった。

そんな状況で、昭和十九年十月十七日、聯合軍攻略部隊の先陣は、レイテ湾の東に浮かぶ小さな島、スルアン島に上陸を開始した。いよいよ、敵の本格的進攻が始まったのだ。迎え撃つフィリピンの日本軍部隊はこの敵上陸部隊の接近に気づいておらず、またもや寝耳に水の状態で敵の上陸を許した。すべてが、うまく噛み合わなくなっていた。

聯合艦隊司令部は、これを米軍の本格的なフィリピン進攻の前触れと判断して、午前八時三十五分、「捷一号作戦警戒」を発令した。

大西、フィリピンへ

「今日じゅうにマニラに行こう」

と、大西中将が門司副官に言ったのは、十月十七日午後のことである。

高雄基地にあった二航艦司令部は、敵艦上機の空襲が始まるとすぐに、近くの小崗山《しょうこうざん》の洞窟に移っていた。高雄基地は、飛行場はなんとか使えるものの、滑走路には大きな爆弾の穴が重なり合うようにあいていて、建物という建物は瓦礫の山と化している。

大西は門司を連れ、豊田聯合艦隊司令長官一行とともに、二航艦と打ち合わせのため十六日にここを訪れていた。

十七日、正午を少しまわった頃、高雄は四十～五十機のB－29による爆撃を受ける。ドロ、ドロ、ドロという絨毯爆撃の地響きがおさまったのを見計らって、門司は防空壕を兼ねた司令部の洞窟を出た。しばらくして、大西中将も出てきた。大西は、一枚の電信紙を門司に手渡した。そこには、「スルアン島に敵上陸」を報じる電文が書かれてあった。

午後二時、大西と門司を乗せた輸送機は高雄を出発する。マニラのニコルス基地に到着したのは夕方のことであった。

その日のうちに、マニラにいる幕僚や司令部要員は大西中将に伺候し、その晩、寺岡中将と大西中将との間で、実質的な引継ぎが行われた。辞令上は、大西の一航艦長官就任は十月二十日付だが、この時点で指揮権は大西に移ったと考えて差支えない。

寺岡中将の日誌によると、この引継ぎの際に、大西との間で、

「必死必中の体当り攻撃戦法以外には国を救う方法はない」

との結論に達し、その編成を寺岡は大西に一任することに決まったのだという。

寺岡の日誌には、興味深い一文がある。

「先ず戦闘機隊の勇士で編成すれば、他の隊も自然にこれに続くであろう。海軍全部がこの意気でゆけば、陸軍も続いてくるであろう」

というもので、これはじっさいの「体当り攻撃隊」編成にあたっての指揮官の選定にも関わることなので、あえて付記しておく。

十月十八日、大西は南西方面艦隊司令部に三川軍一中将を訪ね、それが終わると司令部に戻り、小田原参謀長以下の幕僚と打ち合わせを行った。

小田原も、フィリピンに来るまでは航空本部一部一課長と軍需省軍需官を兼任し、大西の配下にあった。もともと飛行機乗り同士で旧知の間柄である長官と参謀長は、気心が十分に通じ合う仲であるように、門司の目には映った。ただ、ここでどういう会談が持たれたのか

は、門司は知らない。

捷一号作戦発動

この日の夕刻、聯合艦隊司令部が「捷一号作戦発動」を全海軍部隊に令した。

十月十九日早朝には、日本側の索敵機が、レイテ湾とフィリピン東方海上に、「敵空母十隻以上、輸送船約百隻」の発見を報じ、ほどなくレイテ島は米艦隊の激しい艦砲射撃を受けた。もはや、敵大部隊がレイテ島に上陸を開始するのは時間の問題であった。

作戦によると、栗田健男中将率いる戦艦「大和」「武蔵」以下、戦艦、巡洋艦を基幹とする第一遊撃部隊が、レイテ島に突入、大口径砲で敵上陸部隊を殲滅《せんめつ》する。西村祥治中将率いる戦艦「扶桑」「山城」を主力とする別働隊と、重巡洋艦「那智」「足柄」を主力とする志摩清英中将率いる第二遊撃部隊とが、栗田艦隊に呼応してレイテに突入する。その間、空母「瑞鶴」「瑞鳳」「千歳」「千代田」を基幹とする小澤治三郎中将率いる機動部隊が、囮《おとり》となって敵機動部隊を北方に誘い出す。基地航空部隊は全力をもって敵艦隊に痛撃を与える。

――作戦の実施は敵情により変化するが、おおざっぱに言えば以上のようなものであり、日本海軍の残存兵力のほとんどを注ぎ込む、まさに最後の決戦とも呼べる乾坤一擲《けんこんいってき》の大作戦であった。

大西が、二〇一空、七六一空の司令、飛行長の参集を命じたのは、十月十九日の朝である。

そして、午後になっても二〇一空の山本司令と中島飛行長が来ないのに業を煮やした大西は、自ら二〇一空のいるマバラカット基地に向かった。

「決死隊を作りに行くのだ」

――寺岡中将の日誌に見られるとおり、大西はこのときすでに、自分の手で、組織としての「体当り攻撃隊」を編成することを心に決めていた。門司がふと聞いたつぶやきは、その後十ヵ月近くにわたって続く特攻作戦の、まさに始まりを告げる静かな号砲であった。

第四章
神風特別攻撃隊、誕生

神風特攻敷島隊指揮官・関行男大尉

マバラカットの将官旗

大西瀧治郎《おおにしたきじろう》中将と門司親徳《もじちかのり》副官を乗せた車は、やがてマバラカットの集落に入った。

「道の両脇に、屋根をニッパ椰子の葉でふいた高床の粗末な家が並んでいますが、左側に赤い瓦屋根の、ひときわ目を引く立派な西洋館が建っていて、ここが二〇一空本部でした。卵色の壁に窓枠は緑色、建物の周囲を低い塀で囲っていて、門を入ると前庭があり、右手に葉っぱの茂った大きな樹がある。

あとで知ったところでは、この家はフィリピン人のサントスさんという人の屋敷で、昭和十九年（一九四四）、日本軍が接収して使っていたようです。サントスさん一家は子沢山の家でしたが、当時は母屋の裏の物置小屋のような小さな家に押し込められていました。

車は前庭に入って警笛を鳴らしましたが、周囲は人気がなく、静まり返っていて誰も出てこない。二、三度警笛を鳴らすと、やっと従兵らしき兵がでてきました」

門司は戦後もずっと、この日に起きた出来事を毎日のように反芻してきた。その記憶は、あくまでも鮮明である。門司は、『空と海の涯で』『回想の大西瀧治郎』という二冊の著書のなかでも、このときの情景を鮮やかに描いている。

「『大西長官が来られたんだが、誰か士官はいないか』私が従兵に言うと、従兵は『ちょっとお待ちください』と屋内に入り、やがて髪の毛をボサボサの長髪に伸ばした痩せ型の大尉が、急いで出てきました。戦闘第三〇五飛行隊の飛行隊長で、二〇一空の飛行隊長のなかで最先任にあたる指宿正信《いぶすきまさのぶ》大尉でした。体の具合が悪く、宿舎で休んでいたようですが、山本司令と中島飛行長がマニラに行っているのに、なぜマバラカットに長官が現れたのか、腑に落ちない様子でした」

指宿大尉は、車から降りていた大西に敬礼をして、

「司令と飛行長はマニラに行っており、玉井副長は飛行場に出ております」

と言った。

「じゃあ、飛行場に行こう」

大西は、指宿に案内を命じて車の隣の席に乗せた。ここまで来ればゲリラの心配はないから、車の前方のポールに黄色い将官旗を結え付け、門司は助手席に移った。車は、いま来た街道をさらに北へと進んだ。

粗末な家並みの背後には杉や松のような針葉樹の林があり、二〇一空の兵舎はそのあたりに散在している。林が切れると広い草原が広がり、道路の左（西）側に「マバラカット西」、右（東）側に「マバラカット東」、二つの飛行場があった。

車は、指宿の指示に従い、マバラカット東飛行場に入った。飛行場の端には、天幕を張った粗末な指揮所があった。指揮所には、士官用の折椅子《おりいす》と、下士官兵が座る木の長椅子が数脚ずつ、置かれている。

車が停まると、門司は急いで降りて、後席のドアを開けた。指宿と大西が降り立つと、二〇一空副長・玉井浅一中佐と第一航空艦隊先任参謀・猪口《いのぐち》力平大佐が怪訝《けげん》な顔をして、折椅子から立ち上がった。

車には、黄色い将官旗がはためいている。一航艦も南西方面艦隊も司令部はマニラにあって、マバラカットに将官はいないはずだから、不思議に思うのも無理はなかった。

玉井と猪口は海軍兵学校五十二期の同期生で、クラスメートにはほかに、この頃、軍令部参謀から砲術学校教頭に転出したばかりの高松宮宣仁《のぶひと》親王（大佐）、軍令部参謀の源田實中佐らがいる。

玉井は、昭和四年に飛行学生を卒えた生粋の飛行機乗りで、猪口は、砲術出身で飛行将校としての経験はないが、昭和十八年二月から横須賀海軍航空隊に勤務、十九年二月から七月にかけては、第一五三海軍航空隊の司令を務めている。

車から降りた将官が大西であることに気づいた玉井は、門司によれば、

「親しさを顔に表して、まるで親分を迎えるような感じ」

で駆け寄ってきたという。

猪口は、数日前からマバラカットに作戦指導に来ていて、ここで大西と、先任参謀として初めて顔を合わせた。航空屋ではない猪口は、玉井ほど大西に馴染みはなかったが、その後の作戦を通じ、次第に信頼を深め合っていたように、門司の目には映っている。

コンクリート舗装のされていない草原だけの飛行場は、もう遠くが見えないぐらいに夕闇

が迫り、空は暗くなり始めていた。大西は、天幕のなかの折椅子に腰かけると整備員たちが一日の後片付け作業をするのを黙って見ていたが、やがて辺りがすっかり暗くなると、玉井に促されて車に乗り込み、搭乗員を満載した二〇一空の乗用車とともに本部に戻った。

二〇一空本部の士官室は、玄関を入って左手の応接間であった。

士官室に入ると大西は、第二十六航空戦隊参謀の吉岡忠一《ただかず》中佐を呼ぶよう、従兵に命じた。ルソン島やセブ島の基地整備を統括する二十六航戦は、有馬正文少将が戦死したので司令官は不在となり、吉岡が最先任の立場にある。吉岡は海軍兵学校五十七期出身、海軍大学校を首席で卒業し、真珠湾攻撃のときには機動部隊航空乙参謀を務めたエリートである。

そして大西は、玉井に、

「ちょっと話があるんだが、部屋はないかね」

と訊いた。この建物は比較的大きな西洋館だが、士官室以外の部屋はすべて司令以下、准士官以上の寝室になっていて、士官室のほかに人が集まれる部屋がなかった。

「ベランダにしましょう」

玉井は答えた。

門司が玉井について二階に上がってみると、二階は真ん中が板張りの狭いホールで、家財道具が取り払われた床の上に仮設ベッドがいくつか並んでおり、周囲の部屋は士官たちの個室になっていた。

道路に面したドアを開けると、建物の正面が凹字型に凹んでいて、手すりのついた部屋のようなベランダになっていた。

「ここに椅子を並べよう」

と玉井は言い、従兵に折椅子を持ってこさせた。狭いベランダに、六～七脚の椅子が、半円形に並べられた。そこに大西長官、猪口参謀、玉井副長、戦闘三〇五飛行隊長・指宿大尉、そして戦闘三一一飛行隊長・横山岳夫大尉が座った。

二〇一空の四人の飛行隊長のうち、戦闘三〇一飛行隊長・鈴木宇三郎大尉は十月十三日、敵機動部隊攻撃に出撃した際、エンジン不調のせいで戦死、三〇一は飛行隊長が欠員のままである。戦闘三〇六飛行隊は、九月十二日の「セブ事件」で飛行隊長・森井宏大尉が戦死、後任に菅野直《かんのなおし》大尉が発令されたが、十月十八日から搭乗員五～六名を連れ、内地に新しい飛行機を取りに帰らされている。つまり、いまマバラカットにいる二〇一空の飛行隊長以上の士官は、ここにいるだけで全てである。

灯りがないので、ビール瓶に椰子油を入れたカンテラを床に置いた。

フィリピン産の小型のビール瓶の口に詰めたボロ切れがオレンジ色の小さな焔を上げ、居並ぶ士官たちの顔を下からほのかに照らした。門司は、この様子を見わたし、ちょっと異様な雰囲気を感じながら、今晩の大西の宿泊の世話や食事の打ち合わせのため、その場を離れた。「飛行隊長以上」の会談に副官が出るのは作法に反する、という意識が働いたこともある。だが、門司は、

「もっと図々しく、この会談にそのまま知らぬ顔で侍立していればよかった。出て行けとは

言われなかっただろうに」

と、戦後ずっと悔やんでいた。

門司が階下に降りてすぐ、吉岡参謀が会談に加わるため、二階へ上がっていった。

「ベランダの会談は、それほど長い時間ではなかった。一時間、いやもっと短かったかもしれません。会談を終えたみんなが階下に降りてきて、ここもビール瓶のカンテラを置いた薄暗い士官室で、一緒に夕食をとりました。食事はライスカレーでした」

と、門司。会談の内容は、門司には知る由もなかったが、ここで大西の言う「決死隊」の編成についての話し合いが持たれていたのだ。

「正史」に描かれた会談

このときの会談の模様は、戦後（昭和二十六年十二月二十五日初版）、海軍特攻隊の「正史」として、猪口力平、中島正両名によって著された『神風特別攻撃隊』に、次のように書かれている。

〈長官は皆の顔をずつと一わたり睨むように見廻していたが、おもむろに口を切つて云つた。

「戦局は皆も承知の通りで、今度の『捷号作戦』にもし失敗すれば、それこそ由由しい大事を招くことになる。従つて、一航艦としては、是非とも栗田艦隊のレイテ突入を成功させなければならぬが、そのためには敵の機動部隊を叩いて、少くとも一週間位、空母の甲板を使えないようにする必要があると思う」
そう云って長官は一寸口をつぐんだ。（中略）
「それには零戦《れいせん》に二五〇瓩《キロ》の爆弾を抱かせて体当りをやるほかに、確実な攻撃法はないと思うが……、どんなものだろう？」
長官の逞しい瞳が、射すように我々の顔を見廻した。私（筆者注：猪口参謀）は思わず、ハッと胸打たれるものを感じた。居並ぶ全員も、粛然として声がない。
玉井副長の胸には、その瞬間ピーンと響くものがあった。
《これだ‼》
そう思ったそうである。〉

同書によれば、玉井は、隣に座る吉岡参謀に、

「一体、飛行機に二百五十キロぐらいの爆弾を抱いて体当り攻撃をやって、どのくらいの効果があるものだろうか」

と訊いた。

「高い高度から落した速力の速い爆弾に比較すれば効果は少ないだろうが、航空母艦の甲板を破壊して、一時使用を停止するぐらいのことはできると思う」

吉岡は答えた。玉井は大西に向き直ると、

「私は副長ですから、勝手に隊全体のことを決めるわけにはいきません。司令である山本大

佐の意向を聞く必要があると思います」

と言った。すると大西は、

「実は山本司令とはマニラで打ち合わせ済みである。副長の意見はただちに司令の意見と考えてもらって差支えないないから、万事、副長の処置に任せる、ということであった」

覆いかぶせるように言ったと、『神風特別攻撃隊』には書かれている。

実際には大西の車と、山本司令、中島飛行長の乗った車はマニラ市内のどこかで行き違っていて、大西と山本は会っていない。

しかも、マニラの司令部で、大西が入れ違いにマバラカットに向かったことを知った山本は、中島の操縦する零戦の後部胴体にもぐり込み（零戦の座席は、ヒンジで前に倒すことができ、そこから人が一人入れるほどのスペースがある）、急ぎマバラカットに戻ろうとしたのはいいが、午後六時にニコルス基地を離陸した直後、乗機のエンジン故障で飛行場の南二百メートルの田んぼに不時着。そのときの衝撃で山本は左脚脛の骨を折る重傷を負い、中島も鼻の頭に軽い怪我をしていたのだ。

門司は、会談の肝心なときに自制心からその場を離れたことを悔やみつつ、

「もし、本に書かれていることが事実ならば、大西中将は玉井中佐自身の肚を聞き出そうと、あえて嘘を言ったのかも知れない」

と推察する。門司が、「もし、事実ならば」とわざわざ断りを入れるのは、この本には、

「命じる側」の論理で書かれたいくつかの歪曲が認められるからである。そのことについては追って触れてゆく。

横山大尉の記憶

この、昭和十九年十月十九日、マバラカットの二〇一空本部で行なわれた会談のことを、現在、語りうるのは横山大尉だけだが、横山の記憶による会談の様子は、猪口参謀の書いたそれとはややニュアンスが違う。

「生還を期さない決死隊を編成するということは聞きましたが、体当りとか、敵空母の飛行甲板を使用不能にとか、ここでそういう詳しい話を聞いた覚えはありません。大西長官の話が始まってほどなく、玉井副長が指宿大尉と立ち上がって、隅のほうでひそひそ話を始めた。はじめから戦闘三一一は除外されていたような感じで、私は同席はしたけども、そのひそひそ話には加われなかったんです」

指宿との話を終えた玉井副長は、席に戻ると、

「編成については、全部二〇一空にお任せください」

と、大西に言った。

「うむ」

大西は頷いた。

爆弾を抱いた飛行機で敵艦に体当りする「特別攻撃隊」は、この瞬間、初めて実戦部隊に

誕生したと言っていい。

しかし、横山大尉は、疎外感を拭えないでいる。

「このときは、すぐに話が決まって、『各飛行隊から一名ずつ、隊員を指名せよ』ということになった。指揮官を誰にするかという話は出ませんし、貴様、（指揮官を）どうだ、とも言われない。マリアナ決戦で一航艦の戦闘機隊だった二六三空『豹部隊』司令が玉井中佐、二六一空『虎部隊』飛行隊長が指宿大尉で、これまでともに戦い、米軍にコテンパンにやられた間柄で、この二人は、体当りしかないという認識を共有していたと思う。大西中将も豹部隊、虎部隊の編成に深く関わっておられたんじゃないでしょうか。とにかくこのときは飛行隊長の意見を聞く、という雰囲気はなく、すでにやることは決まってたんじゃないか、と思えてなりません。体当り攻撃のことは、会談のあと、玉井副長から告げられました」

門司の回想――。

「食事が終わり、しばらく雑談してから、長官は休むことになり、ちょうど不在の山本司令の個室を寝室に使うことになった。二階の奥の左側の狭い個室で、仮設ベッドが置いてあるだけでした。長官が部屋に入ると、私も、士官室を遠慮して二階に上がり、ホールに並んでいる仮設ベッドの一つに上着を脱いだだけでひっくり返りました」

時々、窓の外がピカリと光った。雷鳴はしないが稲妻のようだった。バラバラと驟雨《しゅうう》が降ってきた。門司は、灯りのなにもない暗いホールのベッドの上で、仰向けに寝ていた。

「すると、静かな宿舎のなかの、階下のどこかで、誰かが低い声で演説でもしているかのような、人の話し声が聞こえてきました。私は、その声を遠くに聞きながら、いつの間にか眠ってしまいました」

黒澤少佐の証言

二階で門司が眠っている間に、階下ではいくつかの重要なことが起きている。

大西と門司が夕暮れのマバラカット東飛行場にいた頃、その西側にあるクラーク北飛行場に着陸した零戦隊があった。

黒澤丈夫少佐率いる「S戦闘機隊」の零戦十六機である。「S戦闘機隊」は、一航艦と同じくマニラに司令部を置く南西方面艦隊司令部の指揮下にあった。黒澤は、開戦時、台湾・高雄基地に本拠を置く第三航空隊の先任分隊長としてフィリピン、インドネシア方面の航空撃滅戦で活躍、「無敵零戦」神話の立役者の一人とも呼べる歴戦の指揮官である。戦後は郷里・群馬県上野村の村長となって、昭和六十年、村内の御巣鷹《おすたか》の尾根に日航ジャンボ機が墜落、五百二十名もの犠牲者を出した事故の際には救難作業の陣頭指揮をとり、話題になる。

黒澤は、筆者に以下のように語っている。

「十月十七日、南西方面艦隊より直接電報がきて、二十八航戦（第三八一海軍航空隊、第三三一海軍航空隊）の戦闘機隊をもって『S戦闘機隊』を編成する、総指揮官に三三一空司令・下田久夫大佐、飛行機隊指揮官に三八一空飛行隊長・黒澤丈夫少佐を指名すると言ってきた。そういう仮設の飛行機隊ができたわけですね。

そして、相次いで電令がきて、捷一号作戦が発動されたらマニラに進出しろと。十八日夕方に作戦発動の電令が届いて、同時に、『S戦闘機隊はその一部をもってラブアン（ボルネオ島北部）在泊の艦隊の上空直衛にあたり、主力をマニラに転進せしめよ』と命ぜられたんです。ラブアンには、日本艦隊の主力、第一遊撃部隊（栗田艦隊）が停泊していました。

それで徹夜で整備にあたらせて、二十四機の可動機を得たので、八機を長谷川喜助大尉の指揮でラブアンに向かわせ、残り十六機を私が率いて、マニラに向かったわけです。

十月十九日、マニラに着いたのは夕方でした。ちょうど夕凪の無風の状態で、マニラ・ニコルス基地のコンクリート滑走路では着陸は危ないと判断し、さらに二十分ほど北に進んでクラーク北飛行場に着陸しました。着陸したのは午後六時頃だったと思います。

さっそく、南西方面艦隊司令部に到着した旨を打電すると、まもなく第一航空艦隊司令部から、『マバラカットの二〇一空本部に来い』と言ってきた。着陸前にマバラカット上空を通ったから、地上で大西中将がそれを見ていて、黒澤を呼べ、ということになったらしい。でも私は、われわれは南西方面艦隊の直轄部隊で一航艦の指揮下ではないから、筋が違うと断ったんですよ。すると、暗くなってだいぶ経ってから、二十六航戦参謀の吉岡忠一中佐が直接、自動車に乗って私をつれにきた。やむを得ず二〇一空本部に出頭して、そこで大西中将から特攻の意図を聞かされたわけです。

夜九時か十時だったと思います。一階の士官室で、大西中将と私のほかには、玉井副長や猪口参謀、指宿大尉、横山大尉らがいた覚えがあります」

開戦時、黒澤がいた第三航空隊を指揮下におさめる第十一航空艦隊の参謀長を務めていたのが当時少将の大西だったから、二人は旧知の間柄にある。大西の話の趣旨は、

「レイテ島への敵上陸部隊を壊滅させるため、海軍は主力艦隊をレイテ湾に突入させる。それには、敵機動部隊の航空攻撃から味方艦隊を守らなければならないが、それに十分な飛行機もない。そこで、まことに非情な作戦であるが、零戦に二百五十キロ爆弾を積んで敵空母の飛行甲板に体当りして、その使用を一週間程度不可能にする攻撃を決意した」

というものであった。大西は、続けた。

「君の率いてきた十六機は、フィリピンにおける貴重な戦力だ。君の隊は今夜じゅうに俺の指揮下に入れるよう手配するから、明朝、敵機来襲前に全機をマバラカットに移動せよ」

大西の言葉には、有無を言わせぬ力があった。黒澤は了承し、すぐにクラーク北飛行場に戻ると、翌二十日朝、夜が明けるとともに全機を率いてマバラカットに移動した。

黒澤の話。

「特攻隊は二〇一空で編成されましたが、乗っていく飛行機が足りなかったんですね。要するに、一航艦としては飛行機がほしかったわけです。それで、私の十六機と、同じ日にマバラカット東飛行場に着陸した長谷川大尉指揮の七機、あわせて二十三機を二〇一空に寄越せ、ということになった。

作戦を聞いたときは、これは厳しい作戦だと思いましたよ。主力艦隊を突入させるという

海軍の肚をはじめて聞かされて、いよいよ百パーセントの死を覚悟しないといけないな、と一瞬思うとともに、率直に言って、これで戦局の転換を図れると、相当大きな望みを感じましたね。

レイテ湾に主力艦隊が突入して大口径砲で砲撃を繰り返せば、上陸を阻止できるだろう。いままで、敵の戦闘部隊ばかりを相手にしてきた海軍が、やっと敵船団を叩くことの重要性に気づいた。これで戦局を変えることができそうだな、そのための大きな犠牲なんだな、と私自身納得して、飛行機を引き渡したわけです。あとあと君の隊にも出してもらうかもしれない、とも言われましたが」

玉井副長と「子飼い」の部下たち

S戦闘機隊から受領する零戦は、二十一日に一機増えて二十四機となったが、うち六機は、老朽機材のために返還され、役に立ったのは十八機ということになる。これで、零戦の機数はなんとか目途がついた。黒澤が二〇一空本部を辞去すると、玉井副長はさっそく体当り攻撃隊の編成にとりかかった。前出『神風特別攻撃隊』には、このときの模様が感動的につづられている。

〈玉井副長の脳裡には、大西長官が体当り攻撃を口に出した時から、既に〝九期飛行練習生の搭乗員から選ぼう〟という考えが浮んでいた。九期飛行練習生と玉井副長との間には、前々から切つても切れない縁があつたからである。（中略）マリアナ戦の時から共に苦闘してきた玉井中佐は、自然、彼等に対して親が子を思う、「可愛くて可愛くてたまらない」という様な深い愛情を持つていて、何とかしてよい機会を見付け、彼等を立派なお役に立たせてやりたいと考えていたし、彼等の方でも、玉井中佐には親に対するような心情を持ち、機に応じ折に触れてはその熱情を披瀝していたのであつた。（中略）

そこで玉井副長は、隊長と相談して、この九期練習生の集合を命じたのである。玉井副長はその時の感激を次のように述べている。

「集合を命じて、戦局と長官の決心を説明したところ、喜びの感激に興奮して、全員双手を挙げての賛成である。彼等は若い。彼等はその心の総てを私の前では云い得なかつた様子であるが、小さなランプ一つの従兵室で、キラキラと眼を光らして立派な決意を示していた顔付は、今でも私の眼底に残つて忘れられない。その時集合した搭乗員は二十三名であつたが、マリアナ、パラオ、ヤップと相次ぐ激戦で次から次へと斃《たお》れた戦友の仇討をするのは今だと考えたことだろう。これは若い血潮に燃える彼等に、自然湧き上がつた烈しい決意であつたのである」〉

このとき、集合を命ぜられたのは、甲飛十期生で、「九期練習生」ではない。甲飛十期生が土浦海軍航空隊に入隊したのは、太平洋戦争開戦後の昭和十七年四月一日。千九十七名もの大量採用が行われ、このうち、終戦までに七百七十七名が戦死する。

九期生と十期生を間違えたのは、「可愛くて可愛くてたまらない」にしてはアバウトな感は否めない。だが、昭和十八年十月、玉井が二六三空「豹部隊」司令となって、自ら集めて回った搭乗員の、数の上での主力となったのは、十八年十一月に飛行練習生を卒業したばかりの、満十七～十八歳の甲飛十期生であることはまぎれもない事実であった。以来、激戦のなかで苦楽をともにし、玉井は彼らを愛し、甲飛十期生たちもまた、玉井を慕っていた。これは概《おお》ね間違いない。ただし、軍隊において「可愛がられる」というのは、ふだんは大事にしてもらえるものの、いざというとき真っ先に死地に飛び込まされるという点が、一般社会の概念とは大きく違う。

二〇一空には他の搭乗員も大勢いたにもかかわらず、玉井がまず声をかけたのは、子飼いの部下と自他ともに認める甲飛十期生であった。

玉井の心情としては、『神風特別攻撃隊』に書かれたとおりなのかもしれない。だが搭乗員の側からすると、これもまたニュアンスが大きく異なってくる。

心中の温度差

「甲飛十期生総員集合」

深夜のマバラカットの集落に、二〇一空本部の従兵たちの声が響いたのは、十月十九日、夜もかなり遅い時間であった。搭乗員たちは、接収した民家に飛行隊ごとに分宿している。三々五々、徒歩で集まった甲飛十期生は、前庭の右手にある従兵室に入れられた。その人数は、前出『神風特別攻撃隊』によれば二十三名だが、甲飛十期会の調べでは三十三名である（『散る桜、残る桜　甲飛十期の記録』甲飛十期会）。当時、二〇一空には六十三名の甲飛十期生がいて、内地に飛行機を取りに帰っている数名と、この日の戦闘で負傷した佐藤精一郎一飛曹ほか傷病のため休んでいた者をのぞく約半数が集まった。

以下、このときの模様を、参加した同期生の浜崎勇一飛曹、井上武一飛曹ほかから話を聞いた佐藤精一郎一飛曹の談話から構成してみる。

狭い従兵室に搭乗員を並ばせ、向かい合って中央に玉井副長、その背後に指宿大尉が立つ。玉井が、

「本日、大西長官が本部に来られた」

と、口火を切った。

「一週間、比島東海岸の制空権を握り、このたびの作戦を成功させることができれば日本は勝つ。そのためにはお前たちの零戦に爆弾を抱いて、敵空母に突っ込んで叩きつぶす必要がある。日本の運命はお前たちの双肩にかかっている」

搭乗員たちは、あまりに急な話に驚き、言葉も発せず棒立ちになっていた。「爆弾を抱いて突っ込む」というのはすなわち「死」であり、躊躇があったとしてもおかしくない。玉井は、一段と声を大きくして言った。

「いいか、お前たちは突っ込んでくれるか！」

すでに数多くの死地を経てきた搭乗員たちには、戦闘機乗りとしての誇りがある。空戦で、こちらの技倆が劣っていて撃墜されるのなら仕方がない。だが、爆弾を抱いて体当りでは、

なんのためにいままで厳しい訓練に耐え、腕を磨いてきたのか、わからないじゃないか。いつでも死ぬ覚悟はできている。現に多くの仲間が死んでいった。だが決死の覚悟で戦うのと、任務を達成すれば必ず死ぬというのとでは、天と地ほどの差がある――これは、零戦搭乗員の多くに共通する感覚であった。

反応がにぶいのに業を煮やしたか、ついに玉井が叱りつけるような大声で、

「行くのか、行かんのか！」

と叫んだ。

「その声に、反射的に総員が手を挙げた」

と、浜崎勇一飛曹は回想する。

なかには「よき死に場所を得た」と感激するものもいたと伝えられるが、一人一人の心中には温度差がある。

井上武一飛曹は、

「志願を募るというなんてことは一言も出なかった」

とも回想している。それは、形の上では仮に「志願」だとしても、「喜びの興奮に感激して」と猪口が書いたのとはほど遠い、不承不承の志願であった。

ともあれこうして、全員が志願したことになったから、あとはいつ誰を指名するかは、玉井の肚一つである。夜半を過ぎた頃、甲飛十期生たちが重い足取りで宿舎に戻って一時間ほどが経った頃、自動車のライトが近づいてきて止まった。

れた。

「ただいまから特攻編成を通告する」

要務士は、明日二十日の特攻編成を読み上げた。ここで、体当り攻撃隊員十二名が指名さ

と、誰かが低い声で言った。車から降りてきたのは二〇一空の要務士である。

「来た！」

指揮官は誰に

〈以上のような状況で、体当り搭乗員の主体である列機の方は問題なく決まつたが、次は指揮官を誰にするかである。（中略）この純一無垢な搭乗員を誰に託せばいいか？玉井副長との間に相談が始まつた。私（注：猪口参謀）は云つた。

「指揮官には海軍兵学校出身のものを選ぼうじゃないか⁉」〉

と、まるで他人事のように『神風特別攻撃隊』には書かれている。職責が違うからやむを得ないのかもしれないが、この場にいた猪口参謀、玉井副長、指宿大尉の三人とも、自分が第一陣の陣頭指揮にあたる気概があったとは認められない。

「指揮官先頭」をモットーとしてきたはずの海軍で、決死隊ならぬ「必死隊」を選ぶのにまず列機から決め、あとから指揮官を決めるというのは話があべこべである。しかも、大切な作戦の指揮官に海軍兵学校出身の正規将校がつくのは当たり前であり、ここで思いついたように話し合うべき筋合いのことではない。

じつはこの時点で、のちに述べる大西の秘めたる希望は、知ってか知らずか、この三人によって無視されている。

体当り攻撃隊の玉井の脳裏にまっさきに浮かんだのは、戦闘三〇六飛行隊長・菅野直大尉だったという。だが、菅野は飛行機を取りに内地へ帰っていて、戻ってくるまでにあと数日はかかる。

この時点で、マバラカットにいた二〇一空の戦闘機指揮官は、戦闘三〇五飛行隊長・指宿大尉、戦闘三一一飛行隊長・横山大尉のほか、海軍兵学校出身の分隊長級の大尉は、戦闘三〇五飛行隊分隊長・平田嘉吉大尉、戦闘三〇一飛行隊分隊長・関行男大尉の二名しかいない。はじめから「除外されていた」という戦闘爆撃隊の横山大尉は別として、指宿大尉が出ないのなら、あとは平田大尉か関大尉しか選択肢がない。この二人は海軍兵学校七十期のクラスメートで、ともにこのとき満二十三歳である。

平田は、昭和十九年二月のトラック島邀撃《ようげき》戦以来、中隊長として数多くの実戦に参加している。もはや歴戦の指揮官の一人と言ってよかったが、ただ、どういうめぐり合わせか、彼の機だけ「エンジン不調」で帰ってくることが多く、その姿勢が消極的だとして、下士官兵搭乗員の間ではやや軽んじられているようであった。

残るは関だが、関はもともと艦上爆撃機（急降下爆撃機）専修の搭乗員であり、しかも昭和十九年九月、二〇一空附を命ぜられてマニラに着任するまでは、ずっと教官配置について いて実戦経験は皆無だった。

昭和十八年、関が霞ヶ浦海軍航空隊で飛行学生として九三式中間練習機（通称・赤とんぼ）の操縦訓練を受けたとき、受け持ち教官だった原田要飛曹長（のち中尉）は、

「学生とはいえ、少尉（十八年六月中尉進級）の関さんのほうが飛行兵曹長の私より階級は上ですが、彼はそんなことを鼻にかけることもなく、真摯に教えを乞うてこられました。とても立派な態度だったのが印象に残っています」

と言う。その関が、中練過程を経て宇佐《うさ》海軍航空隊で艦上爆撃機の訓練を卒《お》え、昭和十九年一月、ふたたび霞ヶ浦空に、こんどは中尉の教官となって戻ってくると、後輩の飛行学生に容赦なく鉄拳制裁を加える鬼教官になっていた。中尉に進級したばかりの後輩・海兵七十一期の飛行学生に対し、

「同じ中尉は中尉でも、昨日今日の中尉とは中尉が違う！」

と、理屈抜きの鉄拳を見舞ったエピソードも伝えられている。

昭和十九年五月一日、大尉に進級し、同じ月の三十日、関は東京・芝の水交社で妻・満里子と結婚式を挙げた。土浦の士官官舎で新婚家庭を営んだのもつかの間、九月四日付で、台湾の台南海軍航空隊附兼教官に発令される。台南空もまた、前年に大量に採用された飛行科予備学生十三期生や予科練出身の飛行練習生に訓練をほどこす練習航空隊である。

そこで約三週間を過ごしたのち、九月末に二〇一空の「戦闘三〇一飛行隊分隊長」の辞令が出た。

この経歴からもわかるように、関には実戦経験はおろか、零戦の操縦経験も慣熟飛行程度

しかない。艦爆や水上機など、他機種から戦闘機に転科するには、通常、数ヵ月の時間がかかる。艦爆搭乗員も空戦訓練を一応やってはいるが、戦闘機の訓練とは質量ともに大違いで、しかも、すでに主流になっていた一個小隊を四機とする編隊空戦の指揮を、初めて戦闘機隊にきた関大尉がとるのは不可能であった。

戦闘三〇一飛行隊の佐藤精一郎一飛曹は、飛行隊長・鈴木宇三郎大尉から、

「こんど艦爆出身の分隊長が来るぞ」

と聞かされている。

「なんのために来るんでしょうか」

佐藤が聞くと、鈴木は、

「降爆訓練のためじゃないかな」

確信がなさげに答えたという。

白羽の矢

玉井副長の回想では、ずいぶん悩んだ末に指揮官を選んだことになっているが、実際には平田か関の二者択一で、結局、玉井が選んだのは関であった。

甲飛十期生に体当り攻撃への志願をさせた玉井は、従兵に関を士官室に呼ぶよう命じた。体関は、そのとき腹をこわして二階の一室のベッドに寝ていた。もちろん、つい先ほど、体当り攻撃隊の編成が決まり、他隊から飛行機を取り上げ、隊員の志願を募ったなどとは、そ

のときの関には知る由もない。

「お呼びですか？」

と階下の士官室に現れた関に、玉井は椅子をすすめ、肩を抱くようにし、二、三度軽く叩いて、

「関、今日、長官がじきじきに来られたのは、『捷号作戦』を成功させるために、零戦に二百五十キロ爆弾を搭載して敵に体当りをかけたいという計画を諮《はか》られるためだったんだ。これは貴様もうすうす知っていることと思うが、ついてはこの攻撃隊の指揮官として貴様に白羽の矢を立てたんだが、どうか」

と言った。関はしばしの沈黙のあと、

「ぜひ、私にやらせてください」

と答えたと、『神風特別攻撃隊』にはある。

「うすうす知っていると思うが」というのは、玉井が甲飛十期生を集めている間に、指宿大尉か横山大尉から聞かされただろう、と考えたからであった。

だがこれは、関にとっては寝耳に水のことであったに違いない。戦後、猪口から門司が聞かされたところによると、関ははじめ、

「一晩、考えさせてください」

と答えた。だが、編成は急を要する。できれば明日にも、敵機動部隊が現れれば攻撃をかけねばならない。玉井は重ねて大西長官の決意を説明し、

「どうだろう、君が征ってくれるか」

関にたたみかけた。関は、

「承知しました」

と、短く答えた。「命令」ではないにしても、志願ではない。断ることのできない状況で、限りなく強制に近い説得に応じたのであった。


「チョンガーじゃなかったか」


門司は、誰かが階段を上がってくる足音でハッと目が覚めた。時計を見ようとしたが、暗くて見えない。だいぶ夜も更けた時間のようであった。

「足音は私の傍を通って長官の休んでいる部屋の前で止まりました。ノックする音が聞こえ、『長官、長官』と低い声で呼ぶのは、猪口参謀の声でした。すぐに中から「うむ」という声が聞こえ、猪口参謀は部屋に入っていった。数分で二人は出てきて、階段を下りていきました。しばらく耳を澄ませましたが、長官はなかなか戻ってこない。それで、階下の様子が気になって、私はベッドの脇に置いていた半長靴を履き、上衣をつけると、階下に降りてみました」

士官室にはまだカンテラの灯りがともっていた。門司が小さくドアをノックして入って行くと、玉井副長が、

「まだ起きていたのか」

と声をかけた。士官室には、大西、猪口、玉井のほか、二、三人の士官がいたと門司は記憶している。出て行くようにとも言われないので、門司は、部屋の隅の椅子に腰かけた。妙に静かな空気だった。

「やがて、猪口参謀が、髪をボサボサのオールバックにした痩せ型の一人の士官に、『関大尉はまだチョンガー（独身）だっけ』と声をかけた。『関大尉』と呼ばれた士官は、『いや』と言葉少なに答えただけでしたが、この会話で私は、この人が大西中将の言った『決死隊』の指揮官に決まったことと、この決死隊がただの決死隊ではないことを悟りました」

「そうか、チョンガーじゃなかったか」

と、猪口は言った。知らなかったのだ。

八月に、㊅をふくむ体当り兵器の搭乗員の志願者が各航空隊で募られたときには、長男や妻帯者は対象から外す配慮がとられている。だが、新婚の関に対して、そんな気遣いはなかった。猪口も玉井も、そんなことは念頭になかったことがこれでわかる。このやりとりを、当の関はどのように感じただろうか。

関は、

「ちょっと失礼します」

と言って、ほかの士官に背を向け、傍らの机に向かって何かを書き始めた。遺書のようであった。

沈黙が続く。この夜の士官室の空気は、

「何か沈みきった落ち着きのようなものが感じられた。緊迫もしていなければちぐはぐな感じもない。静かでした」

と、門司は回想する。ややあって、門司は、猪口参謀に促されて二階のベッドに戻った。時計を見ると、もう午前二時に近かった。

「大黒、お前に頼む、行ってくれ」

横山大尉の回想によれば、ベランダの会談のあと、「各隊一名を指名せよ」との命令にしたがって、二〇一空本部の私室に、八月以来、列機としてつねにともに飛んだ大黒繁男上飛（上等飛行兵）を呼んだ。時間は、状況を考えると玉井副長が甲飛十期生を集めた前後だろうか。

「大黒は、私が戦闘三一一飛行隊に着任したとき、考課表などの書類を見て、自分の列機に指名した。まだ若くて物静かな男でしたが、技倆は優秀だった。いわばいちばん身近にいた部下だったんです。一人指名せよといわれれば、他に選びようがない。部屋に呼んで、決死隊の話をして、『大黒、お前に頼む。行ってくれ』と。くどいことは言わずそれだけでした。大黒は、感情を表に出さない男だったから、ただ、『ハイ』と。このときは、私の一生を通じていちばん厳しく辛い瞬間でした……」

大黒上飛は、大正十三年、愛媛県生まれの二十歳。県立新居浜工業学校を経て住友機械工場に勤め、昭和十八年一月、満十八歳で召集（早めに兵役の義務を済ませるために設けられた志願徴兵制度）され、佐世保第二海兵団に入団した。そして飛行機乗りを志し、同年三月三十一日、部内選抜の丙種飛行予科練十七期生として岩国海軍航空隊に入隊する。予科練での基礎教育を四ヵ月、飛行練習生となり谷田部海軍航空隊、松島海軍航空隊でおのおの四ヵ月の操縦訓練を受け、昭和十九年三月、戦闘三一一飛行隊に配属された。実戦部隊に配属される搭乗員のなかでは最下級の階級で、部隊では食卓番や上級者の身の周りの世話までさせられる立場である。しかし操縦適性は抜群で、身長百七十センチと、小柄な者が多い当時の戦闘機乗りとしては大柄な体格もあって、上官の目にとまりやすい存在だったのだ。

中島飛行長の「自爆」観

特攻隊の編成は玉井副長を中心に行われたが、司令・山本栄大佐の十月十九日の日記によると、中島飛行長操縦の零戦の不時着事故で左脚を骨折した山本は、中島に背負われ、畦道を二百メートル歩いたところで陸軍のトラックに拾われた。そしてそのまま一航艦司令部に送ってもらい、ここで小田原参謀長から、体当り攻撃隊のことを聞かされたという。

〈当隊は長官の御意見と全く同一ですから副長とよく御打合せください〉

山本は答えたと、日記には記されている。山本はそのまま、マニラの海軍病院に入院した。

山本の日記は、それ以前、たとえば昭和十七年から十八年にかけ第二航空隊（のち第五八二海軍航空隊と改称）司令としてラバウル、ソロモンで戦ったときには戦場にあっても風流を忘れず、部下を思う気持ちを切々と綴っている。

五八二空で山本の部下として戦った角田和男飛曹長の回想によれば、山本は搭乗員を、まさにわが子のように大切にし、部下に無理な出撃を命じるときには大きな目にいっぱいの涙をためて訓示をするのが常であった。従兵が用意した士官室の食卓の魚に蛆《うじ》がわいていて、ほかの士官が顔色を変えるような場面でも、従兵をとがめるどころか、

「新鮮な魚にわく蛆はきれいなんだよ」

と、そのまま蛆ごと平らげる気遣いも見せた。部下たちは、山本を「グッド・アンド・シンプル」な人だと称して慕っていた。

昭和十八年元旦、ラバウル基地が敵爆撃機ボーイングB‐17の空襲を受けた際の日記には、

〈元旦や宿舎の庭に蝉が鳴き

元旦の暁破る弾丸の音

元旦や敵まで呉れる落しだま〉

という自作の俳句や、十一航艦首席参謀三和義勇《みわよしたけ》大佐作による

〈落し弾　落したはづみに　落されて　ヘルプヘルプと泣く暴淫具〉

という狂歌なども記されている。「暴淫具」は、「ボーイング」にかけた洒落である。

ところが、二〇一空司令となってフィリピンに来てからの日記は、おそらく意図的に事務的な調子で書かれている箇所が目立ち、とくに特攻隊に関する記述で、山本自身の真意を量ることはむずかしい。

中島少佐は、大西中将の決意を聞いて、

〈なぜこういうことに自分が気がつかなかったのか。もっと早くにやっておけばよかったと、むしろ自分の今までのやり方を後悔するほどだった。〉

と回想している。中島は昭和十七年、台南海軍航空隊飛行隊長時代には編隊の先頭を切ってガダルカナル島上空に出撃を重ねた歴戦の指揮官だが、早い時期から戦闘機による体当り攻撃法を模索していた中島とすれば、我が意を得た思いであっただろう。

中島の「自爆」観をうかがわせる、当時の雑誌記事がある。

特攻作戦開始前に発行された文藝春秋の雑誌「大洋」昭和十九年六月号に、「海軍戦闘機隊座談會」と題する特集記事が十五ページにわたって組まれている。

出席者は、すべて実名で、齋藤正久大佐、八木勝利中佐、中島正少佐、小福田租《みつぎ》少佐、塚本祐造大尉、山口定夫大尉の六人。このなかで中島は、

〈戦地では下士官兵は戦死とか自爆とかいふことを非常にあつさり考へてるんですね。内地では、今から空襲に行くといふ時は、よく戦死するんだから、鉢巻でもして、水盃でもして行くやうに思ふかも知れないけれども、実際は決してそんなことはない、あつさりしてますからね。だから平気で自爆する。〉

と語り、それに対し塚本大尉が、

〈まるでピクニックにでも行く時のやうな感じですよ。〉

と応じている。

中島は電話で、司令、飛行長とも全面賛成である旨を、猪口参謀に伝えた。

「死」を命じる大西の訓示

長い一夜が明けた。

昭和十九年十月二十日の朝、空は曇っている。士官室で朝食が終わると、玉井副長が大西のところにやってきて、

「揃いました」

と言った。決死隊が決まったのだ。大西に随《したが》って、門司は士官室を出た。午前十時。二〇一空本部の前庭の南側に、北に向かって（建物を左に）二十数人の搭乗員が並んでいる。関大尉と、昨夜、玉井の説得に手を挙げ、指名された甲飛十期の搭乗員十二名、残りはこの朝になって搭乗割が発表された、体当り機を突入まで護衛し、戦果を確認する直掩機《ちょくえんき》十三名である。

関は、列の右側、指揮官の定位置に立っていた。

搭乗員たちの正面に置かれた指揮台代わりの木箱の上に大西が立つと、玉井が「敬礼」と号令をかけた。茶色の飛行服、飛行帽姿に身を包んだ搭乗員たちが、いっせいに大西に注目し、右四十五度の海軍式の挙手の敬礼をした。猪口参謀、玉井副長、門司副官と「日本ニュース」の稲垣浩邦報道班員の四名が、大西の後ろで侍立している。

大西は、きっちりと答礼を返すと、搭乗員たちを見回してから、重い口調で訓示を始めた。

この訓示には原稿がなく、大西の言葉は空中に消えて正確な記録はないが、門司の記憶では次のようなものであった。

「この体当り攻撃隊を神風《しんぷう》特別攻撃隊と命名し、四隊をそれぞれ敷島《しきしま》、大和、朝日、山櫻とよぶ。日本はまさに危機である。この危機を救いうるものは大臣でも、大将でも軍令部総長でもない。それは、若い君たちのような純真で気力に満ちた人である。みなはもう、命を捨てた神であるから、何の欲望もないであろう。ただ自分の体当りの戦果を知ることができないのが心残りであるに違いない。自分はかならずその戦果を上聞に達する。一億国民に代わって頼む、しっかりやってくれ」

訓示が進むにつれ、大西の体が小刻みにふるえ、その顔が蒼白にひきつったようになるのが門司の目にもわかった。部下に「死」を命じるのは、大西にとってももちろん初めてのことで、その姿はいつもの大西とは違う、尋常ではない雰囲気を発していた。整列した搭乗員たちの顔は少年らしさを残していて、表情からその心中までうかがい知ることはできない。稲垣カメラマンも、撮影するのを忘れたかのように直立したまま、大西の言葉を聴いている。

「私は、目の奥がうずくような感動を受けましたが、涙は出ませんでした。甘い感激ではなく感情がもっと行きつくところまで行ってしまったような心境。トラック空襲以来、これまで敵機動部隊攻撃に出撃した艦攻隊がほとんど全機還ってこなかったなどの現実を見てきたから、このときはひどいとも、残酷なことをするとも思いませんでした。最前線にいて、毎日何人かの仲間が戦死してゆく現実に直面していた彼らには、必死必中の体当り攻撃に手を挙げる精神的な下地があったのではないでしょうか」

と、門司は回想する。

最初の特攻隊は、次のような編成であった。

〈敷島隊〉

関行男大尉　海兵七十期　戦闘三〇一飛行隊分隊長

谷暢夫《のんぶ》一飛曹　甲飛十期　戦闘三〇五飛行隊

中野磐雄一飛曹　甲飛十期　戦闘三〇一飛行隊

山下憲行一飛曹　甲飛十期　戦闘三〇一飛行隊

〈大和隊〉

中瀬清久一飛曹　甲飛十期　戦闘三〇六飛行隊

塩田寛一飛曹　甲飛十期　戦闘三〇六飛行隊

宮川正一飛曹　甲飛十期　戦闘三〇一飛行隊

〈朝日隊〉

上野敬一一飛曹　甲飛十期　戦闘三〇一飛行隊

崎田清一飛曹　甲飛十期　戦闘三〇一飛行隊

磯川質男一飛曹　甲飛十期　戦闘三〇一飛行隊

〈山櫻隊〉

宮原田賢一一飛曹　甲飛十期　戦闘三〇一飛行隊
瀧澤光雄一飛曹　甲飛十期　戦闘三〇一飛行隊
藤本寿一飛曹　甲飛十期　戦闘三一一飛行隊

この十三機の爆装特攻機に加え、敷島隊に四機、他の隊には三機ずつの直掩機が配された。敷島隊の直掩機に選ばれたのは、真珠湾攻撃以来歴戦の戦闘三〇五飛行隊分隊士・谷口正夫飛曹長以下四機であることはわかっているが、最初の直掩隊の氏名については明確な記録がない。

二〇一空の各飛行隊は「空地分離」にしたがい「特設飛行隊」と呼ばれる形になっている。戦闘や訓練の指揮は飛行隊長がとるが、飛行隊長に人事権はない。搭乗員の人事は航空隊司令が統括するが、実質的な人事権者は飛行長である。

山本司令と中島飛行長が不在のため、この編成は玉井副長が決めた。爆装機の編成を見ると、関大尉が分隊長を務め、鈴木宇三郎大尉の戦死以降、飛行隊長が不在となっている戦闘三〇一飛行隊からの指名がもっとも多いのがわかる。

「神風」の名の由来は、猪口参謀が、剣道に「神風流《しんぷうりゅう》」というのがあるのを思い出して着想し、大西の裁可を得たもの。「敷島」「大和」「朝日」「山櫻」の四隊の名前は、本居宣長の和歌、

〈敷島の大和心を人問はば朝日に匂ふ山櫻花〉

から、大西自身が考えたものであると、門司はのちに猪口参謀から聞かされている。

訓示を結ぶと大西は、台から降りて端から順に、時間をかけて一人一人の手を握った。搭乗員たちは、はにかんだような表情で手を出した。

甲飛十期生は、昭和十七年の秋、門司副官が土浦海軍航空隊の主計科分隊長として着任してから約半年、身近に接した予科練習生である。門司は、土空の練兵場で体操をし、マラソンをし、酒保（売店）の菓子を食べていた彼らの姿を思い出していた。そして、見覚えのある顔はないかと探してみたが、千名を超える大勢の少年たちだったから、知った顔を見つけ出すことはできなかった。

門司は、

「そのとき私が思ったのは、大西中将が若ければ、特攻隊の隊長として真っ先に行かれるだろうな、ということ。この場にちぐはぐな違和感が感じられなかったのは、長官が、自分は生き残って特攻隊員だけを死なせる気持ちがなかったからに違いないと思います。その様子をじっと見ているうちに、大西中将と特攻隊員たちは、私にとって別世界の人間になったように思えてきました」

と追想する。

別盃

特攻隊の命名を終えた大西は士官室に戻り、従兵に電信用紙を持ってこさせると、門司に、二〇一空に対する特攻隊の編成命令を起案するよう命じた。

「私はそんなことをやったことがないので戸惑っていると、すぐに猪口参謀が代わってくれました」

結局、起案には大西も加わり、命令書がつくられた。

（一）現戦局に鑑み、艦上戦闘機二十六機を以て体当り攻撃隊を編成す（体当り機十三機）

本攻撃隊は之を四隊に区分し、敵機動部隊東方海面に出現の場合は之が必殺（少なくとも使用不能）を期す。成果は水上部隊突入前に之を期待す。今後、艦戦の増強を得次第、編成を拡大の予定

本攻撃隊を神風特別攻撃隊と呼称す

（二）二〇一空司令は現有兵力を以て体当り特別攻撃隊を編成し、なるべく十月二十五日までに比島東方海面の敵機動部隊を撃滅すべし（注：山本司令の日記には、〈なるべく十月二十二日までに〉とある）

司令は今後の増強兵力を以てする特別攻撃の編成をあらかじめ準備すべし

（三）編成

指揮官　海軍大尉関行男

（四）各隊の名称を、敷島隊、大和隊、朝日隊、山櫻隊とす

電信紙に書かれたこの命令は、その場で玉井副長に手渡された。

特攻隊は、すぐに飛行場で出撃待機に入った。関大尉以下、敷島隊、大和隊の七名はマバラカット西、朝日隊、山櫻隊はマバラカット東。

大西は、彼らの出撃を見送るつもりで二〇一空本部で待つが、この日は、索敵機が敵艦隊を発見したものの、距離が遠すぎて出撃の機会はなかった。

午後三時過ぎ、大西中将はマニラに帰ることになり、その前にみんなに会っていこうと、マバラカット西飛行場の滑走路のはずれ、うすい夕日が差すバンバン川の河原に待機中の、関大尉以下、敷島隊と大和隊の七名の搭乗員を訪ねた。搭乗員たちは車座になって座っていたが、大西中将の姿を認めるといっせいに立ち上がって敬礼した。大西は、搭乗員を座らせると自分も草の上に腰をおろした。

側で見ると、搭乗員たちの子供っぽさがなおさらのように感じられる。彼らは、大西中将に話しかけられると、はにかんだり照れたりしていた。この少年たちはもうすぐ死ぬのだ、と門司は思った。

二、三十分、雑談を交わしたのち、

「では、わしは帰る」

と大西は腰を上げたが、ふと門司が肩から下げている水筒に目をとめると、

「副官、水は入っているか」

と訊《たず》ねた。門司は水筒を肩から外した。関大尉を右端に、七人の搭乗員が並んだ。門司は、白い湯飲み茶碗を関大尉にわたした。このとき、稲垣浩邦報道班員が撮影した別杯のシーンは、翌日以降の出撃シーンの映像と合わせて一日の出来事のように編集され、「日本ニュース」二百三十二号として、十一月九日、内地の映画館で上映された。

「別杯を終えて長官と車に乗ったのは、もう四時頃でした。夕暮れの道をマニラまで走る二時間あまりの間、大西中将は一言も口をきかれませんでした」

門司が生前、

「私が生きている間は公表しないでほしい」

と前置きして筆者に語ったところによると、大西は道中ずっと、むっつりと押し黙って、不機嫌な表情だったという。暗くなってマニラの司令部に着いたとき、大西は、

「順序が逆だったなあ」

という意味のことをつぶやいた。

意中の人・指宿大尉は志願せず

大西は日本を発つ前、東京・霞が関の軍令部を訪ね、軍令部総長・及川古志郎大将、次長・伊藤整一中将と会談している。大西は、「必要とあらば航空機による体当り攻撃をかける」ことを上申し、及川総長はこれを認めたが、「ただし、けっして命令ではやらないように」と条件をつけた。伊藤はこれに対し一言も意見を述べなかったというから、同意したと

みてよい。（このことは、作戦部長・中澤佑《たすく》少将が、自らもその場にいたかのように書き残しているが、大西が軍令部を訪ねたとき、中澤は台湾に出張して不在だった）

大西としても、「死」を命じることが命令の域を超えていることは承知している。「戦死」というのはあくまで任務遂行の「結果」であって、あらかじめ決められたものではない。これは海軍士官の常識であった。

だからこそ、大西の考えでは、あくまで特攻隊編成は志願によるものでなければならず、「指揮官先頭」の海軍の伝統からいっても、指揮官がまず手を挙げて、「俺についてこい」と部下たちの志願を募る形でなければならなかった。

海軍の指揮権の継承順位を定めた「軍令承行令《しょうこうれい》」では、海軍兵学校出身の兵科将校が何よりも上位におかれていて、そういう意味でも、体当り攻撃隊第一陣の指揮官は海兵出身の士官搭乗員でなければならない。

では大西は、誰に白羽の矢を立てていたのかというと、それは、指宿正信大尉であった。

指宿は海軍兵学校六十五期。空母「赤城」乗組として真珠湾攻撃に参加、その後、機動部隊で、基地航空隊で、広大な戦域で縦横無尽に活躍したベテランの指揮官で、その名は海軍航空隊でつとに知られている。

昭和十九年四月二十三日、メレヨン島を爆撃にきたB－24を邀撃、四機を撃墜した戦闘では、聯合艦隊《れんごうかんたい》司令長官から賞詞が贈られた。開戦以来、指宿が空中に、あるいは地上攻撃に挙げた編隊戦果は、海兵同期の本村哲郎少佐（戦後・自衛艦隊司令官）の回想によると、約二百機に達するという。

そんな指宿が手を挙げてくれれば、体当り攻撃が必要なことを隊員の誰もが納得するだろう。後に続く者への波及効果もはかり知れない。ぜひ、自分から手を挙げてもらいたい。

――だが結局、指宿は志願しなかった。

二〇一空本部ベランダの会談で、大西に特攻編成の意志を告げられ、玉井副長と二人で立ち上がって相談したときから、指宿は自らの立場を「命ずる側」に置いた。

もちろん、それには理由がある。飛行隊長といえば実際の出撃にあたって空中で指揮をとる最高のポストであり、隊長が戦死すると後は誰が隊をまとめるのか、部下たちはどうなるのか、という大きな問題が立ちはだかる。門司は、

「玉井さんという人は手近な人を依怙贔屓《えこひいき》するほうだったから、二人で話したときに、お前はやめとけ、と言ったのかもしれない」

と推察する。だが、大西は、のちに述べる理由でこの戦争の先をあまり長いものとは考えず、むしろこの一戦で帰趨を決めるべきだと考えている。歴戦の飛行隊長だからこそ、できれば、ここで指宿に死に花を咲かせてほしかったのだ。

代わって指揮官に指名されたのが、艦上爆撃機から戦闘機に転科したばかりで実戦経験のない、しかも新婚の関大尉である。特攻隊の編成を二〇一空に任せた大西は、これに異論をはさめない。門司は、

「車中での大西中将の沈黙には、そのことに対する慚愧《ざんき》の念もあったのかもしれません」

と回想している。門司が戦後、猪口参謀から聞いたところによると、大西は、

「どうして指宿が行かないんだ」

と、猪口に漏らしたという。

玉井と指宿がひそひそ話から戻ったとき、指宿が、

「私が指揮官で行きます。列機は私が募ります」

と言ってくれれば、大西としては満点だったのだ。

「生きているうちは公表しないように」というのは、戦後、昭和三十二年、航空自衛隊ジェットパイロットの殉職第一号となった指宿に対する門司の思いやりの気持ちからであった。

決断はいつか？

大西はいつ、特攻隊の編成を決意したか、なぜ、艦爆出身の関大尉が二〇一空に送り込まれてきたのか、など、このあたりの経緯にはいくつかの謎がある。

すでに、必死必中の特攻兵器の開発は始まっていて、人間爆弾「桜花」を主戦兵器とする第七二一海軍航空隊（神雷部隊）が十月一日、横須賀で開隊されている。要は、最初に「特攻」の引き金を引くのが誰か、という段階にまで、ことは進んでいた。

だから、大西がたまたま、その役回りになったに過ぎない、という見方もある。誰が長官であっても、特攻隊を出すのは時間の問題であった、とする意見である。

指揮官の関大尉にしても、はじめから体当り攻撃のためにフィリピンに送り込まれたとい

う見方がある。

事実、関が二〇一空に着任したときマニラで会った横山大尉は、「艦爆出身だというから、てっきり戦闘爆撃隊である私の隊（戦闘三一一飛行隊）に配属されると思ったら、そうじゃなかった。あとから思えば、関君は最初から特攻隊の指揮官要員として送り込まれたのではないか」

と語っている。これは一つの状況証拠だが、このへんの人事の機微をどう捉えるかは、見る角度によって判断が分かれる。

これらの謎について、門司は、「特攻兵器がすでに開発され」、大西が「あらかじめ体当り攻撃の可能性について軍令部総長の承認をとっていた」ということを考慮してもなお、ほんとうにフィリピンにおける特攻隊編成を決断したのは、十月十八日夕、「捷一号作戦」が発動されたときだと信じている。

「というのはつまり、司令長官というのは天皇から任命される『親補職』ですから、『ダバオ水鳥事件』と『セブ事件』がなければ、前任の寺岡中将が在任わずか二ヵ月で更迭されることはありえない。このタイミングでフィリピンの一航艦長官が交代したのはいわば偶然の産物です。もし、寺岡長官のもとで『捷一号作戦』を戦ったとして、寺岡中将が特攻隊を命じたとは考えにくい。

大西中将を迎えに台湾に行ったとき、大西中将が高雄に到着した翌日、十月十二日に台湾沖航空戦が始まって、T部隊の報告する大戦果を、ちょっと話が大きすぎるぞ、と思いながらもみんなが信じていた。結局、それが幻だったことが現場でわかり、覆されたのは十月十六日になってのことで、それまでは敵機動部隊をあらかた壊滅させた気でいたわけですね。十七日、米軍のスルアン島上陸の報を受けて大西中将はマニラに向かい、司令部に着くとさっそく寺岡中将と引継ぎに入ったわけですが、このとき、一航艦麾下《きか》の残存兵力は、零戦が約三十機、その他もあわせて四十機ほどしかない。

寺岡中将の日誌には、このとき、大西中将との間で特攻隊の編成が話題に上ったとありますが、翌十八日夕、いよいよ捷一号作戦が発動されるにおよんで、数少ない飛行機で栗田艦隊の突入を支援するにはそれしかないと、最終的に決断されたに違いない。

ふつうの零戦には二百五十キロ爆弾は搭載できず、搭載するためには改修が必要ですが、二〇一空は反跳爆撃の訓練をやってきたので、爆弾を装着できる零戦が、数は少ないまでも揃っていたということもあるでしょう。

この日、大西長官は南西方面艦隊司令部に三川軍一中将を訪ね、それが終わると司令部に戻り、小田原参謀長以下の幕僚と打ち合わせを行っていますが、このとき、なぜ特攻を出すか、という深い真意もふくめて、自らの意思を参謀長に伝えたのだと思います」

……というのが門司の説である。当時、軍令部第一部（作戦部）参謀だった奥宮正武少佐（のち中佐）も、

「大西中将は、東京を離れるまでは『特攻』を使う気配すら見せなかった。それが、フィリピンに渡って一挙に結論を出したのは、おそらく台湾沖航空戦や現地の有様を見ることによ

って、急速に特攻出撃のほうに傾いたのではないか」

と回想していて、門司の説を裏づけている。

不自然な源田實参謀起案の電文

だが、二〇一空の特攻隊編成が、事前に決められていたという重要な根拠とされる電文がある。

〈神風隊攻撃ノ発表ハ全軍ノ士気昂揚竝《ならび》ニ国民戦意ノ振作ニ至大ノ関係アル処　各隊攻撃実施ノ都度純忠ノ至誠ニ報ヒ攻撃隊名（敷島隊、朝日隊等）ヲモ併セ適当ノ時機ニ発表ノコトニ取計ヒ度処貴見至急承知致度〉

起案者は軍令部第一部部員・源田實中佐で、起案日は「昭和十九年十月十三日」となっている。だが、この電文が実際に打電されたのは、関大尉以下が突入に成功した翌日、十月二十六日午前七時十七分（軍極秘・緊急電）のことで、電文を打電するのに軍令部第一課長・山本親雄大佐、企画班長・榎尾義男大佐、第一部長・中澤佑少将、次長・伊藤整一中将、総長・及川古志郎大将、海軍省軍務局第一課長・山本善雄大佐、軍務局長・多田武雄中将、次官・井上成美中将と、多くの上司の許可捺印が必要だとはいえ、緊急電なのに起案から打電までにじつに十三日を要していることになる。

これについて門司は、

「十三日起案は何かの間違い」

と断言する。

「十月十三日といえば台湾沖航空戦二日目で、大戦果が続々と報じられていたときです。つまり、ここで敵機動部隊をほんとうに叩いたならば、敵のフィリピン進攻はなかったか、あってももっと時期が遅くなったでしょう。そうすると、二〇一空の特攻編成も違った形になったはずで、台湾沖航空戦の主力、T部隊を主唱した源田参謀が、この時点でこんな電文を起案するのはいささか不自然です。

しかも、十三日には、大西中将は赴任の途中でまだ台湾にいる。そんな時期に、いまだ編成もされておらず、成功するかどうかもわからない特攻隊について、『攻撃実施の都度、隊名も併せ発表してよいか』というのは手回しがよすぎる。

『貴見至急承知致度』というのも、十三日起案にしてはせっかち過ぎます。

大西中将は、マバラカットに向かう自動車のなかで『決死隊』とはおっしゃったけれど、隊名まで固めた感じではありませんでした。第一、何機の零戦で何組の特攻隊が編成されるかわからないのに、軍令部があらかじめいくつかの隊名を決めておくなどあり得ないことです。

打電されたのが十月二十六日朝ということですが、二十五日午後には、すでに関大尉以下の突入成功の報告は軍令部に届いていたわけで、源田参謀としては、この壮挙に一枚加わろうと、起案日をわざと改竄《かいざん》したのではないか、そうでなければ話の辻褄が合いません」

側近中の側近が、実際の時間の流れでそのように見ていたということは、信用するに足る。

要はこの電文は源田のインチキだということである。だがそうすると、

「特攻をやることはすでに決まっていて、関大尉ははじめから特攻要員として送り込まれた」

と見る横山大尉の説と真っ向から対立してしまう。特攻兵器の開発が進み、専門の部隊が開隊している現実からすると、特攻が既定の路線であったことには疑問の余地がない。

だが門司は、「大西の決断」とそれとは、「同じ流れに見えてもじつは別」と考えている。

「関大尉が特攻隊の指揮官として来ていたのなら、説得された晩に、大西中将やほかの士官のいる前で、背中を向けて遺書を書いたりするのはおかしい。関大尉が妻帯者であったことすら参謀が知らないなんて、考えられないでしょう」

というのが、門司の率直な見方である。

歴史は、いや、ものごとにはいくつもの筋があり、それが近づいたり遠ざかったり、複雑に絡み合ったりして、一つの出来事は起こる。

特攻隊の編成に関しても、真相を一つの筋道だけで捉えるのは無理があるのかもしれない。

わずか半日後の編成変更

さて、

「二〇一空司令は現有兵力を以て体当り特別攻撃隊を編成し、なるべく十月二十五日までに比島東方海面の敵機動部隊を撃滅すべし」

という正式な命令を大西から受けた以上、玉井副長は、急ぎその編成を進めなければならない。もはや、搭乗員の手応えを探る必要はないから、甲飛十期生に限定する必要はない。

関大尉以下二十三名に対する大西長官の訓示が終わると、猪口参謀、玉井副長、指宿大尉、横山大尉らは、マニラから戻ってきた中島飛行長と合流して、いまだ特攻を知らされずにいる搭乗員たちが待機するマバラカット西飛行場に赴いた。

搭乗員を飛行場の一角に集め、猪口参謀が口を開く。その内容は、前夜に玉井副長が甲飛十期生に対し話した内容と大差ない。

だが門司が生き残り搭乗員から聞きとったところによると、猪口の訓示が終わるやいなや、中島飛行長が、

「このたびの攻撃には、総員が諸手を挙げて賛成するものと思う。これから体当り攻撃隊員は当方より指名する。異存のあるものは手を挙げよ！」

と声を張り上げたという。

「志願するものは一歩前へ！」

との命令に、搭乗員たちが逡巡していると、予備学生出身搭乗員の久納好孚《こうふ》中尉が、

「遅かれ早かれみな死ぬんだから、行け！」

と声をかけた。その声に励まされ、総員がこの場で「死」への一歩を踏み出した。

こうして、二〇一空の搭乗員たちは特攻を志願した形になり、いつ誰が指名されてもおかしくない状況になった。

夕刻、中島飛行長はさっそく、自ら零戦の操縦桿を握り、久納中尉と、大西中将との別杯を終えた大和隊の中瀬清久、塩田寛の両一飛曹、新たに指名した佐藤馨上飛曹、大坪一男一飛曹、石岡義人一飛曹、荒木外義飛長の計八機で、セブ基地に進出した。中島以外の七機は全員、以後「大和隊」になる。最初の四隊の編成は、こうしてたった半日足らずで変更された。

二〇一空に乗ってきた零戦を引き渡したS戦闘機隊指揮官・黒澤丈夫少佐は、マバラカット西飛行場の指揮所で玉井に関大尉を紹介された。

「彼はそのとき、机に向かって何か書いていました。おそらく遺書だったんでしょう。その後、一日半ぐらい行動をともにして、同じところで休んだりもしました。関君は腹をこわしていて、けっしてパリパリした感じではなかったが、捨て鉢な感じも意気消沈した様子もなく、厳粛そのものの姿に見えました。関君もほかの隊員も、生への執着がなかったとは言えないと思う、それを断ち切って、自分たちが日本を救うんだ、という気持ちになりきっていたように思うんです」

黒澤たちS戦闘機隊の隊員は、飛行機を取り上げられて、竹皮に包んだ握り飯三個の航空弁当をあてがわれただけで、無為な時間を過ごさざるを得なくなった。

たとえ戦場であっても、「当事者」でなければそれほど悲壮感はない。ふたたび黒澤の回想。

「二十日の晩、部下の搭乗員に、ダンスを見に行きましょうと誘われました。行ってみると、個人の家の広間みたいな部屋で、フィリピン人の女性が踊ってるんです。それを日本軍の将兵が見ている。戦闘配置が与えられなければ呑気なものだと思うと同時に、海軍有数の実力をもつ我が戦闘機隊がこれでいいのかと自問したわけですよ。

それで、翌日、自動車を借りてマニラの南西方面艦隊司令部に行き、『こんな練度の高いわれわれの隊を飛行機も持たせずに放っておくということはない。飛行機を持ってきてぜひ作戦に参加したいのですがどうでしょう』と申し出ました。

すると、参謀が、『黒澤君、いいところに気づいてくれた。今夜輸送機を出すから、搭乗員をつれて内地に戻ってくれ』というので、二十二日午前二時頃、二機の一式陸攻に分乗し、ニコルス基地を離陸しました」

日本側がさまざまな動きをしている間にも、米機動部隊と上陸部隊は、確実にフィリピン近海に近づいてきている。特攻隊員たちの最期のときは、刻一刻と迫っていた。

第五章

「忠烈万世に燦たり」
特攻隊突入と栗田艦隊の反転

昭和19年10月25日、敷島隊の突入を受けた護衛空母「セント・ロー」

マッカーサーの再上陸

ちょうど二〇一空本部で、大西中将が特攻隊員を前に命名と訓示を行ったのと同時刻、昭和十九年十月二十日午前十時。米軍はレイテ島北東岸のタクロバン、ついでその南方二十キロのドラッグに本格的な上陸を開始した。

タクロバンには日本軍の飛行場があったが、守備が手薄で、早くも翌二十一日には占領される。これは一つには、日本軍守備隊が水際での決戦を避け、後方のジャングルを主戦場として長期戦に持ち込む意図があったからとされるが、フィリピン中部の要衝ともいうべきこの飛行場がいち早く敵手に落ちたことは、由々しき問題だった。

水際での抵抗が少なかったのを受けて、二十日午後三時、南西太平洋方面連合国軍司令官ダグラス・マッカーサー大将が、第三次上陸部隊とともにタクロバンに上陸した。これは、開戦時、フィリピンの米極東軍司令官だったマッカーサーが、日本軍に追われ、昭和十七年三月にコレヒドール島からオーストラリアに逃げ出してから、二年七ヵ月ぶりのことであった。

マッカーサー一行が膝まで海水に浸かってタクロバンに上陸する歴史的な写真を撮ったのは、アメリカの「ライフ」誌の写真家、カール・マイダンスである。マイダンスは、開戦時、夫婦でフィリピンにいて取材活動を続けていたところを日本軍の捕虜となり、捕虜交換船に乗せられニューヨークに帰った。そしてヨーロッパに飛び、イタリア戦線、ローマ解放などの取材を重ね、フランスのグルノーブルで休暇中、「ライフ」編集部からの暗号電報で、マッカーサーのフィリピン再上陸の取材を命じられたのだ。

マイダンスは、すでに日本でも知られた世界的に著名なフォトジャーナリストだったが、のちに日本降伏後、昭和二十年八月三十日、マッカーサー一行とともに厚木基地に降り立ち、九月二日には戦艦「ミズーリ」艦上での日本の降伏調印式を取材、また元首相・東条英機自殺未遂の現場写真にいちはやく駆けつけるなど、数々の歴史的瞬間に立ち合い、撮影することになる。

十月二十日夜、マニラの第一航空艦隊司令部に戻った大西は、ここで前任の寺岡中将と正式に司令長官交代の引継ぎをすませ、二人揃って、上級司令部である南西方面艦隊司令部に三川軍一長官を訪ねて報告した。

このとき、大西は、米空母の飛行甲板を撃破するのに時間的余裕を持たせてほしい旨を三川中将に具申したが、聯合艦隊は、すでに栗田艦隊のレイテ湾突入（X日）を十月二十五日、航空総攻撃（Y日）を二十四日と定め、麾下《きか》全部隊に打電している。もはや予定変更はならず、一刻の猶予も許されない状況であった。

寺岡は、もう一人、「ダバオ水鳥事件」の責任を負って更迭される第三十二特別根拠地隊司令官・代谷清志中将とともに、二十二日、輸送機でマニラを発った。代谷はまもなく予備役編入、つまり海軍をクビになるが、寺岡はその後、関東方面の防空部隊である第三航空艦隊司令長官として返り咲くことになる。

二十日午後、マニラでは、デング熱のため報道班員宿舎で休んでいた同盟通信特派員・小野田政《まさし》が、脚の骨を折ってマニラ海軍病院に入院中の二〇一空司令・山本栄大佐の呼び出しを受けた。小野田は、二〇一空の隊附報道班員として、部隊と行動をともにしていた。

「おい、特ダネだぞ！」

左脚を包帯でぐるぐる巻きにした山本は言ったと、小野田は回想している。

山本は、体当り攻撃隊の編成と、関大尉が指揮官に選ばれたことを告げ、

「しっかり報道願います」

と言った。

小野田は同盟通信社の車を飛ばしてマバラカットに行き、この日の出撃が中止になって二〇一空本部に戻っていた関をバンバン川原に連れ出してインタビューを試みた。

「報道班員、日本もおしまいだよ。ぼくのような優秀なパイロットを殺すなんて。ぼくなら体当りせずとも敵母艦の飛行甲板に五十番（五百キロ爆弾）を命中させる自信がある」

という関の言葉を、小野田は戦後、手記に書き残している。関は、言葉を続けた。

「ぼくは天皇陛下とか、日本帝国のためとかで行くんじゃない。最愛のＫＡ（注：海軍隠語で妻のこと）のために行くんだ。命令とあれば止むをえない。ぼくは彼女を護るために死ぬんだ。最愛の者のために死ぬ。どうだすばらしいだろう！」

関の様子には、何とかして自分の「死」に意味を見出そうとする煩悶が感じられた。士官たるもの、上官や部下を前にこんなことはなかなか言えないのだろうが、二〇一空で唯一の民間人である小野田には心を許し、思いの丈をぶつけたかったのかもしれない。

「今日ぶつかりに行くんですよ」

神風特別攻撃隊が初めて出撃したのは、その翌日、昭和十九年十月二十一日のことである。二〇一空医務科分隊士・副島泰然軍医大尉の回想によると、この日の朝、同室で起居をともにしていた関大尉が、

「副島大尉、ひげを剃ってくれませんか」

と、頼みに来た。

だが、副島は、関が熱帯性の下痢をしていて治療三日目だということを知っているから、

「病人がひげなんかいま剃らなくてもいいでしょう」

と気軽に答えた。

「いや、今日ぶつかりに行くんですよ」

関は言った。副島は、どういうことかと一瞬、解《げ》しかねたという。関は、同室の軍医にも、特攻隊の指揮官に決まったことを話していなかったのだ。

関の態度は悟りきったように見え、副島は、日本の「武士道」を強く感じたという。

ようやく事情が飲み込めた副島は、あまり切れ味のよくない安全剃刀の刃で、関の顔をそ

りぞり剃った。

副島は軍医の立場で、関にこの三日間、断食させている。この日は、多少症状がおさまってきたので、朝、おかゆ茶碗半分、昼一杯を食べさせることを決めていた。

だが、これから「ぶつかる」と聞いては、それではかわいそうである。副島は、接収民家の病室二、三棟を回診し、傷病兵の手当てをすませると、本部で関大尉の出撃時間を聞き、従兵に細長く丸い虎屋の羊羹三本を持ってこさせ、急いで飛行場にかけつけた。

午後四時。海軍の索敵機が不足しているため、索敵任務についていた陸軍の百式司令部偵察機が、レイテ沖に敵機動部隊発見の報告をもたらした。

マバラカット西飛行場には、前日セブ島に進出した大和隊をのぞく、敷島隊、朝日隊、山櫻隊が待機している。

永すぎる儀式

敷島隊、朝日隊の二隊が出撃することに決まり、搭乗員に整列が命ぜられた。

飛行場の北側の台地に、玉井副長、猪口参謀に向かって右から、関大尉以下、中野磐雄一飛曹、谷暢夫一飛曹、永峰肇飛長の四人、直掩隊二隊、朝日隊の上野敬一一飛曹、崎田清一飛曹、磯川質男一飛曹の三人の隊員が並んだ。

このとき、稲垣浩邦カメラマンが撮影したニュース映画の一コマを見ると、直掩隊員がライフジャケットと落下傘バンドを身につけているのに対し、爆装隊員は落下傘バンドをつけておらず、関大尉はライフジャケットすら身につけていない。

玉井副長は、水筒を取り出して一人一人に別れの水盃をし、「海行《ゆ》かば」の音頭をとって歌った。歌は、次に「若鷲の歌」になった。前年の昭和十八年、公開されて大評判となり、多くの少年を予科練へと駆り立てた東宝映画『決戦の大空へ』の主題歌である。

すでに述べたように、この映画の撮影が行われていた頃、舞台となった土浦海軍航空隊に、今回の特攻隊員の主力となっている甲飛十期生が在隊していた。

若い血潮の予科練の
七つ釦《ボタン》は桜に錨
今日も飛ぶ飛ぶ霞ヶ浦にゃ
でかい希望の雲が湧く

目に涙をためている者、手で涙を拭っている者。数時間後の死を約束された若者たちにとって、小一時間におよぶこの儀式はむしろ残酷だった。

続いて玉井が、航空図を広げ、隊員たちに攻撃上の注意を与える。

「突入高度は三千メートル。低空で接近し、敵艦に十分近づいたところで高度をとり、切り返して突っ込め」

こうして、マバラカット西飛行場から、神風特攻隊第一陣は出撃した。谷暢夫一飛曹の零戦だけが、エンジン不調のため、直前で発進取りやめになった。

敷島隊は、爆装隊・関大尉以下三機、直掩隊・谷口正夫飛曹長以下四機。

洋上に出ると急に雲が多くなり、索敵機が報告した予定海面に到着しても、敵艦隊の姿が見当らない。陸軍の偵察機が、敵艦隊の針路を誤って報告したのかもしれないし、出撃前の儀式が長すぎたのかもしれなかった。

やがて帰投の燃料も尽きようというとき、関は引き返す決断をした。三機の爆装機は、抱いていた爆弾を海面に投棄すると、ルソン島南端近く、レイテ島からもほど近いレガスピー基地に不時着した。直掩隊の二機も、それに続く。直掩隊指揮官・谷口飛曹長と二番機・櫻井一飛曹の二機は、敷島隊の行動を報告するため、マバラカットへ向かった。朝日隊の上野一飛曹も、レガスピーに不時着した。

特攻隊初めての戦死者

いっぽう、前日の十月二十日、中島飛行長に率いられて、よりレイテに近い前進基地のセブ島に移動していた大和隊――。

セブ基地では、二十日夜、この地にいた搭乗員たちに、マバラカットであったのと同様の特攻隊員募集が行われている。

門司副官がセブにいた隊員から聞きとったところでは、中島は、総員集合を命じ、戦況と特攻の実施について説明したあと、

「志願する者は一歩前へ」

と言った。隊員たちは、それぞれの心中をうかがうすべはないが、全員が一歩前に出た。こうして全員に志願をさせた上で、志願する者は等級氏名を書いて提出するよう命じたという。

爆装隊指揮官に選ばれた予備学生十一期出身の久納好孚中尉は、法政大学在学中から海軍予備航空団で操縦訓練を受けていて、操縦技倆は抜群と評されていた。久納は、特攻編成が決まった晩、セブ基地の士官室にあったピアノで、ベートーベンのピアノソナタ「月光」を静かに弾いていたと、何人もの隊員が記憶している。

そして、二十一日。セブ基地では、久納中尉以下、爆装三機、直掩二機の出撃準備が整えられていた。

午後三時、索敵機から敵機動部隊発見の一報が届く。中島飛行長は、出撃搭乗員の集合を命じた。久納以下五名の搭乗員が指揮所前に立つ中島の前に並び、その他の搭乗員がそれを遠巻きに見守った。

だが、ここでも儀式が長い。水盃のあと、特攻編成にいたるまでの状況説明、そして精神訓話が延々と続くのだ。

「もし、体当り機が突入前にグラマンなんかに墜とされでもしたら、直掩隊はおめおめと還ってくることはまかりならず」

とも、中島は言った。去る九月十二日のセブ空襲で、中島の訓示が長いせいで零戦隊の発進が遅れ、壊滅的被害を受けたことを知っている隊員たちは苛立った。

中島の「前科」はこれだけではない。この年七月三日の硫黄島での邀撃戦のときも、横須賀海軍航空隊飛行隊長として零戦隊の指揮にあたった中島少佐が、レーダーによる敵発見の報告が入っているのに、間合いを計っているつもりか、「まだまだ!」などと言って発進させないでいる間に敵大編隊が頭上に来襲し、離陸の遅れた零戦隊は低空で編隊も組めず、スピードもつけられないまま各個撃破され、大苦戦を強いられたことがある。これは中島少佐の、非常にたちのわるい「癖」ともいえた。

この日も案の定、というべきか、大和隊員に対する中島の精神訓話が終わらないうちに、敵機グラマンF6Fの一群がセブ基地上空に来襲した。銃撃を受け、滑走路脇に並べられた五機の零戦は、全て炎上した。

「中島飛行長は敵のスパイか!」

聞こえよがしに吐き捨てる下士官整備員もいたという。

中島は、すぐに予備機を用意させた。昨日、持ってきた零戦は八機だから、残りは三機である。いまのグラマンが帰投していった南の方角に、敵機動部隊がいるに違いない。中島は、それに追い討ちをかけようとしたのだ。

久納中尉、中瀬清久一飛曹の二機が爆装し、大坪一男一飛曹が直掩機につく。一刻を争う事態に、久納中尉は離陸すると列機の集合を待たず、単機で一直線に飛んで行き、やがて基地の視界から消えた。

中瀬機、大坪機は、エンジン不調と天候不良でセブ基地に引き返してきたが、久納機はそのまま行方不明になった。久納中尉は、特攻隊としては初めての戦死者となった。

敷島隊二度目の出撃

十月二十一日、レガスピーに不時着した関大尉以下の搭乗員は、翌二十二日早朝、マバラカット西飛行場に帰ってきた。

関は、玉井副長に報告すると、

「申し訳ありません」

と涙を流したという。

十月二十二日午後、またも敵機動部隊発見の報告が入り、宮原田賢一一飛曹、瀧澤光雄一飛曹、藤本寿一飛曹の山櫻隊が、直掩機二機とともに出撃したが、彼らもまた、敵艦隊を発見できずに帰投した。この日、マバラカットでは、新たに「若櫻隊」が編成されている。隊員は、木村繁一飛曹、崎田清一飛曹（朝日隊より編入）、勝又富作一飛曹、中瀬清久一飛曹（大和隊より編入）の甲飛十期生と、直掩の新井康平上飛曹である。

同じ日、フィリピンの航空総攻撃に加わるため、台湾から飛来した福留繁中将の第二航空艦隊司令部がマニラの第一航空艦隊司令部と合流している。

関大尉以下、敷島隊が二度目に出撃したのは、十月二十三日のことであった。この出撃を、第二航空艦隊の指揮下にある第二五二海軍航空隊の一員としてフィリピンに進出してきた角田和男少尉が見送っている。角田の回想。

「記録では、二航艦のフィリピン進出は十月二十二日とありますが、私たちは捷一号作戦の発動を聞かされて、すぐに戦闘三一六飛行隊長・春田虎二郎大尉以下十五機で台湾・高雄基地を離陸、フィリピンに向かいました。十九日だったと思います。

航空図にはクラーク地区は付近一帯を大きく囲んで『クラーク航空要塞』と書いてあるだけでしたが、春田大尉はフィリピンの地理に明るく、クラーク地区の北から、バンバン北、バンバン南、マバラカット東、マバラカット西、クラーク北、クラーク中、クラーク南、アンヘレス北、アンヘレス南、そしてマルコットと、海軍が使用する飛行場だけで十ヵ所があることを教えてくれました。

マバラカット西飛行場に着陸し、うす暗い小道の脇にある竹薮に囲まれた一軒家を宿舎にあてがわれました。南洋特有の高床式、床の高さは二メートルほどで、床には割竹が敷き並べてありました。翌日から、飛行場待機に入って、飛行場の中央付近東側に天幕を張り、そこに机を一個置いて二五二空の指揮所にしました。

おいおい、飛行機も整備員も後を追って進出してきて、二五二空飛行長・新郷英城少佐や戦闘三一七飛行隊長・小林實少佐らもやってきた。

そして十月二十三日、二五二空は可動機二十五機が揃ったので、初めて出撃命令が出ました。小林少佐を先頭に飛び出したものの、ものの三十分で悪天候に阻まれ、敵機にも遭わずに帰ってきたんですが、その出撃のさい、二〇一空の戦闘機隊がわれわれの前に離陸したんです。

一番機の指揮官は飛行帽をつけていましたが、二番機、三番機の搭乗員が飛行機に乗るとき飛行帽と飛行眼鏡をはずし、整備員に手渡していた。飛行帽の代わりに日の丸の鉢巻を締めていて、これはどうしたことだろうと不思議に思いました。被弾して油が洩れたり、火災を起したりしたら、帽子と眼鏡をつけていないと助かる見込みはないからです。

緊急の邀撃戦ならともかく、準備を整えて出るはずの攻撃に無帽とは変だと思いましたが、あとで聞くと、二〇一空では零戦に二百五十キロ爆弾を積んで敵艦に体当りするということで、あれがその特攻隊、すなわち敷島隊の出撃だったとのことでした。確か敷島隊の出撃は三度、見送りましたが、いつも指揮官以外の列機は飛行帽と飛行眼鏡を外していた。どうせ死ぬから、ほかの人に役立ててもらおうと思ったのかもしれません。

体当り攻撃と聞いたときは、胸が締めつけられる思いがしましたね。これまでの負け戦を思い出し、来るべきときがきてしまった、そんな感じでした」

この日も敷島隊は、分厚い雲に遮られて敵艦隊が発見できずに帰投している。同じ日の朝、大和隊の佐藤馨上飛曹、石岡義人一飛曹の二機がセブ基地を発進したが、石岡機がエンジン不調で引き返し、佐藤機はそのまま未帰還となった。佐藤上飛曹は特攻隊で二人目の戦死者となった。

「航空総攻撃」を翌日に控えた二十三日にはまた、マバラカット基地で菊水隊が編成された。菊水隊は加藤豊文一飛曹、宮川正一飛曹（大和隊より編入）、高橋保男一飛曹の爆装三機に直掩が塩盛實上飛曹で、二十三日、マバラカットからカガヤンを経て、二十四日、ダバオに進出。

戦闘三一一飛行隊長・横山岳夫大尉はこの日、山櫻隊の宮原田賢一一飛曹、瀧澤光雄一飛曹、朝日隊の上野敬一一飛曹、磯川質男一飛曹、山櫻隊直掩機の柴田正司飛曹長、原田一夫二飛曹、朝日隊直掩機の箕浦信光飛長らを引きつれ、ダバオ第一基地に進出している。

いっぽう、フィリピンの西、パラワン島西方の水道を北上していた栗田艦隊は、二十三日早朝、敵潜水艦の魚雷攻撃を受け、栗田健男中将の座乗する第二艦隊旗艦「愛宕」が沈没、「摩耶」は轟沈、「高雄」は航行不能（のちブルネイに帰投）と、早くも虎の子の重巡洋艦三隻が一度にやられるという大損害を出している。栗田中将と幕僚たちは、駆逐艦「岸波」に一時移乗し、同日午後四時三十分、戦艦「大和」に将旗を移した。また、第十六戦隊司令官・左近允尚正《さこんじようなおまさ》中将が座乗する重巡「青葉」も、マニラ西南西百浬《カイリ》の地点で敵潜水艦の雷撃を受け、作戦行動が不能となる被害を負っている。

決戦を控えて、日本海軍は初動でつまづいた形になった。逆に、米軍は、栗田艦隊主力の位置をこれで知ったことになる。ほどなく、敵機動部隊艦上機の空襲が始まるであろうことは明白だった。

〈わが方の最大の望みは、米機動部隊がわが水上部隊の攻撃に多忙なときに、わが基地航空部隊が敵の虚をつく攻撃に成功することと、小澤中将の牽制に敵艦隊が乗ることであった〉と、防衛庁戦史室著『戦史叢書45』（大本營海軍部・聯合艦隊〈6〉第三段作戦後期）は述べている。

「天佑ヲ確信シ全軍突撃セヨ」

航空総攻撃の日は来た。昭和十九年十月二十四日。海軍軍令部は、この日、フィリピンに集中可能な航空兵力を、第一航空艦隊五十機、第二航空艦隊三百九十五機、T攻撃部隊からの抽出兵力百機、機動部隊百十六機、その他七十機、計七百三十一機と判断し、実働兵力はこの三分の二程度と考えていた。

フィリピンには別に、陸軍航空兵力として、戦闘機三百二十機、爆撃機二百七十二機、偵察機二十四機、その他百機、計七百十六機が展開している。

急ごしらえながらも、数字の上では、日本軍としてかつてない航空兵力がフィリピンに集中した。だがこの日も、天候は敵に有利で、日本側には不利であった。

敵機動部隊が遊弋《ゆうよく》するフィリピン東方海域は密雲に覆われ、日本側航空部隊の行動がかなり制約されたのに対し、マニラやルソン島南方のシブヤン海など、日本艦隊の行動海域は快晴で、敵機動部隊を発進した艦上機による格好の攻撃目標になった。

栗田中将は、この日、シブヤン海に入り、夕刻にルソン島とサマール島の間のサンベルナルジノ海峡を突破し、フィリピン東方に一気に抜ける予定であった。

ところが、栗田艦隊は朝八時半から午後四時までの間に六次にわたる敵艦上機のべ三百五十機による大空襲を受ける。

重巡洋艦「妙高」が魚雷を受けて落伍、戦艦「大和」「長門」、駆逐艦「清霜《きよしも》」も爆弾を受け、軽巡洋艦「矢矧《やはぎ》」は至近弾により損傷した。しかも、「不沈艦」と謳われた戦艦「武蔵」が、多くの爆弾と魚雷の直撃を受け、午後七時三十五分に沈没している。「武蔵」と運命をともにした艦長は、第一航空艦隊先任参謀・猪口力平大佐の実兄、猪口敏平《としひら》少将であった。

たび重なる対空戦闘と累積する被害に、栗田中将は午後四時、

「無理に突入すれば敵機の好餌となり成算を期しがたいから、一時敵機の空襲圏外に離脱し、友軍の成果によっては再度進撃する」

という意味の意見具申を、神奈川県日吉の慶応大学構内に司令部を置く豊田聯合艦隊司令長官宛に打電した。

しかし、全海軍部隊が栗田艦隊の突入予定日、すなわち十月二十五日を基準に行動しているいま、ここで栗田艦隊に反転などされては、作戦計画の全てがくずれてしまう。

東京・霞が関の海軍軍令部は当然、これに反対し、豊田大将に督戦を指示した。豊田は午後六時十三分、全作戦部隊に宛てて、

〈天佑ヲ確信シ全軍突撃セヨ〉

との激励文を打電した。

掛け声は勇ましいが、「天佑を確信し」という言葉に、日本海軍の末期的状態がよく表れている。もはや、作戦の成否は「天佑」すなわち神頼みだと言っているにひとしい。

「武蔵」の生存者救助に当たった駆逐艦「濱風《はまかぜ》」水雷長・武田光雄大尉は、その電令に接したとき、

「なんだこの命令は」

とがっかりしたと述懐している。武田は開戦以来、いくつもの海戦に参加してきたが、これほど場当たり的で具体性のない命令を受けたのは初めてだった。

豊田大将はさらに、栗田艦隊の再進撃を求める二通の電報を打電した。実際には、栗田艦隊は、午後三時半にいったん反転し針路を北西にとったのち、空襲がやんだのを見届けて午後五時十四分、ふたたび反転してサンベルナルジノ海峡に向かっている。

二航艦の兵力半減

栗田艦隊が敵機動部隊艦上機の波状攻撃を受けたことで明らかなように、この日の日本軍による航空総攻撃は、結論からいうと失敗に終わった。

十月二十四日未明、索敵機の敵発見の報告に、福留中将は麾下の第二航空艦隊に、早朝からの攻撃隊出撃を命じた。二航艦は、この時点では特攻ではない通常攻撃を採っている。

用意された機数は零戦百十一機（うち爆戦六機）、紫電《しでん》（局地戦闘機）二十一機、彗星艦爆十二機、九九式艦上爆撃機三十六機、天山艦攻十一機、計百九十一機だが、艦爆、艦攻の機数が少ない上に、艦爆の多くは、二年前のソロモン航空戦ですでに旧式化が顕著になり、搭乗員が「九九棺桶」と自嘲していた、脚の出たままの九九艦爆だった。

攻撃隊は、悪天候のため敵艦隊を発見することもままならないまま、邀撃してきたグラマンF6F戦闘機の大群の襲撃を受けた。

零戦隊の角田和男少尉は、二五二空指揮官・小林實少佐の第二小隊長としてマバラカット西飛行場から出撃した。機数は二十六機。だが角田機は、エンジンの点火装置に不具合を生じ、やむなく引き返した。角田の二番機・桑原正一上飛曹の報告によれば、その直後、雲の上からグラマンの奇襲を受け、指揮官小林少佐機は火ダルマとなって墜落したという。二五二空は七機の撃墜と引き換えに、十一機を失った。

小林少佐の二番機として出撃、二機を撃墜した斎藤三郎飛曹長が、このときの模様を手記に記している。

〈私自身も被弾し、ルソン島の東海岸に不時着してしまいました。幸い軽い怪我で済み、現地人に助けられて、一週間ぶりにマバラカット基地に帰りつきました。

飛行場の指揮所には新郷さん（注：二五二空飛行長・新郷英城少佐）がただ一人、小さな机を前にしてポツネンと気が抜けたような表情で立っておられ、私が新郷さんに、「斎藤、帰りました！」と報告すると、夢から醒めたかのようなビックリした顔をされ、まじまじと

私の顔を見ながら、

「オッ、斎藤生きていたか！　隊長はどうした？　ほかのものはどうした？」

と矢継ぎ早に質問されました。

私が詳しく戦闘状況を報告すると、ガックリと肩を落とし、しばらく空の一点を見つめておられましたが、やがて目をつぶり深々と腰を下ろし沈思黙考、そして一言、

「ご苦労、休め」

暖かい語感のねぎらいの言葉でした。〉

江間保少佐の率いる九九艦爆隊も約半数を失い、ただ一度の攻撃で二航艦の兵力は半減した。福留中将はさらに残存機四十七機で第二次攻撃を企図したが、この攻撃隊も、悪天候に阻まれて敵艦隊を発見できずに帰投している。

この日、二航艦の挙げた唯一の戦果は、編隊とは別行動をとり、単機ごとに索敵攻撃（敵を探しながら飛び、遭遇すれば攻撃する）をかけた彗星一機による、軽空母「プリンストン」撃沈であった。九九艦爆隊を迎え撃った敵戦闘機が母艦に着艦したのを見計らったかのように、雲の上から彗星が急降下し、二百五十キロ爆弾を「プリンストン」の飛行甲板に命中させたのである。爆弾は飛行甲板、飛行機格納庫を貫いて中甲板で爆発し、搭載していた魚雷や燃料が誘爆を起こした。誘爆の激しさに米軍は「プリンストン」を放棄、軽巡洋艦「リノ」の魚雷により処分する。

彗星は敵対空砲火で撃墜された。この日、未帰還となった彗星は五機で、この殊勲の搭乗

員が誰であったかは、いまとなってはわからない。

第一航空艦隊の特攻隊は、この日、関大尉率いる敷島隊が出撃したものの、またもや悪天候に妨げられ帰投してきた。たび重なる帰投に業を煮やしたか、玉井副長が、このとき帰還した関を面罵したと伝えられている。関は、

「申し訳ありません」

と涙を流し、うなだれるばかりだった。関と同室だった副島軍医大尉は、最初の特攻出撃で敵を発見できずに帰ってきてから、突入するまで、関はほとんど一睡もできなかったと回想している。

小澤艦隊の囮作戦は成功しつつあった

十月二十四日には、栗田艦隊突入の囮の任をおびた小澤艦隊（機動部隊）も、敵機動部隊に向け五十七機（零戦三十機、爆戦二十機、天山五機、二式艦偵二機）の攻撃隊を放っている。

六〇一空零戦隊の一員として小澤艦隊旗艦の空母「瑞鶴」から発進した岩井勉飛曹長は、京都府相楽郡出身、乙種予科練六期生で、昭和十五年九月十三日、中国大陸重慶上空で零戦のデビュー戦に参加したベテラン搭乗員であった。岩井の回想。

「マストに、軍艦旗と中将旗が上がってますわな。そこに『戦闘開始』のZ旗がするするっと上がりますのや。大きく揺れる艦の上、零戦の操縦席で出撃を待つ。生きては帰らない覚

悟。あのときの緊張感と感激は戦闘機乗りやないとわからない、躍動する瞬間でした。

発艦したら、気持ちも落ち着いて、いつもと一緒でした。編隊は高度七千メートルで南南西に向かって進撃、私はその最後尾にいました。

発艦して五十五分後、突然、飛行帽につけた無線のレシーバーから、ワワワワーッと何か叫んでる声が聞こえた。何かいな、と思ったら目の前で零戦が一機、火ダルマになってる。上空を見たら、グラマンF6Fが二十数機、降ってきよる。完全に奇襲でした」

岩井は敵機の射弾を機体をすべらせて回避しながら反転急上昇、反撃を試みるが、経験の浅い列機が岩井機の動きについてこられない。やむなく、雲のなかに飛び込み、退避した。

味方の編隊は散り散りになり、視界のなかには誰もいない。そして帰艦しようと母艦を探すが見つからず、ルソン島北端のアパリ飛行場に着陸した。そこには、小澤艦隊を発進した攻撃隊のうち、二十六機がすでに着陸していた。

攻撃隊の一部は敵艦隊を発見、爆撃を敢行したが、米側資料によると米空母に損害はなかった。戦果らしい戦果は挙げられなかったが、この攻撃を受けた米艦隊は、ようやく日本の機動部隊がフィリピン北方に迫っていることを知る。米艦隊最高指揮官・ウィリアム・ハルゼー大将は、小澤艦隊を日本海軍の主力機動部隊と判断し、午後八時過ぎ、指揮下にある全機動部隊に北上を命じた。

つまり、小澤艦隊による囮作戦は、やや遅ればせながらではあるが、成功しつつあったのだ。朝から間断なく続いていた栗田艦隊に対する攻撃がやんだのは、このためであった。栗田艦隊は、こんどは敵の妨害を受けることなく、真夜中にサンベルナルジノ海峡を通過することができた。

ラストチャンス

この日の夜、大西中将は、翌十月二十五日早朝、栗田艦隊のレイテ湾突入に呼応して、編成された特攻隊全機を発進させることを、ダバオの第六十一航空戦隊司令官・上野《うわの》敬三中将ならびに第一ダバオ基地指揮官・横山岳夫大尉、マバラカット基地指揮官・玉井浅一中佐、セブ基地指揮官・中島正少佐に命じた。もはや、本来示された「栗田艦隊の突入を支援するため」という特攻の目的からすれば、これがラストチャンスであった。

大西は、福留中将に、第二航空艦隊も特攻を実施することを迫ったが、福留はなおも白昼、大編隊による通常攻撃に望みをつないでいる。

栗田艦隊レイテ湾突入の「X日」、昭和十九年十月二十五日――。

この日最初の戦闘は、レイテ島南側のスリガオ海峡で起こった。レイテ島北方から突入する栗田艦隊に呼応して、南側から突入する予定の、戦艦「山城」「扶桑」、重巡「最上」ほか駆逐艦四隻からなる、西村祥治中将率いる別働隊と、重巡「那智」「足柄」、軽巡「阿武隈」、駆逐艦四隻からなる、志摩清英中将率いる第二遊撃部隊が、未明に優勢な敵戦艦部隊と交戦、ほぼ一方的な砲雷撃戦で、「山城」「扶桑」が沈没、「最上」が大破炎上、「那智」も「最上」と衝突し損傷、という大損害を受け敗退したのだ。

続いて、夜明けから間もない朝六時四十四分、栗田艦隊は間近に敵機動部隊を発見する。未明から降り続く激しいスコールがやんだところに、互いに鉢合わせしたような形での遭遇だった。

六時五十三分、栗田中将は、

〈敵空母ラシキ「マスト」七本見ユ　我ヨリノ方位百二十五度距離三十七粁《キロ》〉

との報告を打電した。

敵機動部隊が、栗田艦隊の視界内に入るというのは、全くの偶然といえた。艦上機で自在に敵を攻撃できる空母も、戦艦や巡洋艦とまともに戦えば赤子同然の武装と防御力しかない。栗田中将は、眼前の敵艦隊を米軍正規空母の主力部隊だと考え、この遭遇を、「天佑的戦機」と判断し、その殲滅《せんめつ》を決意した。

このとき、戦艦「長門」には三十五歳になって海軍に召集された作家・今官一《こんかんいち》一等水兵が乗っている。戦闘配置は、防空指揮所の伝令である。今は、昭和十九年七月に「長門」への配乗が決まったとき、大学ノートを一冊用意して、それを上下二つに切り、細長のノートに仕立てて、軍服の胸ポケットにちびた鉛筆とともに入れてつねに持ち歩き、日常のことをメモしていた。戦闘中は、このノートをネルの腹巻に隠し持っている。今は、著書『不沈　戦艦・長門』（R出版）のなかで、次のように述べている。
〈『マスト、マスト、どこまでも、つづくマスト』と雨ににじんだ鉛筆のあとが、覚書のささくれた、その日の頁を、ぬらしている。『マストから、いきなり甲板が浮かび上がって来た――砲塔もない、煙突もないマストの下にいきなり甲板が白く光る、だだっぴろい甲板。』――いうまでもない、航空母艦だ、飛行甲板だと、思うまもない。轟然と、四五口径三年式四〇糎《センチ》、長門の主砲は火を吐いたのだった。〉

敵艦隊は、駆逐艦が煙幕を張り、スコールを利用して遁走をはじめた。同時に敵空母を発艦した艦上機が栗田艦隊に来襲する。二時間以上におよぶ追撃戦で、栗田艦隊は、
〈撃沈確実空母二（内正規空母大型二）甲巡二駆逐艦一　命中弾確実ナルモノ空母一乃至二〉
の戦果を報じたが、重巡「鳥海」「筑摩」「熊野」が敵機の空襲に傷ついた。

栗田中将は、敵艦隊との交戦をいったん打ち切って、午前九時十一分、麾下の各艦に〈逐次集レ〉と令する。そして損傷した艦には、接岸航路をとってサンベルナルジノ海峡に向かうよう命じ、自らは針路を南西にとって、レイテ湾に突入することとした。このとき、栗田中将に従う艦艇は、戦艦四隻、重巡二隻、軽巡二隻、駆逐艦八隻であった。

しかし栗田艦隊は敵情について、なおも艦隊の北三十浬と南東六十浬に空母をふくむ敵大部隊がいると判断している。小澤艦隊の囮作戦が成功し、ハルゼー率いる敵正規空母部隊が目下、北上していることを栗田中将は知らない。

菊水隊と朝日隊の戦果

栗田中将が洋上で遭遇し、敵主力艦隊と判断したのは、正規空母部隊ではなく、じつはトーマス・スプレイグ少将の率いる第77・4任務部隊と呼ばれる護衛空母群三隊のうちの一つ、護衛空母六隻、駆逐艦七隻からなる「タフィ・3」だった。「タフィ・3」の指揮官もスプレイグ姓で、クリフトン・A・スプレイグ少将である。

トーマス・スプレイグ少将は護衛空母四隻、駆逐艦七隻の「タフィ・1」を率いてレイテ島南岸沖に位置し、護衛空母六隻、駆逐艦七隻の「タフィ・2」をレイテ湾に、「タフィ・3」をもっとも北のサマール島沖に配置していた。

これらの護衛空母は、基準排水量七千八百トン、全長百五十六メートル、最大速力二十ノット以下、搭載機も二十八機と、正規空母に比べるとはるかに低速で小型の空母である。

もとは対潜哨戒や船団護衛のために急造されたもので、ほぼ一週間に一隻の割合で建造されたことから、「週刊空母」の異名をもっていた。あくまで陸上部隊のレイテ島上陸を支援するためのもので、艦隊決戦用の部隊ではない。

「タフィ・3」は、栗田艦隊の猛射を受けたが、日本側が正規空母と誤認し、厚い装甲を貫くための徹甲弾を使用したため、皮肉にも護衛空母のペラペラに薄い鋼板を砲弾が炸裂せずに突き抜けてしまい、命中弾のわりに致命的な被害は少なかった。

このサマール島沖の海戦で、米側は護衛空母「ガンビア・ベイ」と駆逐艦三隻を失ったのみである。「ガンビア・ベイ」は、大戦を通じ、日本艦隊の砲撃で撃沈された唯一の米空母となった。

「タフィ・3」の救援要請を受けて、トーマス・スプレイグ少将は、スリガオ海峡の日本艦隊（西村艦隊、志摩艦隊）を攻撃するのをやめ、「タフィ・1」を率いてサマール島方面に向かおうとした。その矢先、午前七時四十分に、突如上空に零戦が現れた。

二百五十キロ爆弾を抱いた零戦は、機銃を発射しながら護衛空母「サンティ」の飛行甲板左舷前部に体当りを敢行した。「スワニー」を狙ったもう一機の零戦、「ペトロフ・ベイ」を狙った零戦は、いずれも対空砲火で撃墜された、と米軍戦史にある。

さらにもう一機の零戦が、高度二千五百メートルほどの雲のなかで突入の機会を狙っていた。この零戦は対空砲火を冒して「スワニー」後部で横転すると、飛行甲板後部エレベーター付近に逆落としに突っ込んだ。

「サンティ」「スワニー」は、この損害で当分の間、使用不能になったが、これこそが、神風特攻隊による初の戦果であった。

指揮官の自責

「タフィ・1」に突入したのは、いずれもダバオを発進した菊水隊と、朝日隊である。

前夜、ダバオ基地では、二十六航戦司令官・上野敬三中将主催の壮行会が開かれている。夜明けを迎えた朝六時半、二〇一空のダバオ基地指揮官・横山岳夫大尉は、特攻隊に出撃を命じた。

ダバオ第二飛行場からは、菊水隊三機が、基地員たちに見送られて発進する。爆装機が加藤豊文一飛曹、宮川正一飛曹。直掩機が塩盛實上飛曹。

横山大尉のいるダバオ第一飛行場からは、朝日隊と山櫻隊が出撃している。朝日隊は三機で、爆装が上野敬一一飛曹、磯川質男一飛曹、直掩機が箕浦信光飛長である。続いて、山櫻隊の爆装・宮原田賢一一飛曹、瀧澤光雄一飛曹、高橋保男一飛曹、直掩機・柴田正司飛曹長、原田一夫二飛曹の五機が発進する。

横山大尉は、特攻隊の出撃に際して、儀式めいたことはいっさいやらなかった。敵艦隊の情勢が不明なままでの索敵攻撃であるから、各隊が決められた飛行コースを飛んでいく。

「一航艦司令部から、二十五日早朝に特攻隊を出すように言われたが、目標の位置がはっきりしないので少し疑問を感じました。

特攻隊員たちには、とにかく発進したら一時間は決められた針路を突っ走れ。敵がいなかったら、どこでも飛行場を見つけてそこに降りろ、と訓示しました。敵と遭わずに未帰還になったら馬鹿らしいと思ったからです。

そのとき私は、上から命ぜられるままに特攻を出すことに、何の躊躇いも反省もなかった。そのへんの感覚が、当時といまとでは全然ちがう。いま考えれば、やはりあれは邪道だったなと思う。

たとえば攻撃に行く。戦果がどれだけ、こちらの損害がどれだけ、とふつうは考える。戦果の副産物として、戦死者が出るのはやむを得ない。しかし特攻は、戦果が未知数で、こちらの損害だけは最初から決まっているわけですからね。ほんとうは、もっと前、ミッドウェー海戦あたりで戦争そのものの決着をつけておくべきだった。真珠湾の奇襲で有頂天になったのが間違いの元で、どうして戦争終結までのことを誰も考えていなかったのか。

計画性もなく、どうしても死んでこい、という命令を出すのはおかしいと、いまだから言える。でもそれを、当時はおかしいと感じなかった。海軍上層部もきわめて幼稚だったと思うし、上に言われるがままに、部下に出撃を命じた私も、最低の人間だったと、九十歳を過ぎたいまにして思います……」

最初に「サンティ」に突入したのは、菊水隊の加藤一飛曹、宮川一飛曹のいずれかであることは確実である。直掩機の塩盛上飛曹がその突入を見届け、

〈一機正規空母ノ艦尾命中　火炎停止スルヲ確認ス〉

と報告している。米側記録にある撃墜された零戦のうち一機は、加藤機、宮川機のいずれかであるが、もう一機についてはよくわからない。米側の撃墜報告が重複したのかもしれない。

次に「スワニー」に突入したのは、状況から朝日隊の上野一飛曹と思われるが、朝日隊は戦場上空で離れ離れになり、もう一機の爆装機・磯川一飛曹も直掩機・箕浦飛長も、それぞれルソン島南東部に不時着し、のちに別々にマバラカット基地に生還しているから、日本側

で上野機の最期を確認したものはいない。

朝日隊に続いて発進した山櫻隊は、少し遅れて戦場に到着し、海面に流れ出す重油と若干の小型艦を発見したものの、敵機動部隊の姿は見えなかった。一番機の宮原田一飛曹があきらめて帰投を決め、爆弾を投棄した直後、眼下に敵駆逐艦を発見した。早まって爆弾を投棄したのを後悔したに違いない。宮原田が敵艦に向かって銃撃を開始し、列機もそれに続く。

結局、宮原田、瀧澤両一飛曹は対空砲火に撃墜されたものか、未帰還となった。直掩の二機は、ルソン島のレガスピー基地に不時着した。

敷島隊四度めの発進

関大尉の率いる敷島隊が出撃したのは、十月二十五日午前七時二十五分のことである。前の三回の出撃はマバラカット西飛行場からだったが、四度めのこのときはマバラカット東飛行場を発進している。

この出撃には、十月十九日に不時着事故で左脚の骨を折った二〇一空司令・山本栄大佐も、マニラ海軍病院をむりやり退院して、車で駆けつけた。

副島泰然軍医大尉が、松葉杖をついた山本に肩を貸して、攻撃隊を見送りに指揮所から飛行場へ行った。副島軍医は、

〈その時、関大尉以下の零戦は既にエンジンを始動し始めていた。関大尉は、何か手持ち無沙汰のように立っていたので、私は小走りに走って握手を求めた。彼は両手を出して私の手

をしっかり握りしめ、しんけんな顔をして、

「必ずやって来ます」

といった。私は立ったまま目を開いたまま涙がこぼれ落ちるのを如何ともすることが出来なかった。〉

と、手記に記している。

滑走路脇には多くの隊員たちが並び、力の限りに帽子を振って敷島隊を見送った。

この出撃を見送った人のなかに、母艦航空隊の第六五三海軍航空隊飛行長・進藤三郎少佐がいる。進藤は、中国大陸上空における零戦のデビュー戦の指揮官で、真珠湾攻撃では第二次発進部隊制空隊指揮官を務めた。その後、五八二空、二〇四空飛行隊長として、もっとも烈しかった時期のソロモン航空戦を経験している。進藤が五八二空時代の司令がいまの二〇一空司令・山本栄大佐、戦闘機分隊士がいまは二五二空にいる角田和男飛曹長である。

六五三空は、半数が小澤艦隊に搭載され、あとの半数は進藤が率いて台湾沖航空戦に参加、そこで戦力の過半を失ったものの、フィリピン決戦に向け一機でも多く飛行機が欲しいというので、残存兵力を率いてマバラカットに進出してきた。進藤は、

「山本司令は、たった一年ぶりなのに、ずいぶん老けたようにみえた。特攻については、ついにここまで、とは思いましたが、馬鹿なことを、とは思いませんでした。関君たちの発進を見送りながら、なんとか敵機動部隊への突入が成功するように祈りました。それで戦争に勝てるとは、もはや思いませんでしたが」

と、筆者に語っている。

栗田艦隊を上回る戦果

敷島隊は、指揮官関行男大尉以下、谷暢夫一飛曹、中野磐雄一飛曹、永峰肇飛長、大黒繁男上飛の爆装機五機に、西澤廣義飛曹長、本田慎吾上飛曹、菅川操飛長、馬場良治飛長の四機が直掩についている。

幾度も出撃と帰還を繰り返すうちにメンバーが代わり、敷島隊編成時の搭乗員は、関と谷、中野の三名である。横山大尉が技倆を見込んで指名した最愛の列機、大黒上飛もこの編成に加わった。直掩隊は、最初についた谷口正夫飛曹長以下の小隊が、谷口の負傷により、二〇三空戦闘三〇三飛行隊の西澤飛曹長を長とする小隊に代わっている。

西澤は大正九年（一九二〇）生まれでこのとき満二十四歳。乙種飛行予科練習生七期生の出身で、ラバウルでの活躍で知られた歴戦の搭乗員である。台南海軍航空隊の一員としてラバウルにいた頃には、飛行隊長だった中島正少佐の二番機を務めたこともあった。

関大尉以下五機の爆装機の後上方に、西澤が率いる直掩機四機がつく形で、フィリピン東海岸からレイテ島タクロバンに向け飛ぶこと二時間四十五分。午前十時十分、敷島隊は、針路東方のサマール島沖で、驟雨《しゅうう》のなか、隊列のくずれた栗田艦隊がバラバラに航走するのを目撃している。

艦隊上空には、グラマンF６F戦闘機二十五機。味方艦隊が敵機の空襲下で苦戦しているのは明白だが、この姿が関たちにどう映ったのかは、本人たちが全員戦死したから知るすべがない。このとき、栗田艦隊は、「タフィ・3」の護衛空母群の追撃を中止し、レイテ湾突入に向け、まさに態勢を立て直そうとしているところであった。

続いて十時四十分、タクロバンの東八十五度、距離九十浬の地点に、空母四隻、巡洋艦、駆逐艦六隻の敵艦隊を発見、

〈一〇四五之ニ突撃セリ〉

と、「第一神風特攻隊戦闘報告」に記されている。

敷島隊が発見したのは、栗田艦隊の追撃から逃れたばかりの「タフィ・3」であった。

各護衛空母では、栗田艦隊が見えなくなったのを機に、攻撃に放った艦上機の収容を始めていた。「ガンビア・ベイ」が撃沈されたので、残る空母は「キトカン・ベイ」「カリニン・ベイ」「セント・ロー」「ホワイト・プレーンズ」、そしてやや遅れて航行する「ファンショー・ベイ」の五隻。その周囲を囲むように、三隻が撃沈され残り四隻になった駆逐艦が護衛している。

爆装機と直掩機、あわせて九機の零戦は、レーダーのおよばない超低空から、敵艦隊に突入した。米側記録によると、零戦は、海面スレスレから駆逐艦の輪形陣を突破すると、高度千五百〜千八百メートルまで急上昇し、ほぼ同時に逆落としに突入した。

二機は「ホワイト・プレーンズ」に向かったが、そのうち一機は対空砲火に被弾し、目標を「セント・ロー」に変えたと見るや、その飛行甲板に突入した。「セント・ロー」は、大

爆発を起こし、十一時二十三分、沈没した。

「ホワイト・プレーンズ」に向かったもう一機は、対空砲火の直撃を受け、左舷艦尾すぐ近くの海面に突入。爆弾が爆発し、若干の損傷を与えた。

もう一機は、「キトカン・ベイ」の頭上を交差すると急上昇し、反転するや機銃を撃ちながら突っ込んだ。左舷外側通路に衝突し、機体は近くの海に落ちたが、外れた爆弾は左舷側で大爆発し、火災を発生させた。

ほかの三機は、「カリニン・ベイ」に突入しようとした。一機は飛行甲板左舷側に命中、機体はバラバラとなり火災を生じさせた。もう一機も左舷中央部に突入、さらにもう一機は同艦の左舷の海に墜落した。

体当り機を六機と米側が判断したのは、対空砲火で撃墜された直掩隊三番機・菅川飛長機が含まれているからと思われる。

米側からすれば、たった六機の零戦のために、護衛空母一隻が沈没、三隻が中、小破するという損害を出したのは、驚愕すべき事実であった。

「タフィ・3」はこの直後にも、セブ基地を発進した大和隊（大坪一男一飛曹、荒木外義飛長、誘導機彗星一機・国原千里少尉、大西春雄飛曹長）と思われる隊による体当り攻撃を受け、「カリニン・ベイ」が二機の突入を受けた。

特攻隊員たちの肉体は乗機とともに四散したけれども、この日、のべ十機の爆装零戦の体当り攻撃による戦果は、栗田艦隊による砲撃戦のそれを上回るものであった。

十月二十五日にはほかに、マバラカットから午前中にセブ基地に進出してきた若櫻隊（木村繁一飛曹、崎田清一飛曹、勝又富作一飛曹、中瀬清久一飛曹の爆装四機、直掩・新井康平上飛曹、日村助一二飛曹の二機）が発進したが、敵艦隊を発見できずに帰投。ただ、状況は定かではないが、中瀬一飛曹が未帰還となった。

敷島隊突入成功

十二時二十分分頃、セブ島の東方からあわただしく駆け込んできた零戦があった。

二〇一空中島正少佐は、

〈私はその飛行機を見た瞬間、何となく鮮血に彩られている様な感じがして、思わずハッとした。〉

と、『神風特別攻撃隊』に記している。着陸した零戦は西澤廣義飛曹長以下、敷島隊の直掩機三機であった。西澤は零戦から降りると、緊張した面持ちで駆け足で指揮所にやってきた。指揮所に居合わせた士官たちも思わず総立ちになり、ドヤドヤと西澤の周囲を取り囲んだ。西澤のもたらしたのは、敷島隊突入成功の第一報だった。

記録によると、西澤は、

〈中型空母一（二機命中）撃沈、中型空母一（一機命中）火災停止撃破、巡洋艦一（一機命中）轟沈、F6F二機撃墜〉

と報告している。

護衛空母を中型空母と誤認、また巡洋艦轟沈の事実はなかったが、襲いくるグラマンF6Fと空戦を繰り広げたにしては、歴戦の搭乗員だけあって正確な報告である。

中島は、この報告をただちにマニラの司令部に打電した。

この日、セブ基地から発進させた特攻機の戦果報告は入ってこないが、基地指揮官の中島とすれば、引き続きセブから特攻隊を送り出したい。そこで中島は、西澤以下三名の敷島隊直掩隊員に、飛行機をここで二〇一空に引き渡し、輸送機でマバラカットに帰るよう命じた。軍令部参謀の源田實中佐が推し進めた「空地分離」の制度で、飛行機隊は原隊を問わず、着陸した基地の指揮官の命令に従うことになっている。西澤はおもしろくなかったに違いないが、従わざるを得なかった。

夜十時過ぎになって、中島が夜食を食べに作戦室から階下の食堂に下りてみると、従兵が、夜食はないという。聞けば、ふだん見慣れない飛曹長がやってきて、「飛行長の夜食を出せ」と、中島の夜食を持っていってしまったという。そんなことができる搭乗員は、一人しかいない。

「あの西澤のやつだな、俺の夜食を分捕ったのは」

中島は苦笑しながら、恐縮する従兵に、

「心配せんでいい」

と声をかけて作戦室に戻った。かつてラバウルで苦楽をともにした中島と西澤とは、そんな関係だった。中島は最晩年の平成七年、筆者の電話インタビューに対し、

「もうみんな忘れた。特攻のことも、空戦のことも。記憶にあるのは西澤のことだけです」
と答えた。

西澤は、翌二十六日、列機の本田上飛曹、馬場飛長とともに、輸送機に便乗し、マバラカットに向かった。ところがその輸送機は、ミンドロ島カラパン上空で敵戦闘機F6F二機の襲撃を受け、撃墜される。空中では無敵の零戦搭乗員も、輸送機の便乗者ではなすすべもなかった。輸送機搭乗員、便乗者の全員が戦死した。

西澤の功はのちに全軍に布告された（機密聯合艦隊告示〈布〉第一七二号・昭和二十年八月十五日）。布告文によると、西澤は通算して〈協同戦果四百二十九機撃墜四十九機撃破、うち単独三十六機撃墜二機撃破の稀に見る赫々たる武勲を挙げ〉たという。

「これでどうにかなる」

マニラの第一航空艦隊司令部では、大西長官も、幕僚たちも、門司副官も、二十三日の晩からほとんど寝ずに作戦室に詰めていた。

十月二十五日、夜が明けてから最初に入った電報は、サンベルナルジノ海峡を突破した栗田艦隊が、敵機動部隊と会敵した報せだった。

「敵空母らしき見ゆ」

次いで砲撃戦の模様が逐一入電し、一瞬、明るい希望が広がった。だが、その後の状況がはっきりしない。ほどなく、西村艦隊壊滅の電報が届くと、司令部はふたたび沈鬱な空気に包まれた。

敷島隊の戦果がもたらされたのは、そんなときであった。

二階作戦室のチャート（海図）テーブルから、少し離れた一人がけのソファに大西が座っている。一航艦と、間借りしている二航艦の参謀たちは、チャートのまわりに立って忙しく働いている。そのとき、電報取次の兵が、電信紙の入った電信箱を、大西に届けにきた。

大西は木製の平らな電信箱の蓋をあけると、ゆっくりと黒縁のロイド眼鏡をかけて電文を読んだ。幾度か読み返したあと、電信箱に紐で結わえてある鉛筆でサインをして、近くにいた門司に、黙って電信箱をわたした。電報は、セブの中島飛行長から打電されたものであった。

〈神風特別攻撃隊敷島隊一〇四五スルアン島の北東三十浬にて空母四隻を基幹とする敵機動部隊に対し奇襲に成功、空母一に二機命中撃沈確実、空母一に一機命中大火災、巡洋艦一に一機命中撃沈〉

戦慄のような感動が、門司の体を走った。大西は、門司が読み終わるのを待つように、

「……甲斐があった」

と独り言のように低い声で言った。門司には語尾しか聞きとれなかった。

「長官の目は潤んで興奮していましたが、明るい感じでした。私は涙が出そうになったので、急いで電信箱を取次の兵に返しました。

長官は、特攻隊を編成したものの、うまくいくかどうかについては気がかりだったのでは

ないか。成功したということは、彼らが死んだということを意味しますが、同時に、五機の体当りでこれだけの戦果を挙げたとすれば、それはまったく予想以上の戦果です。長官は、彼らを犬死にさせなくてよかったと思われたんでしょう。

私はバンバン川で身近に見た彼らの姿を思い出し、その身を捨てた行為が心のなかに溢れてきて、言葉にならない言葉が頭をぐるぐる回るようでした。

しばらく経って、長官はまた独り言のように、

『これでどうにかなる』

と言った。これも、これで作戦が成功する、という意味なのか、あるいはもっと深い意味があったのか、いま思えば非常に意味深長に思えますが、そのときは深く考えることもできませんでした。

私はこのとき、叩きつけられて四散した彼らの肉体と精神は別のもののような気がして、感動こそすれ、悲惨な感じは受けませんでした。日本が勝つために、みんながこの気になれば、負けることはないのではないか、そんな気持ちが胸の底に湧いてきました」

——門司副官の回想である。

電信箱は、参謀たちにも回覧された。作戦室にざわめきが広がった。

耳慣れた「一発命中、二発命中」あるいは「命中弾一」といった報告ではなく、体当り、すなわち搭乗員の絶対の死とイコールである、

「一機命中、二機命中」

という言葉が、誰の目にも異様に感じられ、針で刺すような胸の痛みとともに不思議な高揚感を感じさせた。

夕方になって、この日の朝、ダバオから出撃し、敷島隊に先駆けて体当り攻撃に成功した菊水隊の報告が入ってきた。

一航艦と二航艦の合体

栗田艦隊からの続報は、マニラの司令部には届かない。レイテ湾に突入したという報告も来ない。砲撃と特攻隊が戦果を挙げたとしても、敵機動部隊は、ほかにも数群は残っているはずであった。

午後二時、マニラの一航艦司令部二階の作戦室に、一、二航艦の全幕僚と司令部要員が集合するよう命じられた。門司副官は、参謀たちが居並ぶ端に立った。

ほどなく、大西中将と福留中将が作戦室に入ってきてみんなの前に立った。大西が口を開いた。

「第一航空艦隊と第二航空艦隊は、ただいまから合体して、第一聯合基地航空部隊（大鷲部隊）を編成する。福留長官が指揮をとり、私は幕僚長となる。皆はその意を体して、協力し合ってほしい」

というのが、大西の話の主旨であった。

福留と大西は海軍兵学校が同期だが、海軍大学校を出た福留のほうが先任（序列が上）である。

「こういうときに、こだわることなく、さっさと幕僚長の位置に一歩下がって、必要な統合に踏み切るのは、いかにも大西流だと思いました」

とは、門司の回想。

実際問題として、兵力の消耗したこの二つの航空艦隊は、もはや名ばかりでその体をなしていなかった。

福留中将の二航艦は、この日も大編隊による通常攻撃を企図して、第一次百四機、第二次五十八機、その他三十機、薄暮にものべ五十七機の攻撃隊を敵機動部隊に向け出撃させたが、見るべき戦果は皆無であった。しかも、薄暮には、栗田艦隊から、

〈我を誤爆せる九九艦爆あり〉

との電報が届く。福留はもはや、通常攻撃へのこだわりを捨てるしかなかった。

栗田艦隊の突入取りやめ

関大尉以下の特攻隊員が敵空母に体当り攻撃をかけ、戦果を挙げたことを栗田艦隊が知るのは、午後四時になってからのことであった。

フィリピンで必死の思いで戦う航空部隊、陸上部隊にとっては信じがたいことに、栗田中将はすでにレイテ湾への突入を断念していた。栗田中将は、小澤艦隊が敵機動部隊の攻撃を

一手に引き受け、囮の役割をみごとに果たしつつあることも、特攻隊による体当り攻撃が戦果を挙げたことも知らなかった。

栗田は、十二時三十六分、レイテ湾突入を取りやめ、敵機動部隊との決戦を企図して北上をする旨の電報を打電した。突入断念の理由について栗田は、「戦闘詳報」のなかで、

1．敵信傍受から推断した米軍配備（突入を強行すれば敵の好餌になる）

2．レイテ湾の敵情不明

3．北方に敵機動部隊出現

の三つの理由を挙げている。だが、『戦史叢書45』（大本營海軍部・聯合艦隊〈6〉第三段作戦後期）によると、栗田がいると信じた「北方の機動部隊」は架空の情報であった。日本側の索敵機が栗田艦隊を敵機動部隊と誤認した可能性が高く、栗田艦隊は、「自隊」を攻撃しようとして反転北上するという皮肉な結果になったのだという。

栗田艦隊の反転は「謎の反転」とされ、戦後もさまざまな論議や憶測を呼んでいる。当時、レイテ湾には戦艦五隻を主力とする米艦隊がいて、もし栗田中将が予定どおり突入すれば、敵機の空襲に加えてこれら戦艦群との砲撃戦となり、壊滅は避けられない。「だから反転は正しかった」とする、栗田中将の判断に対する擁護論もあれば、「要は臆病風に吹かれた」とか、「反転ではない、逃げたのだ」と断ずる意見もある。どちらの捉え方にも一理あるだろう。

だが、一つだけ確かなのは、この反転によって、特攻隊をはじめとする基地航空部隊の多

大な努力、小澤艦隊の空母「瑞鶴」「瑞鳳」「千歳」「千代田」の喪失など、栗田艦隊のレイテ湾突入のために積み重ねてきたさまざまな犠牲が水泡に帰したということである。あとに残ったのは、作戦が失敗に終わり、日本海軍が今後、艦隊決戦を挑むだけの戦力を失ったという惨めな事実だけだった。

栗田艦隊のレイテ湾突入取りやめは、基地の航空隊や司令部に、大きな失望感を抱かせた。敷島隊の出撃を見送った六五三空飛行長・進藤三郎少佐は、

「体じゅうの力が抜けたような気がした。『全滅を覚悟の最後の決戦』と聞かされ、そのために大勢の部下を死なせてきたのに、この期におよんで逃げ出すとは、何が『決戦』かと、心底腹が立った」

と述懐するし、門司副官も、

「やり場のない、いらいらした気にさせられた」

と回想している。

全力を挙げて特攻を続ける

マッカーサーのレイテ島上陸のスクープ写真を撮った「ライフ」誌の写真家、カール・マイダンスは、戦後、昭和二十一年夏に、「フォーチュン」誌の依頼で、栗田健男元中将にインタビューをしている。マイダンスは回想録のなかで、次のように述べている。（『マッカーサーの日本　カール・マイダンス写真集１９４５―１９５１』カール・マイダンス、シェリー

・スミス・マイダンス共著　講談社）

〈レイテ海戦の山場で、彼がなぜ退却したのか、それを取材するためである。この海戦こそ戦争全体の明暗を分け、日本帝国海軍の終焉を決定的にしたのである。

このインタビューに、私は気乗りがしなかった。人の傷口に塩をすりこむように思えたからだ。提督は小さな家の畳に病身を横たえていた。それを見て私の気分は一層滅入った。かつての邸宅は空襲で焼失し、その裏に建てられた粗末な仮住宅だった。耳の痛みがひどいようで、ぬれタオルを頭の下に当てていた。

私の質問に従って通訳がよい方の耳に向かって叫ぶ。

「あなたは、レイテ湾の上陸地点にいたキンケード提督のちっぽけな艦隊を叩きつぶすことができたのに、なぜむざむざ退却したのか、お話いただけますか？」

栗田提督はしばらく思い出にふけり、そして静かに語り始めた。

「私はキンケード提督のハルゼー提督宛ての緊急電を傍受していました。私は、我が艦隊が間違いなく2つの艦隊にはさみ撃ちにあうことを確信したのです」

私は言った。

「ハルゼーが日本側のおとり作戦にはまり、彼の機動部隊を北にまわしてしまったのを、あなたはご存知なかったのですか？　キンケードは少ない護衛空母と空っぽの補給艦で、栗田艦隊に立ち向かえたと思いますか？」（中略）

「私は、まったく知りませんでした」、栗田提督は言った。「我々は制空権を失い、自分の目と耳しか判断のよりどころがなかったのです」（中略）「知らなかったのですか？」私はしつこく聞いた。「あなたが退却した時、キンケード艦隊は士気・装備とも弱体にあえぎ、ハルゼー艦隊は全速で航行しても二時間の遠きにいたことを、ご存知なかったのですか？」（中略）「知りませんでした」提督は言い、少し頭を上げ、すぐにまたもとにもどした。「あなたから聞くまで、いまのいままで知りませんでした。退却が、いまとなっては悔やまれます」

栗田艦隊の突入は未遂に終わったが、フィリピンでの戦いは、まだ始まったばかりである。十月二十五日午後、一航艦と二航艦が合体し、第一聯合基地航空部隊ができたことはすでに述べた。じつはこの時点で、福留中将も特攻隊を出すことに同意している。ここで早くも、特攻隊の表向きの目的が、

「栗田艦隊のレイテ湾突入を支援するため、敵空母の飛行甲板を一週間程度、使用不能にする」

という限定されたものから、一歩踏み込んで

「全力を挙げて特攻を続ける」

ことへと変わった。この意味は、表層的にとらえれば、通常攻撃よりも特攻のほうが戦果が挙がるという現実に即して、若者たちに「有効な死処を与える」ということでもあるが、ここで敵に少しでも大きな打撃を与え、なんとかフィリピンを最後の戦場にしたいという、

大西中将の意思の表れでもあった。このことについてはのちに述べる。

幕僚たちへの訓示を終えると、大西は、門司副官と、たまたま司令部に来ていた七六一空司令・前田孝成大佐をともなってクラークに戻った。

二〇一空本部、十月十九日の晩、大西が泊まった部屋には、司令・山本栄大佐がいた。大西が個室のドアを開けると、左脚に白いギプスをつけて寝ていた山本は、うす暗いベッドの上に身を起こした。

大西が、

「よかったな」

と声をかけると、山本はベッドに座ったまま、大西の手を両手で握りしめて、

「よくやってくれました」

と、大粒の涙をこぼした。二人の会話はこの二つの言葉だけだった。門司は半開きのドアの外から、胸のふさがる思いでこの情景を見ていた。

特攻目的の変容

山本司令を見舞った大西は、ふたたび車に乗ると、クラーク飛行場群の西端、ストッツェンベルグという集落にある七六一空本部に向かった。もう、日はとっぷりと暮れて周囲は暗かった。七六一空本部は、かつての米軍宿舎を接収したもので、二、三十坪ほどのホールを士官室として使っている。

門司は知らなかったが、ここに一航艦、二航艦の全航空隊の、司令、飛行長、飛行隊長が集められていた。その数、約四十名。猪口参謀の姿も見えた。

大西が部屋に入ると、うす暗い電灯の下で、立ったままの指揮官たちが、大西を中心に遠巻きに囲んだ。大西は、指揮官たちの顔を見まわすと、低いが力のある声で語り始めた。

その内容は、門司の記憶では以下のような趣旨のものであった。

「本日、第一航空艦隊と第二航空艦隊は合体して第一聯合基地航空部隊が編成された。長官は福留中将、私は幕僚長として長官を輔ける。各隊ともそのつもりで協力してもらいたい。知ってのとおり、本日、神風特別攻撃隊が体当りを決行し、大きな戦果を挙げた。私は、日本が勝つ道はこれ以外にないと信ずるので、今後も特攻隊を続ける。このことに批判は許さない。反対するものは、叩き斬る」

声は低いが、強く、力のこもった言葉であった。ホールに並んだ指揮官たちは、しんとして、一言も発するものはいなかった。

このときの大西の言葉については、異説もある。この場に参加した攻撃第五飛行隊長（彗星）・大淵珪三大尉（戦後、本島《もとじま》自柳《じりゅう》と改名）は、筆者のインタビューに対し、次のように述べている。

「大西中将は開口一番、『戦の帰趨は見えた』と言われたと記憶しています。負けるということですよね、これは。それで、『特攻作戦を私が採用したのは、日本海軍が最後の手まで使ったということを戦史に残したいからだ』と。『隊長諸君にはいろいろと考えもあろうかと思うが、私の指揮下にある間、それに対して批判は許さない。反対する者は軍令によって処断する』とおっしゃった。異議はたてるな、ということですよ」

いずれにしても、大西はこの日の敷島隊以下の戦果に自信をふかめ、

「栗田艦隊の突入を掩護するため、敵空母の飛行甲板を一週間程度使用不能にする」

という表向きの理由をかなぐり捨てた。特攻の目的が、この日一日で変容したとみていい。

門司副官も、

「戦闘機に爆弾を積んで体当り、という戦法自体がそれまで例のないもので、大西中将自身、その効果には半信半疑だったと思います。若い部下を死なせるのに、戦果が上がらなければ申し訳ない。ところが、この日、報告された戦果は、特攻が、通常攻撃よりも効果的に敵を殺傷し得ることをいわば証明するものだった。そこで、長官は、大きな一歩を踏み出す賭けに出たのだと思います」

と証言する。

だが、訓示を聞く指揮官たちの様子は、二〇一空で特攻を命じたときの純一な感じとはちがい、体当り攻撃をかけざるを得ない悲壮さよりもむしろ、戸惑いや反発を表に出す者が目についた。

なかでも、零戦隊の二〇三空戦闘三〇三飛行隊長・岡嶋清熊少佐の、食ってかからんばかりの表情が門司の心に刺さった。岡嶋は、門司が空母「瑞鶴」に乗って真珠湾作戦に参加し

たときの戦闘機分隊長である。岡嶋は大西の言葉を「銃殺する」と聞き、のちに、

「いやしくも、海軍士官に対して、なんたる無礼な言い草かと腹が立った」

と、のちに述懐している。岡嶋は特攻作戦そのものに反対であったのだ。

彗星艦爆を率いる大淵大尉も、

「特攻というのは、要するに距離ゼロの急降下爆撃ですから、爆弾を確実に敵艦の上にポンと落とせる技倆の搭乗員を養成すればいいことだと思い、効果の面で批判的に見ていました」

と言っている。また二五二空飛行長・新郷英城少佐は、戦後、門司に、

「長官の言葉に抵抗を感じたが、ではほかにどんな術《すべ》があるのか、と言われればかわるべきものは見当たらず、黙っているより仕方なかった」

と語ったという。

「大西長官は、そんな指揮官たちとの気持ちの落差を一気に埋めようと強い言葉を選んだのだと思いますが、私はこの不協和の感じに、なにか心が痛む思いがしました」

とは、門司の回想である。

二〇一空への転勤

十月二十四日の航空総攻撃でグラマンF6Fの奇襲を受け、戦力が半減した第二五二海軍航空隊は、二十五日の敵機動部隊攻撃にも零戦十二機が参加している。残存搭乗員は約二十

名。マバラカットに残留し、高床の宿舎で休んでいた。先任搭乗員・宮崎勇上飛曹の回想——。


「二十五日の夜遅く、みんなもう寝てたんですが、飛行長の新郷英城少佐が私に、

『おい先任、みんなを起こせ』

と言ってきました。雨がしとしとと降る晩でしたよ。急いでみんなを起こして整列させると、新郷少佐は、

『みんな、ご苦労だった。しかし、わが海軍の艦船で無傷のものは、もうなくなった。したがって、飛行機で戦うしかないが、残り少ない戦闘機で敵艦を攻撃するには、急降下爆撃だ。それも、低いところから爆撃するほど命中率は高い。つまりゼロメートルなら、絶対に命中する。要するに体当りだ』と。そして、『希望しないものは一歩前に出ろ！』——これで、出られると思いますか？

みんなそのまま突っ立っていると、

『よし、みんな賛成してくれたな。俺もつらいが仕方がない。名簿を明朝までに出してくれ』

ということになりました。

翌朝、ふたたび搭乗員を整列させて、新郷少佐という人は、ふだん戦地では防暑服のだらしない格好をしていて襟の階級章なんかもつけたことのないような人なんですが、このときばかりはパリッとした第三種軍装を着て、軍刀まで下げて現れて、

『本日、二五二空から二〇一空に五名を派遣する』と。そして名前を読み上げて、みんな帽振れでその五人を見送りました。涙が出ましたよ、あのときは」

特攻隊の編成にあたっては、大西中将が、決められた以外の航空隊が特攻隊を出すことを許さなかったので、戦闘機搭乗員で特攻隊に組み入れられる者は、いったん二〇一空に転勤、という形をとった。

日付は明らかでないが、十月末のある日、クラーク基地群のアンヘレス北飛行場で、二航艦の制空部隊であった第二二一《ふたふたいち》海軍航空隊でも、志願者の募集が行われている。

「諸君は空の神兵である。ただいまより特別攻撃隊員を募集する。われと思わん者は一歩前へ出よ」

福留繁中将の訓示に、一瞬、その場の空気が凍りついたのを、小貫貞雄飛長（戦後、杉田と改姓）は記憶している。ぎらぎらと太陽が照りつける草原の滑走路に整列した搭乗員たちはみな、顔は前を向いたまま、目だけをきょろきょろさせて、周囲の様子をうかがっていた。そして数秒。沈黙に耐えかねた誰かが前に出ると、それにつられて総員が、ぞろぞろと重い一歩を踏み出した。

小貫も、雰囲気に引きずられて一歩、前に出た。しまった、と思ったがもう後戻りはできなかった。

「ありがとう、ありがとう。だが、これでは志願者が多すぎて選びようがない。いずれ選考の上連絡するから、ひとまず宿舎に帰って休むように」

と言って、福留はハンカチでそっと目頭をおさえる仕草をした。

小貫飛長は大正十五年（一九二六）、宮城県に、鉄道員の次男として生まれた。軍艦に憧れて海軍一般志願兵を受験したが、試験官の勧めで飛行兵志望に切り替える。そして昭和十八年六月、村人の盛大な見送りを受けて、乙種飛行予科練習生（特）、通称特乙の二期生として岩国海軍航空隊に入隊した。

「特乙」とは、乙種予科練習生の合格者のなかから生年月日の早いものを選抜して速成教育をほどこすためにつくられたコースで、小貫も、「殴られて体で覚える」すさまじい詰め込み教育に耐え、わずか九ヵ月後の昭和十九年三月には零戦搭乗員として実戦部隊に配属される。そして十月、二航艦のフィリピン進出とともにクラークに送り込まれていた。当時十八歳。すでに幾度かの空戦を経験している。

福留中将の呼びかけに応えた二二一空の搭乗員たちは、次々と特攻部隊、すなわち二〇一空へ転勤を命ぜられていった。

「ニッパ椰子の葉で囲った粗末な三角兵舎のなかで、みんなごろごろと待っていると、夜、暗くなってから要務士がカバンを持ってやってきて、『ただいまより二〇一空転勤者を発表する』とやるんですよ。そして名前を呼ばれる。一度に五人か六人ですけどね、この瞬間の気分はなんとも言えません。名前を呼ばれた者は、飛び上がって喜んでるんだけど、心のなかは逆。泣いてるんですよね。それで呼ばれなかった者はガックリしたような顔をしながら腹のなかではホッとしている。明と暗がはっきり分かれる瞬間でした」

と、小貫は言う。

「少年の特攻隊」と「大人の特攻隊」

大西中将がクラーク・ストッツェンベルグの七六一空本部からマニラの司令部に戻ったのは十月二十六日朝九時のことである。

この日の午後、早くも二航艦麾下の七〇一空から、艦上爆撃機による体当り攻撃隊を出撃させることが決まった。七〇一空は、大淵珪三大尉の攻撃第五飛行隊が彗星であるほかは、旧式の九九艦爆を装備していた。フィリピンに進出してきたばかりの二航艦の零戦は、二百五十キロ爆弾を積めるように改修をしないと特攻には使えない、ということで、まずは艦爆隊が選ばれたものと考えられる。

大西中将は、二十五日夜、ストッツェンベルグで指揮官たちに特攻作戦の拡大続行を宣言する前に、七〇一空司令・木田達彦大佐の意向を打診している。

台湾沖航空戦を経てフィリピンに進出してきた七〇一空が駐留したのはマバラカット東飛行場であり、木田司令はすでに二〇一空の特攻のことも十分に知っていた。

木田は搭乗員出身ではなかったが、航空通信の専門家で、航空隊や航空母艦の通信長、航空本部部員を歴任、しかも昭和十八年十一月からは大西のもとで軍需省電器課長を務めている。二〇一空の玉井副長と同様に、大西中将とは気心の知れた仲だった。

第一航空艦隊で編成された敷島隊、大和隊、朝日隊、山櫻隊、菊水隊、若櫻隊、そして少し遅れて命名された葉櫻隊、初櫻隊、彗星隊の九隊が「第一神風特別攻撃隊」と呼ばれたのに対し、第二航空艦隊で編成された艦爆特攻隊は「第二神風特別攻撃隊」と呼ばれることになり、それぞれ忠勇隊、義烈隊、純忠隊、誠忠隊、至誠隊と名づけられた。十月二十九日には新たに、神武隊、神兵隊、天兵隊が加わっている。

第二神風特別攻撃隊は、混雑するマバラカットを避けて、マニラのニコルス基地から出撃することになった。二十六日午後、早くも第一陣の艦爆十五機がマニラに進出し、司令部前庭の芝生の上で命名式が行われた。艦爆は二人乗りだから、搭乗員は三十人である。門司副官は、芝生のあいたところへ机を並べて白い布をかけ、別盃の用意をしていた。福留中将の訓示、命名が終わると、隊員たちはテーブルに着き、福留中将の音頭で別盃を交わした。門司の回想。

「七〇一空の搭乗員はみな、大柄でガッチリした人が多いように見えた。士官や准士官、古い搭乗員が二〇一空より多かったからかもしれません。髭の濃い逞しい人が目立ち、小柄で痩せ型の搭乗員が多い二〇一空とは雰囲気が全く異なっていました。私は、二〇一空が少年の特攻隊とすれば、七〇一空は大人の特攻隊、そんなふうに感じました」

大西中将は、幕僚長として、福留中将の訓示の間もずっと黙って侍立していたが、別盃が終わると、テーブルの間をまわって、搭乗員一人一人の目をじっと見て、時間をかけて握手をした。

「こんなことを言ってはいけないんでしょうが……」と門司は続ける。

「大西中将は、手の握り方ひとつとっても、心がこもっていて、特攻隊員とともに自分も死ぬのだという気魄が伝わってくるようでした。でも、福留中将は豪傑風な笑みを浮かべながらも搭乗員の目をちゃんと見ない。手の握り方もなんとなくおざなりな感じで……、傍で見て感じたぐらいですから、搭乗員にはもっと敏感に伝わったのではないでしょうか。司令部の食事に卵が出たとき、福留中将の割った卵に少し血が混ざっていて、福留中将はそれに箸をつけようとしなかった。大西長官は、殻を割らず、従兵に、『航空隊に卵はまわっているのか』と訊いて、部下に食べさせる。内地からかつての部下がリンゴを届けたときも、自分は食べずに部下にまわしてしまう。すごいこと、たいしたことでは全くないんだけども、身近にいる者にはそのちょっとした差が大きく見えてしまうんです」

「戦死」者の孤独な戦い

その夜、艦爆特攻隊員たちは、誰いうともなく、

「どうせ死ぬのだから、もう金はいらない。みんな出そう」

と持ち金を出し合い、木田司令の前の丸テーブルに、紙幣や銀貨、銅貨が集められた。

すると、先任搭乗員の上飛曹が、

「みんな渡し銭をとっておいたか。三途の川を渡るには三銭いるんだぞ」

と言い出したので、そうだそうだと、集まったお金のなかからふたたび一銭玉三つずつをもっていったと、司令・木田大佐は戦後、回想している。

木田司令は、手帳の紙を一枚破り、この経緯と、特攻隊員のこの気持ちをなんとか全国民に知らせてほしい旨を、簡単に書き記して、前の所属長である軍需省航空兵器総局長官・遠藤三郎陸軍中将殿と締めくくり、献金と一緒にしっかりとハンカチに包んだ。

ハンカチに包まれた金と手紙は、艦爆隊の深堀直治大尉から二航艦副官・藤原盛宏主計大尉に手渡され、藤原はさっそく、内地への飛行機便にこれを託した。

後日、これを受けとった軍需省の遠藤中将は、いろいろ考えた末、赤い日の丸をはさんで左右に「神風」と藍で染めた「神風手拭」をつくり、生産工場で働く人たちに配った。工場の人たちはこれを鉢巻として使ったという。

第二神風特別攻撃隊の第一陣の出撃は、十月二十七日のことである。

攻撃第五飛行隊・山田恭司大尉率いる忠勇隊の彗星三機、近藤寿男中尉率いる義烈隊の彗星三機、攻撃第一〇二飛行隊・深堀直治大尉率いる純忠隊の九九艦爆三機、五島智勇喜中尉率いる誠忠隊の九九艦爆三機が、それぞれ直掩機に護られて第一ニコルス基地を発進した。

だが、二〇一空零戦隊から出された直掩機との連携がうまくゆかず、義烈隊は一機不時着、二機行方不明。

誠忠隊・五島中尉機は、輸送船への体当りを直掩機が確認したが、あとの二機は雲にさえぎられてその最期が確認できていない。

深堀直治大尉率いる純忠隊は、深堀機の風車止引上装置（爆弾の安全解除装置）の不具合で一、二番機がレガスピーに不時着し、故障を修理して再度レイテ湾に向かったが、日没で敵艦が発見できなかった。深堀大尉は、やむなくセブに着陸するが、二番機は行方不明となった。三番機は、被弾のため、先にセブ基地に不時着している。

そして翌二十八日早朝、深堀大尉機はふたたび出撃して還らなかった。その最期を見届けたものは誰もいなかったが、深堀大尉（偵察員）、松本賢飛曹長（操縦員）のペアは敵艦に突入したものと判断された。

しかし、七〇一空整備長・寿圓《じゅえん》正巳大尉の証言によると、深堀大尉機はこの日も突入を果たせず不時着し、深堀は戦死の扱いになったまま、フィリピンから台湾、内地へと移され、のちに九州から沖縄方面の敵艦船への体当り攻撃で戦死したという。

忠勇隊は、レイテ湾内の敵艦船に突入、一番機・山田大尉機はタクロバン沖の戦艦に突入、二番機は敵巡洋艦に突入、三番機は敵輸送船の船尾付近に突入し、船尾が切断したのを認めたと、直掩機が報告している。

忠勇隊の直掩についたのは、内地で飛行機を受領し、前日にフィリピンに戻ってきたばかりの戦闘三〇六飛行隊長・菅野直大尉の率いる零戦八機だった。直掩機の一人、笠井智一《ともかず》飛曹は語る。

「この日は天候が悪くて、零戦八機のうち四機がはぐれてしまいました。予定海面に敵がいないので、大きく旋回してレイテ湾のほうに向かったんですが、レイテ上空も一面の雲で、何も見えない状態でした。そのときの高度は四千メートルでしたか。薄暮攻撃で、あたりはもううす暗くなっていました。

すると、やっと雲の切れ目がみつかって、そこから山田大尉の特攻隊が突っ込んでいった。特攻機は、彗星艦爆に五百キロ爆弾をつんでいるからスピードが速く、こっちはもう、編隊を組んでついて行くのが精いっぱい。全速であとを追いました。

それで、一番機が敵艦に突っ込んだと思ったら、目標を外しそうになったのか、グーンと機体を引き起こして二回めに体当りした。あれは戦艦だったか駆逐艦だったか、私にはわかりません。しかし、菅野大尉があとで、『特攻で攻撃をやり直して突っ込んだのはまずおらんだろう。すごい度胸だ』と絶賛してましたね。

一機は船をはずれて海に墜ち、もう一機は輸送船にぶつかったのか、火が出たのは覚えています。一番機の爆弾は、どうも不発だったように思いました。

しかし、そのときの下から撃たれた防御砲火は、それはすごかったですよ。来る弾丸が全部、自分に向かってくるような気がするんですから。途中までオーバーブーストでついていき、特攻機の突入を見届けたら退避せにゃいかん。必死でしたよ」

そして、笠井にとってはじめての夜間着陸でセブ基地に着陸し、飛行長・中島少佐に報告をしたとき、ちょっとした事件が起こる。ふたたび笠井の話。

「菅野大尉の報告に対して、中島少佐が直掩方法や戦果確認について何か文句をつけた。細かなやり取りは覚えていませんが、『ほんとうに確認したのか』ということを何度も聞かれたようです。それで菅野大尉が怒って拳銃に手をかけた。思わず手がいき、力が入ったみたいです。バンッていう音がして拳銃が暴発し、弾丸はまともにではないが、菅野大尉の足の親指に当ったらしい。『すまんが、肩を貸してくれ』と足をひきずりながら、『失礼なことをいわれてカッときた』というようなことを言ってましたね」

だがじつは、山田恭司大尉（偵察員）、茂木利夫飛曹長（操縦）の一番機は、この日、敵艦に突入していなかった。角田和男少尉が、この二ヵ月後の十二月二十八日、マバラカットで茂木少尉（十一月一日進級）と、確かに会っているのだ。茂木は予科練で角田の一期後輩・六期生出身で、予科練五、六、七期の一万メートル競走で一番という運動神経の持ち主だった。そして開戦以来、急降下爆撃でまだ一度も爆弾を外したことはないという名人でもあった。

角田は、

「薄暮攻撃で対空砲火のなか、敵艦突入を最後まで見届けるのは困難。若い菅野大尉に、上空から敵艦の識別ができたかどうか。中島飛行長が文句をつけたというのは、すでに一番機不時着の報告が入っていて、直掩機の士官が自爆を確認したと主張すれば、戦死扱いにせざるを得なくなるから、そのためではないか」

と推論する。笠井一飛曹が、「不発だったように思う」という一番機は、じっさいには突入していなかったのだ。

山田も茂木も、「戦死」の扱いのまま、孤独な戦いを続けていたに相違ないが、公式の記録からこれ以後の足跡をたどるのは不可能である。

「こりゃあね、統率の外道だよ」

神風特別攻撃隊敷島隊の戦果が、内地で発表されたのは、十月二十八日午後五時のラジオニュースが最初である。

十一月八日、全国の映画館で公開された「日本ニュース」第二百三十二号では、「海行かば」の旋律に乗せて、敷島隊五名の搭乗員の氏名、続いて

〈神風特別攻撃隊敷島隊員として昭和十九年十月二十五日〇〇時「スルアン」島の〇〇度〇〇浬に於て中型航空母艦四隻を基幹とする敵艦隊の一群を捕捉するや必死必中の体当り攻撃を以て航空母艦一隻撃沈同一隻炎上撃破巡洋艦一隻轟沈の戦果を収め悠久の大義に殉ず　忠烈万世に燦たり
仍《よっ》て茲《ここ》に其の殊勲を認め全軍に布告す
昭和十九年十月二十八日
聯合艦隊司令長官　豊田副武《そえむ》〉

との布告文のテロップが流れ、十月二十日のバンバン河原での大西中将との別盃、二十一日の整列、二十五日の出撃シーンまでを一日の出来事のように編集して上映された。

出撃シーンでは、谷暢夫一飛曹が詠んだ、

〈身は軽く務《つとめ》重きを思ふとき今は敵艦にただ体当り〉

の辞世が紹介されている。

「神風特別攻撃隊」の命名者が、第一航空艦隊の猪口力平先任参謀であることは、門司副官の回想どおりである。猪口は、

「人間が『かみかぜ』じゃおかしいから『しんぷう』と読むんだ」

といい、以後、フィリピンの現地部隊では「しんぷうとくべつこうげきたい」と呼ばれている。これを、内地に「かみかぜ」と読んだ記事を送稿したのは、同盟通信の小野田政記者である。電文で「シンプウ」と送るより「カミカゼ」と送ったほうが、漢字に変換するときの間違いが少ないと判断したためだと思われるが、そのため、内地では「かみかぜ」のほうが一般的な呼称になった。


特攻出撃による戦死者は、先に、久納好孚中尉、佐藤馨上飛曹が出ている。突入に成功したのも、状況証拠から時系列で並べると、菊水隊、朝日隊、次に敷島隊の順である。

それなのになぜ、関大尉が特攻第一号として報じられたのか。門司副官は解説する。

「久納中尉、佐藤上飛曹の場合は、最期を確認されていない『未帰還』で、すぐに戦死認定とはならない。敷島隊の戦果が司令部に届いたのは、十月二十五日午後の早い時間で、菊水隊の報告は夕方、朝日隊は報告自体がありません。司令部の時間軸で見るとこうなりますが、

要するに、関大尉は、敷島隊の指揮官であると同時に、十月二十日、最初に編成された第一神風特別攻撃隊の全体の指揮官でもあるんです。だから、突入時間がどうあれ、最初に報じられるのは関大尉というのが、海軍の筋の通し方としては当然でした」

「特攻」は以後、航空攻撃の恒常的な戦法として終戦まで十ヵ月近くも続くことになるが、猪口先任参謀は、十月二十七日、大西中将のこんな言葉を聞かされている。

「こんなことをせねばならぬというのは、日本の作戦指導がいかに拙《まず》いか、ということを示しているんだよ。——なあ、こりゃあね、統率の外道《げどう》だよ」

第六章 特攻の真意

昭和19年10月30日、葉櫻隊の突入を受けて炎上する米空母「ベロー・ウッド」と「フランクリン」。角田和男少尉は直掩機として、この光景を上空から凝視していた

「特攻は、テロとは違う」

平成十三年（二〇〇一）九月十一日、アメリカで起きた同時多発テロ事件。

突然の、想像を絶したニュースに世界が震撼《しんかん》させられたこの日、テレビで繰り返し放送されるニューヨーク・世界貿易センタービルに旅客機が突入する映像を、八十二歳の角田和男は、茨城県の自宅のソファで涙を抑えながら見ていた。

斜めになって高層ビルに体当りする旅客機の爆発のすさまじさ。あのぶつかり方は、明らかにビルを狙って操縦しているというのが、角田にはわかる。

角田は、同じような場面を、ずっと以前にも見たことがある。時代も、目的も、場所も、全く違っていたが、角田の瞼には、五十七年前、上空から瞬きもせずに見つめた特攻機の体当りの状況が、まざまざと甦ってきた。

昭和十九年十月三十日、第一神風特別攻撃隊葉櫻《はざくら》隊の爆装零戦六機は、フィリピン・レイテ島沖合いのスルアン島東方で米機動部隊に突入した。角田は直掩機として、ただ一人、その一部始終を見届けていたのである。

角田が門司親徳と、「特攻平和観音」での慰霊法要を終え、東京駅ステーションホテルで往時を語り合った九月二十三日は、同時多発テロ事件の発生からまだ十二日しか経っておらず、その映像は記憶に生々しい。いきおい、事件のことが話題にのぼる。

「まさかあんなふうな事件が起きるとは思わなかったね。アメリカの威光もだいぶ落ちたってことかな」

と門司。

「……こんなこと言うと不謹慎ですが、腕のいいパイロットでしたね」

と角田。

「でも、特攻はテロとは違うよ。特攻は、正規軍同士の戦争のなかで、やむにやまれず採られた作戦で――まあ、『作戦』というより『戦法』というべきかな――、アメリカでやったのは戦争じゃなくて、民間機を乗っ取って一般人を巻き添えにしたテロでしょう。飛行機を使った手段は同じでも意味が全く違う。到底許されるべきことじゃない」

「それはその通りなんです。でもあのニュースを見ると、米空母にまっしぐらに突入した若い連中のことを思い出して、自然に涙が出てくるんですよ。

特攻のときは、かわいそうだとも、むごいとも思わず、ただ、『うまくぶつかってくれ！』と念じて見送った。突入して大爆発したときは、『よし、よくやった！』と。

零戦に乗って出撃したら、親のことも家のことも考えない。生きるか死ぬかということよりも、任務を果たせるかどうかのほうが大事で、私もうまい死に方ができればいいと思っていたぐらいですから。でもね、自分が生き残ってみるとあの連中のことが忘れられなくて。戦後、ご遺族と会ったりして、いま思うと……」

角田の目には、すでに涙が浮んでいる。壁を背にして向かい合った門司は、

「うん、うん」

といったふうに頷いた。

「それが『戦争』だったんだよ。渦中にいるときはみんなそうだよ。戦争をやって、生き残った者は誰もが、戦死した連中に対して『生き残ってすまない』と、負い目を感じてるんじゃない？　だからこそ、みんなこうやって慰霊祭に来てる。われわれは、死ぬまで彼らのことを忘れない、それしかないよね……」

門司の目も潤み、語尾は独り言のようになっている。

突然の特攻隊指名

二五二空戦闘三〇二飛行隊分隊士の角田和男少尉は、神風特攻敷島隊が突入に成功した昭和十九年十月二十五日以後も、偵察飛行などの任務に駆り出されていた。十月二十九日には、米軍の手に落ちたレイテ島のタクロバン、ドラッグ両飛行場の銃撃のため、戦闘三一六飛行隊長・春田虎二郎大尉の指揮下、零戦十二機でマバラカット西飛行場を出撃している。

「しかしこの日は、故障機が多く、攻撃が行なえずに夕刻、レガスピー基地に不時着しました。この頃の飛行機は品質が悪く、故障のために命を落とす搭乗員も大勢いた。しかし私は、内地で出撃待機している頃、勤労動員された女学生が一生懸命働いているのをまのあたりにしてますから、彼女たちが必死の思いで作ってくれた飛行機で故障があっても文句は言えな

い、この飛行機で全力で戦って死ぬまでだと思っていました」

と、角田は言う。

もはや、フィリピン各基地の指揮系統は、マニラやクラーク、セブ、ダバオといった大きな基地をのぞいては寸断されているにひとしい。レガスピーに不時着した春田大尉や角田たちは、翌日の行動のことは自分たちの判断で決めるしかなかった。

十月三十日。春田大尉の発案で、タクロバン飛行場の黎明《れいめい》攻撃をしてからセブに向かうこととし、まだ暗いうちに敵の地上陣地に銃撃を加えてからセブ基地に着陸した。

基地で朝食を出してもらい、一服していると、午前十時頃、基地指揮官の二〇一空飛行長・中島正少佐に呼ばれ、突然の出撃命令を受ける。

「ただいま索敵機より情報が入り、レイテ沖に敵機動部隊を発見した。ただちに特攻隊を出さなければならないが、搭乗員に若い者が多く、航法に自信がもてないので春田隊の直掩を命ずる。任務を果たした場合は帰投してよろしい。だが、戦死した場合は特攻隊員と同様の待遇をする」

突然の特攻隊指名に、角田は驚き、緊張した。

中島少佐が、特攻隊の攻撃法を説明する。

まず、二〇一空制空隊二機、新井康平上飛曹、大川善雄一飛曹は先発、敵上空直衛機を艦隊上空からなるべく遠くへ誘出し、空戦場に引きつける。

特攻爆装隊一小隊は、三分遅れて基地を発進、この隙に体当り攻撃を敢行する。

一番機・山下憲行一飛曹、二番機・広田幸宜一飛曹、三番機・櫻森文雄飛長。

直掩、一番機・春田虎二郎大尉、二番機・角田和男少尉。

さらに三分遅れて、特攻二小隊が出発。

一番機・崎田清一飛曹、二番機・山澤貞勝一飛曹、三番機・鈴木鐘一飛長。

直掩、一番機・畑井照久中尉、二番機・藤岡三千彦飛長——。

中島は、ここで、声を一段高くして言葉を継いだ。

「直掩機は敵機の攻撃を受けても反撃はいっさいしてはならぬ。爆装隊の盾となって弾丸を受け、爆装隊に対する敵機の攻撃を阻止すること。戦果を確認したならば帰投してよろしい。制空隊も、二個小隊の突入を確認したなら、離脱帰投してよろしい。もし、離脱困難の場合は最後まで戦闘を続行すること」

角田は、顔がこわばるのを感じた。これまで、ソロモンや硫黄島で無数の修羅場をくぐり抜けてきている。しかしその角田でさえ、こんな、鬼神のように厳しい命令を受けたのは初めてだった。

中島はさらに、今回の爆装隊員は朝日隊、大和隊の搭乗員だが、両隊ともに何人かは突入に成功し、全軍に布告されているので、もし、これが成功すれば新しく別の隊名を命名する、と付け加えた。この特攻隊は、のちに葉櫻隊と呼ばれることになる。

「人間業とは思えない精神力」

角田の回想——。

「昼食に配られた稲荷寿司の缶詰を、出発前に食べてみたら、そのまずいこと。貴重品の缶詰で、ほんとうはうまいはずなんです。でも、ぼそぼそで味も何も感じられなかった。そっと若い隊員たちを見わたすと、サイダーだけ飲んで、『おい、俺はとても喉を通らないぞ』といたずらっぽく言って、見送りの整備員に缶詰をわたす者もいましたが、半数の者は、立ったままじつにうまそうに、まるで遠足に行った小学生のように嬉々として食べている。私は、兵から累進した特務士官ともあろう者が、この期におよんで弁当を食い残したとあっては恥だと思い、傍らにころがっていた丸太に腰をかけて、サイダーで流し込んで形だけは悠々と平らげました。まったく、砂を噛む思いとはこのことです。あの若者たちには遠く及ばない、と思いました」

準備を完了して、予定どおり発進。針路百度（東方やや南寄り）、高度三千メートル。この日は、これまでとはうって変わって好天で、視界はきわめて良好だった。角田は、爆装機の右上方百メートルの位置につく。

レイテ島を過ぎてまもなく、春田大尉機がエンジン故障で引き返す。ただ一機で三機を護ることになった角田は、敵戦闘機に遭えば、直掩機が一機でも二機でも死ぬことには変わりはない、と覚悟を決めた。

午後二時三十分、スルアン島の東方百五十浬の地点で、中型空母一隻、小型空母二隻を主力とする敵機動部隊を真正面に発見。敵艦隊の針路は南、速力は十八ノット、距離三万メートル。角田は翼をバンク（左右に傾ける動作）して、突撃を下令した。爆装の三機は編隊を解き、全速で敵艦に向かった。艦隊上空に敵戦闘機の姿は見えない。

ふたたび角田の回想。

「操縦席の隊員の表情までは見えませんでしたが、全力で突入する気魄に全く差異は見られませんでした。突入といっても、零戦は空戦用にできているので、急降下すると機首が浮き上がってしまい、また高速になると舵が重く鈍くなるので正確にぶつかるのはむずかしい。私には、彼らの苦労が泣きたいほどよくわかりました。

それでも、中型空母に向かった一番機・山下一飛曹機は、その前部飛行甲板にみごと命中、大きな爆煙が上がりました。二番機・広田一飛曹機は、戦艦の煙突のすぐ後ろに突入、三番機・櫻森飛長は、一番機のぶつかった穴を狙いましたが、この頃になってようやく猛烈になった防禦砲火に被弾、完全に大きな火の玉になりながらも空母飛行甲板の後部に命中、さらに大きな爆発の火焔を上げました。

まさに人間業とは思えない、ものすごい精神力でした」

数分後、もう一隊の崎田一飛曹機はいまだ沈まぬ敵空母を見て、その飛行甲板中央に突入。山澤一飛曹機、鈴木飛長機は別の小型空母に命中、大爆発した。制空隊の二機、新井上飛曹機、大川一飛曹機は、敵戦闘機十数機を艦隊の東北方に引きつけて空戦を繰り広げ、任務を忠実に果たしたが、二機とも還らなかった。いずれも二十歳前後の若者で、とくに櫻森飛長はまだ十八歳になったばかりの少年だった。

「昭和十五年、第十二航空隊に属して戦ったときは、私のいた十ヵ月の間に、搭乗員の戦死者は一人も出ませんでした。十七年八月から十八年にかけ、ソロモンで戦った第二航空隊（途中、第五八二海軍航空隊と改称）は、補充を繰り返しながら一年で壊滅、しかし一年はもちました。

ところが、十九年六月に硫黄島に進出した二五二空は、たった三日の空戦で全滅しました。続いて十月、再編成して臨んだ台湾沖航空戦では、戦らしい戦もできなかった。

そんな流れで戦った搭乗員の立場からすると、フィリピンでの特攻というのは、ある意味、もうこうなったらやむを得ないと納得できる部分もありました。でも、同じ特攻隊でも、爆装で行くのと直掩で行くのとでは、心理状態は全然ちがうと思うんですよ」

と、角田はふり返る。

米側の記録と突き合せてみると、この日、葉櫻隊の突入を受けたのは、空母「フランクリン」「エンタープライズ」、軽空母「ベロー・ウッド」「サン・ジャシント」を中心として編成された第三十八・四任務群であった。

米側記録では、「フランクリン」「ベローウッド」が大破、二隻あわせて百四十八名が戦死、または行方不明となり、飛行機五十九機が破壊された、とある。二隻は修理のため、アメリカ本土に回航された。「サン・ジャシント」は、二機の特攻機に狙われたが、一機は艦首すぐ近くの海面に墜ち、大きな水柱を上げた。もう一機は体当り直前に対空砲火で撃墜、艦の真上で特攻機が爆発する写真が残っている。「エンタープライズ」を狙った一機は、飛行甲板をわずかに飛び越え、左舷側の海面に突入、爆発。米軍はさらに、二機を対空砲火で撃墜したという。

戦艦に相当する記録はないが、米軍の損害の記録が正しいとしても、状況から考えれば、角田の戦果確認はかなり正確なものであったといえる。

特攻隊員の昼の顔と夜の顔

その夜、セブ基地にほど近い山の中腹にある士官宿舎では、中島少佐の音頭とりで「天皇陛下万歳」が繰り返され、戦果を祝う宴が催された。

セブの士官宿舎は立派なコンクリート造り二階建ての、もとは役所の庁舎に使われていた建物で、室内には煌々と電灯がともり、窓には遮光用のカーテンが引いてある。

ビールの栓が抜かれ、乾杯が行われ、士官たちの間で賑やかに話がはずむ。だが、下座の片隅に控えていた角田は、昼間見たばかりの特攻機突入の光景が眼の底に焼きついていて、笑う気分にはとてもなれなかった。

いたたまれない思いでいたところ、第二小隊の直掩を務めた予備学生十一期出身の畑井中尉も同じ思いだったらしく、

「角《つの》さん、どうも今夜はここで眠れそうにないですねえ」

と話しかけてきた。

「兵舎へ行って搭乗員室に泊まりましょうや」

角田は答え、二人でそっと宴席を抜け出した。

暗闇の坂道を登って、椰子の葉を葺いた掘っ立て小屋のような搭乗員宿舎の入口に近づいたとき、突然、飛び出してきた者に大手を広げて止められた。

「ここは士官の来るところではありません」

声の主は、倉田信高上飛曹であった。真珠湾攻撃以来歴戦のベテランで、角田の前任地の厚木海軍航空隊では、直属の部下だった搭乗員である。

「なんだ、倉田じゃないか。どうしたんだ」

角田の声に倉田も気づいて、

「あっ、分隊士（角田の職名）ですか。分隊士ならいいんですが、士官が来たら止めるようにといわれ、ここで番をしていたものですから」

士官に搭乗員室を見せたくないのだという。ドアを開けてみると、電灯もなく、廃油を灯した空缶が三、四個置かれているだけの薄暗い部屋の正面に、ポツンと十名ばかりが土間に敷いた板の上であぐらをかいているのが見えた。無表情のままこちらを見つめる目に、角田はふと鬼気迫るものを感じた。

倉田上飛曹によると、正面にあぐらをかいているのは特攻隊員で、隅にかたまっているのはその他の搭乗員だという。

その日、喜び勇んで出撃していった搭乗員たちも、昨夜はこのようであった、目をつぶるのが怖くて、ほんとうに眠くなるまであのように起きている。他の搭乗員も遠慮して、ああして一緒に起きている、との説明であった。

しかし、こんな姿は士官には見せられない。特に飛行長には、絶対にみんな喜んで死んでゆくと信じてもらいたい。だから、朝起きて飛行場に行くときは、みんな明るく朗らかになりますよ――。

角田はこのとき、倉田上飛曹に、どうしてこのようにしてまで中島飛行長に義理立てするのかと問うた。

「それは、特攻隊編成の際、隊長の人選が大西長官の思いどおりにいかず、新任で新妻のある関大尉を選出したことで長官の怒りに触れ、他の飛行隊長は全員、搭乗配置を取り上げられたという噂があるのです。それで、二〇一空の下士官兵は、自分たちだけでも喜んで死んでやらなければ、間に立たされた司令や副長、飛行長がかわいそうだと思っているらしいのです」

というのが、倉田の答えだった。

この「噂」は、門司副官が証言した大西中将の指揮官人選についての不満とピッタリ符合する。角田がそのことに気づいたのは、戦後六十年以上が経ってからのことである。

やり切れない思いを胸に、角田と畑井中尉はまたトボトボと坂道を下り、明るい士官室へと引き返した。角田は、

「今日のあの悠々たる態度、嬉々とした笑顔。あれが作られたものであるなら、彼らはいか

なる名優にも劣らない。しかし、昼の顔も夜の顔も、どちらも真実であったかもしれません」

と回想する。

「空地分離」による履歴の空白

本来、角田が所属する二五二空の本部はマバラカット西飛行場に置かれているが、「空地分離」の建前から、セブに着陸した以上はセブ基地指揮官である中島正中佐（十一月一日進級）の指揮下に入らなければならない。

飛行機隊を一つのユニットとして臨機応変に戦わせるため、軍令部参謀・源田實中佐の発案で始まったこの制度だが、いざ実施されてみると、さまざまな問題が露呈してきた。

攻撃第五飛行隊長・大淵珪三大尉は言う。

「私がいまでも釈然としないのは、要するに特設飛行隊には人事権がないんです。人事権は、上部組織の航空隊、攻撃第五飛行隊でいうと七〇一空の所管ですが、われわれ飛行機隊は着陸した先の基地指揮官の命令に従うことになるから、おかしなことになる。人事権がないから、本来は隊員と一緒についてくるはずの履歴などの書類がまわってこない。だから、別の部隊が壊滅して私の隊に編入される隊員がいたり、私の部下がよその基地に着陸してそこの指揮下に入ったりしても、こちらではわからないわけですよ。自分の部下の把握もできないおかしな制度でしたね」

じっさい、角田少尉も、このフィリピン戦の間だけ（昭和十九年十月〜二十年二月）、履歴が空白になっている。その間は、俸給も支払われていない。現存する航空記録で、やはりこの時期だけが空欄になっている搭乗員もいる。着陸した先でよその部隊の指揮下で出撃し、原隊で戦死が把握されず、消息不明のままの搭乗員もいるという。

「空地分離」は、一見、合理的で機動性に富む制度であるかにみえたが、しょせんはにわか仕立てで、現場の実情が制度に追いついていない。これは、元パイロットとはいえ、いまは軍令部のエリート官僚である源田實の、机上の遊戯に過ぎないものであった。

整備特攻隊

セブ基地で、中島中佐の指揮下に入った角田たち二五二空零戦隊の搭乗員は、十一月二日には二度にわたって特攻隊の直掩に出撃したが、目標地点に敵艦隊の姿はなく、引き返した。爆装機を無事つれて帰ってこられたことに、角田は安堵を覚えた。

十一月三日の明治節には、遥拝式の暇もなく、レイテ島西北のオルモック湾に逆上陸する陸軍輸送船団の上空直衛に飛ぶ。夕方、哨戒時間が終わるとき、角田は高度を下げて陸軍部隊を激励した。オルモックの街は車や人影も多く、海岸通りを見ると数十台の戦車隊が南下中で、かつて見たガダルカナル島への逆上陸よりも余力があるように見えた。

この頃、セブ基地が、米軍の双発爆撃機・ノースアメリカンB－25による落下傘爆弾の爆撃を受けたことがある。純白の花のような落下傘に覆われた滑走路を見て、これは不発弾か、時限爆弾かと隊員たちが逡巡していると、中島中佐がキンキン通る声で叫んだ。

「整備特攻隊を編成する。爆弾の信管を抜いて捨てさせる。もし作業中、爆発して戦死した場合は、特攻隊員と同じ待遇をされるよう、長官に責任をもって具申する。整備分隊長は速やかに希望者を募るように」

整備員たちは総員、その場で志願した。そして数十分のうちに、事故もなく、爆弾はきれいに片づけられた。

「この基地では、整備員も搭乗員と少しも変わらない気持ちで戦っている」

と、角田は感動を覚えた。

十一月四日、角田は、列機三機を率いてタクロバン飛行場への銃撃に出撃。地上にある敵機を銃撃し、帰途についたところで、大型爆撃機B－24約五十機、P－38戦闘機約三十機からなる敵機の大編隊を発見した。敵機の数がいかに多かろうと、「見敵必墜」は戦闘機乗りのモットーである。角田は列機を引きつれ、たった四機で八十機の敵編隊に挑み、二機のB－24に黒煙を吐かせた。角田は、この二機を撃墜確実と判断した。

翌十一月五日、セブ基地の二五二空隊員に、零戦を置いて輸送機で帰るよう、中島中佐より指示があった。二五二空で生き残っていたただ一人の飛行隊長・春田虎二郎大尉は、この日午前の邀撃戦で戦死した。

大西中将の「気魄」と「手の温もり」

角田は、こうしてマバラカットに戻ったが、十一月六日、こんどはセブ基地に置いてきた零戦をとりに帰れ、と命ぜられ、またも昨日の輸送機に乗ってセブ基地へ行くことになった。予科練で二期後輩の西澤廣義飛曹長が輸送機に便乗中、撃墜され戦死したニュースはすでに入っていたから、心細い思いがした。

ようやくセブ基地に着き、零戦四機で離陸する。だが、マニラ湾を通過する頃、角田の飛行機に異変が起きた。遮風板（前部風防）に油が漏れかかり、エンジンが不調になったのだ。たちまち遮風板が真っ黒になり、エンジンも、まるで被弾したときのように激しく振動し、白煙まで吐き始めた。クラーク飛行場群まで十数分のところだったが、あきらめてマニラのニコルス飛行場に不時着した。着陸直前にエンジンが止まり、そのままグライドして、間一髪で滑走路にすべり込む。見ると、エンジンのシリンダーが一本、材質不良のためか裂けてしまっていた。

列機が揃うのを待って指揮所に向かう。すると、とたんに二階から雷が落ちた。

「馬鹿者、なんで滑走路の真ん中に飛行機を止める。ここは内地とは違うぞ。すぐに掩体壕に入れなきゃ駄目じゃないか。ぼやぼやするな」

見ると、声の主は顔も名前も知らない大佐である。参謀肩章のないところを見ると司令クラスだろうが、あのプロペラの回り方を見て、掩体壕まで操縦してゆけるかどうかもわからないのか、と、角田は情けない気がした。

ほどなく、戦闘三〇六飛行隊長・菅野直大尉が、階下に下りてきた。菅野大尉は、角田が厚木海軍航空隊教官時代の教え子である。向こう気の強い性格で、空戦訓練のときなど、正面から向い合って戦う「反航戦」になっても自分からは絶対に避けることをしないので、教官たちからも恐れられていた。敷島隊の関大尉と海兵のクラスメートで、このとき満二十三歳。若いが親分肌でもある。角田は、厚木時代、副直将校として朝礼や体操の号令をかけるのが苦手で、よく菅野に代わりを務めてもらったことがあった。

菅野は角田に、

「分隊士、さっきはどうも、気を悪くしないでくれ。いきなり頭の上から白煙を吐きながら着陸したので、すわ空戦、空襲かと、司令部は防空壕に逃げ込むやら、見張を怒鳴りつけるやらで大騒ぎで気が立ってたんだ。悪かったな」

と慰めてくれた。だが、菅野の次の言葉に、角田は唖然とした。

「飛行機は当基地に置いて、陸路マバラカットまで帰るように。ただし、当基地で編成中の特攻隊に一名欠員が出たから、このなかから一名選抜して、特攻隊員として残すように」

角田は、自分の一存では決められない、マバラカットには二五二空飛行長の新郷少佐がいるから、許可を取っていただきたいと申し出た。

「それもそうだな」

菅野はいったん、指揮所の階上に上がっていったが、やがて、首を振りながらまた下りてきた。菅野が言うには、「空地分離」で、飛行機は自動的に着陸した基地の指揮下に入る。

それで作戦に関しては、二〇一空も二五二空も関係なくなる。

「マニラの先任指揮官は一航艦長官の大西瀧治郎中将であり、ニコルス基地の指揮は直接、長官がとられる。これは長官直接の命令だ。角田少尉は戦闘機隊の指揮官としてその隊から特攻隊員一名を選出し、司令部に差し出すべし。残りの三名は十一時のトラック便でクラークまで送る。時間がないから人選を急ぐように」

と、有無を言わせぬ命令である。所属系統、指揮系統とよくはわからないが、どうしても決めなければならないのなら自分が残るしかない、と、角田は決心した。列機の搭乗員に、二五二空に帰隊したらこのことを報告し伝えるよう命じ、まるで角田の到着を待っていたかのように司令部の前庭で行われた第三神風特別攻撃隊梅花《ばいか》隊、聖武《せいぶ》隊の命名式に臨んだ。

「突然のことに頭のなかは真っ白になって、ひたすら緊張するばかりでした」

と、角田は言う。

特攻隊を命ぜられる搭乗員は十一名。その正面にずらりと並んだ将官、参謀の数はざっと見ても三十人をゆうに超えるだろう。死地に赴く搭乗員よりも命ずる側のほうがはるかに多い、頭でっかちの海軍の末期的症状が、はっきりと現れていた。

十一月一日付で三川軍一中将と交代した南西方面艦隊司令長官・大川内《おおこうち》傳七中将、第二航空艦隊司令長官・福留繁中将、第一航空艦隊司令長官・大西瀧治郎中将が、交々《こもごも》訓示をする。だが、その三人の言葉には、何か食い違ったものを感じる。

原稿のない訓示の正確な内容は残っていないが、角田によると、大西の言葉が、気魄のこもった、この長官も死ぬ気で命じていることが伝わる強い調子だったのに対し、福留中将の訓示は「一機一艦ぶつかれば、日本は勝てる」という通りいっぺんの調子であり、大川内中将のそれは、「日本が勝つために行ってくれ」と、どこか他人事のようなゆるさを感じさせたという。

三人の長官の背後には、数え切れないほどの参謀肩章が重なっている。角田は、

「ほんとうに一機一艦ぶつかれば戦争に勝てると思うのか、一機一艦命中しても、残るのは敵の艦船だということぐらい、長官や参謀の誰かが零戦の後ろに乗って、レイテ湾上空を一回りしてみればわかることだろうに」

と思った。が、思ってもそれを口に出せないのが軍隊である。

だが、そんな角田のもやもやした気分は、ほどなく吹き飛ぶことになった。角田は語る。

「大西中将は訓示のあと、緑の美しい芝生の上で、目に沁みるような白布に覆われた、長い机を前に並んだ搭乗員たちの顔を、右端に立った隊長・尾辻是清中尉から、閲兵式のように順に見て回られました。そして、私の前では、特に私の右手を両手で包むように握り、食い入るように目をするどく見つめて、『頼んだぞ』と、気魄のこもった声で一言、言われました。大きな、温かい手でした」

大西は、昭和九年から十一年にかけ、角田が予科練時代の横空副長兼教頭、漢口の十二空にいたときも、聯合航空隊司令官として、角田の上官だった。予科練時代、「必勝の信念確立」という標語を掲げ、何が何でも勝たなくてはならない、という教育方針で練習生を鍛え

上げたのが、角田には強く印象に残っている。

「その大西中将に、『やれ』という命令じゃなく『頼んだぞ』と言われた。私は中将の位がそれほど偉いとは思いませんでしたが、頼む、と言われたことで心のなかがカーッと熱くなるのを感じた。その瞬間、これまで抱いてきた不平、不満、疑問が全て消し飛んでしまい、完全に肚が決まりました」

梅花隊六名、聖武隊五名は、ともに尾辻中尉の指揮下に入る。角田少尉は、直掩機四機の指揮官ということに決まった。爆装七機、直掩四機という編成である。

いま思えば……と、角田はさらに続ける。

「最初の敷島隊のとき、隊長の人選が長官の思い通りにいかなかったというのは、私もそうだろうと思います。門司さんは、長官は指宿正信大尉が志願して、下士官兵がそれに続くということを期待していたと言われる、それはその通りだと思うんですよ。指宿大尉の名は海軍航空隊に轟いていましたから、指揮官が指宿さんなら部下は黙ってついて行きますよね。攻めるときは、海軍兵学校出身の士官が先頭に立つこと、退却のときは、兵から叩き上げたベテランの特務士官が殿《しんがり》をつとめ、落ちこぼれを出さないよう最後まで踏ん張る、これが海軍のしきたりなんです。

だから、不時着した四名の搭乗員のなかから、いちばん古い、しかも妻子ある特務士官の私が特攻隊に残ったのは、大西中将にとっては、我が意を得たような思いだったのではないか。広告塔、というと語弊がありますが、これで若い下士官兵がついてくると思われたんじゃないか。だから特別に私だけ、両手で手を握って、『頼んだぞ』という言葉になったと思うんです」

命名式が終わると、海軍報道班員の新名丈夫《しんみょうたけお》記者が、梅花隊、聖武隊、それぞれの写真を撮った。

この命名式で、他の司令部職員や従兵とともに会場の設営をしていたのが門司親徳主計大尉である。

門司は、整列する少年のような搭乗員のなかで、一人だけ、見るからに歴戦の風格を備え、鼻の下に濃い髭をたくわえた特務士官の搭乗員がまじっているのに気づいた。

他の搭乗員とは明らかに違う「殺気」ともいえる雰囲気を発散し、これまで数多くの死地をくぐり抜けてきたであろうことは、実戦部隊の長い門司には一目でわかる。

――それが、角田少尉だった。実際には角田はまだ二十六歳になったばかりだったが、戦争は人の形相や雰囲気を変える。するどい眼光。しかしその両目は澄み切った美しさをたたえ、同時になんとも言えない哀しみを宿しているのが見てとれて、門司は思わず胸を衝かれた。

三十分待機

このとき編成された「第三神風特別攻撃隊」は、二〇一空で編成された「第一神風特別攻撃隊」、七〇一空で編成された「第二神風特別攻撃隊」に続く、二〇一空第二陣の零戦特攻隊で、「櫻花隊」「梅花隊」「左近《さこん》隊」「白虎《びゃっこ》隊」「朱雀《すざく》隊」「第二朱雀隊」など、これから先も続々と編成される。続いて七〇一空の艦爆主体の第二陣である「第四神風特攻隊」の、「鹿島隊」「神武隊」「神崎隊」「香取隊」の四隊が、前後して編成される。

編成された特攻隊は、敵艦隊発見の報告が入れば出撃していく。もはや、フィリピンの航空戦の主力は特攻隊と言っても過言ではなかった。

命名式を終えた尾辻中尉、角田少尉以下十一名の梅花隊、聖武隊は、索敵機の敵情報告が入り次第、出撃できるよう、その日からさっそく三十分待機の態勢に入った。「三十分待機」とは、命令後三十分で発進できる待機態勢のことである。

日の出から日が暮れるまで、隊員たちは司令部の芝生の庭で待機するが、ここで、南西方面艦隊司令部の軍楽隊が、隊員たちの無聊《ぶりょう》を慰めようと一時間ほどの演奏会を催したことがあった。軍歌や勇壮な曲ではなく、内地の流行歌が主だったという。角田は、「祇園小唄」が心に沁みたことをよく憶えている。

日没後は、宿舎にあてがわれたホテルに帰る。このホテルは、日本海軍将兵に「マニラホテル」と呼ばれていたが、正式な名前が何であったかまでは角田は知らない。簡易ベッドであっても、マニラでの住環境は、マバラカットやセブよりはよほどましであった。

夜が明けると、司令部の前庭に置かれた木の長椅子に座って索敵機の報告を待つ。いまか、いまかと、時間の流れが息苦しい。しかし、搭乗員はみな表向き、落ち着き払った表情をしている。

「尾辻中尉のほうがずっと観音様らしかった」

特務士官仲間の司令部の掌《しょう》経理長（主計長を補佐し、経理の実務を司る）は、ときどき宿舎にやってきて、いろいろと面倒を見てくれた。

「何かほしいものはないか、食べたいものはないか」

すると誰かが、遠慮がちに、

「内地を出てから俸給をもらってないので、夕食後散歩に出ても小遣いがなくて困ります。俸給をいただけないでしょうか」

と言った。「空地分離」の弊害で、所轄部隊から履歴書、給与証明書などの身上関係書類が来ていないから、俸給が出せないのだ。ちなみに角田は、俸給の半分は家族渡しに、あと半分は本人受け取りにしていた。海軍も一種の役所だから、本人が戦死したり行方不明になると、その時点で俸給の支給はスパッと打ち切られる。それは、非情にも遺族に戦死公報が届くより早かった。角田は、

「俸給が支払われているうちは俺はどこかで生きている。止まったら戦死したと思うように」

と、妻にいい置いていたが、フィリピンに来てこの方、本人受け取りのぶんは一銭ももらっていない。掌経理長は困った顔をしたが、すぐに司令部にかけあって、

「これから一日一人あたりビール一本、光（煙草）二箱を支給する。これはとくに大西長官

の心遣いです。光は市内で二十円で売れるから、一個を小遣いにしてもらいたい」
と、手配してくれた。角田はこのとき、はじめて闇取引というものを知った。とはいえ、市内はすさまじいインフレがおさまる気配がなく、街でコーヒー一杯が十五円、床屋の散髪も十五円する。

このとき、隊長・尾辻中尉は自分の財布を角田に渡し、

「角田少尉は特務士官だそうですね。はじめ予備士官かと思い少々不服（予備士官の少尉だと、まだ経験が浅い）だったのですが、聞いて安心しました。どうか必ず生きて帰ってください。もし無事に帰られたなら、この財布のなかの印鑑を生家に送り届けて、私の最期の模様を親たちに話してやってください。なかの二百円は、搭乗員たちを適当に遊ばせてやってください」

と、おだやかな口調で言った。尾辻中尉は海軍兵学校七十一期出身、飛行学生を卒《お》えて間もない二十二歳の若い指揮官だった。角田は、自分より四歳年少にあたる尾辻中尉の堂々たる隊長ぶりに感銘をおぼえた。

司令部には、もう一隊の特攻隊が待機していて、隊長の予備士官の中尉は、朝から晩まで寸暇を惜しむように鉛筆を走らせ、書きものをしている。角田は、

「尾辻中尉もなにか書き残されませんか」

と声をかけた。尾辻は、

「いや、私はよいのです。兵学校に入ったときから戦死の覚悟はしておりますから、いまさ

ら別に言い残すこともありません」

淡々と答えた。決死の覚悟にもさまざまな形がある、と、角田はまたも感じ入った。

十一月十日は、早朝から雨が降った。正午になっても索敵機が出せないので、この日の出撃待機は解かれることになった。休業と決まれば、搭乗員たちはあっという間に街に出てしまった。角田も、慰安所のあたりでも冷やかして歩いてこようと出かけた。木造二階建ての慰安所には、台湾出身の慰安婦が十五、六人いるという。

小雨のなか、ぶらぶら歩いてゆくと慰安所の裏口に出た。そこには尾辻中尉が立っていて、角田の足音に気づき、

「静かに！」

という。そして手まねで言われるがままに板塀の向こうを見ると、帳場の玄関を開け放して、五、六人の搭乗員と同数の慰安婦が、トランプ遊びに熱中しているところだった。

純白の揃いの服を着た慰安婦は十八、九歳、茶色の飛行服姿も同年代。わいわいとはしゃぎながら遊びに興じている。角田は、その姿に、一幅の名画を見るような神々しさを覚えた。

そして、

「私が行くと搭乗員たちが遠慮しますから」

と、そっと見守る尾辻中尉の慈母のような人柄に、生きた観音様を見るような思いがした。しばらく様子を眺めて、尾辻と角田は小雨のなかを黙ってマニラホテルに帰った。

戦後、世田谷山観音寺の特攻観音慰霊法要に列席するときも、角田は観音像の姿を見ながら、

「この観音様よりも尾辻中尉のほうがずっと観音様らしかった」

と、思い出すのがつねであった。

死に征くものからの「ご苦労様でした」

この日の午後、突然、レイテ湾東方に敵機動部隊発見の報告が入る。待機を解かれていた搭乗員たちに急遽、出撃命令がくだり、角田たち梅花隊は、中央分離帯のグリーンベルトを外して臨時の滑走路として使われていたマニラ湾岸道路から発進した。しかし、この日は敵艦隊を発見できず、日没とともに反転した。

翌十一月十一日朝にも梅花隊、聖武隊は、司令部はじめ大勢の報道班員に見送られ、マニラ湾岸道路を発進した。

この出撃を、新名丈夫報道班員がライカで撮影している。零戦の操縦席にいる角田にも、撮られていることははっきりとわかった。

「いよいよ離陸というとき、新名さんが片膝をついて、カメラを構えて私のほうを狙っているのがわかりました。それを見て、ああ、ここでニッコリ、と思ったけれど、顔がこわばってしまって私は笑えませんでしたよ。ところが、若い搭乗員でニッコリ笑って出て行くのがいる。すごいと思いましたね」

離陸してみると、角田の飛行機のエンジンの調子が悪い。燃料混合比が薄すぎると判断したが、A・C《エアコントロール》レバーを動かしてもよくならない。うすく白煙は引くものの、水平飛行には差支えない。引き返すと攻撃に間に合わないので、角田は、レガスピーで燃料を補給するときに直してもらおうと、そのまま直進を続けた。

正午頃、レガスピー基地に着陸。ただちに整備員に調整を頼む。燃料補給の間、最後となるであろう弁当を開く。梅干の入った海苔巻きの三角むすびが三個。

そのとき、基地の整備分隊士がやってきて、

「気化器の調整法がわからないから見にきてほしい」

という。聞けば、この基地には零戦の整備ができる整備員がいないとのことだった。角田は驚き、同時に腹が立った。「空地分離」の名のもとで基地航空隊と飛行機隊が分けられたのはいいが、基地航空隊で飛行機の整備ができないとは、作戦配備がなっていないということではないか。

燃料が薄いのだから、調整目盛りを（+）に動かしてもらい、大急ぎで試飛行に上がる。しかし、調子はよくならない。尾辻中尉以下は、すでにエンジンを始動して待機している。

角田は、ただちに着陸すると、二番機に駆け寄り、

「おい、交代してくれ。お前、残ってくれ」

と声をかけたが、二番機は静かに頭を振り、

「三番機とかわってください」

という。角田は、それもそうだ、二番機は自分の次に実戦経験がある、いざというときには彼がいたほうが戦力になるだろうと考え、三番機に走った。

「おい、俺の飛行機はダメだ。お前、交代して残ってくれ。この飛行機を俺に貸せ」

しかし、三番機もまた平然と、

「四番機とかわってください」

という。ここで角田は、こいつら、ふつうに頼んでも飛行機を降りないな、と悟った。そして、今度はゆっくりと四番機に近づいた。二番機、三番機はこれまで面識のない搭乗員で名もよく覚えていない。だが、四番機・聖武隊の中山孝士二飛曹は、角田が厚木海軍航空隊で教えた練習生である。彼ならば嫌とはいうまい。

「おい、お前は残れ。俺が飛んでいくから」

だが中山は、

「私が行きます。分隊士は残ってください」

という。角田は声を荒らげて、

「俺が行かなくて誰が誘導するんだ。下りろ!」

と叱りつけ、落下傘バンドに手をかけて引きずりおろそうとした。すると中山は、操縦桿にしがみつき、

「教員! 私がやります。私に行かせてください!」

と叫んだ。角田は、ハッとして手を離した。久しぶりに聞く「教員」という言葉。命名式

のとき、中山には気づいていたが、他の搭乗員に差別感を与えてはいけないと思い、角田は黙っていたし、中山から声をかけてくることもなかった。だが、角田がベテランの特務士官であることを尾辻中尉に教えたのは、中山だった。引きずりおろす手を緩めてしまった角田は、最後の手段として、尾辻中尉に、

「隊長命令で誰か交代する者を指名してください」

と頼んだが、尾辻中尉は、いつもと変わらず静かな口調で答えた。

「私たちは死処は一緒と誓い合った者同士です。いまここで、誰に残れとは言えません。分隊士は他部隊からの手伝いですから、残ってください。誘導機がいなくても私がなんとかしますから。そして飛行機が直ったら原隊に帰ってください。長い間ご苦労様でした」

死にに征く者が残る者に「ご苦労様でした」とは！……角田はもはや、一言も返す言葉がなく、うなだれて隊長機を離れた。

梅花隊、聖武隊は、この日、敵艦隊を発見できずセブ基地に着陸したが、翌十二日、ドラッグ海岸の浮桟橋に横付けし物資を揚陸中の敵輸送船攻撃に向かう途中、敵戦闘機ロッキードP－38と遭遇、空戦となり、尾辻機ほか三機は突入を果たせないままに撃墜された。

内地帰還を固辞

梅花隊、聖武隊の発進を見送った角田少尉は、十一日午後、不調のままの飛行機でマバラカット西飛行場に帰り、二〇一空に乗ってきた零戦を返した。二〇一空は、負傷した司令・

山本栄大佐が内地に送還されることが決まり、副長・玉井浅一中佐が十一月一日付で司令に昇格していた。

角田は五日ぶりに二五二空の指揮所に帰ったが、ここにはもはや士官搭乗員は畑井照久中尉しかおらず、下士官兵搭乗員も十数名を残すのみだった。

十一月十五日、二五二空の戦闘三〇二飛行隊、戦闘三一六飛行隊が特攻部隊に配置換えされることが決まり、いままで二〇一空麾下にあった戦闘三〇一、三〇五、三〇六、三一一の各飛行隊はそれぞれ再編成のため内地に帰ることとなった。

この日、二五二空飛行長・新郷英城少佐が、搭乗員を指揮所に集め、

「搭乗員の半数を特攻隊として二〇一空に転勤させ、残りの半数は内地で再建中の原隊に復帰させる。人選は畑井中尉、角田少尉で相談して決めること」

と命じた。角田は、一度正式に特攻隊命名式も受けたことだし、残ることに迷いはなかった。畑井中尉は内地に帰ることになり、角田は十名近くの搭乗員を連れて、その日のうちに二〇一空に転入、さっそく特攻待機に入った。

角田たち二五二空からの新転入者は、マバラカットの二〇一空本部斜め向いの民家を宿舎に定め、角田も、士官室には入らずここで下士官兵搭乗員と一緒に暮らすことにした。

すると、その日の夕食後、さっそく角田を訪ねてきた者がある。長田《ながた》延義飛曹長。昭和十二年、第三十五期操縦練習生を卒業したベテランで、階級は一つ下の飛曹長だが、角田より

も搭乗歴は長い。前任地の厚木空で一緒に勤務したこともあり、互いに、昭和九年に海軍に入った同年兵でもある。

長田飛曹長は言った。

「二〇三空も、西澤廣義飛曹長、尾関行治飛曹長をはじめ、歴戦の搭乗員のほとんどを失い、残るは十名ばかりになってしまった。そして、戦闘三〇三飛行隊長・岡嶋清熊少佐は特攻に反対で、全員を引きつれて再編成のため内地に帰ると言っている。

先ほどまで士官室で、全搭乗員特攻を唱える二〇一空の中島飛行長と、『特攻は邪道である。内地に帰り再編成の上、正々堂々と決戦をすべきだ。俺の目の黒いうちは二〇三空からは一機の特攻も出せぬ』と主張する岡嶋少佐が、互いに軍刀の柄に手をかけて激論をしたが、玉井司令の仲裁で、二〇三空は全員、明朝、輸送機で内地に帰ることになった。

それで、岡嶋少佐が、『再編成のためにぜひ角田少尉がほしい。一緒に帰ってもらいたい。航空本部には一身に代えて責任をもつから』と言っている」

――しかし角田は、この申し出を断った。二五二空から連れてきた部下の下士官兵搭乗員を見捨てて、自分だけが帰るわけにはいかない。

話のなりゆきを不安そうに見つめる搭乗員たちに、長田の一喝が飛んだ。

「お前たち、なんで分隊士に帰るように頼まないんだ。分隊士には奥様も子供もいるんだぞ。その分隊士がお前たちと別れられなくて頑張っているのがわからんのか！」

長田は、角田の腹の底まで見通していたのだ。搭乗員たちは、ハッとしたような表情をして、口々に、「私たちはいいですから、分隊士、帰ってください」と言った。だが角田も、これは長田が角田を死なせたくないために、岡嶋少佐に強く具申してくれた話に違いないと察している。同年兵の厚意はありがたいが、岡嶋少佐にも迷惑はかけられない。長田の説得は深夜にまで及んだが、角田は、内地帰還を最後まで固辞した。

角田を特攻から救おうとした長田飛曹長はその後、昭和二十年五月十四日、沖縄沖の航空戦で戦死した。

大西の帰国と増援要請

マニラの司令部には、福留中将、大西中将以下、第二航空艦隊先任参謀・柴田文三大佐以下の幕僚たちと、門司親徳副官がいる。第一航空艦隊先任参謀・猪口力平大佐は作戦指導のためほとんどクラーク基地に詰めていて、第一航空艦隊参謀長・小田原俊彦大佐はダバオに出向いて指揮をとっている。

十一月中旬になると、マニラも敵艦上機の激しい空襲を受けるようになっていた。十一月十三日には湾内で軽巡洋艦「木曽」と駆逐艦四隻が撃沈され、輸送船にも被害が出たので、レイテ島への補給はいよいよ困難になった。

ただし、敵機はまだマニラ市内は狙ってこない。司令部の建物の裏には、コンクリート造り半地下の立派な防空壕がつくられ、通信機器が据えつけられたが、庁舎のなかにいればまず安全であった。

その頃、マニラで特攻編成された十八歳の鈴村善一二飛曹は、たまたま司令部で待機中に空襲に遭った。鈴村が芝生の上に出て空を見上げていると、大西中将が、

「特攻隊員は大切な体だから防空壕に入りなさい」

と、退避を促した。

「生命を捨てる覚悟をしている者に生命を大切にしなさいというのは変な気がしましたが、長官の心遣いは嬉しかった」

と、鈴村は筆者に述べている。

また、この頃の特攻隊員の様子について、海軍報道班員・新名丈夫は、

〈「敵機動部隊見ゆ」の警報に、すわやとマニラ湾の海岸から出撃しようとした一隊を、いあわせた大西、福留両長官のほか、南西方面艦隊司令長官の大川内中将までが見送りにかけつけるといったとき「見送りはいりません。攻撃におくれます」と、指揮官は叫びつづけた。思いはただ敵艦撃滅だったのだ〉

と、『あゝ航空隊　続・日本の戦歴』（毎日新聞社）に寄せた手記に記している。

十二月十八日、クラークでは三人乗りの双発新鋭陸上爆撃機・銀河による第五神風特別攻撃隊・旋風隊の命名式が行われた。銀河には八百キロの大型爆弾を搭載でき、命中したときの効果は零戦の二百五十キロ爆弾の比ではない。銀河特攻は第七六三海軍航空隊で編成され、司令は佐多直《なおひろ》大大佐である。佐多司令は、特攻隊編成について反対意見を具申したが大西に

押し切られたとも伝えられる。

大西は命名式ののちクラークに一泊し、東京の軍令部に、フィリピンへのさらなる航空兵力増派の要請をするため、十一月十九日、マニラから猪口先任参謀一人を帯同し、一式《いちしき》陸攻に搭乗して厚木基地に向かった。

大西が東京に向かうのと、ほぼときを同じくして、一、二航艦の聯合航空部隊の司令部は、マニラから、クラークの北はずれの一角にあるバンバンの丘に移った。ここは、マバラカット基地からはバンバン川を隔ててほど近い位置にある。

マニラで海軍が使う飛行場はニコルスのみだったが、北西に九十キロほど離れたクラーク・フィールドと呼ばれる平原には十ヵ所の飛行場がある。ここに司令部を移すことは、かねてから予定されていたことであった。

司令部は丘に掘られた洞窟と、丘の北側に建てられたニッパ椰子の数軒の小屋に分散して置かれた。

大西は、マニラを発ってわずか数日で、直接、バンバンに帰ってきた。門司の記憶では「二十日過ぎ」とあるが、日付ははっきりしない。いずれにしてもとんぼ返りである。門司が、知らせを受けて長官の小屋に行くと、すでに参謀たちが集まって、籐椅子に座った大西中将と福留中将を囲み、狭い小屋のなかはぎゅう詰めだった。大西は、飛行服を着たまま、中央での交渉経緯を福留中将以下、幕僚たちに話しているところだった。

門司が参謀の背中越しに覗いていると、大西と目が合った。大西は、

「帰ったぞ」

というように、小さく頷いた。それだけで、門司は嬉しかった。

大西によれば、元山《げんざん》（朝鮮）、大村（長崎県）、筑波（茨城県）、神之池（茨城県）などの教育部隊から、教官、教員、予備学生、予科練などの搭乗員と飛行機百五十機がフィリピンに送られてくることになったという。これらはほとんどが特攻要員で、ひとまず台湾に進出して訓練を受けたのち、逐次クラークに進出する。猪口参謀は、これらの訓練のため台湾に残った。この増援部隊を主力とする特攻隊は、元山空からの転入者が多かったので、のちに朝鮮半島の金剛山にちなんで金剛隊と命名される。

桟橋への体当り命令

特攻隊は、十一月中旬から十二月にかけても、続々と出撃していった。

敵機動部隊が発見されればこれに向かうが、この時期になるとむしろ、レイテ島に上陸する敵兵をできるだけ殺傷することに重点が置かれるようになり、目標は敵輸送船へと変わっていった。

この頃、敵の上陸用桟橋がタクロバンに完成し、敵輸送船は昼間、遠くに退避していて、夜間、すばやく桟橋に着岸して人員物資を揚陸する。

角田は、名も知らぬ一人の大尉が、中島中佐に敵桟橋への体当り攻撃を命ぜられ、

「桟橋に体当りとはいかにも情けない。せめて目標を敵輸送船に変更されたい」

と懇願したが、

「まかりならぬ」

一言で却下され、意気消沈した様子で部下のもとへ帰って行くのを目撃している。

記録によると、正成隊、乃木隊、時宗隊、第二白虎隊、第二櫻花隊、第五から第十一聖武隊、梅花隊、正行隊、山本隊、第二朱雀隊、第一から第三高徳隊、笠置隊、吉野隊、右近隊、千早隊、第一から第七櫻井隊……と数多くの特攻隊が出撃し、また期待された銀河特攻も、烈風隊、旋風隊、強風隊、疾風隊、迅雷隊、怒涛隊、草薙隊が、相次いで出撃した。セブ基地から出撃する隊が「聖武《せいぶ》隊」となり、それに通し番号がふられるなど、新しい隊名はだんだん種切れになっていた。

体当り隊も、天候不良やエンジン不調で帰ってくることが多く、一人で数回、いくつかの隊にまたがって出撃する者も出てきて、司令部に入る情報も錯綜してくる。

直掩機の戦死者もその数を増してゆく。十一月十九日、第二朱雀隊の直掩で、のちに海軍次官となる多田武雄中将の長男・多田圭太中尉が、十一月二十五日には笠置隊の直掩で、支那事変以来歴戦の、海軍有数の操縦技倆の持ち主といわれた南義美少尉が、いずれも襲い来る敵戦闘機から爆装機を守る盾となって戦死した。

直掩機で戦死した場合はもちろん、爆装機と同様に特攻戦死の扱いになるが、十二月に入って、従来の二階級進級にかわり、下士官はすべて少尉に、兵はすべて飛行兵曹長に、特別進級することになった。士官、准士官は二階級進級のままだが、たとえば下士官の二等飛行兵曹が特攻戦死すると、四階級進級して少尉に、兵の上等飛行兵が特攻戦死すると、五階級進級して飛行兵曹長となる。

これには、挿話がある。十月の終わり頃、セブ基地で中島飛行長が出撃を命じた二木弘一飛曹が、突入の機会はあったと思われるのに、爆弾を落として帰ってきた。中島に質された二木一飛曹は、

「今死ねば二階級進級しても兵曹長ですが、十一月一日に進級して上飛曹になってから死ねば少尉になれます。士官と准士官では、本人ばかりでなく遺族への待遇も大きく違います。いま私にできる親孝行はこれだけなのです」

と、堂々と信念を主張した。つねに楠公《なんこう》（楠木正成）精神の徹底を訓示して、突入せず帰還した特攻隊員を叱りつける中島も、これには返す言葉がなかったという。

二木一飛曹の言葉が中島の心を動かし、中島の具申が大西を動かした。

二木一飛曹は、その言葉どおり、上飛曹に進級したのちの十一月十八日、第八聖武隊の爆装一番機として、タクロバン沖の敵輸送船に突入した。

陸軍特攻隊の編成

出撃は少し遅れたが、陸軍でもすでに特攻隊が編成され、十一月十二日から出撃が始まっている。体当り機に改修した九九式双発軽爆撃機、四式重爆撃機からなる万朶《ばんだ》隊が茨城県の

鉾田《ほこた》教導飛行師団で、また静岡県の浜松教導飛行師団で四式重爆からなる富嶽隊が編成され、それぞれ十月中にはルソン島に進出したのを皮切りに、一式戦闘機「隼」からなる第一から第四の八紘《はっこう》隊、九九式襲撃機からなる第五、第六の八紘隊が、内地で編成されフィリピンに送られた。

陸軍特攻隊はその後も続々と編成されるが、海軍の特攻隊が当初、現地部隊である第一航空艦隊で編成、実行されたのに対し、陸軍は中央で編成の上、前線に送るという形をとった。

フィリピンの陸軍第四航空軍司令官・富永恭次中将は、

「君たちだけを死なせはしない。本官も必ず最後の一戦で後を追う」

という訓示をして特攻隊員を送り出しておきながら、昭和二十年一月、米軍がルソン島に上陸するや大本営に無断で、部下をも置き去りにして台湾に逃亡した卑怯なふるまいで歴史にその名を残している。

司令官に人を得なかったのは不幸だが、陸軍特攻隊員たちの命を捨てた敢闘の価値が、それで下がるわけではない。もとより洋上航法の訓練をほとんど受けていないのにもかかわらず、陸軍特攻隊の働きもまた、米軍にとっては大きな脅威に違いなかった。

十一月下旬、二〇一空は、各部隊からの新転入者で活気を呈していた。

角田少尉に突然、

「分隊士、しばらくでした」

と笑いながら敬礼する大尉がいる。はて、誰だろうと思ったら、角田がソロモンの五八二空時代、要務士を務めた少尉候補生が、その後飛行学生を卒業し、いま前線に来たのだ。

「もう分隊長ですね」

階級章を見て角田が言うと、

「いや、隊長ですよ」

と胸をそらして笑う。出世したのを旧知の分隊士に見せて、得意でたまらない様子に、角田はふと心温まるものを感じた。だが、ここへ来たということは、「隊長」でも飛行隊長ではなく、特攻隊の隊長だ。それに気づいた角田が、返す言葉も出せずにいると、大尉は、

「すぐにセブに行かなくてはなりません。もう搭乗員が整列して待っておりますから、これで失礼します」

ともう一度敬礼した。特攻隊だから「ご無事で」とは言えず、角田は小さく「お元気で」と声をかけた。踵を返し、足早に去ってゆくライフジャケットの背中には、大きく「竹田大尉」と書かれていた。

玉井司令とともに、特攻を積極的に推進し続ける中島飛行長は、いつしか隊員たちから蛇蝎のように嫌われるようになっていた。

搭乗員の間では、「何があっても中島飛行長のいる基地には着陸するな。降りたら最後、すぐ特攻に出されるぞ」とか、「中島中佐とは目を合わせるな」などとささやきあわれている。中島は、士気を鼓舞するつもりか、特攻出撃の合間を見ては隊員たちに演芸会をやらせ

た。転入者があると、その部隊ごとに代表を出して自慢の喉を競わせるのだ。見ているぶんには楽しくもあるし、進んで飛び入りする芸達者もいたが、歌の苦手な角田には、ちょっぴりつらいひと時だった。

ダバオへ

記録が現存しないので日付は定かではないが、十一月下旬のある日のこと。マバラカットからダバオへ零戦四機を空輸することになり、角田がその指揮官に選ばれた。飛行場の指揮所には、飛行学生を出たばかりの士官が数人いたが、ダバオまでの航法に自信がないという。

こんなとき、頼りにされるのが角田のような特務士官だった。いまや、飛行時間、実戦経験ともに、角田に匹敵する搭乗員は全フィリピンでも数えるほどしかいない。

中島飛行長に、

「おっ、特務士官がいた」

と手招きされて駆け寄ると、

「お前なら行けるだろう」

という。〈当たり前だ〉と、角田は思った。

「航空図さえあればどこへでも」

「よし、では行ってくれ。ダバオには一航艦の小田原参謀長が作戦指導に行っておられるから、指揮を受けるように。任務は特攻機の誘導直掩」

角田は、中島中佐に託された封書を持ち、弁当を受け取ると、この日初めて会った列機三人を引きつれて、マバラカット西飛行場を離陸した。高度三千メートル、雲ひとつない快晴だったが、途中、四番機が合図もせずに急に左旋回すると、セブ基地のほうへ飛び去った。のちに報告があったところでは、四番機の飛行兵長は、マラリアの発熱のため、慣れたセブ基地に着陸したという。角田は残る列機をつれて、三機でダバオ基地に着陸した。

ダバオには、フィリピン南部の航空基地を統括する第六十一航空戦隊司令官・上野敬三中将、マニラの司令部から派遣されてきた第一航空艦隊参謀長・小田原俊彦大佐、六十一航戦先任参謀・誉田《ほんだ》守中佐、そして、台湾沖航空戦を経てレイテ決戦に参加し、十一月十一日からダバオに進出している二〇三空の漆山《うるしやま》睦夫大尉らがいた。

上野中将は、角田が飛行練習生の頃の霞ヶ浦海軍航空隊副長、のちに乗組んだ空母「蒼龍」の艦長だった。小田原大佐は昭和十六年、角田が筑波空で教員をしていたとき、計器飛行のやり方を一から教えてくれた教官である。誉田中佐も、昭和十八年、角田が厚木海軍航空隊で教官を務めたときの整備長で、いずれも縁の深い人たちだった。

角田が、搭乗員たちとともに案内されて指揮所に入ると、誉田参謀が話しかけてきた。

「角田君、しばらくだなあ、奥様やお子様もお丈夫かな」

「はい、お陰さまで丈夫だと思います」

すると誉田が、ちょっと考える様子で、

「それで君、ほんとうにぶつかるつもりかい？」

という。角田は、不審に感じたが、

「ご命令であれば、いつでもやります」

と答えた。傍らで聞いていた小田原参謀長が、

「先任参謀はこの人を知っているのかね」

と尋ねた。角田は小田原のことをよく覚えているが、小田原のほうは覚えていなかったか、かつての記憶といまの角田の容貌が変わっていたか、どちらかであろう。誉田は、

「これはラバウルの撃墜王で、山本栄司令や八木勝利副長（五八二空当時）の秘蔵っ子ですよ」

と、角田を小田原に紹介した。小田原は、

「ふうん、それがまたなんで特攻隊に……玉井君にも困ったものだな。これが最後じゃないんだから、人選は慎重にするようによく話しておいたんだが」

とつぶやくように言った。

角田が携えてきた小田原参謀長宛の書簡には、列機三機を体当りさせたあと、角田少尉は単機で爆装突入せよ、と書いてあるのだという。

「聞きませんでしたが、それではやります」

と答えながら、玉井司令も中島飛行長も、昔からよく知った仲のはずなのに……と、角田はなにか騙されたような気がした。

その夜

その夜、上野中将、小田原大佐、誉田中佐、漆山大尉の四人が、角田たち三人の歓迎会を催してくれた。角田の列機は、今回はじめて一緒に飛んだ辻口静夫一飛曹、鈴村善一二飛曹の二人である。

元はフィリピン軍が兵舎に使っていたという、ガランとした大きな建物。体育館のように床は板張りで、間仕切りもない。その真ん中にアンペラ(絨毯)が敷かれていて、そこに草色の第三種軍装を着た上野中将以下四名と、飛行服姿の角田以下三名が向かい合って座った。照明は小さな裸電球で、けっして明るくはない。

ダバオはもはや食糧が不足しており、出されたのは魚肉の缶詰と白湯、しばらくして基地の特務少尉が探して持ってきてくれた、一升瓶に七分目ほど入った椰子酒のみだった。

宴も半ばの頃、小田原参謀長が、

「皆は特攻の趣旨はよく聞かされてるんだろうな」

と切り出した。

「聞きましたがよくわかりませんでした」

角田が答えると、小田原は、

「教え子が、妻子をも捨てて特攻をかけてくれようとしているのに、黙り続けていることはできない」

と、大西中将から「他言無用」と言われていたという、特攻の真意を語り始めた。

「皆も知っているかも知れないが、大西長官はここへ来る前は軍需省の要職におられ、日本の戦力については誰よりもよく知っておられる。各部長よりの報告は全部聞かれ、大臣へは必要なことだけを報告しているので、実情は大臣よりも各局長よりも一番詳しく分かっている訳である。その長官が、『もう戦争は続けるべきではない』とおっしゃる。『一日も早く講和を結ばなければならぬ。マリアナを失った今日、敵はすでにサイパン、成都にいつでも内地を爆撃して帰れる大型爆撃機を配している。残念ながら、現在の日本の国力ではこれを阻止することができない。それに、もう重油、ガソリンが、あと半年分しか残っていない。

軍需工場の地下建設を始めているが、実は飛行機を作る材料のアルミニウムもあと半年分しかないのだ。工場はできても、材料がなくては生産は停止しなければならぬ。燃料も、せっかく造った大型空母『信濃』を油槽船に改造してスマトラより運ぶ計画を立てているが、とても間に合わぬ。半年後には、仮に敵が関東平野に上陸してきても、工場も飛行機も戦車も軍艦も動けなくなる。

そうなってからでは遅い。動ける今のうちに講和しなければ大変なことになる。しかし、ガダルカナル以来、押され通しで、まだ一度も敵の反攻を食い止めたことがない。このまま講和したのでは、いかにも情けない。一度でよいから敵をこのレイテから追い落とし、それを機会に講和に入りたい。

敵を追い落とすことができれば、七分三分の講和ができるだろう。七、三とは敵に七分味方に三分である。具体的には満州事変の昔に返ることである。勝ってこの条件なのだ。残念ながら日本はここまで追いつめられているのだ。

万一敵を本土に迎えるようなことになった場合、アメリカは敵に回して恐ろしい国である。歴史に見るインディアンやハワイ民族のように、指揮系統は寸断され、闘魂のある者は次々各個撃破され、残る者は女子供と、意気地のない男だけとなり、日本民族の再興の機会は永久に失われてしまうだろう。このためにも特攻を行ってでもフィリピンを最後の戦場にしなければならない。

このことは、大西一人の判断で考え出したことではない。東京を出発するに際し、海軍大臣（＝米内《よない》光政大将）と高松宮様（＝宣仁親王・軍令部作戦部部員、海軍大佐）に状況を説明申し上げ、私の真意に対し内諾を得たものと考えている。

宮様と大臣とが賛成された以上、これは海軍の総意とみて宜《よろ》しいだろう。ただし、今、東京で講和のことなど口に出そうものなら、たちまち憲兵に捕まり、あるいは国賊として暗殺されてしまうだろう。死ぬことは恐れぬが、戦争の後始末は早くつけなければならぬ。宮様といえども講和の進言などされたことがわかったなら、命の保証はできかねない状態なのである。もし、そのようなことになれば陸海軍の抗争を起こし、強敵を前に内乱ともなりかねない。

極めて難しい問題であるが、これは天皇陛下御自ら決められるべきことなのである。宮様や大臣や総長（＝及川古志郎大将）の進言によるものであってはならぬ」

「これ（特攻によるレイテ防衛）は、九分九厘成功の見込みはない。これが成功すると思うほど大西は馬鹿ではない。では何故見込みのないのにこのような強行をするのか、ここに信じてよいことが二つある。

一つは万世一系仁慈《ばんせいいっけいじんじ》をもって国を統治され給う天皇陛下は、このことを聞かれたならば、必ず戦争を止めろ、と仰せられるであろうこと。

二つはその結果が仮に、いかなる形の講和になろうとも、日本民族が将《まさ》に亡びんとする時に当たって、身をもってこれを防いだ若者たちがいた、という事実と、これをお聞きになって陛下御自らの御仁心によって戦を止めさせられたという歴史の残る限り、五百年後、千年後の世に、必ずや日本民族は再興するであろう、ということである。

陛下が御自らのご意志によって戦争を止めろと仰せられたならば、いかなる陸軍でも、青年将校でも、随《したが》わざるを得まい。日本民族を救う道がほかにあるであろうか。戦況は明日にでも講和したいところまで来ているのである。

しかし、このことが万一外に洩れて、将兵の士気に影響をあたえてはならぬ。さらに敵に知れてはなお大事である。講和の時機を逃がしてしまう。敵に対してはあくまで最後の一兵まで戦う気魄を見せておかねばならぬ。敵を欺くには、まず味方よりせよ、という諺がある。

大西は、後世史家のいかなる批判を受けようとも、鬼となって前線に戦う。講和のこと、陛下の大御心を動かし奉ることは、宮様と大臣とで工作されるであろう。天皇陛下が御自らのご意思によって戦争を止めろと仰せられた時、私はそれまで上、陛下を欺き奉り、下、将兵を偽り続けた罪を謝し、日本民族の将来を信じて必ず特攻隊員の後を追うであろう。

もし、参謀長にほかに国を救う道があるならば、俺は参謀長の言うことを聞こう。なければ俺に賛成してもらいたい。

私は生きて国の再建に勤める気はない。講和後、建て直しのできる人はたくさんいるが、この難局を乗り切れるものは私だけである。

『大和』、『武蔵』は敵に渡しても決して恥かしい艦ではない。高松宮様は戦争を終結させるためには皇室のことは考えないで宜しいと仰せられた」

無言のままの上野中将

角田は、目を瞠《みは》るような思いで小田原参謀長の話を聞いた。

話を要約すれば、特攻は「フィリピンを最後の戦場にし、天皇陛下に戦争終結のご聖断を仰ぎ、講和を結ぶための最後の手段である」ということだ。だとすると、特攻の目的は戦果ではなく、若者が死ぬことにあるのか――。

「うまいこと言われて、自分も欺かれてるんじゃないか」

ふと疑念が浮ぶが、しかし、特務士官一人を特攻で殺すためだけにここまで立ち入った話を参謀長がするとは思えない。

気になったのは、上野中将がこの席で一言も口を開かなかったことである。角田の知る上野は、かつては部下に進んで声をかけ、細かな注意を与える上官だった。その上野がずっと黙ったままでいることは、角田には少々奇異に感じられた。

もしかすると、上野中将は、特攻に対し、否定的な考えを持っているのかもしれない。であるならば、いまの話は、大西中将から上野中将に対する伝言を、小田原参謀長が教え子に語りかける形で伝えようとしたのではないか、と角田は思った。

話はそれから雑談になったが、最後まで、上野中将は無言のままだった。宴がお開きになったときには夜十一時をまわっていた。南洋の島だが、夜の空気は冷たく、飛行服を着ていても寒いぐらいだった。

搭乗員三人だけになると、辻口一飛曹が、話の内容を理解したらしく、

「分隊士、ではあと半年生きていれば助かりますね」

と目を輝かせた。

「もう重油、ガソリンが、あと半年分しか残っていない。飛行機を作る材料のアルミニウムもあと半年分しかない」

と聞いて、辻口の心に生への望みが芽ばえたようであった。

鈴村二飛曹は、中将や大佐との宴席という、軍隊では通常ありえない事態に緊張し、どうも上の空で話を聞いていたらしく、様子は話の前と後とで全く変わらない。

角田は、予科練習生のとき、上官の訓示を一語一句間違えずに記録する訓練を課せられて以来、それが習慣化している。空戦のときも、いつも膝の上の記録板にクリップで数枚の藁半紙をはさんで、状況をメモすることを心がけている。簡単な日記もつけているが、万一、敵手に落ちたときのことを考え、角田自身でないと読めないような符牒を多用する。角田は、

いまの小田原参謀長の話を深く心に刻みつけ、寝る前に忘れないうちにとメモ用紙に書き付けた。

「特攻以外で死ぬのはいやでした」

角田少尉、辻口一飛曹、鈴村二飛曹の三機は、ダバオ基地から数次の出撃を繰り返したが、いずれも突入の機会を得ず、空しく帰投を繰り返した。

あるとき、敵戦艦群を発見、猛烈な対空砲火を浴びたことがあり、鈴村二飛曹はスッと前に出てきて角田機の横に並ぶと、下を指差して突っ込む合図をしてきた。

「が、そのときの爆装機は、二百五十キロ爆弾を積めないようなおんぼろの一号戦（零戦二一型）で、搭載していたのは敵輸送船に向けての小さな六十キロ爆弾二発。これでは戦艦にぶつかってもへこみもしないだろうと思ってやめさせました。私の顔色ひとつ見誤っても突っ込んでいきそうで、ひやひやしました。さまざまな場面で、鈴村の豪胆さには驚かされることが多かったですね」

ある日、要務士の大尉がやってきて、角田以下三機で、モロタイ島の敵飛行場を強行偵察してこい、との命令を伝えてきたことがある。角田は、このときばかりははっきりと拒否した。

「特攻隊員を特攻以外の戦で死なせたくはありません。この任務はほかの人に代わってもらってください」

ダバオには、漆山大尉以下十数名の搭乗員がいたが、特攻隊として編成されていない彼らは、角田隊の出撃を横目に、毎日宿舎で花札やトランプ遊びをしている。それを知った上での、精いっぱいの抵抗だった。

要務士はぶつぶついいながら帰っていき、この任務はダバオにいたベテランの澤田万吉少尉が単機であたることになった。

「私は特攻指名されてからは、特攻以外で死ぬのはいやでした。というのは、賜金が違うんですよ。特攻で戦死して二階級進級して、功三級の金鵄《きんし》勲章をもらうと、当時の金で二万円か三万円もらえる。それから、遺族手当てとかなにかを入れると、女房は家も建てられるし、子供も学校に入れて十分に生活していけるな、と思っていました。通常の戦死で一階級の進級だと、金鵄勲章も功五級までですよね。もらえる金額が全然違ってくるんです。戦後、生き残った若い隊員にその話をすると、『いやあ、分隊士がそんなことまで考えてるとは思わなかった』なんて言われますけどね」

五八二空時代に庶務主任だった守屋清主計大尉によると、角田は書類上、いつ戦死しても二階級進級するだけの勲功が溜まっていたというが、本人は当時、そんなことを知る由もなかったのだ。

十二月も半ばに差しかかると、レイテ島の戦況はほぼ決定的になり、角田たちが特攻出撃を命ぜられることはめっきり減った。ダバオでは食糧事情がいよいよ逼迫し、来た当初こそ握り飯が出たが、この頃になると兵舎ではさつま芋と塩汁ぐらいしか口に入らなくなっている。腹が減って仕方がないので、ヤモリやトカゲまで追いかけて食う始末だった。

十二月二十七日、角田たち三名の特攻隊員に、「飛行機は現地に残し、搭乗員はマバラカットの本隊に帰れ」との命令が出た。夜間、二機の一式陸攻がダバオ西部のデゴス飛行場に迎えにくる。角田たちがその一番機、どこにいたのか艦爆の搭乗員たちが二番機に乗り込む。飛行場は狭く、滑走路の先には椰子林が立ちはだかる。角田たちの乗った一番機はかろうじて離陸に成功したが、二番機は離陸できず、椰子林に衝突、炎上してしまった。

約一ヵ月におよぶ角田たちのダバオ基地での出撃記録は、米軍との戦いの渦中で失われたか、終戦時に焼却されたものか、現在防衛省にも資料が残っていない。

「講和のための最後の手段」

マバラカットに帰った翌日、角田は、予科練同期で親友の浜田徳夫少尉と偶然再会した。顔を見るなり、浜田は角田に、

「角《つの》、貴様、神風刀《しんぷうとう》をもらっているな！　顔を見ればわかる。そんなもの返してこい。貴様一人で行けないなら俺が話してやる。司令、飛行長じゃ駄目だ。直接、司令長官に返してくるのだ」

とまくし立てた。「神風刀」とはこの頃、特攻編成された搭乗員に授与されていた白鞘の短刀のことである。角田は、

「これは講和のための最後の手段なんだ。俺の部下は全員が志願しているから、彼らと別れることはできない」

と応じる。小田原参謀長に聞いた「特攻の真意」を話せばわかってくれるかと思ったが、指揮所にはほかにも人がいるのでこれ以上のことは言えなかった。

「われわれは勝つと信ずればこそ、いままで一生懸命戦ってきたんだ。負けるとわかったなら潔く降伏すべきだ。そうして開戦の責任者は全員、腹を切って責任をとるべきだ。こんなことをしていれば講和の時期は延びるばかりで、犠牲はますます多くなる。貴様のような馬鹿がいるから搭乗員も志願するようになるのだ」

浜田は言い、結局、喧嘩別れに終わってしまう。その浜田はのちに、沖縄沖の航空戦で戦死する。

角田と浜田のやりとりを横で聞いていた一期後輩の艦爆搭乗員・茂木利夫少尉が、

「どうなることかと思っていましたが、角さん、よく断ってくれましたねえ」

と声をかけてきた。茂木は、残った二機の彗星のうち一機で、これから敵艦に突っ込むという。茂木は、記録上は二ヵ月前の十月二十七日、忠勇隊で山田恭司大尉とともに戦死したことになっているが、角田が会ったのは十二月二十八日のことだった。

一方的に日本側の敗勢に推移してきた昭和十九年も、まもなく暮れようとしている。レイテ島をほぼ手中におさめた米軍は、さらに次の作戦に乗り出し、十二月十五日にはルソン島のすぐ南に位置するミンドロ島南部、サンホセに上陸を開始した。

ミンドロ島の次に米軍が狙うのは、マニラ奪還であることは疑いようがなかった。十二月に入ってつぎつぎに飛んできた内地からの増援部隊を加えた特攻隊は、マバラカット、セブ、バタンガス（マニラ南方）の各基地から、敵上陸部隊に向けてなおも連日のように出撃を続けていた。

第七章

棺を蓋うても事定まらず

昭和19年12月上旬、マバラカット基地で「金剛隊」の命名式を見守る大西瀧治郎中将（手前）

顔をくしゃくしゃにして

昭和十九年（一九四四）十月末、福留繁中将の特攻志願の呼びかけに対して、周囲につられてつい一歩を踏み出してしまった第二二一海軍航空隊の小貫（戦後・杉田）貞雄飛長に、特攻部隊である二〇一空への転勤が命ぜられたのは、同年十二月十五日のことである。

「そのとき、私はクラークのアンヘレス北飛行場にいました。夜十時頃、搭乗員室に要務士がやってきて、私と山脇林《はやし》飛長の二人に転勤が言い渡されました。それで、深夜のマニラ街道を、ライトを消した黒塗りのフォードに乗せられて、マバラカットの二〇一空本部へ連れていかれました。

二〇一空では、中島正飛行長が、よく来てくれたと迎えてくれ、従兵が皿に乗せたぼた餅を運んできてくれました。

そして、それを食べ終わるか食べ終わらないかのときに、飛行長から、『明朝黎明《れいめい》発進』を告げられたんです。ドキン！　としてぼた餅を喉に詰まらせそうになりましたよ。こっちはまだ、口がもぐもぐ動いているのに。

で、遺書を書いて用意せよと言われるんですが、いきなり遺書を書けと言われても、いざ明日、死ぬときの心境なんて、すぐには言葉に出てこないし、実感が湧かない。

山脇と二人で、『俺は空母をやるぞ。お前は戦艦をやれ、あれは硬くて跳ね返されるぞ。

だから艦橋を狙うんだ。当たった瞬間は痛いだろうな』……などといろいろ話をしながら、少しうとうととしたらもう朝でした」

割り切れない思いを胸に、小貫は、宿舎に用意された藁半紙に、鉛筆で遺書を書いた。両親、兄弟、親戚、恩師、脳裏に浮かぶ人はたくさんいたが、感謝の思いを言葉にしようにも、なかなか思うに任せない。結局、小貫の遺書は、

〈遺書／大和男の子と生まれ来て／明日は男子の本懐一機一艦／親に先立つ不孝お許しください／天皇陛下万歳〉

と、ぶっきらぼうなほど短いものとなった。

「天皇陛下万歳っていうのは、まあ決まり言葉ですね。ちょこちょこっと書いて最後にそう付け加えれば、なんとなく格好がつく。まだ十八歳ですからね、虚勢ですよ。顔で笑って心で泣いてという言葉そのままです。

空戦でも死ぬかもしれないが、それは自分が生きて相手を倒すことが目的ですから、特攻で死ぬ覚悟を決めるのとは全く違う。自分の腹のなかを整理するのが大変でした」

と小貫は言う。

十二月十六日、飛行場に出て、黒板に書かれた当日の編成表（第十一金剛隊）を見ると、山脇飛長の名前はあったが、飛行機の準備が間に合わなかったのか、小貫の名前はそこにはなかった。

「一瞬、選に漏れた無念と、今日は生き延びたという本能の喜びが交錯しましたが、第二小

隊に名前があった山脇の顔を正視できない思いでした。それでもみんなと一緒に訓示を聞いて、山脇と一緒に指揮所から飛行機の秘匿場所まで一・五キロほど歩きました。飛行機に乗る間際になって、山脇から、これを届けてくれと遺書と髪の毛と爪の入った小さな紙の包みを渡されました。山脇が飛行機に乗り込むとき、私は一緒に左主翼の上に乗って、試運転の爆音のなか、『おい、なにか言っておくことないか』と声をかけたんですが、彼は黙って首を振るばかりでした」

山脇飛長は、この日の出撃からは生還したが、十二月二十九日、第十五金剛隊の爆装機としてミンドロ島南岸沖の敵輸送船団攻撃にバタンガス基地から出撃、戦死した。

山脇の自爆の状況を、荒井敏雄上飛曹が確認している。荒井によると、山脇は離陸後、風防のなかでずっと顔をくしゃくしゃにして泣いているのが見えて、かわいそうでならなかったという。しかも、敵船団を発見し、山脇機は敵巡洋艦後部に突入、命中するのが見えたが、爆弾が不発に終わったらしく、敵艦からは煙ひとつ立ち上らなかった。山脇は出撃後、爆弾の信管の発火装置の留め金をはずし忘れたものと思われた。

「長官の首は、切りにくそうです」

昭和十九年、暮れも押しせまると、いよいよルソン島の陸上戦が近いことが予想され、大西瀧治郎中将は、報道班員たちを内地に帰すことを考えた。大西は、南西方面艦隊附から第一航空艦隊附になっていた毎日新聞の新名丈夫記者を呼び、特攻隊の様子を内地に伝えることを命じて、「第一航空艦隊から出張」という名目で内地に帰らせた。

いまや東條内閣は退陣し、小磯内閣に代わっていたが、かつて、「竹槍事件」で東條英機の怒りを買い、陸軍に懲罰召集された新名をそのまま帰すと、ふたたび召集される恐れがある。「出張」という名目にしたのはそのためであった。新名が道中、不自由することのないよう、大西は「通過各部隊副長」宛てに、「道中御便宜取計相成度」との添え書きを持たせた。

大西中将が、陸上戦に備えて陣地構築の下見に出かけるようになったのは、その頃のことである。

ある日、夕方になって大西が門司親徳主計大尉に、

「副官、散歩に行こう」

と言い出した。この日は、バンバン川に面する小高い丘からクラーク平原を望んだだけで、一時間半ほどの散歩だったが、次の日も、大西は午後三時頃、

「散歩に行こう」

と、門司を連れ出した。二人とも、軍刀も拳銃も持たない丸腰のままである。

この日は、司令部の丘の南から、バンバンの集落に寄ったほうの道を西に向かった。

「長官はゆっくりした足どりで、飛行靴を一歩一歩踏みしめて歩いた。少し痩せて、心労が背中からにじみ出ているかのようでした」

と、門司は回想する。一時間ほど歩いたところで、大西は、

「ここを登ってみよう」

と、少しきつい丘の斜面を登り始めた。尾根についてみると、バンバンの町が左手に、うねったバンバン川の向こうには、マバラカット東、西の飛行場、舗装されたクラーク中飛行場の滑走路が見わたせた。目を右に転じれば、重なり合った低い山が続いていて、その奥は深い谷のように落ち込み、さらに向こうのピナツボ山（標高千七百五十九メートル）につながっている。

大西は、黙ってこの風景を眺めていた。門司は、大西が山ごもりの陣地構築を考えていることに気づいた。指揮下にある航空部隊には一万人を超える将兵がいるが、陸上戦闘に必要な兵器を持っていない。いよいよ航空兵力が尽きたら、大西は、この山岳地帯で、持久戦、ゲリラ戦を考えているのに相違なかった。

大西は山のほうを眺めながらしばらく歩き回っていたが、ふと門司を振り返ると、

「副官は剣道何段だ」

と言った。

「三級です」

門司が答えると、大西は、

「三級は心細いな」

ニヤリと笑った。門司は、大西の言わんとすることをすぐに察した。この山のなかで、長官を介錯することがほんとうに起こるのだろうか。門司は胸を締めつけられるような思いが

したが、それが過ぎると、なにかありそうにないことのようにも思えた。

登ってきた尾根の反対側は、短い草が生え揃った、芝生のような斜面であった。下のほうは滝木が生えているが、ここを通ればバンバンの集落への近道のようだった。

「こっちから行けるかな」

「行けるかどうか、見てきます」

門司は、草の斜面を駆け下りた。滝木の先は二メートルほどの崖になっているが、下りられないことはない。

「大丈夫です！」

下から門司が大声で言った。大西は、斜面を少し下りかけると、急に草の上に横になって、その斜面をまるで子供が遊ぶように、ゴロゴロと転がって下りてきた。思いがけない長官の行動に、門司は驚いた。

大西は、門司の傍らまで転がってきて止まると、草の上にゆっくりと胡坐をかき、少しあみだになった帽子のまま、ニヤニヤとなんともいえない顔で門司を見上げた。門司は、人懐っこい気分になり、大西に手を差し伸べた。門司の手につかまって、大西は、どっこいしょと立ち上がった。

大西の軍服についた草を払いながら、門司は、

「長官の首は、骨が太くて切りにくそうです」

と言った。大西は、

「そうか、骨が太いか」

一言いって、それ以上、なにも言わなかった。

門司を伴にしての散歩はこの二回だけだったが、大西はその後も、小田原俊彦参謀長や二十六航戦の吉岡忠一参謀、二航艦の宮本実夫参謀などを連れて、本格的な複郭陣地の検討に入った。

中島飛行長の「絶叫」

昭和二十年の正月が明けた。元旦早々、クラークはB－24の編隊による絨毯爆撃を受けた。マバラカット西飛行場の、バンバン川に面した崖が爆弾でくずれ、崖につくられた防空壕にいた大勢の整備員と、数名の搭乗員が生き埋めになった。

一月四日から五日にかけて、空母をふくむ艦隊に護衛された敵の大輸送船団が、ルソン島の西側を北上しているのが索敵機により確認された。敵はマニラ湾外を北上し、かつて日本軍がそうしたように、リンガエン湾から上陸してくるものと予測された。

敵がリンガエン湾に向かうことがいよいよ確実になった一月五日から六日にかけて、海軍航空部隊はこの敵船団に向け、総力を挙げて体当り攻撃をかけた。

一月五日、金谷真一大尉を指揮官とする第十八金剛隊十六機（別に直掩《ちょくえん》機四機）は、マバラカットを発進、ルバング島西方の輸送船団に体当りを敢行し、小型輸送船三隻撃沈、一隻撃破の戦果を報じている。また同日、七六三空の彗星で編成された旭日隊六機（別に戦果確認機一機）もマバラカットを飛び立ち、大型輸送船一隻轟沈、一機は敵空母に命中、と報告している。この日は別に、陸軍特攻隊も出撃していて、米側記録によると、一月五日の損害は豪重巡「オーストラリア」、米護衛駆逐艦「スタフォード」が大破したほか、護衛空母二隻、重巡一、水上機母艦一、駆逐艦二、歩兵揚陸艇一、曳船一がいずれも損傷を受けたとある。

一月六日、敵の先遣隊がリンガエン湾に侵入、艦砲射撃を開始すると、それを迎え撃つため、第十九金剛隊十五機（直掩機二機）、第二十金剛隊五機（戦果確認機一機）がマバラカットから、第二十一金剛隊八機（直掩機八機）がエチアゲから、第二十二金剛隊五機がアンヘレスから、第二十三金剛隊九機（直掩・誘導機七機）がニコルス基地から、旭日隊の彗星二機がソビとマバラカットから、夜間には八幡隊の天山八機がクラークから、それぞれ体当り攻撃に発進した。陸軍の特攻隊の戦果もあわせて、この日の米軍の損害は、掃海駆逐艦「ロング」沈没、戦艦「ニュー・メキシコ」「カリフォルニア」ほか重巡三、軽巡一、駆逐艦三がいずれも大破、駆逐艦四、高速輸送船一、掃海駆逐艦一がいずれも損傷、というものであった。

マバラカット基地からの特攻出撃はこれが最後になるが、この日の朝、二〇一空飛行長・中島正中佐は、指揮所前に全搭乗員を集合させ、

「天皇陛下は、海軍大臣より敷島隊成功の報告をお聞き召されて、『かくまでやらねばならぬということは、まことに遺憾であるが、しかし、よくやった』と仰せられた。よくやった

とは仰せられたが、特攻を止めろとは仰せられなかった。陛下の大御心を安んじ奉ることができないのだから、飛行機のある限り最後の一機まで特攻は続けなければならぬ。飛行機がなくなったら、最後の一兵まで斬って斬って斬りまくるのだ！」

と顔面を蒼白にひきつらせ、狂気のように軍刀を振り回して訓示した。それはもはや、「訓示」というより「絶叫」といったほうがふさわしかった。

角田和男少尉は、この中島の様子を見て、

「ついに飛行長、狂ってしまったか」

と暗然とした気分になった。解散が令せられ、搭乗員が三々五々、それぞれの居場所へと散っていくとき、角田の傍にいた秋月清上飛曹が、右手の人差指を頭の上で回しながら、

「飛行長、クルクルパーになっちゃった」

と、大きな口を開け、あっけらかんとした調子で言った。その秋月の瞳にも、すでに尋常ではない光が宿っている。

司令の玉井浅一中佐は、かつては情の厚い、部下思いの指揮官として知られていたが、特攻出撃を積極的に推進する立場になってからは、敵を発見できずに引き返してきた特攻隊員を罵倒し責め立てるなど、精神の平衡を欠いてきているのが傍目にもわかる。

ラバウルの二〇四空副長やマリアナの二六三空司令を務めていた頃以来の、いわば子飼いの部下は、たとえ志願してきても特攻に出そうとしない。

「特攻隊の編成を発表するとき、整列した搭乗員のなかで思わず目を伏せたようなのが名前

を呼ばれ、傲然と玉井の目を睨み返しているような搭乗員は選ばれない」と、角田少尉が回想するように、玉井の人選は、搭乗員から見るとちょっと人が悪いところがあった。

この日の昼過ぎ、第十九金剛隊の爆装機のうち、後藤喜一上飛曹機が爆弾を投下し、体当りせずに還ってきた。爆弾は敵輸送船に命中したという。だが後藤が指揮所に報告にくるや否や、玉井と中島から激しい怒声がとんだ。

「特攻に出た者が、なんで爆弾を落としたか！」

というのである。後藤は、作戦室を兼ねた防空壕に連れ込まれ、二人から四時間にわたって叱責され続けた。そして夕方、エチアゲから出撃しマバラカットに着陸してきた第二十一金剛隊の零戦に乗って、こんどは第二十金剛隊の一員としてふたたび出撃することを命ぜられ、そのまま還ってこなかった。

後藤上飛曹は、マーシャル、硫黄島の激戦を戦い抜いた歴戦の搭乗員で、いつもニコニコと笑顔を絶やさない少年だったが、防空壕から引きずり出されたときは、別人のようにやつれ果てた姿だったという。

マバラカットでもマニラでも、すでに食糧は不足している。この頃になると食事は、朝、昼、晩ともにサツマイモだけ、直径六十ミリほどのものなら一本、三十ミリほどのものなら二本が支給されるに過ぎない。これから特攻に出撃する搭乗員にのみ、大きいサツマイモ二本と塩湯が供された。

一月七日には、第二十八金剛隊八機（直掩機八機）、第二十九金剛隊三機（直掩機三機）がルソン島中北部のエチアゲ基地から発進、一月九日、ニコルス基地から第二十四金剛隊七機（直掩機五機）、ルソン島北東部のツゲガラオ基地から第二十五金剛隊四機（直掩機四機）、第二十六金剛隊二機（直掩機三機、ただし二機は未帰還）が発進し、これを最後にフィリピンにおける組織的な特攻隊の出撃は終わりを告げた。

山ごもりの準備

特攻隊が壮絶な戦いを繰り広げている間にも、地上員の山ごもりの準備は着々と進められていた。陸軍部隊との協議の結果、海軍はピナツボ山麓の「十一戦区」から「十七戦区」まで七つの地域に複郭陣地を構築することが定められ、それぞれに配置される部隊が決められた。

航空隊や対空砲台、設営隊、フィリピン近海で撃沈された艦艇の乗組員などが全て陸戦隊となってこのなかに組み入れられ、糧食や弾薬を山中に運ぶ作業は夜を徹して行なわれた。大西中将のトランク二個や、門司副官の荷物なども、最小限の身の回りの品を残して、隊員たちの手で全て山中に運び込まれた。

角田和男少尉や小貫貞雄飛長など、特攻隊の搭乗員も例外ではない。陸上戦闘の経験のない搭乗員たちは、手榴弾の投擲《とうてき》訓練をふくめ、山にこもる準備を始めた。小貫飛長は語る。

「飛行服を脱ぎ、草色の第三種軍装に編上靴、ゲートル、拳銃二丁、戦死者の遺品から頂戴した日本刀を腰に差した、なんともお粗末な陸戦姿でした。陸上戦闘の怖さを知らないわれわれは、仲間と刀を振り回し、『俺は宮本武蔵だ』などと、田舎芝居の役者気取りでした。私は飛行兵長でしたが、よその部隊の兵隊になめられないようにと、二階級上の一等飛行兵曹の階級章をつけていても、誰にも文句を言われませんでした」

特攻隊の記録綴り

第二航空艦隊の司令部が転出することに決まったのは、一月六日の午前中のことだった。福留中将ははじめ、二航艦麾下の航空隊を残したまま脱出することには同意しなかったが、もはや航空戦の継続が不可能なときに、二人の司令長官がいる必要はない。大西中将の説得で、福留は台湾に後退することを決めた。

この日の晩、バンバンの司令部の狭い洞窟に、山にこもる各部隊の指揮官たちが集められた。大西も、門司も、指揮官たちも、このまま陸戦で死ぬのだと覚悟を決めていた。

このときの大西の訓示は、二二一空附（飛行長相当）としてクラークにいた相生高秀少佐（戦後・海上自衛隊自衛艦隊司令官）の手記によると、以下のようなものであった。

〈戦況我に利あらず、もはや航空作戦の続行は不可能となった。この上はクラーク西方山岳地帯に移動し、地上作戦を果敢に実施し、最後の一兵まで戦い抜かん。空と陸との差異はあっても、航空作戦に歴戦の諸君は、不慣れな陸戦においても必ずや航空作戦同様の戦果を挙げうるものと期待する。〉

ただ、飛行機の搭乗員は、養成に時間がかかる上に飛行適性があって、誰でもなれるというものではない。翼を失った搭乗員はクラークに四百名以上、ルソン島の各基地を合わせれば五百名以上が残っている。大西は、飛行機さえあればふたたび戦力になる搭乗員を陸上戦闘で失うことはもったいないとの判断から、フィリピンから脱出させることを決めた。

会議が終わると、福留中将以下、二航艦の司令部職員は、マニラ南郊のキャビテにある水上機基地に迎えに来る大型飛行艇に乗るため、司令部の洞窟で別盃を交わして、バンバンを去った。

あとに残ることになった門司副官に、福留中将は、

「最後まで命を大切にしなさい。私も前にフィリピンの原住民に捕まったことがあった。最後までがんばりなさい」

と声をかけた。

門司は、特攻隊の記録綴りを、福留中将の副官・藤原盛宏主計大尉に渡し、

「これだけは間違いなく内地に届けてくれ」

と頼んだ。藤原は、

「引き受けた。こんなことになってすまんな」

と言って、門司の手を握った。

フィリピンから脱出する搭乗員たちは、一月八日、司令部前に集合することとなり、すでに山ごもりに入っていた彼らは、伝令に呼び戻されてふたたび山を降りてきた。

搭乗員の徒歩行軍

集まった搭乗員たちには、一週間分の食糧として、踵《かかと》のない靴下に詰めた米と缶詰が渡され、猪口先任参謀から、これから搭乗員はルソン島北部のツゲガラオ基地に移動し、そこから輸送機で台湾行きの輸送機に乗ることが達せられた。輸送指揮官には、永仮《ながかり》良行大尉が任命され、出発の順序が決められた。

使えるトラックは五、六台しかない。乗れる者はこれに乗って、ピストン輸送をする計画だったが、結局、ほとんどの搭乗員は徒歩での移動を余儀なくされた。

バンバンからツゲガラオまで、直線距離で三百数十キロ、歩く距離はその二倍近くになる。うまくトラックに乗れた者は数日で到着したが、二十日間近く歩いた者が少なくない。

角田和男少尉も、徒歩で行軍した搭乗員のうちの一人である。

角田がバンバンを出発するとき、局地戦闘機紫電《しでん》で編成された第三四一海軍航空隊司令・舟木忠夫中佐が山ごもりの陣地からわざわざ見送りにきた。舟木は、角田が二五二空に属し硫黄島で戦ったときの司令である。三四一空は、クラークに来襲する敵重爆撃機B－24の邀撃や艦爆隊直掩に活躍していたが、飛行機のほとんどを失い、舟木は陸戦隊指揮官の一人としてこの地に残ることになったのだ。

「航空隊司令は、搭乗員しか腹心の部下がおらず、搭乗員を帰して一人残られるのが気の毒でした。私は、予科練で陸戦の小隊長としての訓練も受けているし、自分の部下搭乗員が十人近くいたから、指揮小隊として舟木中佐とここに残って戦うべきか、迷いました。搭乗員は台湾に帰れといわれても、腹が痛いとでも言えば残ることもできたんです。でも、勝っても負けてもあと半年頑張れば戦争は終わる、そう思って別れてきてしまいました。いまでも、あのとき残ってあげればよかったなあ、と後悔しています」

と、角田は回想する。

脱出する搭乗員たちは隊列を組んでバンバンを出発したが、敵に制空権を奪われ、日中は行軍できないので、歩くのはもっぱら夜間である。途中、ゲリラの襲撃を受け、浮足立った味方の誤射で命を落した搭乗員もいた。

角田が一緒に歩いた搭乗員のなかに、練習生の頃から実戦部隊に出るまで同じ航空隊にいた岡部健二飛曹長がいる。開戦以来、空母「翔鶴」零戦隊の一員として数々の空戦の場数を踏んできた二十九歳の岡部は、「特攻反対」を公言してはばからなかった。岡部は、大きな布袋にいっぱいの荷物を背負い、それを宿営のたびに広げてみんなに見せびらかす。荷物の中身は、シンガポールで買ったという女性用のハイヒール、香水、化粧品など。全て内地で待つ妻への土産であった。

「俺は、死なない。かあちゃんにこれを持って帰ってやるんだ」

岡部は言い、角田にも、

「角さん、特攻なんかやめちゃいなさいよ。ぶつかったら死ぬんだよ。戦闘機乗りは死んだら負けだよ」

と、さかんに特攻を思いとどまらせようとした。岡部の気持ちはありがたいが、一度特攻編成された以上、角田が自分の一存でそこから抜けることはできない。

行軍の途中、ダバオで一緒になった列機の鈴村善一二飛曹が、いつも角田に影のように付き従っていた。鈴村は、角田に好物の酒を飲ませようと、自分の飛行服の下のシャツを脱いで裸となり、それを現地人の一升ほどの椰子酒と交換して届けてくれたこともあった。

フィリピン最後の特攻機

角田が、約二百名の搭乗員とともに、ようやくツゲガラオに着いたのは出発から十七日後、一月二十五日のことであった。

「搭乗員はふだん歩き慣れない上に、飛行服、飛行靴姿で歩くのは、重くて大変でした。一週間ほどで食糧もなくなり、あとはところどころに駐屯している陸軍のご厄介になりました。陸軍さんは自分たちが食うものも乏しいのに、苦労して行軍している戦友を見ると必ず助けてくれる。短い区間でしたがトラックにも乗せてくれましたしね。ずいぶんお世話になりました」

と、角田は言う。ところが、やっとの思いでツゲガラオに着いた搭乗員たちが飛行場の指揮所前に整列してみると、待っていたのは、

〈零戦が整備されているので、ただちに特攻隊員、士官一名、下士官兵三名を選出するように〉

という非情な命令だった。基地にはほかに、十数名の飛行服姿が見えるが、彼らは志願する気はないらしく、二〇一空の搭乗員が着くのを待っていたようだった。

四名は休憩の暇もなく特攻に出すが、残りの者は今夜、迎えの飛行機で台湾に送るという。角田は、はなはだ割り切れないものを感じた。結局、一緒に行軍してきた予備学生十三期出身の住野英信中尉が、

「どうせ早いか遅いかの違いですから、私がやります」

と志願して指揮官に決まった。そして、列機をもたない住野中尉のために、残る三名の特攻隊員を士官たちが合議で決めた。ところが、ここまで来たのに自分の列機を進んで差し出す者はいない。三人目がどうしても決まらず、角田は、たまらなくなってもっとも信頼している鈴村二飛曹を推薦した。苦い後悔を覚えながら——。

住野中尉以下の特攻隊は、第二十七金剛隊と命名され、ただちに発進した。しかし長く露天に置かれたままの零戦は十分な整備がされていなかったらしく、住野機はかろうじて離陸したものの、鈴村二飛曹機は上昇できずに飛行場内に不時着、岡本高雄飛長機も途中、故障で不時着し、住野機だけが直掩機・村上忠広中尉機と二機でリンガエン湾へと向かった。敵艦が見えたとたん、住野機はまっしぐらに突入してゆく。村上機もそのあとを追う。だが、途中、敵戦闘機の襲撃を受け、そこで村上は住野機を見失った。米軍記録によると、この日の特攻機による損害はなかった。

これが、二〇一空、そしてフィリピンから出撃した最後の特攻機であった。

昭和十九年十月二十一日の特攻隊初出撃で大和隊の久納好孚中尉が未帰還になってから、昭和二十年一月二十五日、第二十七金剛隊の住野中尉が突入するまでの約三ヵ月の間に、海軍の出した特攻隊の未帰還機は三百三十三機（陸軍は二百二機）におよんだ。

いっぽう、昭和二十年一月九日から二月十日までの間に台湾に脱出できた搭乗員は、約五百二十五人といわれている。

第一航空艦隊司令部の台湾後退

飛行機を失った第一航空艦隊が山ごもりの準備に追われている頃、東京の軍令部では別の動きがあった。第二航空艦隊を解隊し、第一航空艦隊の守備範囲を台湾まで広げるという、兵力部署の変更である。

門司副官の記憶では、福留中将以下、二航艦の司令部がフィリピンを発った翌日の一月七日から、小田原参謀長や猪口先任参謀が大西中将のもとを訪れ、いままでの山ごもりの相談とは何か違う調子で会談をしていたという。はっきりとおかしいと感じたのは、ツゲガラオに向かう搭乗員を送り出したあと、一月八日午後のことであった。

この日の午後から翌日にかけて、南西方面航空廠長・近藤一馬中将や第二十六航空戦隊司令官・杉本丑衛少将、同参謀・吉岡忠一中佐を司令部に呼ぶよう、門司は猪口参謀に命じられた。

猪口が、司令部内の動揺を心配して、その用件については門司にも伝えていなかったが、このとき、軍令部から第一航空艦隊司令部の台湾転出命令が届いていたのである。

戦後になって、門司が吉岡参謀に聞いたところでは、最後までフィリピンに留まって指揮をとる決意でいた大西中将は台湾転出に納得せず、杉本少将と吉岡参謀が「空地分離」の理屈で説得したのだという。

つまり、第一航空艦隊司令部は、飛行機隊（甲航空隊）を指揮する司令部であり、軍令部が一航艦に期待しているのは、台湾で航空戦の指揮を続けることである。フィリピンに残るのは地上員であり、飛行機を持たない乙航空戦隊の第二十六航空戦隊司令部が指揮をするのが筋である、という論理である。

「あとは引き受けましたから、長官は命令に従ってください」

と、杉本少将は大西に直言した。この条理を尽くした説得に、大西はようやく納得し、台湾に後退することを決心した。一月九日、昼前のことである。

杉本少将は、大佐だった昭和十八年三月から九月にかけて、ラバウルの第二〇四海軍航空隊司令を務めていた。在任中の十八年四月十八日、山本五十六聯合艦隊司令長官を乗せた一式陸攻が前線視察に赴いたブーゲンビル島上空で撃墜された。このとき、六機の護衛戦闘機隊を出したのが、杉本の二〇四空だった。山本長官戦死は前線でのやむを得ない出来事として、関係者は誰一人として処分されることはなかった。だが、杉本はこのことに深く責任を感じ、いずれ死処を得る覚悟だったのではないかと、多くの部下が証言している。

脱出が決まると、第一航空艦隊司令部では慌しくその準備が始まった。

「この戦争の前途にはもはや光明はなく、残ろうが残るまいが大差ない、とも思いましたが、ピナツボ山麓にこもるのと、内地の延長のような台湾に戻るのとではさしあたり大きな差がある。率直に言って助かった、と思いましたが、残留者を残していくことに後ろめたいような、胸が痛む気持ちにさいなまれました」

と、門司は言う。残留部隊の指揮官たちが、

「あとは引き受けました」

と言ってくれるたび、ますます気が引けるような感じがした。

すでに山中に運び込んだ大西中将や門司の荷物はそのままにして、一月九日夜、バンバンの司令部から迎えの飛行機が来るクラーク中飛行場へ、二台の車に分乗して向かう。

門司は、長官車の助手席に座り、後席に大西と二人の幕僚が座った。車のなかで、誰も言葉を発する者はいなかった。

死地に残る者を殴る

クラーク中飛行場は、草原の滑走路ばかりのクラーク基地群のなかで、唯一、コンクリート舗装された滑走路を持ち、一航艦の七六一空、二航艦の七六三空など、陸攻、銀河、天山などの攻撃機部隊がおもに使用していた。ここの基地指揮官は、七六三空司令・佐多直《なおひろ》大大佐であった。

佐多大佐は鹿児島県出身。大正十四年（一九二五）、少尉のときに霞ヶ浦海軍航空隊の飛

行学生になって以来、二十年近いキャリアをもつ生粋の飛行機乗りで、昭和七年、第一次上海事変で艦攻隊を率いて初陣を飾ったのをはじめ、昭和十三年、重慶初空襲に陸攻隊を率いて参加するなど歴戦の指揮官であった。大西中将は、佐多が飛行学生の頃の霞ヶ浦空教官で、いわば師弟関係にあり、以来、浅からぬつながりがある。

大西一行がクラーク中飛行場に着いたときには、すでに迎えの飛行機は待機していて、エンジンの試運転の爆音が轟々と響いていた。暗闇のなかだが目が慣れると、指揮所の天幕や椅子がすでに取り払われているのがわかった。長身痩躯の佐多大佐が、滑走路の周囲に生えている夜目にも白いススキの穂をかき分けて現れた。佐多も、部下たちとともに山にこもることになっている。

佐多は、大西と小田原参謀長のところへ近づくと、何か言葉を交わした。飛行機の爆音で、門司にはその会話が聞き取れなかったが、佐多はあっけないほどさっさと大西の前を下がると、見送りもせずに自分の防空壕へ戻っていった。門司は、佐多の後ろ姿を見ながら、後ろめたい気持ちをひしひしと感じた。

やがて、伝令が、「準備よろし」を伝えてくる。一行が飛行機に向け歩き出したとき、大西が門司に、

「司令を呼んできなさい」

と命じた。門司は、その場から三、四十メートル離れた半地下の防空壕に走って、

「長官がお呼びです」

佐多に告げた。うす暗い壕のなかから佐多は立ち上がって出てきた。門司が、懐中電灯で足元を照らしながら佐多を案内しようとすると、暗闇のなか、大西が一人で立って待っていた。門司は、二人の足元を照らしたが、異様な雰囲気を感じて懐中電灯を消し、少し身を引いた。

「そんなことで戦《いくさ》ができるか！」

こんどは、大西の低い声がはっきり聞こえた。同時に、大西の右の拳が佐多の頬に飛んだ。バシッという音がして、佐多が一歩よろめいた。

門司は驚いた。中将が大佐を殴る、このこと自体が異様なことなのに、いわば、これから脱出する者が死地に残る者を殴ったのである。後ろめたいどころではない。門司の胸は、キュッと締めつけられるように痛んだ。

「わかりました」

姿勢を直して、佐多が言った。大西は、一、二秒、佐多の目をじっと見ていたが、くるりと振り返ると、あとは後ろも見ずに滑走路へ向かった。

昭和二十年一月十日、午前三時前のことだった。

殴られる前に、佐多は大西になんと言ったか、戦後、佐多から直接この話を聞かされた相生高秀少佐によると、

「先の訓示では、長官も山に立てこもって陣頭指揮されるものとばかり思っていました。総指揮官たる者が、このような行動をとられることは指揮統率上誠に残念です」

という言葉だったという。これは、現地に残る者としてせめてもの抵抗であった。だが、大西は、その佐多を殴った。門司は語る。

「いまもそのときの緊迫感は胸に残っていますが、大西中将自身、この戦争で死ぬ強い決意があったからこそ、佐多司令を殴るようなことができたのだと思う。佐多大佐は、自分も飛行機隊を指揮する甲航空隊の司令だから、航空作戦の指揮をとりたいと思われていたのかもしれません。しかし、クラーク防衛海軍部隊では杉本少将に次いでナンバー2が佐多大佐だったわけですから、大西中将としては、それでは困る、しっかりしろ！　と後事を託す気持ちがあの鉄拳になったのだと思います」

殴られて任務を果たした佐多大佐

一月九日、米軍はリンガエン湾に上陸を始め、ルソン島の地上戦が始まった。一月二十四日には早くも、一航艦が司令部を置いていたバンバンの丘に攻め込んできた。

クラークの複郭陣地に立てこもった海軍部隊は、約一万五千四百名といわれる。彼らは、慣れない陸戦で、戦車を前面に立てた米軍の圧倒的な火力を前に、絶望的な戦いを続けた。

複郭陣地は、左翼（北）から、十三戦区、十四戦区、十五戦区が順に制圧され（当初構築された十一戦区は、指揮官を予定された玉井浅一中佐が転出、十二戦区も八木勝利中佐が転出し、いずれも解隊されている）、総指揮官・杉本丑衛少将は、四月下旬、クラーク防衛部隊の編成を解くとの命令を発した。残る部隊は、それぞれの指揮官のもと、山中に隠れ、自活の道を講じ、なおも好機に乗じてゲリラ戦を続けよ、というのである。

だが、米軍の火力から逃れても、山中での自活は、飢餓と病気との苦しい戦いの連続だった。杉本少将は六月十二日、

「俺の肉を食って生き延びよ」

と、部下に言い残して自決した。また、角田和男少尉のバンバンからの出発を見送りにきた三四一空司令・舟木忠夫中佐は、極限状態で何かのことで部下の恨みを買ったらしく、七月十日、マンゴーの実をとろうと木に登ったところを従兵に火をつけられ、燃える草原の上に落ちて非業の死を遂げたと伝えられる。

ほかの部隊が、クラークを捨ててピナツボ山の北に食料を求め、あるいは西海岸のイバ方面に脱出を試み、結果的に全滅したのに対し、一人、十六戦区隊を率いた佐多大佐だけは、

「クラーク防衛部隊の編成は解かれたるも、クラーク防衛の作戦任務は解かれたるものとは認めず」

として、部下たちの統制を保ったまま、クラークを望むピナツボ山西南地区に潜伏した。山岳地帯の日本軍を殲滅《せんめつ》した米軍が引き揚げたのちは、クラークに対する監視員を置き、わずかな平地を耕してイモ畑をつくった。そして、最後まで受信機を持ち続けて、終戦後、隊伍を整えて米軍に投降、昭和二十年九月十七日、武装解除を受けた。クラーク防衛海軍部隊のうち、生きて終戦を迎えたのは四百五十名、そのほとんどが、佐多大佐指揮の十六戦区隊の将兵であった。

門司は、

「佐多大佐の責任感は、大西中将の鉄拳が肚の底に残っていたんじゃないか。死地に残る佐多司令を殴った大西中将にも驚きましたが、殴られて任務を果たした佐多大佐も、ほんとうに偉かった」

と回想している。

台湾からの最初の特攻隊

大西以下、第一航空艦隊司令部の人員を乗せた一式陸攻が台湾南部の高雄基地に着いたのは、一月十日、早朝のことである。着陸して約十分後、高雄基地は敵機動部隊の艦上機による空襲を受けた。間一髪のところであった。一航艦は、ひとまず基地から車で十分少々の小《しょう》崗山《こうざん》の洞窟に司令部を置いた。

台湾の基地部隊を統括する第二十一航空戦隊の司令官は、台湾沖航空戦のときの城島高次少将から、中澤佑少将に代わっていた。中澤は、海軍の作戦指導を統括する軍令部作戦部長として、特攻隊の編成を推進した責任者の一人である。頭は切れるが、自らが実質的に主導したマリアナ決戦、比島決戦の一方的敗北に見るように、その作戦家としての能力には疑問符がつく。二十一航戦司令部は小崗山にいたが、一航艦がここに居を据えることになり、新竹に移動する。

妙なことに、フィリピンからの脱出が最後に決まった一航艦司令部が、いちばん早く台湾に到着した。一月六日夜、バンバンの洞窟で別盃を交わしマニラに向かった福留中将以下二航艦司令部の一行は、マニラ方面からリンガエンに北上する陸軍部隊や、疎開する現地人の群れに逆行する形になり、しかも途中、橋が落とされていたりして、マニラ郊外・キャビテの水上機基地に着くまでが一苦労だった。

予定されていた大型飛行艇は敵機の空襲で飛べず、キャビテにあった六三四空の水上偵察機に分乗、ベトナムのサイゴンに脱出した。そこでも、用意された陸攻二機が空襲を受け炎上し、そうこうしているうちに二航艦は解隊され、福留中将は第一南遣艦隊司令長官としてシンガポールへの赴任が決まる。苦労の末、菊池朝三《ともぞう》参謀長以下の司令部職員が台湾に着いたのは、大西中将一行より一週間もあとのことであった。

別盃のとき、門司が特攻隊の記録綴りを託した藤原主計大尉は、

「俺のほうが危なかったよ」

と言って、門司にファイルを返した。門司はここでも、なんとなく気が引けるような思いがした。

第一航空艦隊司令部が当面やるべきことは、フィリピンの各基地から必要な人員を救出することと、台湾で航空隊を再編成すること、クラークの陣地に食糧や弾薬を飛行機で運び、投下することだった。

司令部が台湾に着いた翌日の夜から、クラークやニコルスに一式陸攻や夜間戦闘機月光が飛び、練達の通信員、整備員、指名された士官の救出をはじめた。なかには、せっかく台湾

まで来たのに、「指名されていない」と、またフィリピンに送り返された士官もいた。

二〇一空の中島飛行長は、大西から、フィリピンにおける特攻隊の記録を残すことを厳命され、一晩かかって資料をかき集め、一足早く台湾に来ていた。玉井司令も、航空隊再建の必要人物として呼び返されてきた。

陸路、バンバンからツゲガラオに向かった搭乗員たちが続々と台湾に帰ってくるのは、一月二十日を過ぎてからである。

米軍機動部隊は、フィリピンへの増援を牽制するため、台湾東南方の海域を遊弋《ゆうよく》し、ときに空襲をかけてくるようになっていた。

一月十五日、台湾からの最初の特攻隊、零戦爆装機八機、直掩機四機が台中基地を発進した。この隊は、台湾にいた搭乗員で編成されたもので、台湾最高峰の名にちなんで新高《にいたか》隊と名づけられた。続いて、一月二十一日、こんどは台南基地から零戦爆装機四機と彗星七機が八機の直掩機に護られて、台東東南方に発見された敵機動部隊に向け発進、空母二ないし三隻に命中したと報告された。

二十一日の出撃には、大西が見送りに駆けつけている。大西は、フィリピンでもそうであったように、隊員一人一人の目をじっと見つめて、丁寧に握手してまわった。

小田原大佐の戦死

台湾で、一航艦、二航艦の幕僚が合流すると、さっそく人事異動が発令された。二航艦参謀長の菊池朝三少将が一航艦参謀長に横すべりし、一航艦の小田原参謀長は内地に帰ることになった。門司副官にとって、これまで可愛がってくれた小田原参謀長と別れるのはつらいことであった。

一月二十五日、小田原大佐ほか内地への転勤者を乗せた輸送機は、高雄基地を飛び立った。ところがほどなく、その飛行機は、台湾を出外れたあたりで緊急電信を打ったまま、消息を絶ってしまう。敵機に襲われたのか、エンジン故障なのかもわからない。二日後の夕方、小田原大佐の遺体が新竹に近い海岸に打ち上げられたとの連絡が司令部に入った。

門司が夜行の汽車に乗って新竹に着くと、小田原はもう荼毘《だび》にふされて小さな白木の箱になっていた。やさしかった小田原のことをあれこれ思い出し、涙があふれた。門司は小田原の遺骨を抱いて、新竹基地が用意してくれた艦攻に乗って、高雄基地に戻った。小崗山の司令部の洞窟に入ると、大西中将が、門司が胸に持っている白布の箱に一礼して、

「参謀長が先に死のうとは思わなかった」

と、独り言のように言った。

ちょうど小田原大佐が戦死した頃、ツゲガラオに陸路、到着した搭乗員たちの輸送作戦は佳境を迎えている。内地から、輸送機や陸攻で夜間飛行のできるベテラン搭乗員が集められ、夜陰に乗じて台湾を発ち、ツゲガラオ基地にすべり込む。一機あたり二十数名の搭乗員を乗せて、まだ夜が明ける前に台湾に帰ってくる。

日没後、敵戦闘機がいなくなるのを見計らって、クラーク地区への物資投下も続けられた。食糧、弾薬、そして長期戦を見越してカボチャの種なども落とされた。

大西は猪口参謀に、

「俺はこの飛行機に乗って、クラークの山に落下傘で降りたい」

と、口にしたこともあった。特攻隊と同じように、クラークの山に残してきた一万五千余の地上員のことは、大西にとって片時も忘れることのできないものであったのだ。

玉井司令と中島飛行長の出現

角田和男少尉たち多くの二〇一空特攻隊員が、輸送機で台湾の高雄基地に到着したのは、一月二十六日早朝のことであった。搭乗員たちは長い行軍に疲れ、服装も飛行服の者、第三種軍装の者、飛行帽の者、略帽の者など雑多で、なかには無帽の者もいる。

彼らは高雄に着陸するとさっそく、トラックの荷台に乗せられて台南基地に送られた。これでしばらくは休息できるだろう、と誰もが思っていた。

当直室前に整列し、到着を報告する。すると、部屋から出てきたのは、驚いたことに二〇一空の玉井司令と中島飛行長である。搭乗員たちはみな、悪い夢でも見ているのかと唖然とした。誰もが、司令、飛行長は、搭乗員を帰したあとは、陸戦を指揮するため、ピナツボ山麓にこもって苦労しているものとばかり思っていたのだ。

あとに残ったはずの司令、飛行長が先に帰ってきていて、真新しい第三種軍装にきりっと身を固めて目の前に現れたのだから、みんなが驚くのも無理はない。たちまち、中島の厳しい叱声がとぶ。

「お前たちのその服装態度は何ごとだ、それでも特攻隊員か！　軍人が長髪にするなどもってのほかである。すぐ丸坊主にせよ。特攻隊員は軍人の鑑でなければならぬ」

緊急呼集でフィリピンに飛んで四ヵ月、風呂に入ることもままならない前線にずっといれば髪も髭も伸び放題、垢じみていても仕方はない。中島は、つい最近まで自分もそんな前線にいたことなど忘れたかのように説教を続けた。到着早々、中島得意の楠公《なんこう》精神の話を長々と、立ったまま聞かされた搭乗員たちはうんざりした。

翌日から、彼らは交代で特攻待機に入ることを命ぜられた。台湾では、もはや特攻隊員の志願募集は行なわれず、フィリピンから帰った戦闘機乗りは自動的に玉井司令の指揮下に置かれ、いままで特攻隊員ではなかった者までもが、否応なしに特攻編成に組み込まれることになる。ただ、台湾からの特攻出撃は、一月二十一日の新高隊を最後に、結果的には四月一日、米軍の沖縄侵攻がはじまるまでは実施されていない。

角田は、フィリピンから帰ってきた名も知らぬ予備士官の中尉が一人、中島飛行長に特攻編成から抜けさせてくれるよう直訴し、怒った中島に顔が紫色に腫れ上がるほど殴られても屈せず、のちに内地に転勤していったのを憶えている。

二〇五空の編成

昭和二十年二月五日、台湾の航空隊の編成替えが実施された。陸攻、艦攻、艦爆は第七六五海軍航空隊に、夜間戦闘機は第一三二海軍航空隊、偵察機は第一三三海軍航空隊となり、戦闘機隊は、二〇一空が解隊されて新たに第二〇五海軍航空隊が編成された。二月五日の編成だから二〇五空と名づけられた、と言われている。

中澤少将の第二十一航空戦隊は台湾海軍航空隊に併合され、その下に北台海軍航空隊、南台海軍航空隊という乙航空隊ができた。これが、新しい第一航空艦隊の編成となったが、飛行機の補充ははかどらず、機数が揃うまでにはかなりの日数を要した。

二〇五空は本部を台中に置き、司令は玉井浅一中佐、副長兼飛行長には、昭和十八年、豪州空軍のスピットファイア部隊を相手に一方的勝利をおさめ、名戦闘機隊指揮官として知られた鈴木實少佐が内地から着任した。狂気とも思える特攻命令と精神訓話で搭乗員から嫌われた中島正中佐は、局地戦闘機・紫電改を主力として新編された第三四三海軍航空隊副長として、内地に帰還した。

台中の水交社《すいこうしゃ》（海軍士官の親睦、宿泊施設）で催された中島の送別会で、角田は、酒が始まる前に上座にいる中島の前に進み出た。直掩任務といってダバオに送り出しておきながら、参謀長宛の手紙に「角田少尉は単機で爆装出撃せよ」と書かれていたことへの不満をぶつけるためである。角田は中島の目をじっと見つめて、

「どうして最初からそのようにおっしゃって下さいませんでしたか。特務士官は爆装を逃げ

ると思われたなら心外です。志願してきた以上、覚悟はできています。ここぞと思われる場所に使ってもらって結構ですが、司令なり、飛行長なりに直接命令を受けて出発したいと思います。あのようなことはしていただきたくありません」

殴られるのを覚悟の直言だったが、中島は答えず、ただ横にいる玉井司令と顔を見合わせてニッコリ笑っただけだった。その笑顔は、かつて支那事変当時、部下として仕えた頃と変わっていない。何も言わなくても気持は通じたように感じ、角田は、黙って中島の前を辞した。

余談になるが、中島の次の任地である三四三空には、甲飛十期生をはじめ、フィリピンで戦った搭乗員が多く配属されている。二月九日、松山基地（愛媛県）に中島が着任したとき、

「また特攻隊になるのか！」

と、搭乗員の間に動揺が走ったと、同隊飛行長・志賀淑雄《よしお》少佐や搭乗員の笠井智一、佐藤精一郎両上飛曹ら、多くの関係者が証言している。

中島中佐と交代する形で二〇五空の飛行長になった鈴木少佐は、中島と違っていつも冷静で、声を荒らげて部下を叱りつけたりはしない。鈴木は、特攻部隊の飛行長として転勤する以上は、特攻反対などとは口が裂けても言うまい、と決意していた。軍隊だから、賛成も反対もない。必要とあらば命令は淡々とくだす。もとより国のために命を捨てる覚悟で海軍兵学校を志願したのだから、いざというときには自分も突っ込む。そんな覚悟を心に秘めている。

二〇五空の特攻隊は「大義隊」と呼ばれることになり、百三名の搭乗員がそれに組み入れられた。角田少尉も、小貫飛長も、フィリピンから脱出してきた戦闘機搭乗員のほとんどが、ここ台湾でも特攻隊員となった。

児玉誉士夫の訪問

二月下旬、台湾・小崗山の司令部に、大西を訪ねてきた者がいる。児玉誉士夫《こだまよしお》。

児玉は、上海を拠点に、中国大陸で、屑銅をはじめタングステンやラジウム、コバルト、ニッケル、雲母など航空機生産に必須の軍需物資を調達し、海軍に供給している。海軍では佐官待遇の位を得ている。

数奇な運命を生きてきた男で、少年時代から右翼活動に身を投じ、幾度も投獄されてきた。昭和四年、十八歳のとき赤尾敏の「建国会」に加わり、昭和天皇に、「二百万の失業者と、東北の農民を救済すること」を直訴しようとして、不敬罪で逮捕され、懲役六ヵ月の判決を受けたのをはじめ、昭和六年三月には大川周明の「全日本愛国者共同闘争協議会」で、国会議事堂で革命断行を呼びかけるビラを撒き、ふたたび二十九日間収監される。さらに昭和七年、「独立青年社」を設立、陸軍大演習に随行する斎藤實首相や閣僚を暗殺するクーデター未遂事件でまたも懲役三年半の刑を受ける。

出所した児玉は、笹川良一の「国粋大衆党」に入ると、昭和十三年、笹川の口利きで海軍航空本部の嘱託に採用された。当時の航空本部長は、海軍次官を兼任する山本五十六中将である。児玉には、山本が認める見どころが何かあったのだろう。

昭和十六年十二月、軍需物資の調達のため航空本部総務部長・山縣正郷《やまがたせいごう》少将の肝いりで、児玉をリーダーに上海に物資調達のための出先機関を設立することになり、「児玉機関」が誕生した。

「児玉機関」生みの親、山縣少将の後任の航空本部総務部長として、昭和十七年三月、着任したのが大西瀧治郎少将（当時）である。大西は、開戦劈頭《へきとう》のフィリピン攻略の最前線部隊である第十一航空艦隊参謀長からの異動であった。

以後、大西が中将になり、昭和十八年十一月、軍需省航空兵備総局総務局長の職についてからも大西と児玉の仕事上の交流は続き、児玉も、大西の私心をみじんも感じさせない人柄を敬愛し、いまや肝胆相照《かんたんあいて》らす仲になっている。

児玉と大西とは、ちょうど二十歳年齢が違う。児玉は大西のことを陰では「オヤジ」と呼んでいた。

門司副官の、児玉誉士夫に対する第一印象は、

「軍属の服装に身を包み、まだ若々しい、頭は丸刈り、小柄だがガッシリした体格の人」

というものであった、この男が戦後、田中角栄をはじめ多くの有力政治家を手玉に取り、「政財界の黒幕」などと呼ばれ、昭和五十一年にはロッキード事件に連座して世を騒がすなどということは、当時、誰も想像だにしていない。

児玉は、一週間ほど台湾に滞在し、ふたたび上海に帰っていったが、その滞在中、大西はつねに児玉と行動をともにしていた。基地を視察したり、台南神社に参拝したり、大西のほうが積極的に案内している感じだったという。門司も随行し、台南神社では一緒に並んで写真を撮ったりもした。

大西の思い切った訓示

児玉は、大西への土産に、中国産の硯と墨と筆、それに空気銃一丁を置いていった。児玉が帰ったのち、大西は洞窟内の私室で、土産の墨と筆を使って、ときどき揮毫をするようになった。

「青少の純　神風を起す」

とか、

「決死不如不思死生」

というような言葉を、大きな字で書いた。大西の字は、達筆というのとも違ったが、強さを秘めながら意外に丸くやさしげな、魅力のある字だった。

揮毫とは別に、大西は細字の筆で、巻紙に、台湾の麾下部隊への訓示を書いた。相当な長さの訓示だったが、これが完成したとき、大西は台湾の各基地を巡視し、この長い訓示をじっくり話して歩いた。

ときに昭和二十年三月上旬、内地では、マリアナの基地を発進した敵重爆・ボーイングB

－29による一般市民の殺傷を目的とした無差別爆撃や、機動部隊艦上機による軍事施設を狙った大空襲が始まろうとしている。

大西の巡視は、小崗山の司令部に近い高雄、台南、仁徳、帰仁から始まって、中部台湾の台中、新社、虎尾、さらに北上して新竹、台北を経て、東海岸の宜蘭《ぎらん》で終わった。門司は、巻紙に書かれた分厚い原稿を持って、大西に随行した。

大西が訓示をする相手は、士官や搭乗員だけではない。指揮官から一兵卒、ときには設営隊の末端の作業員にいたるまでの全員であった。しかも、訓示の内容は、侍立している門司などがびっくりするほど思い切ったものであった。

門司が記録していた大西の訓示の要点を、現代仮名遣いで記すと、以下のようになる。

〈当方面基地実視の此の機会に於て、所懐を述べて訓示に代えたいと思う。

敵の攻撃は愈々《いよいよ》日本本土に近迫、本土に対する空襲は日と共に激化し、又比島の大勢が敵の手に帰して以来、南方交通は極めて不如意となり、更に全般的の戦力の低下、同盟国独逸《ドイツ》の苦戦等を思い合せると、日本は遠からず負けるのではないか、と心配する人もあるであろう。然《しか》し、日本は決して負けないと断言する。

今迄我が軍には局地戦に於て降伏と云うものがなかった。戦争の全局に於ても同様である。局地戦では全員玉砕であるが、戦争全体としては、日本人の五分の一が戦死する以前に、敵の方が先に参ること受合いだ。

米英を敵とするこの戦争が、極めて困難なもので、特質的に勝算の無いものであることは、開戦前から分かっていたのであって、現状は予想より数段我に有利なのである。

然らば、斯《か》くの如き困難な戦争を何故始めたかと云えば、困難さや勝ち負けは度外視しても、開戦しなければならない様に追いつめられたのである。

敵の圧迫に屈従して戦わずして精神的に亡国となるか、或いは三千年の歴史と共に亡びることを覚悟して、戦って活路を見出すかの岐路に立ったのである。そこで、後者を選んで死中に活路を見出す捨身の策に出たのである。

捨身の策といっても、決して何とかなるであろうと云う様な漠然たるものではないのであって、如何なる経路状態に於て勝つかの見当はついているのである。純然たる武力戦による、海の上で勝つ見込みは殆ど無いが、長期持久戦による思想戦に於て勝たんとするものであって、武力戦はその手段に過ぎないのである。

即ち、時と場所とを選ばず、成るべく多く敵を殺し、彼をして戦争の悲惨を満喫せしめ、一方国民生活を困難にして、何時までやっても埒《らち》のあかぬ悲惨な戦争を、何が為に続けるかとの疑問を生ぜしめる。この点、米国は我が国と違って明確な戦争目的を持たないのであって、その結果は、政府に対する不平不満となり、厭戦《えんせん》思想となるのである。〉

このあと、大西の訓示は延々と五千五百字近くにわたって続くが、このなかで、〈多くの敵を殺せ〉という意味の言葉が七回も出てくる。

残りの主要な部分を抜粋する。

〈戦争の苦痛を味った点に於て日本は未だ足りない。独逸、ロシヤ、英国等が如何に多くの人命を失い、而も之に耐えて居るかを見よ。苦しみ抜いて然る後勝って始めて戦争の仕甲斐があるのである。（中略）

然し又考え直すと、三百機四百機の特攻隊で簡単に勝利を得られたのでは、日本人全部の心が直らない。日本人全部が特攻精神に徹した時に、神は始めて勝利を授けるのであって、神の御心は深遠である。日本国民全部から欧米思想を拭い去って、本然の日本人の姿に立ち返らしむるには、荒行が必要だ。今や我が国は将来の発展の為に一大試練を課せられて居るのである。（中略）

百万の敵が本土に来襲せば、我は全国民を戦力化して、三百万五百万の犠牲を覚悟して之を殲滅《せんめつ》せよ。

三千年の昔の生活に堪える覚悟をするならば、空襲などは問題ではないのである。

斯く不敗の態勢を整えつつ、あらゆる手段を以て敵を殺せ、その方法は幾らでもある。

斯くして何年でも何十年でも頑張れ。そこに必ず活路が啓かれ、真に光栄ある勝利が与えられるのである。〉

〈最後に述べたいことが二、三ある。

国家危急存亡の秋《とき》に当って、頼みとするは必死国に殉ずる覚悟をしておる純真な青年である。大日本精神、楠公精神、大和魂を上手に説明する学者や国士は沢山あるであろうが、此等の人に特攻隊を命じても出来ないであろう。之をよくするものは、諸士青年の若さである。

実に若者の純真と其の体力と気力とである。

今後、此の戦争に勝ち抜く為の如何なる政治も、作戦指導も、諸士青年の特攻精神と、之が実行を基礎として計画されるにあらずんば、成り立たないのである。既に数百万人の者が祖国を護らんが為、天皇陛下万歳を叫びつつ、皇国日本の興隆を祈りつつ、日本人らしく華と散った。又現在も夜を日についで散りつつあるのである。皆の友人が戦いつつある硫黄島、マニラ、クラークを想え。我等も之に続かなければならない。彼等の忠死を空しくしてはならない。彼等は、最後の勝利は我にあると信じつつ喜んで死んだのである。如何なることがあっても光輝三千年の皇国を護り通さねばならないのである。

各自定められた任務配置に於て、最も効果的な死を撰ばなければならない。死は目的ではないが、各自必死の覚悟を以て、一人でも多くの敵を斃《たお》すことが、皇国を護る最良の方法であって、之に依って最後は必ず勝つのである。〉

露骨な言葉をあえて使う

門司の解説――。

「冒頭の徹底抗戦の考えは、後世の人が読み返すと違和感があるかもしれませんが、当時は誰も降伏など考えていなかったから、いつかこの戦争で死ぬときがくる、というのは、前線の将兵ならひとしく思っていたはずのことでした。

話の全体を通して、抽象的な美辞麗句はなく、なかには、〈この戦争が、極めて困難なもので、特質的に勝算の無いものであることは、開戦前から分かっていたのであって〉とか、〈純然たる武力戦による、海の上で勝つ見込みは殆ど無いが〉とか、〈三百機四百機の特攻隊で簡単に勝利を得られたのでは、日本人全部の心が直らない〉などと、率直ではあるけれども、並の指揮官なら口にするのをはばかるであろうことを、さらりと述べているのが、いかにも長官らしいと思いました。

それと、随所に出てくる〈敵を殺せ〉という言葉。戦争は、愛国とか、忠誠とか、勇気とか、戦友愛とか、美しい言葉で飾ることもできますが、前線でやっていることは結局、『殺し合い』なんです。

敵機を撃墜するとか、敵艦を撃沈するとか、あの丘を占領するとか、それらはすべて、乗っている搭乗員を殺す、乗組員を殺す、丘を守っている敵兵を殺す、ということに他ならない。長官は、そういう強く露骨な言葉をあえて使うことで、戦争の本質を部下に再確認させ、気持ちの引き締めを図ったんじゃないかと思うわけです」

ただし――、と門司は続ける。

「二〇五空の特攻隊の搭乗員がいる新社基地に行ったときは、長官は、巻紙の訓示を使わず、『いちばんたくさんの敵を殺せる兵器を預かっているのだから、搭乗員は恵まれている。みんなの代表であるのだから、責任は重大だ』と、やわらかい調子で話をしただけでした。すでに覚悟を決めている特攻隊員たちには、長官としても細かなことを言うまでもなかったんでしょう」

「フィリピンを最後の戦場に」という思いが叶わなくなったいま、敵の本土上陸を防ぐには、特攻隊を出し続けて敵に人命を失わせ、恐怖を植え付け厭戦気分を促すしかない。もはやそこまで日本は追いつめられ、特攻隊の目先の目的も変化せざるを得なくなっていたのだ。

新聞を通して敵国にもメッセージを

四日間におよんだ基地巡視での大西中将の訓示は、門司が三月八日付でガリ版刷りの文書にして、台湾各基地の指揮官に送った。それから間もなく、この訓示を元にしたと思われる記事が内地の新聞に載り、それが台湾の新聞にも転載された。

小崗山の司令部では、この記事を一部の幕僚が問題視した。報道班員の送る記事は司令部が目を通すことになっているが、この記事は検閲を受けていなかった。記事を書いたのは、台湾で第一航空艦隊附となった報道班員で毎日新聞社の戸川幸夫である。戦後、直木賞作家となり、動物文学で名を馳せる戸川は、新竹基地でこの訓示を聞き、無断で内地に原稿を送ったという。内容が激越で、検閲を受ければ止められるからと、罰せられるのを覚悟で記事を送ったのだ。

検閲を担当する幕僚は激高し、戸川はしばらくの間、第二士官次室（特務士官の入る部屋）の小屋に軟禁された。門司は記事を見てすぐ、これは戸川が罰せられるかもしれないと思い、幕僚からの報告が上がる前に、記事を赤インクで囲って大西の執務机の上に置いていた。大西なら、これを読んでも怒らないだろうと思ったのだ。門司の読み通り、記事に目を通した大西が全く意に介さなかったことで、戸川はほどなく無罪放免となった。

「長官は、この訓示を一人でも多くの人に話したかったのではないか」

と、門司は思った。

新聞は中立国を経由して、いずれ敵国にも渡る。大西は、新聞を通じて敵国にもメッセージを伝えたかったのではないか、と門司が考えるようになったのは、戦後になってからのことである。


「俺のやったことは……」


クラークに敵飛行場が整備されたので、台湾の各基地は毎日のように敵のコンソリデーテッドB－24爆撃機による空襲を受けるようになった。航空部隊は、飛行機の温存を優先して、邀撃には上がらない。

大西や門司は、昼間は空襲があるので小崗山の司令部洞窟で執務をして、夜は一見、丘のように擬装された格納庫のなかで寝た。夕方、空襲が終わると、日が暮れるまでの間、大西は門司をつれて散歩に出た。散歩のときは、児玉誉士夫が残していった空気銃を門司が担いだ。小崗山のまわりは、人家の無い草原や田んぼだったが、フィリピンと違って二人で歩いていても危険はなかった。

ときに大西が、鳥を見つけて空気銃で撃ってみることがあったが、当ったためしは一度もなかった。どうも、本気で撃っているようには見えなかった。

「副官も撃ってごらん」

といわれて門司も試しに撃ってみたが、やはり当らなかった。

散歩をしていても、大西はいつものように無駄な話はせず、黙々と歩いている。だがあるとき、めずらしく大西が門司に話しかけてきた。

「棺を蓋《おお》うて事定まる、とか、百年ののちに知己《ちき》を得る、というが、俺のやったことは、棺を蓋うても事定まらず、百年ののちにも知己を得ないかもしれんな」

そして、大西は、

「これは、……ことだよ」

と続けた。この部分、門司の記憶ははっきりしないが、「辛い」といったか「さびしい」といったか、たぶん後者であっただろうと言う。

「私は、長官がなぜそんなことを言うのか、すぐには理解できなかった。特攻の経緯をずっと側で見てきた私としては、そんなにまで考えなくてもよいのではないか、と思ったのも事実です。

でも、ずっとあとになって考えてみると、長官のそのときの心情が、私なりに理解できるようになりました。というのはつまり、人にわかってもらうことを頭に置いたら、指揮官の決断は生ぬるくなる。特攻隊編成を決断するとき、長官は自分も死ぬ決心をしたに違いない。でも、自分も死ぬ決心をしさえすれば、どんな命令を下してもかまわないというものではない。

長官は、自分のやったことをいつも頭のなかで叩き叩き、反芻しておられたのかもしれない。そして、わかってもらえなくても仕方がない、と自分に言い聞かせておられたんじゃないでしょうか」

沖縄戦の特攻

敵機動部隊が、九州、四国に来襲したのは、昭和二十年三月十八日のことであった。続いて十九日には、敵艦上機は西日本に来襲し、呉軍港が壊滅的な損害を受けた。

三月二十三日には、南西諸島が敵機動部隊の空襲を受け、二十四日には朝から沖縄本島が艦砲射撃を受けた。二十六日には慶良間《けらま》諸島に米軍の一部が上陸した。この日、聯合艦隊は、沖縄方面を主戦場とする「天一号作戦」を発動した。

四月一日、猛烈な艦砲射撃ののち、米軍は沖縄本島南西部の嘉手納《かでな》付近に上陸を開始した。日本軍は十八万二千名の米上陸部隊に対し、ほとんど無傷での上陸を許した。米軍はその日のうちに沖縄の二ヵ所の飛行場を占領し、早くも四月三日には小型機の離着陸を始めた。

この米軍の動きに一矢を報いようと、九州、台湾に展開した陸海軍航空部隊は、総力をもって敵攻略部隊、機動部隊に攻撃をかけることになる。

昭和二十年四月一日、石垣島、台湾の新竹、台南の三つの基地から計二十機の「第一大義隊」が出撃、敵空母一隻に三機の体当りを報告したのを皮切りに、二〇五空は二十三次にわたって特攻出撃を重ねた。

沖縄戦が始まってからも、内地から台湾へは、戦闘機の空輪部隊である第一〇〇一海軍航空隊の手によって、大村基地（長崎県）、上海基地を経由して零戦の補充は続けられている。

大義隊の目標は、一に敵機動部隊であった。爆装特攻機として五度の出撃を重ねた小貫貞雄二飛曹の回想――。

「毎日、出撃状態で搭乗員が待機している。日によって飛行機の整備状況は違うし、索敵機の敵艦隊発見の報告を受けて出撃するから、搭乗割が決まるのは当日です。

出撃命令を受けると、飛行機は掩体壕に隠してあるから、近くても五百～六百メートルの距離を、仲間の搭乗員や整備員と歩くことになります。飛行機が離陸するまでは、やはり後ろ髪を引かれますね。怖いのを通り越して、何で俺、十八や十九で死ななきゃならないのかな、まだ世の中のことを何も知らないのに、人生これで終わるのか、いやだなあ、親孝行もできなかったな、などといろいろ考える。でも、離陸して編隊を組んでしまうと、気持ちが吹っ切れて、よし、一番でかいのにぶつかってやれと、意識が敵のほうに向かうんです」

編隊を組むと、互いに手信号で確認しあって、機内からワイヤーでつながっている爆弾の安全栓を左手で抜く。信管に直結する発火装置の風車が回りだし、零戦の腹に抱いている爆弾は即発状態になる。これは、フィリピンでの山脇飛長機の不発を受けて、離陸すれば互いに確認しあうようになっていたのだ。

だが、目標の位置については数時間前の索敵機の情報が元になるので、予定地点に着いても敵艦隊はすでに移動しており、姿が見えないことが多かった。ふたたび、小貫二飛曹の話。

「一回目の出撃で予定地点に敵を見ず、指揮官機が引き返す合図をしました。ホッとしました。引き返すとなると、こんどは途中で敵戦闘機に襲われないかという、行きとはまた違った恐怖心が湧いてきます。着陸すると、今日は生き延びたという安堵感や喜びの気持ちが広がりますが、それもつかの間、また次の出撃が待っている。その繰り返しで、そのたびに寿命が縮む思いがしました。そして、二度、三度と特攻出撃を繰り返しているうち、だんだん、戦友がみんな死んでるのに自分が生きているほうがおかしいと、意識が変わってきました。出撃前の別杯も、最初はお神酒だったのが、次は水盃、あとになったらそんなこともしなくなった。見送るほうの感覚も麻痺してきたのかも知れません」

同じく二〇五空大義隊員で、フィリピンの二五二空では一度も特攻を志願しなかったのに、台湾へ来て否応なしに特攻隊に編入され、四度の爆装出撃を重ねた長田利平二飛曹は、

「ニッコリ笑って出てゆく、というのは、あれは要するに開き直りですよ。人間ですから、整列するまでは故郷のこと、両親のこと、死んだらどうなるんだろう、あの世はどんなだろう、と思い悩みましたが、整列したら、もう割り切れました。日本の礎になろう、どうせ死ぬんだから、せめてニッコリ笑って出て行こうと肚が決まるんです」

と、回想している。

「日本の礎になる」――これは、当時、二十歳になるかならないかの若者にとって、自分の命に意味を見出す、精いっぱいの生き方だった。

胸のふくらむ思い

搭乗員たちが落ち着いた様子で、戦闘機乗りらしい朗らかさを保っていたのに対し、司令・玉井中佐の感情の起伏は激しくなるばかりであった。

四月十六日、石垣島から出撃した斎藤信雄飛曹長が、エンジンの点火系統の故障で、宜蘭基地に引き返した。そのとき、玉井は、待機している下士官兵搭乗員の前で、斎藤を面罵したという。

「特攻に出た者が少しぐらいのエンジン不調でなぜ帰ってくるか。エンジンの停まるまでなぜ飛ばないか」

挙句の果てに、卑怯者、臆病者呼ばわりをされた斎藤は、角田和男少尉に、

「下士官兵の前でここまで怒鳴られては、男として生きていることはできません。次の出撃には必ず死んでみせます」

と、悲壮な決意を述べた。角田が、「犬死にはやめろ」と諭しても斎藤は頑なに首を振った。角田はついに、小田原参謀長からダバオで聞かされた、「口外厳禁」の大西中将の特攻の真意のことを話した。すると、斎藤の顔色がだんだん明るくなって、

「よいことを聞かせてくれました。では角さん、特攻は命中しなくても、戦果を挙げなくてもいいんですね。死ねば成功ですね」

と言った。角田は、「しまった」と思ったがもう遅かった。

翌四月十七日、斎藤はふたたび三機編隊の爆装機の一番機として出撃した。敵艦隊を発見

できず、列機の二機は帰投したが、斎藤飛曹長機はついに還ってこなかった。

大義隊のなかでもっとも搭乗歴の古い角田中尉（五月一日進級）は、ベテランなるがゆえに爆装は命じられず、直掩機として、仲間や部下たちの体当りを見届ける辛く非情な出撃を重ねた。

「陛下、早く戦争をお止めください」

と、心のなかで叫びながら……。

五月四日、宮古島南方に敵機動部隊発見の報に、宜蘭、石垣島から計二十五機の「第十七大義隊」が、六隊に分かれて出撃した。

この日、角田中尉が直掩機を務める一隊がイギリス機動部隊を発見、角田は、谷本逸司中尉、常井忠温上飛曹、鉢村敏英一飛曹、近藤親登二飛曹の四機が敵空母「フォーミダブル」「インドミダブル」に突入するのを確認している。

角田が敵艦隊を発見し、誘導の間合いを計っているときに谷本中尉が敵に気づき、そのままましぐらに突入していったという。

敵艦にまさに突入するときの特攻隊員の心情は想像するしかない。だが、角田には、自らの体験に照らしてのある確信があった。それは、角田が五八二空に属しソロモンで戦っていたときのこと。

「輸送船団の上空直衛をしているとき、爆弾を積んだグラマンＦ４Ｆが二十数機で攻撃に来たのに列機がほかの敵機を深追いして、味方船団上空には私一機しかいなくなったことがありました。爆弾を命中させないためには、敵の注意を全部、私に向けさせなければ、そう思って、単機で下から突っ込んで行った。すると案の定、ガンガン撃ってきました。被弾すると、エンジンの爆音の中でも聞こえるぐらい大きな音がするんです。

――撃たれたときは嬉しかったですね、よし、これで俺の作戦は成功したと。射撃しながら爆撃の照準はできませんから、輸送船には一発の爆弾も当たらなかった。ガンガン撃たれながら、それまで固くなっていたのが、フワーッと胸がふくらむ思いがしました。

私は、胸がふくらむ思いを経験したのはそのときだけでしたが、特攻隊員たちも、命中した人はみんな、同じ気持ちだったろうと思うんです。それまでは怖れて体を固くしてるでしょうが、よし、これで命中するぞと、何秒か前にはわかると思います。そのときはおそらく胸をふくらませたんじゃないか。それが自分の経験からして、ひとつの慰めになるんです。そう思わなきゃいられないですよ」

第八章 終戦の聖断くだる

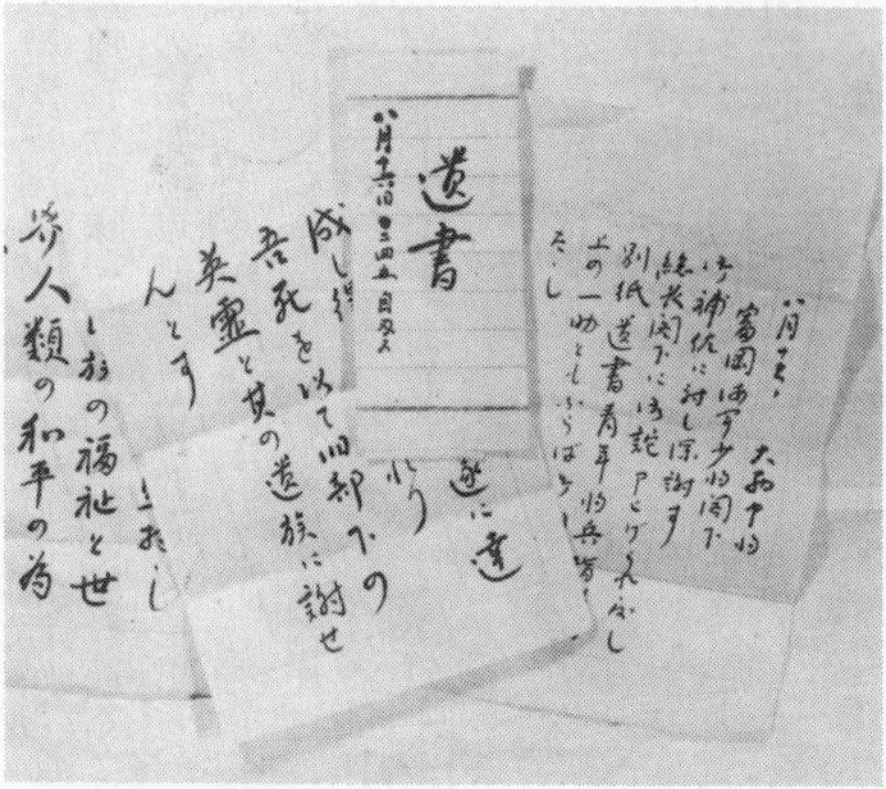
遺書

大西瀧治郎の遺書。中央に表書き、右は富岡少将に宛てた添え書き、左は本文（２枚）

大西の「軍令部出仕」

大西の第一航空艦隊司令部は、四月十七日、小崗山の洞窟から、海岸にある新竹の飛行場の東側に位置する高台、赤土崎《あかとざき》に移転した。敵が沖縄に来たので、台湾南部からより沖縄に近い北部に移ったのである。中澤佑少将の基地航空戦隊・台湾空の司令部も近くにあった。この頃、先任参謀猪口力平大佐はすでに内地の鈴鹿海軍航空隊司令として転出し、猪口の後任には天谷孝久大佐が着任していた。主要幕僚も、多くが交代している。

台湾、石垣島からは沖縄沖の敵艦隊に向け、執拗な体当り攻撃が繰り返されていたが、四月二十二日、ソ連軍がドイツのベルリンに突入したというニュースが伝わり、四月二十八日にはイタリアのムッソリーニが処刑された。世界を相手の戦争で、同盟国が敗退し、日本は孤立してしまったわけである。

大西は、赤土崎の食堂小屋で食事をしているとき、

「俺も死刑だな。ハワイ攻撃を計画したり、特攻隊を出したり……」

と言って、薄い笑みを浮かべた。門司は、自分が仕えているこの長官が、真珠湾攻撃の計画に加わっていたことを、初めて知った。開戦前、大西は、当時の山本五十六聯合艦隊司令長官から、個人的にハワイ攻撃の検討を命ぜられ、大西は源田實参謀に相談を持ちかけたのだという。

五月二日にはベルリンが陥落し、五月七日、ドイツが降伏した。大西中将に「軍令部出仕」の辞令の内報が届いたのは、ちょうどこの頃のことであった。五月十日、この辞令が正式に発令された。門司が語る。

「いよいよ本土決戦に備えて、長官を中央に呼び戻すんだなと思いました。沖縄の運命は目に見えるところにまできていて、次に敵が攻めてくるのは本土に違いないからです。長官は、いよいよ訓示で述べた考えを、軍令部で自ら実行しなければならなくなった。

しかし私は、そんなことよりも、長官と離れ離れになることで、なんともいえず寂しい思いがしました。極端に言えば、死ぬときは一緒、ぐらいの気持ちでいましたからね」

門司は、菊池参謀長から、大西に東京まで随行するようにいわれ、最後の二人旅ができることで、ようやく気をとりなおした。

大西中将の後任は、高雄警備府司令長官・志摩清英中将が兼務することになった。もはや独立した一個の航空艦隊ではなく、高雄警備府の付属部隊という扱いである。六月十五日には、第一航空艦隊自体が解隊され、台湾の航空部隊は高雄警備府の指揮下に入ることになる。台湾空司令官・中澤佑少将が、高雄警備府参謀長になった。

五月十三日、大西は台湾を離れることになり、赤土崎の司令部防空壕前の空き地で、別れの記念写真を撮った。幕僚全員の写真のあと、大西一人の写真も撮ることになり、大西は椅子に座ったが、ふと思いついたように、

「副官も並べ」

と、手招きした。門司はほかの幕僚の手前、ちょっと遠慮したが、内心は嬉しく、得意になって大西の椅子の後ろに立った。

十三日午後三時すぎ、大西と門司を乗せたダグラス輸送機は、新竹基地を飛び立った。上海を経由し、着陸するはずだった長崎県・大村基地が空襲中とのことで鳥取県の美保基地に着陸。ここでは思いがけず大西と門司、二人で皆生《かいけ》温泉の旅館で一泊することになり、またダグラスに乗って名古屋の焼け野原を上空から見て、厚木基地に着いたのは五月十五日午後のことであった。

厚木に着いた大西は、車を借りると、門司を伴って霞が関の海軍省に向かった。車が都内に入ると、ところどころの建物が強制疎開で壊されていて、街全体が薄汚れて見えた。

海軍省に着くと、大西は勝手知ったるように省内の階段を駆け上がり、次官室に入った。海軍次官は、就任したばかりの多田武雄中将だった。大西と多田は、海軍兵学校のクラスメートである。

門司は、昭和十九年十一月上旬、マニラにあった第一航空艦隊司令部に、多田中将の長男、多田圭太中尉が挨拶に来たのを思い出した。皆が土足で出入りする司令部の玄関で、きちんと靴を脱ぎ揃えたのが印象に残っている。圭太中尉は、十一月十九日、特攻第二朱雀隊の直掩機として戦死している。

大西が真っ先に多田次官のところへ行ったのは、その報告のためではないかと、門司は思った。しかし、あとで聞くと、二人の口から圭太中尉の話題はついに出ず、これからの仕事の話に終始したという。

次官室から出てきた大西は、廊下で待っていた門司に、

「副官は家に帰りなさい」

と言った。世田谷区松原に両親がいることを知っての、大西の心遣いだった。

戦況奏上

世田谷の門司の家は、まだ無事であった。両親と妹が暮らしていたが、予告なしの帰郷に、みんな驚いた様子だった。弟・親昭は予科練に入隊し、甲飛十四期生として三重海軍航空隊にいる。

翌五月十六日は、自宅から海軍省に出勤した。大西は十七日に宮中に参内し、戦況を奏上するという。その準備がさしあたっての仕事であった。

大西が奏上する原稿は、台湾で二通準備してきたが、そのうちの一通が、海軍省から宮内省にまわり、消毒のうえ、陛下のもとへ届く。

五月だから、参内は紺の第一種軍装だが、大西は第三種軍装のまま帰ってきており、戦地に持参した第一種軍装は、ほかの荷物とともにフィリピンの山のなかである。

「家へ行って、軍服を取ってきてくれ」

大西に言われて、門司は、地図を教わって上落合の大西の自宅へ行った。大西瀧治郎は晩

婚で、結婚したのは昭和三年、三十六歳の少佐のときであった。東京神田生まれの妻・淑恵《よしえ》は大西より九歳年下で、実家・松見家は一橋家の典医の家柄である。それから十七年、夫婦の間に子はなく、家にいるのは淑恵だけである。大西の家は、質素な木造の、ごくふつうの一軒家だった。

玄関に出てきた淑恵は、夫が東京に帰っていることを知らず、

「帰ってくるって教えてくれればいいのに……」

と言った。軍服は疎開していて、ここにはないという。淑恵は、

「困っちゃったわね」

と、さして心配しているふうでもなく、のんびりとした口調でつぶやいた。

「帰って長官とご相談します」

と言って、門司は海軍省に戻った。結局、軍服は、大西と体型の似ている軍務局長・保科善四郎中将のものを借りた。

参内は、午後一時の予定だったが、空襲警報が出て三時に延びた。門司は、手袋をした大西がめくりやすいようにと、読み上げる原稿の下の端を一ページずつ三角に折り、それを紫の風呂敷に包んで捧持し、車で坂下門から宮城《きゅうじょう》（皇居）に入った。

待合室に入ると、海軍大臣・米内《よない》光政大将、軍令部総長・及川古志郎大将が入ってきて、大西と三人が揃うと、侍従武官に案内されて奥のほうへ入っていった。門司は、別の人に案内され、長い廊下を歩いて待合室に通された。

三十分ほどで、侍従武官と大西が廊下から現れた。こんどは、賢所《かしこどころ》参拝だという。屋外に案内され、少し砂利の道を歩くと、高い木の柵があり、そのなかに小さい仮の賢所の御殿があった。本物の賢所は、空襲を避けてどこかに移されているようであった。

歩きながら侍従武官が、

「副官は、内地転勤になったのか」

と言う。

「いえ、また台湾に戻ります」

門司が答えると、

「そうか。戦地から帰還なら一緒に参拝を許されるのだが、そうでないと駄目なんだ」

気の毒そうに、侍従武官は言った。

「いえ、結構です」

と言って、門司は、大西が参拝するのを柵の外から眺めた。

皇居を出ると、大西は、青山の皇太后御所にまわり、皇太后より下賜された人参や牛蒡《ごぼう》などの野菜をもって出てきた。午後は軍令部総長の官邸に寄り、夕方には軍需省に、航空兵器総局長官・遠藤三郎陸軍中将を訪ねた。縄張り争いの激しかった陸海軍のなかで、遠藤と大西は、総局長官と総務局長の立場で、垣根を越えて信頼しあった仲であった。遠藤は、ほんとうに嬉しそうに大西を迎えた。その情景を見て、門司もなんだか嬉しくなった。

「握手をすると、みんな先に死ぬんでなあ」

この日は大西も、自宅に帰るという。それを知ると、遠藤中将も一緒に行くといって、同じ車に乗り込んで上落合に向かった。大西の家の前に着くと、隣組の人たちが数人、玄関前に並んで出迎えた。大西は、

「みなさん、ご苦労様です」

と、丁寧に挨拶をすると、ひさしぶりの我が家へ入っていった。

大西宅に集まったのは、遠藤中将、淑惠の姉夫婦、軍需省の陸軍少佐、そして隣組の人が数名である。灯火管制で薄暗い畳の間の、食卓の上に刺身などが用意され、ささやかな宴となった。淑惠は大西のことより、ほかの人にこまごまと気を配った。遠藤中将は、フィリピンの特攻隊員がお金を出し合って送ってくれたときの感激を、しんみりと話した。

十時近く、門司は陸軍少佐の車に送られて、世田谷の自宅に戻った。帰り際に淑惠が、皇太后から下賜された野菜を半分ほど分けて風呂敷に包んでくれた。家に帰って母親にわたすと、母は押し頂いて神棚にあげた。

十八日、門司は、大西の使いで、いまは横須賀砲術学校教頭を務める海軍大佐・高松宮宣《のぶ》仁《ひと》親王ほかに台湾から持参した砂糖を届けたり、中澤佑少将の自宅に参謀肩章を取りに行ったり、大本営報道部に呼ばれて特攻隊編成のときの話をしたりした。

五月十九日付で、大西は正式に軍令部次長になる。この日、東京での用が終わった門司は、台湾に帰ることにした。

世田谷の家から、一度、海軍省に出かけてから、飛行機便の出る厚木基地に行こうと決めた。海軍省で大西を探すと、日吉の聯合艦隊《れんごうかんたい》司令部に出かけているという。門司は厚木に向かう途中、日吉に立ち寄ってみた。慶應義塾大学の建物には衛兵が立ち、妙な感じの司令部だと、門司は思った。

大西は会議中だったが、軍令部の中佐の副官に話を通すと、中座して出てきた。校舎の入口で、門司は立ったまま、

「いまから台湾に帰ります」

と報告した。

「そうか、元気でな」

言葉のやりとりはこれだけだった。門司は敬礼すると、待っている自動車のほうへ向かった。大西は砂利道を一緒に歩いてきて、

「握手をすると、みんな先に死ぬんでなあ」

ポツリと言って、車が動き出すまで、立って見送ってくれた。

「これが、長官との最後の別れになりました。なぜあのとき、『かまいません』と言って長官と握手しなかったか、悔やまれてならないんです」

門司は、このときの大西の心のぬくもりを、生涯忘れることはなかった。

「家庭料理は食えないよ」

大西に別れを告げた門司が台湾・新竹に帰ったのは五月二十四日。その翌日の五月二十五日、三月十日に続いて東京がB－29による大空襲を受け、霞が関の官庁街から山の手にかけてが焼け野原と化した。米軍の焼夷弾は宮城にも落ち、宮殿も大宮御所も焼けた。上落合の大西の自宅も焼失した。焼け出された淑惠は防空壕で暮らし、その後、児玉誉士夫や知人の家に身を寄せるが、大西は最後まで淑惠が官舎に同居することを許さなかった。児玉が、奥さんと同居して家庭料理でも、と勧めると、大西は、

「君、家庭料理どころか、特攻隊員は家庭生活も知らずに死んでいったんだよ。六百十四人もだ。俺と握手していったのが六百十四人いるんだ」

と言い、目にいっぱいの涙をためた。そして淑惠に、

「家庭料理は食えないよ。若い人に気の毒だものな」

念を押すように言ったという。

大西中将が軍令部次長に転じてからも戦況は悪化の一途をたどり、特攻隊の文字どおり命を爆弾に代えた反復攻撃もむなしく、六月二十三日、沖縄全土が敵に占領される。沖縄への特攻はその目的をほとんど失い、台湾からの二〇五空大義隊による特攻は事実上終結した。大義隊の戦死者は三十五名だった。

沖縄作戦で失われた特攻機は、海軍九百八十三機、陸軍九百三十二機と、フィリピンでの

特攻の三・六倍にもおよび、特攻機による戦果は、米側記録によると、米海軍だけで艦艇二十四隻撃沈、百七十四隻撃破、戦死者四千九十七名、負傷者四千八百二十四名にのぼったとされる。特攻機の突入成功率については、(財)特攻隊戦没者慰霊平和祈念協会の調べで、フィリピンで二十六・〇八パーセント、沖縄作戦で十四・七パーセントであったという。

「統率の外道」とはいいながら、これは、ガダルカナル戦以降の日本軍によるどの航空攻撃よりも大きな戦果だった。

徹底抗戦・和平反対

大西は、自身の軍令部次長就任の十日後、五月二十九日付で軍令部総長になった豊田副武《そえむ》大将を焚きつけ、徹底抗戦、和平反対を唱えさせた。

六月六日、鈴木貫太郎総理、米内光政海軍大臣、東郷茂徳《しげのり》外務大臣、阿南惟幾《あなみこれちか》陸軍大臣、梅津美治郎《うめづよしじろう》陸軍参謀総長、豊田軍令部総長らが出席して宮中で開かれた最高戦争指導会議の場に軍刀を下げて現われ、

「大西君、君の出る幕じゃない。すぐ出て行きたまえ」

と、米内海相にたしなめられたりもしている。豊田大将は軍令部総長の内命を受けたとき、

「大西の欠点はよく知っている。(就任が)決まったら欠点を注意しながら使うつもりだ」

と語ったと、「軍令部出仕」の肩書きで終戦工作に従事していた高木惣吉少将は書き残しているが、いざ就任すると、大西の言うがままに振り回されているように傍からは見えた。

海軍では、マリアナ決戦に敗れた昭和十九年六月頃から、当時、軍令部第一部（作戦部）部員を務めていた海軍大佐の高松宮宣仁親王を中心に、「この戦争にいかに上手に負けるか」ということを模索するひそかな動きがある。

昭和十九年七月、東條内閣が倒れると、海軍大臣に米内光政大将、次官に井上成美《しげよし》中将の、和平派コンビが就任したのもその流れで、和平を推進する側の主要人物には、軍令部作戦部長（当時）・中澤佑少将や、中澤の次の作戦部長・富岡定俊少将などがいる。彼らは、日本の国力が限界にきていることを冷静に判断し、間違っても敵を本土に迎え撃つようなことにならないよう、なるべく早期に講和の糸口をみつける肚であった。

富岡は、徹底抗戦一本やりの大西を敬遠して和平に関する意見を直接、豊田軍令部総長に具申したことがあるが、賛成してくれると思いきや、

「君はもっぱら作戦に心血を注いでおればよろしい。和平の問題は君の考えるべきことでない」

と、斥けられたことがある。豊田の抗戦論の陰には、つねに大西の目が光っているようであった。

この頃のある日、大西は、予備役になった海軍出身代議士に会食に招かれた。出席したのは近藤英次郎中将、松永寿雄少将で、海軍省軍務局の中山定義中佐が陪席した。中山によると、席上、酒の進んだ近藤中将が、

「お前は大勢の若者を体当りさせておめおめと帰ってきたのか」

と詰問した。大西は、しばらく考えたのち、きわめて静かな調子で、

「私は、自分の命が惜しくて東京に帰ってきたのではない。特攻隊員の尊い犠牲を無駄にせぬために帰ってきたのだ」

と答えた。近藤中将は黙ってしまったという。

大西はまた、

「あと二千万人の日本人が死ぬまで戦えば、最後には勝つ」

と、およそ常識では計りえない、無謀きわまる徹底抗戦論を各方面に説いてまわっていたといわれる。これは、

「日本人の五分の一が戦死する以前に、敵の方が先に参る」

という、台湾での訓示と符合する。

フィリピンで特攻隊が初めて編成されたとき、第一航空艦隊先任参謀だった猪口力平大佐は、昭和二十年八月三日付で鈴鹿空司令から軍令部員兼大本営参謀となり、上京した。このときの軍令部の微妙な空気について、猪口は、

〈軍務局員や軍令部員と話してみると、大西次長に対する態度が冷ややかである。これはあとでわかったことであるが、その数日前の会議の終わりに、大西次長が、

「俺は、最後までどんなことがあっても一戦まじえるつもりだ。みんなはどうだ！」

と質問した。これは、みんなの肚を見極めるために逆手を使う中将のやり方で、みんなを困惑させたに違いない。その上、それより前の会議で、富岡作戦部長の態度を、みんなの前

で面罵にひとしい言葉で詰《なじ》ったことがその大きな原因であった。

富岡少将は人格識見ともにすぐれた作戦家であり、開戦当時は作戦課長の職にあった。こんなことがあったため、みんな大西次長にソッポをむいていたらしい。〉

と、書き残している。

だがいっぽう、大西の冷静さを物語るエピソードもある。大型潜水艦「伊四百型」に搭載した新鋭の攻撃機「晴嵐《せいらん》」でパナマ運河の閘門《こうもん》を破壊し、米艦隊が大西洋から太平洋へ通じるルートを遮断するという壮大な作戦計画は、すでに潜水艦も飛行機も完成し、そのための猛訓練が続けられていたにもかかわらず、

「今頃、そんなことをしている場合ではない」

と、一声で中止させ、目標を太平洋の米艦隊拠点、ウルシー環礁に変更させた。戦況を見きわめた上での現実的な判断力も失っていなかったのだ。

かつて、山本五十六のハワイ空襲構想に反対した大西は、もともと、アメリカと戦って勝てると信じるほど狂気の人間ではない。

ポツダム宣言

七月二十六日、アメリカ、イギリス、中華民国の首脳が日本に向け、無条件降伏を要求する「ポツダム宣言」を発した。

その一条には、

〈吾等合衆国大統領、支那共和国国民政府主席及ビ「グレート・ブリテン」国総理大臣ハ吾等ノ数億ノ国民ヲ代表シ協議ノ上日本国ニ対シ今次ノ戦争ヲ終結スルノ機会ヲ与フルコトニ意見一致セリ〉

とある。日本から終戦を打診したのではなく、聯合国のほうから、戦争終結を申し出てきたのである。

日本政府は、日ソ不可侵条約を結ぶソ聯《れん》の仲介による和平に一縷《いちる》の望みを託し、またポツダム宣言が日本の国体、すなわち天皇の地位について不確定な内容であったため、一旦は黙殺を決めた。

米内光政海軍大臣のもとで終戦工作に奔走した高木惣吉少将の「覚書」が残っている。高木はのちに、海軍省記者クラブ「黒潮会」の重鎮だった毎日新聞社の新名丈夫に、この「覚書」を託した。

それによると、七月二十八日、「米内海相所見」として、高木が米内に、

〈内閣では軍令部から強硬横槍が出て困るとこぼして居るようですが〉

と問いかけたのに対し、米内が、

〈突付いているのは次長（大西）かも知れぬが〉

と答えたくだりがある。

ところが、米軍のB－29が八月六日、広島に、八月九日、長崎に原子爆弾を投下。九日にはソ聯が不可侵条約を一方的に破棄して満州国に侵攻、火事場泥棒のようなやり方で対日戦

に加わり、ポツダム宣言にも名をつらねる事態になると、もはや日本には、本土に敵大兵力を迎えての本土決戦か、ポツダム宣言を受諾しての降伏かのいずれかの道しか残されていなかった。

小磯国昭に代わって四月七日、内閣総理大臣となった鈴木貫太郎は、就任後、表向き戦争完遂の強硬論を唱えていたが、八月九日未明、ソ聯参戦の報告で起こされると、

「いよいよ来るべきものがきましたね。この内閣で始末をつけましょう」

と、東郷茂徳外務大臣に、はっきりと戦争終結の意思を示した。慶応三年（一八六七）生まれの鈴木貫太郎は、このとき満七十七歳。退役海軍大将で、大正末期から昭和初年にかけて、聯合艦隊司令長官、軍令部長を歴任した。海軍を予備役になってからは侍従長を長く務め、昭和十一年、二・二六事件の際には叛乱軍に襲撃され、身に数弾を受けながらも辛くも一命をとりとめた。

天皇の信任が厚く、日米戦争にも反対の立場で、戦争が始まったとき、

「この戦争に勝っても負けても、日本は三等国に成り下がる」

と語っていたと伝えられる鈴木総理は、はじめから、戦争を終結させるタイミングを計っていたのである。

米内海相が大西を叱りつける

日本政府は八月九日深夜から翌十日未明にかけて開かれた御前会議で、「国体（天皇を中

心とする国家体制）の護持」を条件にポツダム宣言の受諾を決定、十日、中立国スイス、スウェーデン経由で連合国に伝えられた。このさいの御前会議でも、豊田軍令部総長は、阿南惟幾陸軍大臣、梅津美治郎陸軍参謀総長とともに、戦争犯罪人の処罰や武装解除の方法をめぐって強硬論を主張し、付帯条件は交渉を不利にすると主張する東郷外相と衝突している。米内海相、平沼騏一郎《きいちろう》枢密院議長は、東郷外相と同じ意見であった。

司会にまわった鈴木首相は天皇に聖断を仰ぎ、天皇は、

「これ以上戦争を続けて無辜《むこ》の国民に苦悩を与えることはどうしても忍び得ないから、ポツダム宣言受諾もやむを得ないと考える」

と、立憲君主として異例の決断を示された。

高木少将「覚書」、八月十二日の「米内海相直話」には、

〈今日は一時間半許り総長と次長を呼んで注意した。

私は、私の意見に盲従しろとは謂わぬ。人各々考えがあるのは已《や》むを得ないが、そうすれば大臣とよく意見を交え、もし私の意見が間違って居れば私はこれを改むるに吝ではない。また私の意見が正しいと思えば私に協同するのが当然である。（中略）

次長に引きずられるのだよ。次長（大西）を呼んでうんと叱ってやった。〉

との記述がある。ふだんは寡黙で激することのない米内が、大西を叱りつける大声が、秘書官室にまで手にとるように聞こえてきた。秘書官・麻生孝雄中佐と古川勇少佐は、何かあったらすぐ大臣室に飛び込むよう目配せしていたという。

だが、「うんと叱られた」のにも懲りず、八月十三日にも大西は、午前九時に始まった最高戦争指導会議に、

「総長に会わせてくれ」

とやってきた。

国体護持を条件に、ポツダム宣言を受諾すること自体は八月九日の御前会議で決まっている。この日の会議は、十二日夜、海外放送で判明した聯合国の回答について審議するものであった。聯合国からの回答には、「日本の天皇および政府は、聯合国最高指揮官の指揮を受け(subject to)」とあり、また、「日本の究極の統治機関の形態(the form of organization)は、自由に表明せられた日本国民の意思により決定される」云々という文言があり、これが絶対の天皇を戴く日本の国体を否認することになりはせぬかという疑義が出た。

ここでも、聯合国に回答内容の再照会を求める豊田軍令部総長、阿南陸軍大臣、梅津陸軍参謀総長の強硬論と、早期和平を求める鈴木総理、東郷外相、米内海軍大臣が、三対三の対立を続けている。同じ日の午後、大西は、高輪の高松宮邸を訪ね、高松宮宣仁親王に

「ぜひ、戦争継続のように(天皇に)取り計らっていただきたい」

と訴えたが、

「信念の問題にて私如き戦わざるものは取り次ぐ資格なし。総長なり次長自身申し上げられたら」

と、つれなく追い返されている。(『高松宮日記』第八巻)

高松宮は、横須賀砲術学校教頭から昭和二十年六月二十五日付で、「軍令部出仕兼部員（次長承命服務）」つまり、辞令上は大西次長の命を受けて働く立場になっている。しかし、早くから戦争終結の工作に携わっている高松宮の立場で、兄である天皇に戦争継続の進言など、できることではなかった。階級上も職制上も大西のほうが上の立場だが、中将とはいえ一軍人の大西は、天皇の弟宮の臣下にすぎない。

二千万人特攻論

深夜十一時、大西はまたも、豊田、梅津両総長と東郷外相、迫水《さこみず》久常内閣書記官長が密談中の首相官邸に乗り込んできた。

「高松宮様は何と申し上げても考え直してくださいません。かえって、海軍が陛下の御信用を失っているから反省せよとのお叱りでございました。ですから、米国の回答が満足であるとか不満足であるとかはことの末節であって、軍に対する陛下の御信任を得るため——」

と、持論の「二千万人特攻論」を持ち出した。巷間スローガンとして掲げられている「一億総特攻」は単なる掛け声だが、大西の二千万特攻論には本気の凄みがある。そして、

「私は今次戦争勃発以来、戦争をどうすればよいかということを日夜考えてきたつもりでした。しかし、この両三日ほど、戦争を真剣に考えたことはない。われわれは、自分では気づかずにいたが、真に戦争のことを考えたことはなかったのだ。この点は国民の全部がそうではなかろうか……。いま、この真剣さをもって考えたら、必ずよい作戦が策出せられ、陛下

をご安心させ申し上げることができよう」

と続けた。大西に意見を求められた東郷外相は、

「勝つことさえ確かなら、誰一人としてポツダム宣言のようなものを受け入れようとはしないはずです。問題は勝ち得るかどうかです」

と答えた。

〈会合が終わってから、大西君は独り残って私の手を握って、何かよい考えはないかと言った。そして淋しく帰っていった。〉

と、迫水書記官長は書き残している。

八月十四日、大西はなおも徹底抗戦の主張をさげて米内海相を訪ねた。本土決戦、二千万特攻を呼号する大西と、早期和平こそが国を救う唯一の道だとする米内、両者の主張は激突し、論争は一時間におよんだが、大西はついに米内の和平論に屈し、

「わかりました。抗戦を断念いたします」

と、頭を下げた。そしてはじめて、男泣きに泣いて嗚咽した。

この日、日本政府は改めて御前会議を開いた。最高戦争指導会議の六人だけでなく、閣僚全員、平沼枢密院議長も列席した特別の御前会議であった。ポツダム宣言を無条件で受諾することに、大勢はすでに決している。大西は、前回の御前会議には陪席したが、この会議には陪席を許されなかった。非情な言い方をすれば、大西は、もはや海軍中枢に必要な人間ではなくなっていた。

会議の席上、なおも豊田軍令部総長、梅津参謀総長、阿南陸相は宣言内容について聯合国への再照会を求めたが、ほかに意見を述べる者はおらず、鈴木首相は天皇に決裁を仰いだ。

天皇は、

「私は世界の現状と国内の事情とを検討した結果、これ以上戦争を続けることは無理だと思う」

「このさい、先方の申し入れをそのまま受諾してよろしいと考える」

との最終的な判断を示され、

「自分は如何になろうとも、万民の生命を助けたい」

「日本が全く無になるという結果に比べて、少しでも種子が残りさえすれば、また復興という光明も考えられる」

と、白手袋で何度も涙をぬぐわれた。ここでついに、天皇自らのご意思で無条件でのポツダム宣言受諾が決定され、終戦の詔書が発せられたのである。

「腹を切ったら阿呆か」

御前会議が終わった後、宮中の防空壕に現れた大西は、なおも部屋をかたづける宮内省の属官たちに、

「あなたがた、何かいい考えはありませんか。国を救うためにはどうしたらという……」

と声をかけ続けた。そして夕刻、東京に居を移していた児玉機関本部のビルに児玉誉士夫

を訪ね、

「長い間、まことにご苦労であった」

と涙ながらに労をねぎらった。児玉は、大西の命を受け、空襲の被災地から電線を掘り出し、その銅を航空兵器用部品として調達するなど、なおも手足のごとく働いていたのだ。

大西は次に、「国策研究会」の矢次《やつぎ》一夫の家を訪ねた。矢次は四十六歳、政財界に太いパイプを持ち、戦時国策の立案に従事している。児玉誉士夫と同様、大西が航空本部にいた頃からの知友である。「この男、死ぬ気だな」と思った矢次が、

「君のような阿呆は、ここらで腹を切ろうなんて考えているだろうが、そんなことをすれば、あわて者と笑われるだけだぜ」

と言うと、

「腹を切ったら阿呆か」

と答えた次の瞬間、大西は、矢次に抱きつき、

「貴様、泣いたことはないのか！」

と、号泣した。そして、

「前途有為な青年を大勢死なせてしまった。俺のようなやつは無間地獄に堕ちるべきだが、地獄のほうで入れてはくれんだろうな」

と、さびしげに言った。

だがこの日、終戦の気配を察知した厚木の第三〇二海軍航空隊司令・小園安名《こぞのやすな》大佐は、「必勝の信念無きところ、国体の護持はあり得ない」という趣旨の長い檄文《げきぶん》を、米内海相はじめ各鎮守府、航空艦隊司令長官宛に発信し、厚木は徹底抗戦の構えであることを内外に示した。小園は生粋の戦闘機乗りで、大西がもっとも信頼する後輩の一人である。

その晩遅く、国民に戦争の終結を告げる「玉音放送」の録音が宮中で行われた。この録音盤を奪取しようと抗戦派の一部陸軍将校が叛乱を起こした。

叛乱将校は十四日夜、近衛師団長・森赳《もりたけし》中将に決起の要求を突きつけ、

「近衛師団は私兵ではない。さがれ」

と拒否されると森中将を射殺し、偽命令を発して六時間にわたって宮城を占拠したが、十五日午前には陸軍東部軍司令官・田中静壱大将の手で鎮圧された。叛乱の首謀者、陸軍省軍務局の椎崎二郎中佐、畑中健二少佐、近衛第一師団参謀・古賀秀正少佐（東條元首相の女婿）、航空士官学校の上原重太郎大尉ら四名の将校は自決した。阿南陸軍大臣も、明け方、三宅坂の陸軍大臣官邸で、

〈一死以テ大罪ヲ謝シ奉ル〉

との遺書を残して自刃した。

戦争終結は決まっても、まだ戦争状態は終わっていない。八月十五日午前五時三十分、房総沖の敵機動部隊から発進した艦上機約二百五十機がダメ押しをするかのように関東上空に

来襲した。早朝の東京湾は濃い霧に覆われていた。厚木基地を発進した森岡寛《ゆたか》大尉率いる三〇二空の零戦八機、雷電四機、茂原基地を発進した日高盛康少佐率いる二五二空戦闘三〇四飛行隊の零戦十五機がこれを邀撃《ようげき》、三〇二空がグラマンF6F四機、二五二空が英海軍のシーファイア（スピットファイアの艦上機型）一機、フェアリー・ファイアフライ複座戦闘機一機、TBFアベンジャー攻撃機一機を撃墜した。この空戦で三〇二空は零戦一機、雷電二機を失い、搭乗員三名が戦死、二五二空は零戦七機を失い、五名が戦死している。

玉音放送

八月十五日の東京は、湿度の高いむし暑い日で、低い雲がきれぎれに北東へ流れていた。海軍省、軍令部の職員は、焼け跡の広場の中央に拡声器を置き、一同は上級者から順に縦列をつくって拡声器に向かった。高木少将は左端から四、五列めの先頭に立ったが、偶然、右隣に大西が立っていた。高木は、

〈連日不眠不休で決戦を説いて奔走した次長は蒼白な顔色に、輝いていた平常の巨眼の光も濁り、汗の臭気は臭いに敏感な筆者を悩ませた印象が忘れられない。〉

と、「覚書」に書き残している。大西は、明け方、河辺虎四郎陸軍参謀次長を訪ね、自刃した阿南陸相の遺体に焼香して、この玉音放送に臨んでいた。

高木少将によると、みんなが頭を垂れ涙を流し、解散が令せられても暗い沈痛な顔をしているなか、一人米内海相だけは爽やかな態度で、それまでの嫌な思いを振り払うかのように

首をふりふり大臣室に引き上げたという。

放送が終るやいなや、三〇二空司令・小園大佐は、準備していた檄文を全航空部隊に向け、無線で発信させた。次に国民向けにも抗戦を呼びかける大量のビラを用意し、八月十六日から十八日にかけ、飛行機を飛ばせて、北は北海道の函館から、南は九州の福岡、長崎までの日本各地に撒《ま》く。その上、陸海軍のおもだった航空部隊には直接、飛行機を差し向けて、決起への参加を呼びかけた。

小園は、闘志あふれる熱血漢でありながら、鼻の下にちょび髭をたくわえた風貌はどこか愛嬌があり、情が深く、多くの部下から父のように慕われていた。

小園は、「天皇に降伏はない」との絶対の信念をもっていた。政府や陸海軍上層部が、最後の勝利を信じさせ、大勢の若者を死地に追いやってきた一方で、敵国と和議の交渉を進めていたことにも、実戦部隊の指揮官として深い憤りを感じていた。ポツダム宣言を受諾し、降伏することは、日本の国土と、日本人の魂を、敵に明け渡すのに等しい。まずはクーデターを起こして海軍上層部を追放、さらには政府を更迭し、「大詔の再降下」(再開戦の命令)を得ることが、日本を守る唯一の道であると考えていたのである。

またこの日の夕刻、九州からの航空作戦を指揮してきた第五航空艦隊司令長官・宇垣纏《まとめ》中将は、大分基地から彗星艦爆十一機を率い、最後の特攻隊として飛び立った。

宇垣はこれまで大勢の部下を死なせてきた責任をとるつもりであっただろうし、部下搭乗員も、いまのいままで本土決戦を覚悟していて、突然、戦争の終結を告げられても納得がいかなかったであろう。自分たちの長官が特攻に出ると言えば、自ら手を挙げ行動をともにするのも自然な感情だったにちがいない。

宇垣の出撃は、玉音放送後に若者を死地に追いやった「私兵特攻」として、いまもなお強い批判を浴びている。

だが、玉音放送は国民に終戦を告げるものではあってもそれがすなわち「停戦命令」だったわけではない。大本営が陸海軍に、自衛をのぞく戦闘行動を停止する命令を出したのは、翌八月十六日午後のことであった。

停戦命令前に出撃した宇垣が責められるのなら、八月十五日午前十時半、すでにポツダム宣言の受諾を知りながら百里原、木更津の両基地から特攻隊を出撃させた第三航空艦隊司令長官・寺岡謹平中将も同様の責めを負わねばならない。

「出撃待テ」

八月十五日、台湾では、高雄警部府の命令で、台湾各地と石垣島、宮古島の日本海軍航空基地に残存する全兵力で、沖縄沖の敵艦隊に体当り攻撃をかける「魁《さきがけ》作戦」が発動され、六十数名の搭乗員が出撃準備をととのえ、発進命令をいまやおそしと待ち構えている。

「魁作戦」とは、一億総特攻の魁となって、全機特攻出撃せよ、というものである。八月十三日、「全機出撃」の作戦が達せられたとき、角田和男中尉は、

「いよいよ終わりだ」

と覚悟を決めた。索敵機の撮影した航空写真を見ると、沖縄本島中城湾《なかぐすく》、金武湾《きん》の内外には、無数とも思える敵艦船が、びっしりと海面にひしめいている。作戦計画では、第一陣として爆装機八機に対し一機の直掩機をつけ、直掩機が帰還したらただちにその飛行機に爆弾を積んで第二陣として体当りさせる。出撃するのは、この時点で二〇五空が保有する可動全機、約六十機である。本来、搭乗配置ではない飛行長・鈴木實少佐も、第二陣で出撃する。

ところが、ここで、飛行隊長・村上武大尉が、

「私も行くんですか？」

と、つい口をすべらせた。部下の下士官兵搭乗員の間に失笑がもれた。村上は、敷島隊の関行男大尉と海兵同期でこのとき二十四歳。よもや、飛行隊長が指名されることはあるまい、と、高をくくっていたのかもしれない。指揮官が漏らした不用意な一言は、決死の覚悟でいる部下たちの気持ちを白けさせた。

十五日の朝、エンジンの試運転を行い、搭乗員が機上で待機しているとき、司令部から、「出撃待テ」の指令が届く。理由も告げられず、腑に落ちないまま搭乗員たちは飛行機を降り、翼の下で待機する。真夏の太陽が真上から照りつけ、飛行服にライフジャケットをつけていると、日陰にいても汗が流れた。午後になって、うやむやのうちに出撃は中止されることになった。

搭乗員は各基地に分散し、しかも飛行機の掩体壕はバラバラに置かれていたから、終戦を

知った時期には個人差がある。石垣島にいた鈴木少佐は、十五日夕、トラックに乗って宿舎に戻る途中の集落で、村人から玉音放送のことを聞かされ、「そんな馬鹿な」と一笑にふした。翌十六日になってようやく、司令部から終戦の通達が届いたという。

宜蘭《ぎらん》基地にいた小貫貞雄二飛曹は、出撃中止を聞いて戻った防空壕で、たまたまそこに集まった十数人の搭乗員と一緒に、玉音放送を聴いた。雑音がひどくて内容はよく聞き取れなかったが、戦争が終わったことは理解できた。

「そのときのみんなの表情がね、頬がゆるんでピクピクしてるんですよ。それを出さないように我慢してる姿がね。戦争に負けて理屈では悔しいんだけど、死なずにすんだという喜びがどんどん湧いてくる。みんな悔しいふりはしていますよ。デマ宣伝にだまされるな！　そうだそうだ！　戦闘続行！　なんていいながら、頬がゆるんでる。体がよじれるような喜びが内から湧いてくる。戦争に負けたこととこれとは、とりあえず別ですよ。人間の生存本能じゃないですかね」

と、小貫は言う。

同じ宜蘭基地にいても、角田中尉が終戦を知ったのは、数日後になり、台中基地に集められた飛行機のプロペラが外されたときであった。

「海軍はご聖断に従う」

霞が関で玉音放送を聴いた大西中将は、海軍病院分室として使われていた目黒雅叙園に、心臓の持病で入院中の海軍次官・多田武雄中将を見舞った。海兵のクラスメートで無二の親友であった多田の病状が悪化したのは、和平派の米内海相と抗戦を主張する大西の板ばさみにあい、心労が重なったためともいわれる。

時刻は定かではないが、横須賀鎮守府司令長官・戸塚道太郎中将が戦後、門司親徳に語ったところでは、大西からこの日、

「海軍はご聖断に従う。横鎮は厚木の三〇二空の動きに同調しないよう。ただし武力鎮圧は避けてほしい」

との要請があったという。地上兵力をもたない三〇二空がいかに騒ごうが、飛行機だけでは東京を占拠し、クーデターを成就させることはできない。横須賀鎮守府麾下《きか》の第一聯合特別陸戦隊など陸上部隊さえ抑えておけば、大事にはなるまい、そう大西は考えたのではないかというのが、門司や角田和男の推論である。

その晩、大西が次長官舎に戻ったところに、鈴木英中佐、国定謙男《けんお》少佐、太田守少佐ら、軍令部部員の有志が訪ねてきて、夜更けまで酒を飲んで談じた。なかでも、軍令部第二部で本土決戦に備えた軍備に心血を注いできた国定少佐は、海軍兵学校六十期出身の飛行機乗り（偵察将校）で、航空の大先輩である大西に心酔している。軍令部において、数少ない大西の理解者の一人であると言っていい。

熱血漢で情に厚い国定は、部下の心を惹きつける統率力に定評があり、その指導力を買われて、昭和十八年には大量養成された三重海軍航空隊の第十三期飛行科予備学生の指導補佐

官を務めた。特攻で戦死した士官搭乗員七百八十三名中、四百四十八名が十三期予備学生出身の少尉、中尉である。多くの教え子が戦死したことに、国定も深く責任を感じている。

酒が進むと、大西は涙を流しながら、

「これから先、日本はどうなるかわからない。しかしただ一つ、君たちは日本人として恥じないように行動してもらいたい」

と語った。国定は、官舎を辞すると鈴木中佐や太田少佐とともに仮の宿舎となっていた新橋第一ホテルの部屋に帰るが、そこで、

「降伏とは残念だ。俺はもう生きていられない。覚悟はもう決まった。俺は力の限り戦争に努力した。妻子を連れて路頭に迷うような恥を受けたくない」

と泣きながら自決を宣言した。鈴木首相の甥である鈴木中佐が説得を試みるが、

「私は武装解除は受けない」

と、国定はかたくなに拒んだ。

国定は、八月二十二日、妻と幼い子供二人を道づれに、予科練ゆかりの土浦市にある善応寺で、第三種軍装に長剣や図嚢《ずのう》（地図などを入れ、腰から下げる革製鞄）までつけた完全装備のまま、拳銃で自決を遂げた。遺書は、〈無念ナリ〉の一言で締めくくられていた。

自刃

軍令部の部員たちが帰ったのは、もう日付が変わる頃だった。

八月十六日の未明、大西は畳の上にシーツを敷き、一人その上に座ると、日本刀を引き寄せた。古来の切腹の作法どおり腹を十文字にかき切り、返す刀で首と胸を突いた。発見したのは、官舎の管理人である。暁の光のなかに、大西の寝室の電灯がぼんやりとついているのに気づいた。部屋に入ると、畳一面の血しぶきであった。急報で、多田海軍次官が軍医をつれて駆けつけた。次いで、副官と児玉誉士夫も官舎に急行した。

大西は、近寄ろうとする軍医を睨んで、

「生きるようにはしてくれるな」

と治療を拒み、多田と児玉に

「介錯不要」

と言った。腸が飛び出し、もはや生きる見込みはない。大西は、自分の掌にぬくもりを残して飛び立っていった特攻隊の多くの若者たち、そしてフィリピンに置き去りにしてきた一万五千人の将兵のことを思い、なるべく苦しんで死ぬ道を選んだのだ。

息を呑んで立ち尽くす児玉に、大西は、

「貴様がくれた刀が切れぬものだから、また貴様と会えた。おい、全てはその遺書のなかに書いてある」

と言い、さらに、

「貴様に特別に頼みたいことがある。厚木の海軍を抑えてくれ。小園大佐に軽挙妄動をつつしめと、大西がそう言っていたと伝えてくれ」

と続けた。

児玉は熱いものが胸にこみ上げ、

「閣下、私もお供します」

と、大西の耳元でささやいたが、

「馬鹿者！」

と、強い声で制止された。

「貴様が死んでなんになる。若いもんは生きるんだよ。生きて日本を作るんだよ」

そして、苦しい息のなかで柱を指さし、

「どうだ、あの句はよいだろう」

と言った。

柱には、

〈すがすがし　暴風のあとに　月清し

　為淑惠殿　　瀧治郎〉

という、淑惠に宛てた大西の辞世の色紙が貼ってあった。

大西の様子を診た軍医は、

「稀なぐらい心臓が強いから、まだ数時間はもちますよ」

と言う。児玉は、自宅を焼かれ、群馬県の沼田に疎開している淑惠を呼ぼうと思い、ふた

たび、大西の耳元で、

「閣下、もしできれば、奥さんをお迎えしてきたいのですが、会ってあげていただけますか？」

と言った。すると大西は、

「馬鹿いうな。軍人が腹を切って、女房が駆けつけるまで我慢して生きているやつがどこにいる」

と、かすれた声で言った。大西が目をつぶったのを見計らって、児玉は、副官が乗ってきた海軍省の車に乗ると、運転手に群馬まで行くよう命じた。全速でとばせば、五、六時間で往復できるかと児玉は思っていたが、空襲で破壊された街を走るのは容易ではなく、群馬で淑恵を乗せて、ふたたび渋谷に戻ったときにはもう十六日の深夜になっていた。

ときすでに遅く、この日夕方六時頃、大西は、自らの血の海のなかで絶命した。享年五十四。腹を切って十五時間あまり、軍医も驚嘆する生命力だった。大西の遺骸と対面した淑恵は、

「間に合うことは予期しませんでしたが、あのギョロ目を剥いて恐ろしい死に顔だったら嫌だな、と思っていたら、作法どおりの立派な最期で、かすかに微笑を浮かべており、とてもいい顔をしていたので安心しました」

と、のちに門司親徳に述懐している。

終戦の混乱で、軍令部次長が自刃しても、海軍からは棺も霊柩車も手配がない。十五日、

鈴木内閣が総辞職して組閣の大命は東久邇宮稔彦《なるひこ》王に降下している。

官舎の庭には、鬱蒼と木が繁っていた。大西の従兵が、その生木を切って、棺をつくった。特攻隊で息子・圭太中尉を失った多田次官の妻よし子が、夾竹桃《きょうちくとう》の紅い花を両手に抱えてやってきて、大西の死顔のまわりを埋めた。午後三時半、官舎で簡素な告別式が神式に則って執り行われ、運転手がもってきた海軍のトラックの荷台に棺が乗せられた。大西の棺は、トラックが揺れるたびにガタゴトと音を立てながら、落合の火葬場に向かった。八月十七日夕刻のことだった。

途中、一機の零戦が、低空でトラックの上を旋回した。これは、徹底抗戦の檄を飛ばしに北関東の航空基地に向かう、厚木の三〇二空の戦闘機であったと思われる。

この時点ではなお、自衛のための戦闘は許されている。十七日、日本本土を偵察飛行に飛来した米陸軍の四発新型爆撃機コンソリデーテッドB−32ドミネーター四機を三〇二空の零戦十二機が邀撃し、翌十八日には同じくB−32二機を横須賀海軍航空隊の零戦、紫電改、雷電計十数機が邀撃した。

B−32はいずれも墜落は免れたものの、機銃の射手が一人、機上戦死した。この件について米軍からの咎めはなく、これが日本海軍航空隊による最後の空戦になった。邀撃を命じた横空の戦闘機飛行隊長は、大西が最初の特攻隊指揮官として白羽の矢を立てた指宿正信少佐であった。海軍軍令部が、支那方面艦隊をのぞく全部隊にいっさいの戦闘行動を禁ずる命令を出したのは八月十九日、戦闘禁止の刻限は二十二日午前零時である。

世界平和を願う言葉

大西が遺した遺書には、特攻隊を指揮し、戦争継続を強く主張していた人物とは思えない冷静な筆致で、軽挙をいましめ、若い世代に後事を託し、世界平和を願う言葉が綴られていた。

〈特攻隊の英霊に曰《もう》す
善く戦ひたり深謝す
最後の勝利を信じつゝ肉
彈として散華せり然《しか》れ
共《ども》其の信念は遂に達
成し得ざるに至れり
吾死を以て旧部下の
英霊とその遺族に謝せ
んとす
次に一般青壮年に告ぐ
我が死にして軽挙は利

敵行為なるを思ひ
聖旨に副《そ》ひ奉り自
重忍苦するの誡《いましめ》とも
ならば幸なり
隠忍するとも日本人た
るの衿持を失ふ勿れ
諸子は國の寶なり
平時に處し猶ほ克く
特攻精神を堅持し
日本民族の福祉と世
界人類の和平の為
最善を盡せよ
海軍中将大西瀧治郎〉

「矜持」の「矜」の字が誤字になっている。
そして、便箋五枚に毛筆で書かれた遺書とは別の紙に、
〈八月十六日　　大西中将
富岡海軍少将閣下

御補佐に対し深謝す
総長閣下に御詫申し上げられ度し
別紙遺書青年将兵指導
上の一助とならばご利用ありたし
（以上）〉

と、細い字でしたためた添え書きが付されている。
淑恵に宛てた遺書は、

〈瀧治郎より
　淑恵殿へ
吾亡き後に處する参考として書き遺す事次乃《の》如し
一、家系其の他家事一切は淑恵の所信に一任す
　淑恵を全幅信頼するものなるを以て近親者は同人の意思を尊重するを要す
二、安逸を貪ることなく世乃為人の為につくし天寿を全くせよ
三、大西本家との親睦を保続せよ
　但し必ずしも大西の家系より後継者を入るる必要なし
以上
之でよし百萬年の仮寝かな〉

と、丸みをおびたやさしい字で綴られていた。

大西の自刃は、八月十七日午後四時、海軍省から遺書とともに発表された。富岡少将への添え書きどおり、「青年将兵指導上の一助」として利用されたのである。大西に面罵され、対立していたかに見えた富岡は、大西の遺志にしたがい、それを忠実に、しかも手回しよく実行に移したのだ。

大西自刃の記事と遺書は、八月十八日の新聞に掲載された。副官だった門司親徳が、台湾の新聞でこの遺書を読んだのも、この日のことである。

第九章
特攻隊の英霊に曰す

関行男大尉（戦死後、中佐）の郷里・愛媛県西条市の楢本神社に昭和50年、建立された、「関行男慰霊之碑」。命日である毎年10月25日には、盛大な慰霊祭が執り行われている

大西夫人の土下座

終戦の翌年、昭和二十一年三月のある日、全国の有力新聞に、

〈十三期飛行専修予備学生出身者は連絡されたし。連絡先東京都世田谷区・大山日出男〉

との広告が掲載された。

東京、大阪、名古屋はもちろん、全国の主要都市は灰燼《かいじん》に帰し、見わたす限りの廃墟が広がっている。

聯合国軍最高司令官総司令部（ＧＨＱ）は昭和二十一年一月、「公職追放令」を出し、旧陸海軍の正規将校がいっさいの公職に就くことを禁止した。日本の元軍人が集会を開くことさえも禁じられ、戦犯の詮議も続いている。広告を見て、「戦犯さがし」かと思う者も少なからずいたが、呼びかけ人の大山のもとへは全国から続々と連絡が寄せられた。

戦争が終わってこの方、掌《てのひら》を返したような世の中の価値観の変化で、生き残った海軍航空隊員には「特攻くずれ」などという侮蔑的な言葉が投げかけられ、戦没者を犬死に呼ばわりする風潮さえもはびこっていた。そんななか、大勢の戦友を亡くして生き残った者たちは、戦没者に対し、

「生き残ってすまない」

という贖罪《しょくざい》の気持ちをみんなが抱いている。それは、はじめから軍を志した、いわばプロ

の軍人も、戦争後期に学窓から軍に身を投じた予備士官も、なんら変わるところがない率直な感情であった。

呼びかけに応じて集まった予備学生十三期出身者たちの意思は、

「多くの戦没者同期生の慰霊こそ、生き残った者の務めである」

ということで一致した。そして、同期生たちが奔走し、GHQ、警察、復員局の了承をとりつけて、ふたたび十月三十日の新聞に、

〈十一月九日、第十三期飛行専修予備学生戦没者慰霊法要を東京築地本願寺にて行う〉

と広告を出し、さらに日本放送協会（NHK）に勤務していた同期生の尽力で、ラジオでも案内放送が流れた。

昭和二十一年十一月九日、有楽町駅から築地まで、焼跡の晴海通りを、くたびれた将校マントや飛行靴姿の青年たち、粗末ななりに身をやつした遺族たちが三々五々、集まってきた。築地本願寺の周囲も焼け野原で、モダンな廟堂《びょうどう》の壁も焦げている。寺の周囲には、銃を構えたMPを乗せたジープが停まって、監視の目を光らせている。焼跡のなかでその一角だけが、ものものしい雰囲気に包まれていた。

広い本堂は、遺族、同期生で埋め尽くされた。悲しみに打ち沈む遺族の姿に、同期生たちの「申し訳ない」という思いがさらにつのる。読経が終わると、一同、溢れる涙にむせびながら、心のなかから絞り出すように声を張り上げ、「同期の桜」を歌った。

歌が終わる頃、本堂に駆け込んできた一人の小柄な婦人がいた。大西瀧治郎中将の妻・淑

恵であった。

淑恵は、司会者に、少し時間をいただきたいと断って、参列者の前に進み出ると、

「主人がご遺族のご子息ならびに皆さんを戦争に導いたのであります。お詫びの言葉もございません。誠に申し訳ありません」

土下座して謝罪した。淑恵の目には涙が溢れ、それが頬をつたってしたたり落ちていた。

突然のことに、一瞬、誰も声を発する者はいなかった。

われに返った十三期生の誰かが、

「大西中将個人の責任ではありません。国を救わんがための特攻隊であったと存じます」

と声を上げた。

「そうだそうだ！」

同調する声が上がった。十三期生に体を支えられ、淑恵はようやく立ち上がると、ふかぶかと一礼して、本堂をあとにした。これが、大西淑恵の、生涯にわたる慰霊行脚の第一歩だった。

神風忌参会者名簿

同じ年の十月二十五日。港区芝公園内の安蓮社《あんれんじゃ》という寺には、旧第一航空艦隊、第二航空艦隊司令部に勤務していた者たち十数名が、ＧＨＱの目をぬすんでひっそりと集まっている。敷島隊が突入に成功したこの日に合わせて、海軍の戦没特攻隊員たちの慰霊法要をやろうと

言い出したのは元第一航空艦隊先任参謀・猪口力平大佐であった。安蓮社は、増上寺の歴代大僧正の墓を守る浄土宗の由緒ある寺で、住職が猪口と旧知の間柄であったという。寺は空襲で焼け、バラックの一般家屋のような仮本堂であったが、住職は猪口の頼みに快く応じ、特攻隊戦没者の供養を末永く続けることを約束した。この慰霊法要は「神風忌《しんぷうき》」と名づけられた。

遺された「神風忌参会者名簿」（全六冊）を見ると、大西瀧治郎をはじめ、及川古志郎大将、戸塚道太郎中将、福留繁中将、寺岡謹平中将、山本栄大佐、猪口力平大佐、中島正中佐……といった、特攻を命じた側の主要人物の名前が、それぞれの寿命が尽きる直前まで並んでいる。

平成に入ると、「神風忌」には、角田和男や鈴村善一といった元特攻隊員も参列するようになる。幹事役は、はじめ猪口力平（昭和三十三年、詫間と改姓）が務め、昭和五十八年、詫間が亡くなると、元第二十九航空戦隊参謀・冨士信夫少佐が務めた。第一航空艦隊副官だった門司親徳は、ずっと幹事の補佐役を務めている。

「神風忌」だけではない。GHQによる制限が解けた昭和二十六年頃から、専門分野ごと、出身コースごと、部隊ごとなど、数多くの戦友会が発足し、それに伴い、毎日のように、日本のどこかでさまざまな戦没者慰霊祭、慰霊法要が行われるようになった。

生き残った者たちは、それぞれに戦没者への心の負い目を感じつつ、慰霊の気持ちを忘れないことが自分たちの責務であると思い、体力や生命の続く限り、こういった集いに参加し続けたのだ。

帰国命令

第二〇五海軍航空隊の角田和男中尉は、全機特攻の出撃待機をしていた台湾・宜蘭基地で終戦を迎えた。

「正直言って、ああよかったと思うと同時に、どうしてもっと早く止めてくれなかったんだと思いましたね。逃げようとも生き残ろうとも思いませんが、早くやめなくちゃ大変だなあとは、ずっと思っていましたから」

台湾には、中華民国軍が、GHQの委託に基づき、日本軍の武装解除のために進駐してきた。中国軍の占領方針は、蒋介石総統の「怨みに報いるに徳を以てせん」の言葉どおり、旧怨を感じさせない紳士的かつ穏やかなものであった。

終戦とともに、二〇五空は台中の東側の山裾にあった新社基地(特攻秘密基地)に移った。宿舎が「収容所」と名を変えただけで、中国兵による監視もない。日本軍将兵は最後まで階級章をつけ、帯刀や拳銃の所持を許され、互いを呼ぶときも官職名のままである。これまでと同じように、自由に外出することもできた。

日本に帰れるのは何年先になるか、予想もつかなかった。内地とちがって台湾は物資が豊富だったが、二〇五空の隊員たちは、整地した三反歩(約九百坪)の畑を借り受け、自給自足の準備を始めた。

畑に畝をつくり、大根やからし菜などの種子を蒔くと、三日ほどで芽が出てくる。地元の農家は、手も貸してくれるし、畑作の指導も親切にしてくれる。隊員のなかには農家出身者が多く、彼らは生き生きとして農作業に精を出した。特攻隊員だった十九歳の長田《おさだ》利平一飛曹が、野菜作りのリーダーに任命された。戦後、神奈川県警で刑事となる長田は、山梨県の農家の生まれで、牛を使っての耕耘《こううん》作業も手馴れたものだった。

感情の起伏が激しかった玉井司令は、木陰に籐椅子を出して、部下たちの農耕に目を細めたり、仏教の本を読んだりしていた。全員を集めて、藩政改革に尽力し、安政の大獄で刑死した越前福井藩士・橋本左内《さない》の伝記を講義したりもしている。その穏やかな姿を見て、角田中尉は、ああ、ようやく部下思いだった昔の司令に戻られたな、と安堵した。

いつ来るとも知れなかった帰国のときは、意外に早くやってきた。

昭和二十年十二月二十六日、突然、角田たち二〇五空の隊員に帰国命令がくだる。その日のうちに台中を引き払うことになり、ここではじめて武装解除を受けた。飛行機をもたない搭乗員の武装は軍刀と拳銃だけだが、それらを中国軍に引き渡した。一人一人の飛行経歴を記した「航空記録」は、要務士がまとめて焼却した。

持ち物は、現金千二百円と砂糖を少し、それに落下傘バッグ（五十×五十×二十センチほどの四角い帆布製手提げ鞄）に入る身の回りのものだけと決められた。

基隆《キールン》港の倉庫で一泊ののち、十二月二十七日、兵装を撤去した小型海防艦にすし詰めの状態で乗せられ、台湾をあとにした。

十二月二十九日、鹿児島に上陸すると、そこは一面の焼け野原であった。海軍の鴨池《かもいけ》飛行場があってなじみの深かった鹿児島の街は、山形屋デパートの残骸にかろうじて面影をとどめるのみで、完全に瓦礫《がれき》の山と化していた。

焼け残った市外の小学校で復員手続きを終え、三十日、隊員たちは復員列車に乗せられて、流れ解散の形でおのおのの郷里に帰ることになる。

夜通し汽車に揺られて、三十一日早朝、広島駅に到着すると、ここも一面の焦土であった。広島市内出身の香川克己一飛曹がここで降りる。その意気消沈した後ろ姿に、皆、かける言葉もなかった。原爆の跡には百年は草木も生えないと聞かされていたが、瓦礫を片づけたところどころに蒔かれた麦が力強く芽吹いているのが見え、その青さが角田の目に沁みた。

「生きてさえいればなんとか暮らせるのか」

と、角田は思った。広島駅では、愛媛県に帰る玉井司令も下車した。いよいよこれで、ほんとうに部隊が解散したのだと、寂しい実感が湧いた。

大阪では今中博一飛曹が、名古屋では鈴村善一一飛曹が、それぞれ焼け野原のなかに降りていった。東京駅に着いたのは午後も遅い時間だった。復員列車はここまでで、あとはめいめいに故郷への列車を探すことになる。

宮城県に帰る小貫貞雄一飛曹が、同郷の戦友と二人で、夏用の飛行服姿のまま、東北本線の満員の一般列車に乗り換えると、乗客の間から、

「お前らのせいで戦争に負けたんだ。馬鹿野郎!」

と罵声が飛んだ。客室に入るに入れず、マラリアの再発で震える戦友を介抱しながら、寒風の吹きぬけるデッキにうずくまって、故郷の駅に着くのを待つしかなかった。遺書が届いていたので、家に帰ると、予科練時代の写真が大きく引伸ばされて仏壇に飾ってあった。

元旦の帰郷

房総半島の突端近くに帰る角田は、総武線に乗り換えたが、故郷に帰る汽車の時間に間に合わず、市川駅で降りて駅前の小さな旅館に投宿した。内地の畳の上に手足を伸ばすのは十五ヵ月ぶりのことだった。翌日の昭和二十一年元旦、故郷の南三原《みなみはら》駅に着いた。

農閑期で、妻子は茨城県南友部村（現・笠間市）の実家に帰っていて、母と祖父が角田を迎えた。陸軍に入った兄・政雄も弟・實もまったく音信不通だという。母は、

「いちばん危ないと思っていたお前が帰ってきてくれたのでよかった」

と、喜んだ。

妻子がいる次男坊の身で、いつまでも生家にいるわけにはいかない。だが、兄弟たちが帰ってくるまでは母と祖父を置いて出るわけにもいかない。角田は、生家の農作業の手伝いをしながら、職を探した。

「公職追放令」が出て、旧軍の正規将校がいっさいの公職につくことを禁じられると、民間企業も、旧軍人を雇うことを躊躇するようであった。

そんなある日、角田はＧＨＱの占領政策を聞かされて驚いたという。

「財閥解体、農地解放。昭和十一年の二・二六事件で、青年将校がやろうとしていたことと同じじゃないかと。私は貧しい農家の生まれですから、二・二六のときは予科練の同期生たちと決起に加わることを真剣に考えたぐらいで、その行動をいまでも支持しています。あれが成功していたら、満州事変だけでそれ以降の戦争はしなくてすんだと思うんです。いかにもあいう人たちが戦争の導火線になったように言われていますが、全然違うと思います。それで、彼らがやろうとしていたことをアメリカがやってくれて、これは一体どうなってるんだ、と思いました。俺たちは何のために戦争してたんだろうと思って、心底がっかりしましたよ」

職探しに歩き回っていた昭和二十一年の夏、妻の実家のある常磐線友部駅で降りると、二〇五空の甲板士官（軍紀・風紀を取り締まる）だった同年兵の草地武夫少尉とばったり出会った。

草地は、茨城県にできた緊急開拓食糧増産隊に入っていると言う。昭和二十一年四月に発足したばかりの一期生で、ここで一年間、農家を助けて食糧増産に働けば、新しい開拓地が一町五反（約一・五ヘクタール）払い下げてもらえ、自作農になることができる。

「どこへ行っても追放で就職は無理だから、百姓になろうよ。土地さえ確保しておけば、また羽を伸ばすこともできるよ」

草地も農家の次男で、子供が三人いる。角田と似た境遇だった。

「一生奉公できると、大船に乗ったつもりでいた海軍でさえ潰れちゃうんだから、こんど就職するときは、いつ会社が潰れても安心して帰れるところをつくっておいてから出直そうよ。いま、十一月一日入隊予定の三期生の募集が行われている。奥さんの実家に寄留して茨城県民になれば応募資格はできるよ」

草地の熱心な勧誘に心が動いた。確かに、食糧増産は急務だ。腹が減っては戦はできない。突然のように、フィリピン・ルソン島で、サツマイモ二本と塩湯を口にしただけでリンガエン湾の米軍輸送船団に突っ込んでいった特攻隊の戦友のことが思い出された。角田は、これからは百姓として生きていくことを決意した。

開拓農業

昭和二十一年十一月一日、角田たち十八歳から四十六歳までの三十数名は、茨城県緊急開拓食糧増産隊三期生として、茨城県内原町（現・水戸市）の、旧満蒙開拓青少年義勇軍訓練所の兵舎に入った。ここで、開拓農業を基礎から教わるのである。

毎朝、国旗を掲げ、宮城《きゅうじょう》に向かって弥栄《いやさか》を叫び拝礼、山や畑に行くときは「担《にな》エーッ、鍬《くわ》」の号令で小銃のように鍬を担ぎ、四列縦隊で行進する。ほとんどの者が元軍人だから仕方がないが、これが進駐軍から注意を受けたらしく、一年の教育機関の予定が、二ヵ月で解散させられることになった。角田たちは、鍬、斧が各々に一挺ずつ、鋸は共同で二挺、天幕二張りと若干の付属物の支給を受けて、神立《かんだつ》地区の仮兵舎跡に移された。

角田は三期生の代表者に選ばれ、この地区の雑木林に入植することを決め、茨城県開拓課の了解も得た。しかし、このあたりの山林はすべて民有地で、地番、地籍、所有者を調べて地主に払い下げの陳情をしなければならない。

角田は、地主に追い返されても、子供たちに石を投げられても、陳情に通った。するとなかには、話を聞いてくれる人も出てくる。美並《みなみ》村（現・かすみがうら市）の中田康之は、「困ったときはお互いさま」と、二反歩の山を開墾することを認めてくれ、ここが角田たち三十数名の拠点になった。続いて、中田康之の本家・中田穎助が、地続きの五反歩の山と、「雪のなか、幕舎暮らしは大変だろう」と、杉の間伐材の丸太を提供してくれた。これは、各自七坪ほどの小屋を建てられる量があり、角田も、それで小さな自分の小屋を建てた。角田はこの小屋で、妻、四人の子供たちと六人家族で暮らし始めた。

中田穎助は、牛車を曳くとき、空荷のときでもけっして荷台に乗ろうとはしない。

「牛だって空荷のときは楽をしたいだろう」

というのである。

「働かなくてはだめだよ。怠けていては、せっかく開放しても、また私のところに戻ってくることになるよ」

穎助は、いつも角田たちを励ました。

同じ美並村の川島運平は、初対面なのに一町歩あまりの雑木林を開放してくれ、角田を座敷に通して一人前の客として扱った。川島は、中学校に上がれない子供のために私財を投じて塾を開き、剣道場も開き、村の青年たちが軍隊に入るときには必ず軍服を一着、祝いに贈る人格者で、小作農からも敬愛を集めていた地主だった。川島は角田に、サツマイモとカボチャの種を袋いっぱい持たせてくれた。

高浜町（現・石岡市）の須田米穀店も、一度会っただけで一町歩あまりの杉山を開放してくれ、食糧不足の折なのに、角田に大きな丼一杯のうどんをふるまってくれた。

これで、三十数名の生活基盤はできたので、あとは国の買収事業を待つことにした。角田たちは神立第五帰農組合と名づけられ、農家としての生活がスタートした。

近在の開拓地には、第一、第二航空艦隊参謀長だった菊池朝三《ともぞう》少将が阿見町《あみまち》の開拓地に入植し、海軍の戦闘機乗りで角田の大先輩でもある加藤敬次郎大尉が石岡開拓組合長になっていたりと、思わぬ知人が入植し、鍬をふるっている。

昭和二十五年、かつて特攻隊で列機だった鈴村善一から、二〇五空会の開催の通知や写真、戦友たちの情報が届き、予科練同期生からもさまざまな案内が届くようになったが、角田は慣れない開墾も道半ばで、火山性灰土の酸性土壌のため収穫も思うに任せず、弊衣破帽の作業服のほかは着るものもないような状況で、とても戦友会に参加するどころではなかった。

昭和三十年、同じ七坪ながら大工に小屋を建て直してもらい、母を呼び寄せる。六人家族が七人家族になり、一人一坪の暮らしは念願の家を新築する昭和三十九年暮れまで続く。

日本が戦うには「特攻」以外に手はない

この頃、発足した航空自衛隊から、角田は入隊するよう再三の勧誘を受けたが、

「二度と飛行機は操縦するまい、戦争はするまい」

と、かたくなに拒み続けた。自衛隊に入る気はないが、飛行機の操縦ならいつでもできる自信がある。もし万が一、日本がふたたび戦争に巻き込まれるようなことがあれば、敗戦で牙をもがれ、物資もない日本が戦うにはやはり「特攻」以外に手はないだろう。そのときは真っ先に志願して、第一陣で出撃するつもりでいた。

「二〇五空のほかの連中も、同じ気持ちだったろうと思います。六十歳を過ぎて、体力に自信がなくなった昭和の終わり頃には、さすがにそんな気持ちも薄れましたが……」

と、角田は言う。日本が高度成長期に入りつつあった昭和三十年頃からは、農作業の合間をみては東京・北千住のメッキ工場に季節労働者として通うようになった。仕事は、賠償物資のトタン板のメッキ作業である。農繁期は農業に専念し、畑でサツマイモ、白菜、大根、スイカなどを収穫しては東京の市場に届ける。農閑期には毎朝四時に起き、牛の飼料の草刈をして六時の汽車で北千住に出、工場で残業をして夜十時に帰ってくるという生活で、文字どおり寝食を忘れて働き通しに働いた。

しかし、その間も戦死した人たちのことは頭を離れることはなく、常磐線に乗って往復四時間、立ちっぱなしの満員電車のなかで、一人一人の若い顔やその最期を思い出しては涙が溢れ、周囲の人に気づかれないよう、ハンカチでそっと目を押さえたりしていた。

昭和三十九年頃からは、いくつかの戦友会にも参加することができるようになった。昭和四十一年、予科練出身者たちの手で、土浦海軍航空隊があった阿見町の陸上自衛隊武器学校の敷地内に、予科練の碑が建立された。昭和四十三年には同じ武器学校内に「雄翔館」という予科練の資料館が完成し、このとき角田は、新築の家に戦友たちを招いて旧交を温めあっている。当時はまだほとんどが四十代の働き盛りで、全国から五十名を超える同期生と遺族が集まった。角田の妻・くま子の手料理を子供たちが運ぶなど、一家を挙げて歓待した。

妻の死を機に、慰霊の旅に

ところが、ようやく生活も落ちついてきたと思ったところで、昭和四十四年、くま子が急逝する。

「働きづめでしたからね……。家内は百姓の家の生まれでしたから、私よりも仕事ができるぐらいでした。長女を嫁に出して、長男が大学を出て就職して、次男が跡を取ってくれましたから私と一緒に出稼ぎしながら農業をやって、末っ子も銀行に就職が決まった。ほっとしたのもつかの間、その秋に脳溢血でぽっくりと逝ってしまいました。過労がたたったんでしょうね、かわいそうなことをしました」

妻の死を一つの転機として、角田は戦友たちの慰霊の旅をはじめた。

「親御さんがご丈夫なうちに、最期の状況をご報告し、お参りしないといけない」

と角田は思い、まずは遺族を探そうと、時間を見つけては早朝から厚生省を訪れた。開館と同時に戦死者名簿を出してもらい、本籍地を確認し、昼食も抜いて閉館まで筆記した。戦闘記録はどうなっているか、防衛庁の図書館にもしばしば出かけた。そして戦死者の本籍が判明するたび、手紙を出したが、返事がなかったり、宛先不明で返ってくることも多かった。

昭和四十年代、角田は、戦友たちと語らって、靖国神社に特攻隊の慰霊碑を建てたいと申し出たことがあったが、靖国神社は全ての戦死者を祀るところなので特攻だけを特別扱いできない、と相手にされなかった。

「今では靖国神社も、特攻の企画展なんかやってますが、その頃は認めてくれませんでしたね、特攻というものを。それでいて、軍馬、軍犬、軍鳩の慰霊碑が先に建ったものだから、憤懣やるかたない。仕方なくあちこち探しているうちに、世田谷山観音寺で、特攻観音というのが祀られているのを知りました。

それで、昭和四十七年頃でしたか、『誰にも遠慮なく、戦死した皆さんの話ができるのはここしかありませんから来てください』と案内状を、ご遺族や関係者に出したんです。そうしたら、北海道からも、九州からも来てくれました。いまでも毎年、秋の彼岸の中日に慰霊法要をやってくれています……」

角田が案内を出した最初の年には、二〇一空の元飛行長・中島正中佐も参列したが、徹底的に特攻を推進し、搭乗員に直接命令をくだす立場だった中島にとって、多くの元部下が集う特攻隊の慰霊法要の場は、けっして居心地のよいものではなかったようである。

「若い搭乗員連中が、飛行長の背中から聞こえよがしに、『アイツ、池に突き落としてやろうか』なんて言うんですよ。『やめろよ』と私が止めるんですが、飛行長は次の年から世田谷山観音には来なくなりました」

と、角田は言う。終戦時の二〇五空飛行隊長・村上武大尉も、終戦の日の「魁作戦」で「全機特攻」を命ぜられたとき、思わず「私も行くんですか！」と口走ったことが旧部下の嘲笑を買い、はじめのうちは戦友会に出てきたものの、やがて一切、出てこなくなる。

癒えない遺族の心情

昭和四十九年、角田は、かつての列機・鈴村善一から、

「宮崎県の同期生・櫻森文雄飛長のお墓参りに行きたいが、それには最後の体当りを直接見届けた分隊士に説明してもらうのがいちばんよいと思います。遺族の前では話しにくいでしょうが、当時の状況は私からもよく話しますから、ぜひ同行してください」

と頼まれた。角田が開拓農家で苦労していることは鈴村もよく知っている。名古屋市内で「八剣工業所」という金属加工の町工場を営んでいる鈴村もけっして楽な生活ではなく、名古屋でバラック建てのような家に暮らしているが、必死に働いて得たなけなしの私財を、戦死した戦友のため、遺族のために惜しげもなく注ぎ込んでいる。鈴村は言った。

「費用が大変でしょうが、全部私が持つと言っては失礼ですから、名古屋駅までは自費で来てください。あとは旅費、宿泊費など帰宅するまで一切私にお任せください。責任をもってお届けしますから」

生活状況まで見抜いての丁重な要請に、角田は列機の厚意に甘えて応じることにした。

「九州に行くのなら、鹿児島の小原俊弘上飛曹、枕崎の尾辻是清中尉、水俣の崎田清一飛曹、

熊本の山下憲行一飛曹、広島の谷本逸司中尉のところにも寄りたいんだが」

「わかりました。お供します」

名古屋駅では鈴村の息子が車で待っていて、二人を乗せて名古屋空港へ向かった。ここで角田は、特攻機以外は二度と乗るまいと思っていた飛行機に乗って、宮崎に向かう。

櫻森飛長の生家は、都城で、一町歩近いタバコ畑を持つ農家だった。最初、息子の最期の状況を伝えることには躊躇《ためら》いがあったが、角田のことを、櫻森の両親は温かく迎えてくれた。

次に向かったのは、鹿児島の小原上飛曹方である。じつは角田は、昭和十九年十一月十八日、第八聖武隊で戦死した小原上飛曹の突入を確認したわけではなく、小原の生家とは連絡も取れていない。だが、出した手紙が「宛先不明」で戻ってきてはいないので、角田はそこに遺族がいるはずだと思った。深夜の鹿児島駅に降り立った角田と鈴村は、駅前の旅館に投宿した。旅館で聞くと、

「ここらへんは小原姓が多く、探すのは大変ですよ」

と言う。それでも翌朝、旅館の車を出してもらって、本籍地あたりを訪ね歩いたら、三軒めで偶然、小原上飛曹の実家を探し当てることができた。そこには小原の弟がいて、鉄道員をしているという。偶然、その日は祝い事で親戚が家に集まることになっており、角田ははからずも、小原上飛曹の親族一同の前で当時の状況の話をすることができた。

次に向かったのは、水俣の崎田一飛曹の生家である。住所をたどって行ってみると、川沿いに山を背にした狭い斜面の段々畑と、石垣で区切ったような水田のある場所で、生活が楽

でないであろうことは農家の角田には一目でわかる。

崎田家は、崎田の兄が出征前に結婚したが戦死、弟の崎田一飛曹は、十八歳の若さで特攻戦死、跡継ぎの男子がいなくなり、兄嫁に婿をとって家を継いでいた。両親もいまは亡く、崎田にとっての血縁者は姉しかいない。だが姉は、この日、仕事が抜けられないとのことで会うことができなかった。

崎田家では、伯父夫婦と話をして、その晩は水俣の旅館に泊まることにした。すると翌朝、布団を上げにきた旅館の仲居が、なんと崎田の姉だった。昨夜、実家にこういう客があったと聞き、もしやと思って係を代わってもらい、部屋に来たのだという。崎田清は、小学校の成績が抜群で、先生が、授業料を援助してでも中学校に行かせようとしたほど聡明な少年だった。それでも崎田の姉は、先生の厚意に甘えることなく、北九州の織物工場で働いて、弟の学費を稼いだのだ。

「それで婚期を逃して、旅館で働いています」

と、崎田の姉は微笑《ほほえ》んだ。

山下一飛曹の母、谷本中尉の母とも会うことができた。谷本中尉は昭和二十年五月四日、角田が敵空母への突入を確認している。しかし、遺族に届いた戦死公報の日付が曖昧だったため、谷本の母は、息子がもしや生きているのではと一縷《いちる》の望みをもち、深夜、道路の靴音が玄関前で止まったように聞こえるたび、「帰ってきたの？」と目を覚ましたという。

この四泊五日の旅を通じ、いまだ癒えない遺族の心情に接したことで、角田は、これは一生懸命にまわらないといけない、と感じた。

「子供たちと相談して、出稼ぎに行った農閑期の金は俺にくれ、遺族をまわってお参りするから、とそれから始まったんです。まだ戦友会の名簿がなかった時代ですから、ご遺族を探すのもなかなか大変でした」

義理堅い鈴村は、フィリピン脱出の行軍のときのように、そんな角田にいつも影のように寄り添い、戦友会にも一緒に出て、その都度、黙って角田のポケットに会費相当の小遣いを入れてくれた。

遺族のなかには、息子や兄弟を失い、国を恨んでいる人もいた。同姓の別人に戦死公報が届き、本人の遺族には公報さえ届いていない人もいて、

「今頃になって戦死していたとは、どういうことだ。貴方が責任をとってくれるのか」

と、詰問されたこともある。

「うちの息子は死んだのに、どうして貴方は生きてるんだ」

「大勢の中からうちの息子を選んだのは誰か、教えてほしい」

と責められたこともしばしばであった。

昭和十九年十二月十五日、第七金剛隊の直掩機として戦死した若林良茂上飛曹の遺族は、本人が飛行機の搭乗員になっていたことすら知らずにいた。

飛行機の搭乗員を目指すには、親の同意書がいる。母一人子一人の若林は、飛行機乗りへの夢を母親に反対され、徴兵で海軍に入ると同意書を自分でつくり、部内選抜の丙種予科練

に合格した。休暇で帰省したときも、母に手紙を書くときも、飛行機の話は一言も出さず、飛行服姿の写真も送ってこなかった。角田が群馬県に暮らす若林の母を訪ねると、商店の裏の六畳ほどの倉庫のような建物に、若林の母は一人で暮らしていた。うす暗い部屋には仏壇代わりのリンゴ箱が二つ置かれ、その上に息子の位牌と、白い事業服姿の写真が飾ってあった。

そんな遺族の深い悲しみに触れるたび、角田の心も痛んだ。角田には、

「国のため、家族のため、一生懸命戦ったのですから誉めてあげてください」

としか言えなかった。

角田の慰霊の旅は北海道を除く日本全国、また硫黄島、台湾、ニューギニア、ソロモン方面にまでおよぶ。

遺族にとって、息子や兄弟を戦争で亡くした悲しみは、過ぎ去った昔のことではなく、生々しい「いま」である。そんな遺族の姿に接していると、

「昨日の敵は今日の友」

とばかりにアメリカ人と仲直りするなどというのは、角田にとっては考えられないことであった。

「かわいい部下を大勢殺されて、いまさらアメリカと仲良くなんてできるもんか」

と、角田は思っている。昭和五十年代、元零戦搭乗員の集いに、「エース」と称する元米軍パイロットが来たときも、

「エースだと? 貴様、俺の仲間を何人殺したんだ。何をのこのこ日本に来たんだ」
と詰め寄り、周囲をはらはらさせたりしている。

大西長官は十分に生きたのだ

門司親徳主計大尉は、大西中将が軍令部次長になって内地へ帰ったのちも台湾にとどまり、昭和二十年六月十五日、第一航空艦隊が解隊されると、第二十九航空戦隊附という肩書きになり、新竹基地の東にある十八尖山《じゅうはちせんざん》のバラックに置かれた司令部で終戦を迎えた。二十九航戦では、八月十一日午後、敵信傍受で日本がポツダム宣言を受諾したことをキャッチしている。

八月十五日は、高曇りの暑い日だった。玉音放送のラジオは雑音が多くてよく聞きとれなかったが、戦争が終わることは察せられた。

大西中将が、渋谷南平台の次長官舎で自刃したとの電報が入ったのは、八月十六日の夕刻のことである。十八日、台湾の新聞でもそのことが報じられ、掲載された大西の遺書を門司は読んだ。

「そのとき、私が最初に感じたのは、大西長官は、死んだというより十分に生きたのだという思いでした。戦争が始まるのも自然なら、特攻が出るのも、戦争に負けたのも全て自然な時代の流れのように思えて、涙も出ませんでした。

私の知る限り、長官は、俺もあとから行くとか、お前たちばかりを死なせはしないとか、そんなうわべだけの言葉を口にすることはけっしてなかった。しかし、特攻隊員の一人一人をじっと見つめて、この若者は国のために死んでくれるのだと手を握っていた長官の姿は、その人と一緒に自分も死ぬのだ、と決意しているようでした。長官は、一回一回自分も死にながら、特攻隊員を送り出していたのだと思います」

門司は、昭和二十年九月五日付で主計少佐に進級した。終戦後、大西中将の自刃が司令部で話題に上ったとき、高雄警備府参謀長・中澤佑中将が、

「俺は死ぬ係じゃないから」

というのを聞いて、がっかりしたという。死をもって責任を償う気概のない将官が、軍令部で特攻隊の立案編成に深く関わり、高雄警備府にあっては出撃まで命じていたのかと思うと、情けなかった。大西中将が、特攻の責任を、彼らのぶんまで一身に背負ったのである。

日記の復元作業

門司たち司令部職員が復員したのは角田ら二〇五空の搭乗員より遅く、昭和二十一年三月五日のことであった。

門司は日本興業銀行に復職、昭和四十二年、取締役総務部長となり、昭和四十五年、丸三証券株式会社取締役社長となる。

「戦後は、興銀に戻っても、自分は死にぞこないだという気分がなかなか抜けませんでした。仕事も多少はしましたが、興銀女子バスケットボール部の部長になって、全日本で三回優勝、

実業団でも七連覇するなど、そちらのほうが一生懸命でした」

と、門司はふり返る。銀行の本務と、「強い実業団チーム」の部長、そして海軍では禁じられていたが、戦後、仕事の付き合いを通じて覚えた麻雀とで忙しく、家に帰るのはいつも深夜であった。しかしその間も、毎年十月二十五日の「神風忌」慰霊法要にだけは、昭和二十二年以来、参列し続けている。

「それが副官の役目」

だと、門司は思っていた。門司は、戦時中日記をつけていたが、終戦後、台湾から復員するときに手荷物制限にかかり、持ち帰れずに焼却してしまった。昭和二十二年頃から、つけていた日記の復元作業を進め、自分しか知りえない事実が永久に失われることを惜しんで、いずれ一冊の本にまとめられないかと思っていた。

門司が、世田谷山観音寺の特攻観音慰霊法要にはじめて参加したのは、昭和五十年九月のことである。

門司はここで、特攻隊員だった角田和男や鈴村善一とはじめて会った。このとき、参列していた詫間（猪口）力平参謀に、鈴村が、

「先任参謀、あんたはなんで自決しないんですか」

と迫ったのを、門司は憶えている。戦争中なら下士官が大佐にこんな口をきくことは考えられないが、鈴村には、こういうきつい言葉を使っても憎めないところがあった。詫間は、苦笑いしながら、

「残された者にも、いろいろと役目があるんだよ」

と答えた。

海軍報道班員だった元毎日新聞の新名丈夫も、この場に参列していた。フィリピンで出撃を見送った特攻隊員たちのことが忘れられなかったのだ。

新名は、門司と角田に、手記の執筆、出版を強く勧めた。

すでに手記の執筆を始めているという門司には、

「『I was there』、自分がそこにいた、大所高所から見るのではなく、その視線で一貫しなさい」

とアドバイスした。

特攻出撃を見送った角田には、

「角田君、自分の戦記を書いてみなさいよ。貴方の見てきたこと、聞いたこと、自分のしてきたことを、そのまま綴れば、それで本になりますよ。評論家ではないのだから、よいとか悪いとか、考えたことは書かなくてよろしい。それは読者の判断に任せればいいのです。そのときは、いつでも相談に乗りますよ」

と言った。新名の勧めが機縁になって、門司は昭和五十三年、『空と海の涯で』、角田は平成元年、『修羅の翼』を刊行（現在はいずれも光人社NF文庫）する。ゴーストライターや口述筆記の本がほとんどを占める戦争体験者の戦記のなかで、この二冊は、正真正銘、本人が自分の言葉で綴った本として、資料的にも高い評価を受けている。

このときから、門司と角田、鈴村ほか元特攻隊員、そして新名丈夫との交流が始まった。

カミカゼ・メモリアル・ソサエティ

昭和四十九年、かつて特攻隊が飛び立ったクラーク・フィールドの一角、マバラカット東飛行場跡の砂糖黍畑に、神風特攻隊の記念碑が建った。建立したのは、フィリピンの画家ダニエル・ディソンである。

近くのアンヘレス市に暮らすディソンは、少年の頃、マバラカットに住んでおり、戦争中、日本海軍の使っていた飛行場によく遊びに行っていたという。そこで、ディソン少年は日本の搭乗員たちに可愛がられた。戦争が終わって成人し、マニラの大学を出たディソンは、猪口力平・中島正共著『神風特別攻撃隊』の英訳本を読んで、強い感銘を受けた。

そのときは知らなかったが、彼を可愛がってくれた搭乗員たちは、国のため身を捨てて体当り攻撃を決行した特攻隊員だったのだ。

このマバラカット飛行場を飛び立った特攻隊員を顕彰したいと、ディソンは考えた。戦争の被害者が、敵の将兵を顕彰するとはなにごとかと、反対意見も多く出るなか、ディソンは反対者を説得し、同志を募って「カミカゼ・メモリアル・ソサエティ」（ＫＡＭＥＳＯ）という団体を設立し、ついに記念碑を完成させたのである。

それを受けて、昭和五十年から、二〇一空の元隊員と遺族が、フィリピンへ慰霊旅行に行くようになった。初回は、角田たち搭乗員はもちろん、大西瀧恵や山本栄司令も参加している。

　昭和五十二年八月にも、三回めの慰霊旅行に行くことになり、門司はこのときはじめて一行に加わった。

　二百坪ほどの敷地は低いブロック塀で囲まれ、その奥に高さ二メートル、幅四メートルのコンクリート造りの記念碑が建っている。記念碑には上のほうに日本語で、

〈第二次世界大戦に於て日本神風特別攻撃隊機が最初に飛立った飛行場〉

と大きく刻まれ、その下に英文で説明が書かれている。

　日本側二十三名、フィリピン側からも、マバラカット市長をはじめ大勢の人が列席して、記念碑前で慰霊祭がはじまる。日本とフィリピンの国家斉唱につづき、門司が追悼のことばを読んだ。途中、涙声になったが、門司は無事に読み終わった。次に、体調不良でこられない山本司令に代わって、角田和男が弔辞を読んだ。

　一行は続いて、セブ島、レイテ島へとまわった。参加者のなかで最年長者は、葉櫻隊で敵空母に突入した櫻森文雄飛長の八十歳になった父である。角田は、櫻森の最期の状況を、その終焉の地であるレイテ湾を臨みながら、父親に報告した。

「この湾に、隙間がないほど敵の艦艇が集まっていました」

　角田は言った。

「長官か参謀を零戦に乗せて、その様子を見せたかった。見た上で、命令してほしかった」

　あの戦いの日、聯合軍の艦船でいっぱいだった広いレイテ湾には、一隻の船も、また一機

の飛行機の姿も見えず、ただ真青に晴れた空と海が広がっていた。

「櫻森飛長が、火の玉になって空母『フランクリン』の飛行甲板に命中するところまでを、御父様に報告できて、やっと『戦果確認機』としての使命を果たすことができたと思いました」

と、角田は述懐する。

それにしても、フィリピン人が特攻隊を崇めるというのはどういうことなのか。門司はディソンに聞いてみた。

「私たちフィリピン人は白人支配の犠牲者です。かつて日本の統治を受けた台湾や韓国をご覧なさい、立派に経済的にも繁栄を遂げているでしょう。これは日本が統治下で施した教育の成果です。でもアメリカは、フィリピン人に自分でものをつくることを学ばせなかった。アメリカがつくったものを、一方的にフィリピン人に売りつけてきたからでした。だからフィリピンでは鉛筆一本つくれない。アメリカは、植民地フィリピンに対して愚民政策を推し進めてきたんじゃないでしょうか」

というのが、ディソンの答えだった。

大西夫人の戦後

昭和二十一年、十三期予備学生の戦没者慰霊法要で土下座をした大西淑恵は、その後も慰霊行脚を続けた。特攻隊員への贖罪《しょくざい》として、夫・瀧治郎の後を追い、一度は短刀で胸を突いて死のうとしたが、死ねなかった。

ずっとのち、淑惠は門司に、

「死ぬのが怖いんじゃないのよ。それなのに腕がふにゃふにゃになっちゃうの。それで、やっぱり死んじゃいけないってことかと思って、死ぬのをやめたの」

と語っている。

暮らしは楽ではない。夫・大西瀧治郎はおよそ金銭に執着しない人で、入るにしたがって散じた。門司は、フィリピン、台湾で大西の俸給を預かり、預金通帳を預かっていたから、大西が金に無頓着なのはよく知っている。淑惠もまた、金銭には無頓着なほうで、もとより蓄えなどない。

家も家財も空襲で焼失し、GHQの命令で軍人恩給は停止され、未亡人に与えられる扶助料も打ち切られた。

焼け残った千葉県市川の実家に戻って、淑惠は生きていくために商売を始めた。最初に手がけたのは薬瓶の販売である。伝手《つて》を求めて会社を訪ね、それを問屋につなぐ。次に、飴の行商。海軍中将未亡人としては、全く慣れない別世界の生活だった。

昭和二十二年八月上旬のある日、薬瓶問屋を訪ねる途中、国電日暮里駅東口前の路上で行き倒れたこともある。このとき、たまたま日暮里駅前派出所で立ち番をしていた荒川警察署の日下部《くさかべ》淳巡査は、知らせを受けてただちに淑惠を派出所内に運び、近くの深井戸の冷水で応急手当をした。

「質素な身なりだったが、その態度から、終戦まで相当な身分の人と思った」と、日下部巡査はのちに語っている。柔道六段の偉丈夫だった日下部は、元海軍整備兵曹で、小笠原諸島にあった父島海軍航空隊から復員してきた。後日、淑恵が署長宛に出した礼状がもとで、日下部は警視総監から表彰を受けた。だが、その婦人が誰であるか知らないまま八年が過ぎた。

昭和三十年、日下部は、元零戦搭乗員・坂井三郎が著した『坂井三郎空戦記録』（日本出版協同）を読んで坂井の勤務先を知り、両国駅前の株式会社香文社という謄写版印刷の会社を訪ねた。日下部は、昭和十九年六月、敵機動部隊が硫黄島に来襲したとき、父島から硫黄島に派遣され、そこで横須賀海軍航空隊分隊士として戦っていた坂井と知り合ったのである。香文社を訪ねた日下部は、そこにあの行き倒れの婦人がいるのに驚いた。そして、この婦人が、大西中将の未亡人であることをはじめて知った。日下部は淑恵に心服し、こののちずっと、淑恵が生涯を閉じるまで、その身辺に気を配ることになる。

坂井三郎の会社の広告塔

淑恵が、坂井三郎の会社にいたのにはわけがある。

淑恵の姉・松見久栄は、海軍の造船大佐・笹井賢二に嫁ぎ、女子二人、男子一人の子をもうけた。その男の子、つまり大西夫妻の甥にあたる醇一が、海軍兵学校に六十七期生として入校し、のちに戦闘機搭乗員となった。

笹井醇一中尉は昭和十七年八月二十六日、ガダルカナル島上空の空戦で戦死するが、戦死するまでの数ヵ月の活躍にはめざましいものがあった。従軍画家としてラバウルに来ていた林唯一《ただいち》が、「笹井中尉B－17撃墜の図」と題した三×五メートルほどもある壁画を慰安所の壁面に描き、だから、ラバウルにいたことのある海軍士官で、笹井中尉の名を知らぬ者はまずいない。

その笹井中尉が分隊長を務めた台南海軍航空隊の、下士官兵搭乗員の総元締である先任搭乗員が坂井三郎だった。笹井の部下であった搭乗員はそのほとんどが戦死し、笹井の活躍については、坂井がいわば唯一の語り部となっている。

坂井は、海軍航空生みの親ともいえる大西瀧治郎を信奉していたし、

「敬愛する笹井中尉の叔母ということもあり、淑恵さんを支援することは自分の義務だと思った」

と、のちに筆者に語っている。

坂井は淑恵に、両国で戦後間もなく始めた謄写版印刷店の経営に参加してくれるよう頼み、淑恵は、実家の了解を得て、夫の位牌を持ち、坂井の印刷店のバラックの片隅にある三畳の部屋に移った。日暮里で行き倒れた数年後のことである。

だが坂井には、別の思惑もある。淑恵が経営に関わることで、有力な支援者を得ることができると考えたのだ。坂井の謄写版印刷の店は、福留繁、寺岡謹平という、大西中将の二人の同期生ほかが発起人となり、笹川良一が発起人代表となって株式会社に発展した。

出資金は全額、坂井が出し、名目上の代表取締役社長を淑惠が務めることになった。会社が軌道に乗るまでは、笹川良一や大西に縁のある旧海軍軍人たちが、積極的に注文を出してくれた。淑惠は、香文社の格好の広告塔になったと言ってよい。

坂井は晩年、口を極めて旧海軍上層部批判を繰り返したが、仕事上で世話になったいきさつから言うと、福留繁や寺岡謹平のことを、ほんとうは悪く書ける立場ではなかった。

香文社という社名をつけたのは、これも大西瀧治郎と縁の深い水野義人である。水野は、戦前から大西が搭乗員の選考をするにあたって、その意見を参考にした観相学の大家である。観相学といっても、水野のそれは統計学に近いもので、水野の観相のデータは搭乗員の適性を計る上で驚異的な的中率をはじき出したという。終戦直前には、街を歩く女性の顔に、これから夫を亡くすであろう面相が見られなくなったとして、終戦を予言したとも伝えられている。

總持寺の「海鷲観音」

淑惠には、ささやかな願いがあった。大西の墓を東京近郊に建て、その墓と並べて、特攻隊供養の観音像を建立するというものである。

苦しいなかから細々と貯金し、昭和二十六年の七回忌に間に合わせようとしたが、それは到底無理なことであった。だが、この頃から慰霊祭に集う人たちの間で、淑惠の願いに協力を申し出る者が現れるようになった。

大西中将は、まぎれもなく特攻を命じた指揮官だが、不思議と命じられた部下からの恨みを買っていない。命じるときから、自身も死ぬ気で命じていることが部下には伝わってきたし、終戦時、特攻隊員に殉じて自刃したことで、特攻戦死者の総指揮官のような立場になっている。淑惠についても、かつての特攻隊員たちは、「特攻隊の遺族代表」として遇した。

「大西長官は特攻隊員の一人であり、奥さんは特攻隊員の遺族の一人ですよ」

というのが、彼らの多くに共通した認識だった。

そんな旧部下からの協力も得て、昭和二十七年九月の彼岸、横浜市鶴見区の總持寺《そうじじ》に小さいながらも大西の墓と「海鷲観音」と名づけられた観音像が完成し、法要と開眼供養が営まれた。

その後、昭和三十八年には寺岡謹平中将の筆になる「大西瀧治郎君の碑」が墓の左隣に親友一同の名で建てられ、これを機に墓と観音像の台座を高いものにつくり直した。

墓石の正面には、

従三位勲二等功三級

海軍中将大西瀧治郎之墓

と刻まれ、側面に小さな字で、

宏徳院殿信鑑義徹大居士

と、戒名が彫ってある。再建を機に、その隣に、

淑徳院殿信鑑妙徹大姉

と、淑恵の戒名も朱字で入れられた。

この再建にあたって、資金を援助したのが、児玉誉士夫である。

児玉は、昭和二十年十二月、戦犯容疑で巣鴨プリズンに拘置され、「児玉機関」の上海での行状を三年間にわたり詮議されたが、無罪の判定を受けて昭和二十三年末、出所している。

児玉は、巣鴨を出所したのちも、淑恵に対し必要以上の支援はせず、一歩下がって見守る立場をとっていた。「自分の手で夫の墓を建てる」という、淑恵の願いを尊重したのだ。だから最初に墓を建てたときも、協力者の一人にすぎない立場をとった。

だが、再建の墓は、大西の墓であると同時に淑恵の墓でもある。児玉は、大西夫妻の墓は自分の手で建てたいと、かねがね思っていた。ここではじめて、児玉は表に出て、淑恵に、大西の墓を夫婦の墓に建て直したいが、自分に任せてくれないかと申し出た。

「児玉さんの、大西中将に対する敬意と追慕の念は本物で、見返りを何も求めない、心からの援助でした。これは『裏社会のフィクサー』と囁かれたり、ロッキード事件で政財界を騒

がせた動きとは無縁のものだったと思っています」

と、門司は言う。

墓が再建されて法要が営まれたとき、淑恵が参会者に述べた挨拶を、日下部兵曹が録音している。淑恵は謙虚に礼を述べたのち、

「特攻隊のご遺族の気持ちを察し、自分はどう生きるべきかと心を砕いてまいりましたが、結局、散っていった方々の御魂のご冥福を陰ながら祈り続けることしかできませんでした」

と、涙ながらに話した。

わたし、とくしちゃった

淑恵は、昭和三十年代半ば頃、香文社の経営から身を引き、抽選で当った東中野の公団アパートに住むようになった。三階建ての三階、六畳と四畳半の部屋で、家賃は毎月八千円。当時の淑恵には痛い出費となるので、児玉誉士夫と坂井三郎が共同で部屋を買い取った。ここには長男を特攻隊で失った大西の親友・多田武雄中将未亡人のよし子や、ミッドウェー海戦で戦死した山口多聞少将（戦死後中将）未亡人のたかなど、海軍兵学校のクラスメートの夫人たちがおしゃべりによく集まった。門司や日下部兵曹、元特攻隊員の誰彼も身の周りの世話によく訪ねてきて、狭いながらも海軍の気軽な社交場の趣があった。

「特攻隊員の遺族の一人」である淑恵には、多くの戦友会や慰霊祭の案内が届く。淑恵は、それらには体調が許す限り参加し続けた。

大西中将は生前、勲二等に叙せられていたが、昭和四十九年になって、勲一等旭日大綬章を追叙された。この勲章を受けたとき、淑恵は、

「この勲章は、大西の功績ではなく、大空に散った英霊たちの功績です」

と言い、それを予科練出身者で組織する財団法人「海原会」に寄贈した。大西の勲一等の勲章は、茨城県阿見町の陸上自衛隊武器学校内にある「雄翔館」(予科練記念館)におさめられている。

昭和五十年八月、淑恵は二〇一空の慰霊の旅に同行し、はじめてフィリピンへ渡った。小学生が手製の日の丸の小旗を振り、出迎えの地元女性たちが慰霊団一人一人の首にフィリピンの国花・サンパギータ(ジャスミン)の花輪をかける。マバラカットの大学に設けられた歓迎会場では、学長自らが指揮をとり、女子学生が歌と踊りを披露する。警察署長が、慰霊団の世話を焼く。

予想以上に手厚いもてなしに一行が戸惑っていたとき、突然、淑恵が壇上に上った。

「マバラカットの皆さま、戦争中はたいへんご迷惑をおかけしました。日本人の一人として、心からお詫びします。――それなのに、今日は、こんなに温かいもてなしを受けて……」

涙ぐみ、途切れながら謝辞を述べると、会場に大きな拍手が起こった。

淑恵は、翌昭和五十一年にも慰霊団に加わったが、五十二年六月、肝臓を病んで九段坂病院に入院した。この年の四月、角田和男ら二〇一空の元搭乗員たちが靖国神社の夜桜見物に淑恵を誘い、砂利敷きの地面にござを敷いて夜遅くまで痛飲している。

「こんなお花見、生まれて初めて……」

七十七歳の淑惠は、花冷えのなかでしみじみつぶやいた。

九段坂病院五階の奥にある淑惠の病室には、門司親徳や角田和男もしばしば見舞いに駆けつけた。児玉誉士夫は、自身も病身のため、代わって息子夫妻に見舞いに行かせた。日下部兵曹や、香文社時代の同僚、遠縁の娘など身近な人たちが、献身的に淑惠の世話をした。

昭和五十三年二月六日、門司親徳が午前中、病室に顔を出すと、淑惠は目をつぶって寝ていた。淑惠が目を開けたとき、門司が、

「苦しくないですか？」

とたずねると、小さく首をふった。そして、しばらくたって、淑惠は上を向いたまま、

「わたし、とくしちゃった……」

と、つぶやいた。子供のようなこの一言が、淑惠の最期の言葉となった。淑惠が息を引き取ったのは、門司が仕事のために病室を辞去して数時間後、午後二時二十四分のことであった。

「『とくしちゃった』という言葉は、夫があらゆる責任をとって自決してくれた、そのため、自分はみんなからゆるされ、かえって大事にされた。そして何より、生き残りの隊員たちに母親のようになつかれた。子宝に恵まれなかった奥さんにとって、これは何より嬉しかったんじゃないか。これらすべての人に『ありがとう』という代わりに、神田っ子の奥さんらしい言葉で、わたしとくしちゃった、と言ったに違いないと思います」

――門司の回想である。

淑恵の葬儀は、三月十八日、總持寺で執り行われた。先任参謀だった詫間（猪口）力平が、葬儀委員長を務め、数十名の海軍関係者が集まった。納骨のとき、ボロボロと大粒の涙を流すかつての特攻隊員が何人もいたことが、門司の心に焼きついている。

山本栄司令の死

昭和四十年前後から五十年代以降にかけては、特攻隊の成立に深く関わった人物が、つぎつぎと鬼籍に入っている。

昭和三十九年十二月十日、元二〇一空、二〇五空司令の玉井浅一大佐が水ごり中、心臓マヒで亡くなった。六十二歳の誕生日を目前に控えていた。玉井は戦後、仏門に入り、「日覚」の法名で愛媛・松山の瑞応寺住職となり、戦争で死なせた部下たちの慰霊の日々を送っていた。特攻作戦中、玉井が極端に精神の平衡を欠いていたのは、玉井自身が特攻命令をくだすことに対し、迷いを抱いていたからではないかと、部下たちは噂しあった。

昭和四十六年二月六日、元第二航空艦隊司令長官・福留繁中将が八十歳で世を去った。昭和五十二年十二月二十一日には、元高雄警備府参謀長・中澤佑中将が八十三歳で亡くなっている。

昭和五十六年四月三十日には、元毎日新聞記者で特攻作戦の最初から従軍取材し、門司親徳や角田和男に回想記を書くことを勧めた新名丈夫が、横浜の病院で息を引き取った。七十四歳。新名が亡くなる前、門司や角田もしばしば見舞いに行き、病床に付き添っている。身寄りのない新名が残した貴重な取材記録のうち、毎日新聞社に収められなかったものについては、門司が預かることになった。

翌昭和五十七年一月二十五日には、元二〇一空司令・山本栄大佐が八十五歳で世を去った。山本は、戦後、保険の外交で身を立てながら、しばらくは世を憚《はばか》って生きていたらしい。昭和二十年代半ばのある日、角田和男が千葉県の常磐線松戸駅で山本の姿を偶然見かけ、

「あ、司令！」

と声をかけたときも、山本はチラッと角田を見たきり人ごみのなかに消えてしまったという。

山本は、昭和二十六年のある日、東海道線二宮駅（神奈川県）前で、一人の外国人神父を見かけた。

「戦争に勝ったらこんどは宗教で征服か」

抵抗を感じたが、その神父の顔はあくまで穏やかで、山本は逆に興味を持った。そして、電柱に貼ってある説話広告を見て、カトリック二宮教会に出かけてみた。そこで、ダニエル・カリガン神父をはじめ教会の人たちの敬虔な思いに打たれ、日曜ごとに教会に通うようになった。

山本は自分の経歴について一切語ることがなく、教会に集う人たちは、彼が海軍大佐であったことは知らず、「田舎の小父さん」がミサに来るようになったと思っていたという。

三年間、教会の活動体験とカトリックの教えを勉強した山本は、昭和二十九年、洗礼を受けた。洗礼名は「フランシスコ・ザビエル」だった。年長者だった山本は、献身的に教会を手伝い、悩んでいる人、困っている人を励まし続けた。そして、しだいに教会の若い人たちの相談相手として、敬愛を集める存在になっていった。若い世代に尽くすことが、山本にとって戦争で死なせた部下への贖罪であったのかもしれなかった。

ただし、山本は、特攻隊の慰霊祭などの席上で、教会の話は少しもしなかった。日曜日の会合に欠席することが多かったので、

「司令は、ミサに通っているらしい」

と噂されていただけである。教会の話だけではなく、部下たちと集うとき、山本は特攻について回想することも、論評することもしなかった。それだけ特攻が心の深い傷になっていて、黙って道を求めているのだろうと、部下たちは推察するのみだった。

昭和五十六年八月十七日、山本は脳血栓で倒れ、国府津《こうづ》の山近病院に入院した。入院を聞きつけた昔の部下が、代わる代わる看病に駆けつけた。角田和男も、遠い茨城県からやって来て、夜通し山本に付き添った。

「司令は寝たきりになっても頭はしっかりしていて、私が、帰りますと言っても帰してくれない。どうしてもここにいてほしいというので、病院に頼んで簡易ベッドを運び込んでもらい、司令のベッドを真ん中に、奥さんの芳子さんが右、私が左で、一晩中側についていたことがありました」

と、角田は回想する。クリスマスには、信者から送られたクリスマスカードが壁一面に飾られていたという。

山本が亡くなった二日後の昭和五十七年一月二十七日、葬儀は二宮教会でおごそかに執り行われた。遺族、親族と海軍のクラスメートや部下十数名が参列したが、礼拝堂の大部分を占めていたのは、教会の信者仲間の人たちだった。

信者の女性が棺の上で十字を切り、

「いいおじいちゃんでした……」

と、頬に涙をつたわせた。山本の遺骨は、茅ヶ崎のカトリック共同墓地に葬られた。十字架は黒御影で、下の石台には「主の平安」と刻まれ、「一九八二年一月二十五日、フランシスコ・ザビエル・山本栄」と彫ってある。

第一航空艦隊先任参謀・詫間（猪口）力平大佐は昭和五十八年七月十三日、七十九歳で亡くなった。門司親徳の見るところ、大西中将は情緒不安定な玉井中佐よりも猪口参謀のほうを信頼していた。大西の意図を、誰よりも理解していたのが猪口であったように思える。猪口は大西の信頼に応え、寿命が尽きる直前まで「神風忌」の世話役をつとめた。

大西の前の第一航空艦隊司令長官で、終戦時の第三航空艦隊司令長官・寺岡謹平中将は、昭和五十九年五月二日、九十三歳の天寿を全うした。

台湾沖航空戦で大西に体当り攻撃を進言した聯合艦隊参謀・多田篤次少佐（のち中佐）は、

戦後は仕事に恵まれず、行く先々の会社が倒産し、京都で有料駐車場の管理人などをやって生計を立てていたが、平成七年一月十七日、阪神淡路大震災の朝、入居していた福祉施設内で亡くなっているのが発見された。地震のショックによるものと思われ、この震災で京都府が出した唯一人の犠牲者となった。享年八十四。

フィリピンでの特攻作戦を強力に推進した元二〇一空飛行長・中島正中佐は、「神風忌」に平成三年まで参列し、平成八年八月二十二日、八十六歳で世を去った。中島は晩年、鎌倉市津西の高台にある住まいで禅と陶芸三昧の暮らしを送っていたが、すぐ近くの鵠沼《くげぬま》で二〇一空戦友会が催されたときも出席してこなかった。

第一航空艦隊、第二航空艦隊がフィリピンを引き揚げたあとも、ルソン島に残って陸上戦闘に任じた第二十六航空戦隊参謀・吉岡忠一《ただかず》中佐は、平成十二年九月五日、九十三歳で亡くなっている。

ダバオでの同席者たち

こうして、特攻を語りうる当事者がどんどんいなくなるなかで、角田中尉と門司副官は、それぞれに抱く疑問をなんとか解明しようと努力している。

角田和男の疑問は、昭和十九年十一月末、ダバオの兵舎で小田原参謀長に聞かされた、大西中将の「特攻の真意」、すなわち、特攻は、「フィリピンを最後の戦場にし、天皇に終戦のご聖断を仰ぎ、講和を結ぶための最後の手段」だという話が、なぜ戦後、語られることなく、特攻の「正史」として出版された猪口力平・中島正共著『神風特別攻撃隊』をはじめ、関係者が出版した本にもいっさい取り上げられないのか、ということである。

「フィリピンを最後の戦場にする」という大西の望みはかなえられず、沖縄戦や本土空襲で、さらに多くの犠牲が積み重なったが、「敵を欺くにはまず味方よりせよ」という大西の言葉からすれば、「明日にも講和をしたい」、と願いながら徹底抗戦を叫んでいたとしても矛盾はしない。

角田が、ダバオでこの話を聞かされたとき同席していた人のうち、話をしてくれた小田原参謀長は台湾から内地に帰る途中、飛行機が墜落して戦死、一緒に聞いた漆山睦夫大尉も、昭和二十年三月二十一日、第七二一海軍航空隊の「桜花」（人間爆弾）隊初出撃のさい、直掩隊指揮官として敵戦闘機と空戦、戦死している。

残る生存者は、第六十一航空戦隊司令官・上野敬三中将と、先任参謀・誉田守中佐、そして列機の辻口静夫一飛曹、鈴村善一二飛曹（いずれも当時の階級）である。

辻口一飛曹は、話が終わったあと、角田に、

「分隊士、ではあと半年、生きれば助かりますね」

と、目を輝かせて言った。日本はあと半年しか戦う力がないということが、特攻戦死を目前にした辻口には一筋の光明になったのだ。話を聞いて、「それならば特攻で死ぬのはやむを得ない」と覚悟を決めた角田とは正反対の受け止め方だが、辻口は現に、こののち幾度も

特攻出撃を重ね、その都度、エンジン故障を告げて飛行場ではない場所に不時着し、証拠を残さないよう機体を壊して帰ってきた。それは、生への執念ともいえる、辻口なりの壮絶な戦いであった。

だから、辻口は、少なくとも話の内容は理解していたはずである。しかし、生きて終戦の日を迎えた辻口は、戦後も戦友会や慰霊祭の類には一切出てこなかった。

本籍地から住所を探し当てた角田が手紙を出してからは、年賀状のやりとりだけは長く続いた。辻口は北陸の小さな町で、農協の組合長をしているという。だが、角田が辻口と会ってこのことを語る機会の一度もないまま、十年ほど前に辻口からの音信はぷっつりと途絶えた。

鈴村二飛曹は、戦後も角田の慰霊の旅に付き随い、折に触れ語り合う機会があったが、ダバオでの話については、

「あんな偉い人たちに囲まれて、緊張して何を聞いたか覚えてません」

と言っている。

誉田参謀は、昭和五十八年、東郷神社「海の宮」で執り行われた「戦後物故者慰霊祭」に参列したとき一緒になり、尋ねてみたが、

「覚えているかもしれないけど、覚えてないなあ」

と、はぐらかされた。誉田もその後、しばらく手紙のやりとりがあったが、やがて音信が途絶えた。

角田は、手記を執筆中の昭和六十年、いまやただ一人、大西中将の真意を知っていると思われる上野中将に確かめるべく、意を決して手紙を書いた。上野は九十五歳、岩手県雫石町に暮らしている。

じつはこれより前、上野の米寿を祝って妻・カズホがつくった『想い出の記』を、角田は門司親徳に借りて読んでいる。そこには、昭和十九年十月、特攻作戦を知ったとき、上野はダバオからマニラの司令部に飛び、大西中将に、「必死の攻撃は士気にも影響し、効果がない」と進言したものの、「貴様は黙っておれ。命令は俺が出す」と叱責されたと書かれてあった。角田がダバオにいた約一ヵ月の間、上野中将が一言も口を開かなかったのにはこんな理由があったのだ。

「それで、小田原参謀長はとりなすために、教え子（＝角田）に語りかける形で、大西中将からのメッセージ（＝『特攻の真意』）を伝えようとされたんだな」

と、角田はあらためて合点がいった気がした。

高齢の上野は体調がすぐれないと聞いたので、手紙の宛先は上野カズホ様として、質問を取り次いでもらう形にした。手紙には、二〇一空会の懇親会の模様や靖国神社に桜の献木をした報告を添えて、ダバオの兵舎で小田原参謀長に聞かされた「特攻の真意」について角田が記憶していることを述べ、

〈事の是非はともかくとして、あのようなお話があったかどうかだけでも伺いたいのですが（中略）私は終戦まで特攻の直掩を務めて生き残ったのも、この特攻の真の目的を世に出す

ために生かされたように思っております。（中略）私の記憶に間違いがあれば御訂正を戴くなり、お叱りをいただくなりして戴ければ実に幸いでございます〉

と用件を書いた。折り返し、上野夫人から返信が届いた。

〈運命とでも申しませうか主人も死におくれまして、すでに九十年を越えました。もうすべてを若い方々、あとにつづく方々にお任せしているのでせう、黙して語らずの状態におります。〉

上野中将は、沈黙を守ったまま、昭和六十年九月二十五日、他界した。

これで、ダバオで小田原参謀長から直接、話を聞いたはずの人たちからの証言は得られなくなった。

角田和男の弔辞

だが、角田は、それとは別に、このことについて重要な裏づけを得ている。

昭和五十年八月、二〇一空慰霊団ではじめてフィリピンに行ったとき、マバラカットの慰霊祭で、弔辞を読むことになっていた高齢の山本司令が万が一体調をくずした場合に備え、角田は代わりの弔辞を用意していた。角田の書いた弔辞には、小田原参謀長から聞いた大西中将の「特攻の真意」がそのまま盛り込まれている。角田はこれを、同行していた大西淑惠に一晩預けて意見を求めた。

「主人が申していたことと相違ございません」

というのが、淑恵の答えだった。このときは山本が弔辞を読み、角田の出番はなかったが、山本が参加できなかった昭和五十二年のマバラカットでの慰霊祭で、角田はかねて用意していたこの弔辞を読んだ。

戦没した仲間への追慕の気持ちを訥々《とつとつ》と語り、大西中将の「特攻の真意」を明かし、「在天の英霊、以て瞑することなく、祖国の行方と親族の安泰とに加護を賜らんことを」と結ぶ。角田は、「他言無用」の「特攻の真意」を明らかにしたことで、同行した元第二十六航空戦隊先任参謀・吉岡忠一中佐から怒られることを覚悟していたが、吉岡は角田に近寄ってくると、

「よし、あれでいい。その通り」

と、小声だが力強く声をかけた。

吉岡は、昭和十九年十月十九日夜、マバラカットの二〇一空本部で大西中将がはじめて特攻編成の構想を打ち明けたさい、会談に加わった六名のうちの一人である。もとより「秘中の秘」の話で、この話を知っている人物は限られているから、大西淑恵と吉岡参謀が角田の記憶を肯定した意味は、けっして小さなものではない。

門司親徳の納得

門司親徳は、角田の言う大西中将の「特攻の真意」を聞いて、長年の胸のもやもやが晴れたような気がした。

というのは、特攻作戦の期間を通じて七ヵ月にわたり大西に仕えていながら、大西はふだん寡黙で、門司も用のないときは話しかけないようにしていたから、これほど詳細な「特攻の真意」を聞かされたことはなかったのだ。

前任の第一航空艦隊司令長官・寺岡中将の手記によると、大西がマニラに着いた昭和十九年十月十七日夜、大西から「体当り攻撃以外に国を救う道はない」と聞かされ、その判断は大西に一任したという。転出してしまう前任の寺岡としては、大西がやるなら仕方がない、といった趣で、半分他人事のような応対である。

おそらく、大西は、昭和十九年十月十八日、「捷一号作戦」が発令されたことで「ほんとうに体当り攻撃隊を出す」ことを決意し、その日の夜、参謀長・小田原俊彦大佐にその真意を打ち明けたのだと、門司は考えている。フィリピンに渡ってからの大西の行動は把握しているから、それ以外のタイミングは考えられない。そのとき、大西としては、前例のない体当り攻撃隊の編成について、自分を直接補佐する参謀長の小田原にだけは、肚のなかを全てさらけ出さざるを得なかったのだろう。もっとも、生粋の飛行機乗り同士で、つきあいの長い大西と小田原は、もともと腹蔵なく話ができる間柄であった。

そしておそらく、大西は、小田原に意志を伝え同意をさせた上で、二〇一空・玉井浅一副長（のち司令）、中島正飛行長、一航艦・猪口力平先任参謀、二十六航戦・吉岡忠一参謀には、同じことを言って聞かせたのだろう。

だとすると、特攻作戦を通じてのさまざまなこと、たとえば中島が特攻隊員に、

「特攻の目的は戦果じゃない、死ぬことにあるんだ」

と言ったとか、

「天皇陛下は、海軍大臣より敷島隊成功の報告をお聞き召されて、『かくまでやらねばならぬということは、まことに遺憾であるが、しかし、よくやった』と仰せられた。よくやったとは仰せられたが、特攻を止めろとは仰せられなかった。陛下の大御心を安んじ奉ることができないのだから、飛行機のある限り最後の一機まで特攻は続けなければならぬ」

と絶叫したということも、「特攻の真意」に忠実であろうとした結果だと考えれば、納得がいく。

なにより門司にとって心外なのは、終戦間際まで「徹底抗戦」を叫び、「あと二千万人を特攻に出せば勝てる」と主張した大西が、その表層的な面だけをとらえて「暴将」とか「愚将」、あるいは「狂人」のレッテルを貼られていることである。昭和四十二年に公開された『日本のいちばん長い日』（東宝）という映画を見たが、そこに描かれている大西は、徹底抗戦に取り憑《つ》かれた、まさに狂気の提督である。そんな言説を聞いたり映画を見たりするたびに、

「大西中将は、けっしてそんな人ではありませんでしたよ」

と、門司は誰彼なしに伝えたい衝動に駆られた。大西は余計なことを言わなかったから、伝えられる数少ない言葉だけがクローズアップされすぎるきらいがある。

たとえば、特攻を「統率の外道」とつぶやいたのは、猪口参謀に対してそう言っただけで、

いつもそのように言っていたわけではない。少なくとも門司は聞いていない。この言葉は、作戦の中枢にあって気心が知れた猪口が相手だからこそ、出てきた言葉である。

また、「俺のことは棺を蓋《おお》うて事定まらず、百年ののちにも知己を得ないかもしれんな」という、大西を語る上でよく引用される有名な一言を聞いたのは門司だけで、それも一度きりのことである。こんな、弱音ともとれる人間的な本音が洩らせる相手は、いわゆる本職の軍人ではない、大学卒の主計科士官である副官の門司しかいない。

大西中将を語る上では厳しい面、激しい面ばかりが強調されがちだけれども、門司が副官として仕えた七ヵ月の間に、叱られたのは一度だけ。それも、戦場ずれした搭乗員がよくやるようにひょいっと顔の前に手を挙げる無雑作な挙手の敬礼をして、「妙な真似はよせ」と言われただけである。車のなかで、隣に座る大西の袖口を勝手にめくって時計を見ても、咎められなかった。門司にとっては、大西の厳しい面よりも、むしろ部下の搭乗員はもちろん、従兵にまで気を配り、人情の深さが出すぎるぐらいの印象のほうが強い。

大西もいわば「歴史上の人物」だから、イメージが本人や当事者を離れて一人歩きするのはある程度、仕方がないが、大西の人格までが歪曲されるのは、門司にはつらいことであったのだ。

遺書はいつ書かれたか

角田の話を聞いて、改めて門司が気になったことがある。それは、大西が昭和二十年八月十六日、自刃したさいに遺した遺書が、いつ書かれたものであるかということである。遺書が、天皇のご聖断がくだる前に書かれたか、あとに書かれたかで、大西瀧治郎の人物像とその評価がちがってくるように思える。これを解明することができれば、「特攻の真意」の輪郭が、よりクリアになるのではないか。

門司は、折に触れ、このことを考え続けた。結果的にこのことが、門司の生涯にわたるライフワークともなった。

大西の遺書には、いくつかのポイントがある、と門司は考える。この遺書は、三段階に構成されていて、前段は、

〈特攻隊の英霊に曰《もう》す　善く戦ひたり深謝す　最後の勝利を信じつゝ肉彈として散華せり然《しか》れ共《ども》其の信念は遂に達成し得ざるに至れり　吾死を以て旧部下の英霊とその遺族に謝せんとす〉

と、特攻隊員の英霊と、その遺族に対する謝罪である。

「これは、大西中将としては何よりも先に言いたいことであったと思います。長官の胸のなかには、手を握って送り出した、多くの特攻隊員の掌のぬくもりが消えずに残っていたに違いありません」

と、門司は解説する。

「長官は子供がいなかったから、それだけ情が薄かったのではないかという人もいますが、他人の子弟を死地に送り出す長官のほうがかえって辛かったんじゃないか。子供のいる指揮官にも、部下の命を粗末にした人はたくさんいるでしょうから、それは当っていないと思う。見送るとき、長官はその都度、隊員たちとともに自分も飛んで行きたいと思っているように、私には見えました。それと、これは特攻隊とは離れますが、クラークに残してきた一万五千の将兵のことを、長官は忘れることができなかったと思います。自決にあたって、『善く戦ひたり』と、クラーク地区の英霊にも言いたかったのではないでしょうか」

遺書の中段は、

〈次に一般青壮年に告ぐ　我が死にして軽挙は利敵行為なるを思ひ　聖旨に副ひ奉り自重忍苦するの誡ともならば幸なり〉

と、一般青壮年に対して軽挙、つまりこれ以上の抗戦は敵を利する、逆にいえばわが国を不利にすることになるから、終戦の聖旨にそって抗戦はやめ、自重忍苦せよと呼びかけている。ふたたび門司の解説。

「徹底抗戦を先頭きって叫んできたけども、自分は責任をとって自決するから、残念ながらもう矛を収めよう、ということですね。終戦の日まで、戦争継続を主張してきた人の言葉としては不思議議に感じられると思います。

それと、『軽挙はつつしめ』というのは、要するに特攻隊の責任は司令長官にあり、中間管理職である司令や飛行長などは、責任を感じて自決などしてはならぬ、ということでもあります。『青壮年に告ぐ』と、青年だけでなくわざわざ『壮年』にも呼びかけているのは、その表われでしょう。

というのは、第一航空艦隊と第二航空艦隊を一本化することを決めたとき、大西中将が、麾下航空戦隊司令官、航空隊司令に次のような通達を出しています。

〈『体当り攻撃実施に関する件申進《しんしん》』發《はつ》聯合基地航空部隊参謀長

主題の件神風特別攻撃隊に正式に編入せられたる者以外は臨機已むを得ざる場合の外之を実施せざる様指導相成度〉

『申進』という言葉は海軍独特のもので、命令や通達よりは弱いけれど、申しつける、あるいは注意する、という意味の言葉です。

要するに、特攻隊員とは正式に選ばれた者であり、その責任は航空艦隊司令部にある。航空戦隊や航空隊が勝手に特攻隊を出してはならぬということで、だから、全責任を『聯合基地航空部隊参謀長』の任にあった大西長官が負うというのは、この申進から見ても自然なことなのです」

そして遺書の後段は、もはや戦争のことではなく、敗戦後の心構えについてを、若い世代に語りかける形になり、

〈隠忍するとも日本人たるの衿持を失ふ勿れ　諸子は國の寶《たから》なり　平時に處し猶《な》ほ克《よ》く　特攻精神を堅持し　日本民族の福祉と世界人類の和平の為　最善を盡《つく》せよ

海軍中将大西瀧治郎〉（衿持の誤字ママ）

と、締めくくられている。

これについて門司は、

「臥薪嘗胆《がしんしょうたん》とか、仇を討て、ではなく、隠忍するも日本人の矜持を失うことなく、自己犠牲のあらわれである特攻精神を平時において発揮し、世界と日本の福祉と和平のために尽くせという戒めと期待が書かれています。

当時は台湾も朝鮮も日本の国土であったわけで、『大和民族』という狭い意味の言葉でなしに『日本人』『日本民族』というやや広い意味の言葉を選んでいることもあわせて、自決直前の遺書としてはまことに冷静で、心配りが行き届いていると思います。

以上を整理すると、戦死した英霊や遺族に対する謝罪、聖旨がもう決まったのだから、敵を利する抗戦はやめよう、そして、将来は、日本人としての矜持を失わず、自己犠牲の精神をもって、世界と日本の和平のために尽くしてくれ——ということですから、いわば終戦に

あたって、日本が直面した三つの大切な事柄を、的確に表徴しているように思えます」

と、解釈している。

確かに、〈平時に處し猶ほ克く特攻精神を堅持し　日本民族の福祉と世界人類の和平の為最善を盡せよ〉というのは、本心から徹底抗戦を叫んでいた人物の言葉としてはあまりにも不自然である。少なくとも、狂気のなかから出てくる言葉ではない。

日付のない遺書

平成十二年、大西瀧治郎・淑惠夫妻が眠る總持寺に大西の遺書の碑が建立され、大西の命日である八月十六日、門司や冨士信夫少佐ら司令部職員、元特攻隊員、その他海軍関係者約八十名が集って盛大な除幕式が行なわれた。

参加した海軍関係者はみな、すでに七十歳代後半以上、大西が自刃した五十四歳よりもはるかに上の年齢になっている。それだけの人生経験を経てもなお、彼らにとって大西瀧治郎は越えることのできない大きな存在であった。

当時の總持寺の貫主は、海軍兵学校七十六期生として在校中に終戦を迎えた板橋興宗である。板橋は除幕式の法話を、

「遺書に、福祉とか世界平和とか、当時若く戦闘意欲に燃えていた私どもには想像もつかなかった言葉があるのは驚きです。この遺書の文句は、すぐには世に認められないかもしれませんが、いつか将来、ものをいうことになるでしょう」

と締めくくった。確かにこの大西の遺書の内容は、巷間伝えられる狂気の抗戦主義者の人格からは出てくるはずのない、日本の将来を広い視野で冷静に見据えたものである。数多くの若い世代に、大西は、「諸子は国の宝なり」と呼びかけた。「国の宝」に体当りを命じた大西の苦衷が、この言葉からも読みとれる。

それにしても……と、門司は思う。この遺書は、自決直前に書かれたものとしては、あまりにも行き届いている。門司が調べた範囲でも、自刃直前に、大西がこういった遺書を書き残すほどの時間的余裕はなかった。

次長官舎で大西は、夜半まで軍令部の国定謙男少佐らと語り合っている。それから自刃するまで、三時間もない。それに、遺書の現物にも、不自然な点がいくつかある。

まず、遺書の本文に日付が入っていない。

遺書は折り畳まれた便箋に包まれており、表書きの真ん中には〈遺書〉と書かれ、その左側に〈昭和二十年八月十六日〇二四五自刃ス〉と書かれている。

だが、これから自刃しようとする者が、時計を見て、「これから自刃する」と書くものであろうか。門司の知る限り、大西は、自刃を決意してこれから実行しようというときに、わざわざ時計を見て「自刃ス」と書くような人ではない。

門司は、この封筒の字が大西のものであるかどうか、筆跡の専門家に鑑定を依頼した。一人の鑑定士は、ほぼ大西の字だと言ったが、もう一人の鑑定士は、

「〈遺書〉という字は大西が書いたが、左側の〈〇二四五自刃ス〉の文字は真似て書いた別人の字」

と鑑定した。門司は念のため、遺書を所収する靖国神社遊就館にも照会したが、

「責任ある立場だから明確には言えないけれど」

やはり、〈〇二四五自刃ス〉には疑問視する説があるとの返事だった。この箇所は、大西の自刃を発見した次長官舎の管理人の言葉から逆算して推測し、大西ではない別の誰かが書いたものだと、門司は判断している。

遺書の本文には日付がないのに、別紙に細い字で書かれた軍令部作戦部長・富岡定俊少将宛の添え書きには、わざわざ八月十六日と日付が入っているのも不思議である。この添え書きは、自刃直前に書かれたに相違あるまい。それだけに、遺書の本文が十六日に書かれたものではないという反証にもなる。

門司が興味を引かれたのは、阿川弘之著『米内光政』（新潮社）に書かれた、八月十五日午後のエピソードである。同書によると、海軍大臣の秘書官・古川勇少佐が、入院中の多田武雄海軍次官に書類を届けに行ったところで見舞いに来た大西と出会い、

「おい、古川秘書官、日本人としてのキョウジのキョウの字はどう書くのだったかな」

と聞かれた、とある。古川はとっさに出てきた字を教えたが、間違いであったことに気づき、その後ずっと気にしていたのだという。大西の遺書には、正しい「矜持」とも、古川が

教えたのとも違う誤字が記されていた。門司はこのことが、「遺書がいつ書かれたものか」について重要な示唆をふくんでいると考えている。

つまり、こういうことである。

八月十五日、玉音放送の以前に、大西はすでに遺書を書いていて、そのなかに「日本人の矜持」という言葉を使ったのだが、どうもその「キョウ」の字に自信がない。直すことなく自刃したということは、やはり遺書はすでに書かれていたのではないか。

これから書く遺書に「矜持」という言葉を使いたいが、字に自信がないから教えてくれと言ったのなら、古川少佐に教えられたように書いたのではないだろうか。

余談になるが、總持寺に「遺書の碑」を建てるとき、「矜持」を間違ったままにするか、正しい字にするか、関係者の間で議論になったが、結局、長く残るものだからと、總持寺の板橋貫主が大西の字に似せて正しい字に直した。

富岡少将への添え書きは、

〈八月十六日　大西中将
　富岡海軍少将閣下
御補佐に対し深謝す　総長閣下に御詫申し上げられ度し　別紙遺書青年将兵指導上の一助とならばご利用ありたし

（以上）〉

となっている。富岡は、軍令部では大西に次ぐ地位にある。大西が後事を託して当然の人物であり、文面からは深い信頼関係がにじみ出ている。だが、昭和二十年五月、大西が軍令部次長として東京・霞が関に来たとき、富岡の戦争継続に対する態度を面罵し、二人の間には微妙な距離感があったことは、前に述べたとおりである。

ではいつから、大西と富岡は信頼し合える仲になったのか。

徹底抗戦によって和平を求めた

ここで、角田和男が、小田原参謀長から聞かされた、大西の「特攻の真意」が生きてくる。「特攻は、天皇に終戦のご聖断を仰ぎ、講和を結ぶための最後の手段」という本心を、大西は、富岡だけには打ち明けたに違いない。

大西の遺書が、自刃と同時に海軍省から発表され、自刃の翌々日、八月十八日の新聞に掲載されたという手回しのよさをみても、富岡が最後には大西の意図を了解し、信頼関係を取り戻していたと考えたほうが自然である。

〈総長閣下に御詫申し上げられ度し〉

というのは、大西次長が強硬な抗戦論で後ろから豊田副武軍令部総長を押しまくったこと、また、ときには総長の意思に反して、出るべきでないところへ押しかけたりしたことを、代わって謝っておいてほしい、ということであろう。

もっとも豊田副武は、戦後、『最後の帝国海軍』（豊田副武述　世界の日本社）という本のなかで、

「（軍令部総長就任にあたって）米内大臣は終戦工作をやっておるものと私は考えていたので、私を終戦工作の相棒にするつもりだな、というふうに直感した」

と述べていて、豊田の主張した抗戦論は、海軍部内抗戦派の静穏と、陸海軍の関係をうまくまとめるため、あくまで終戦工作を念頭に置きながらの「二枚舌」であったと言っているから、豊田と大西は、表面上はともかく和平への認識は一致していたことになる。ただ、互いにそのことを知ったうえで抗戦派を演じていたのか、ほんとうの肚は知らずに化かし合いをしていたのかまではわからない。

最後に、この遺書を〈青年将兵指導上の一助〉にせよというのは、直接的には、抗戦論者、もしくは停戦に従わないものたちにこの遺書を見せて、

「抗戦の首謀者である大西はもう自刃したから、矛を収めなさい」

と利用したらよいということで、これも、芯からの「抗戦論者」の言葉とすれば不自然である。

そこで門司に思い当たるのが、フィリピンから引き上げ、沖縄戦を控えた昭和二十年三月、大西が台湾の各基地をまわって訓示をした、その内容である。

一連の訓示のなかで、大西は、

「敵を殺せ」

と、連呼するように何度も言った。これは、味方に向けてではなく、敵、とくにアメリカ軍に対するメッセージだったのではないか、と思えてならないのだ。

このとき、訓示を聞いた毎日新聞社の戸川幸夫記者が無検閲で内地に送った記事を、大西は咎めなかった。新聞記事が、中立国を経て敵国にわたったときの効果を、大西は期待していたのではないか。

海軍省軍務局員だった中山定義中佐は、海軍出身代議士との会食に陪席したさい、

「本土決戦にあたって、内地にはまだどれだけ各種の特攻隊がいるかわからない。米軍はきっと、本土上陸の前に、何か講和の手を打ってくるに違いない。特攻を盾に徹底抗戦を唱えるのは、日本の抗戦論者に対する配慮も当然あるが、聯合軍に対して言っているのだ」

という話を大西から聞かされたと、門司に語っている。

軍令部が弱気になれば、敵はますます調子に乗ってくるだろう。大西は、徹底抗戦を叫ぶことで、本土決戦以前に、和平とまではいかなくても、先方から何らかの形で講和の呼びかけが出てくることを期待した。簡潔にいえば、「徹底抗戦によって和平を求めた」のである。そして、その手段は、ありとあらゆる特攻戦法であったのだ。

そもそも、わざと極端なことを言って、反対意見や修正意見を触発させ、ものごとを思う方向に導く癖が、大西にはある。太平洋戦争が始まる前の昭和十五年、中国大陸漢口基地に新型戦闘機（零戦）が配備されたときも、初期不良を理由になかなか出撃に踏みきらない指

揮官を呼んで、

「貴様は命が惜しいのか！」

と一喝し、結果的に最初の空戦で敵戦闘機二十七機を撃墜、零戦の損失ゼロという一方的勝利にみちびいた。

戦争末期、こんどは、「けしかけて、やめさせる」方法を大西がとったとしても、違和感はないと、大西を予科練時代から知る角田和男も語っている。

すがすがし　暴風のあとに　月清し

大西は、前記のいわば公的な遺書のほかに、淑惠宛の遺言ともいうべき遺書を遺している。この遺書にも、日付は書かれていない。

〈瀧治郎より

　淑惠殿へ

吾亡き後に處する参考として書き遺す事次乃如し

一、家系其の他家事一切は淑惠の所信に一任す
　　淑惠を全幅信頼するものなるを以て近親者は同人の意思を尊重するを要す

二、安逸を貪ることなく世乃為人の為につくし天寿を全くせよ

三、大西本家との親睦を保続せよ

但し必ずしも大西の家系より後継者を入るる必要なし
以上

之でよし百萬年の仮寝かな〉

大西は、兵庫県丹波の生まれで、淑恵は東京生まれ。子はない。そんな事情から、大西が淑恵を思いやる気持ちがうかがえる。

淑恵宛の遺書には「直披」とある。

之でよし百萬年の仮寝かな

は、大西の辞世としてよく扱われるが、公的な遺書とは別に淑恵へ宛てた「直披」であることを考えると、これを「辞世」と呼ばれることに、門司は違和感を覚えている。

もう一句の

すがすがし　暴風のあとに　月清し

は、色紙に書いて柱に貼ってあるのを児玉誉士夫が見たということから、自刃の直前に書かれたもので、この夜の心象を率直に描いた句であるとみてよい。昭和二十年八月十六日の月齢は七・七で上弦の月である。これは軍令部から次長官舎に戻る途中、南の空に浮かんでいる月を見上げたか、国定少佐らが帰るのを見送りに出たとき、西の空に沈みかける月を見たか、どちらかであろう。

では、淑恵宛の遺書の末尾につけられた句の〈之でよし〉は何を意味するのか。門司はこう自問する。

「奥さん宛に、自分が死んだあとのことは全て書きおいた、個人的なことはこれで終わった、という意味の〈之でよし〉なのか。〈百万年の仮寝〉というのは死ぬということだから、奥さんに、『あとは頼んだ。俺は百万年の仮寝につくぞ』ということなのか。あるいは、仮寝ということはやがて目覚めるということだから、『そのとき、お前は引き続き俺の女房だよ』ということなのか。

もしそうだとすれば、相聞歌のようで微笑ましくもあるけれど、大西中将ともあろう人の、終戦における辞世の句としてはあまりにもスケールが小さい」

そして、こう自答する。

「角田さんの証言によれば、天皇陛下が自ら戦争中止のご聖断をされ、講和が成り立てば、大西中将のかねてからの望みは満たされることになる。

そして、ポツダム宣言の条件は厳しいものであっても、とにかく戦争は終わり、若者をこれ以上、死地に送ることはしなくてよくなる。なにより、日本から降参したのではなく、聯合国のほうから、〈日本国ニ対シ今次ノ戦争ヲ終結スルノ機会ヲ与フルコトニ意見一致セリ〉と言ってきた。これは、大西中将にすれば、まさに思いどおりの展開である」

それでも最後の最後まで抗戦を主張したのは、

「一つには大西中将は死ぬ気でいるから、生き残るつもりの人と覚悟のありようが違って当然だということ、もう一つには、抗戦論の陸軍や海軍の一部に不穏な動きの気配があるとき、抗戦派の筆頭と目された大西中将は、ぎりぎりまで姿勢を変えるわけにはいかなかったからではないか」

と、門司は推測する。

では、遺書が書かれたのはいつか。

「八月十四日」

というのが、さまざまな状況から門司の導き出した結論である。

この日の御前会議に陪席を許されなかった大西は、この会議の間だけ時間の余裕があった。もはや、戦争終結の聖断がくだるのは間違いない。五月二十五日の空襲で炎上した霞が関の焼跡で、軍令部次長の大西と海軍次官の多田武雄中将は同じ部屋で執務をしているが、多田は入院中で、大西は一人ここで遺書を書くことができた。淑惠宛の遺書を書いたのもこのときであり、こういう大きな意味をふくんでの〈之でよし〉だったに違いないと、門司は考えている。

「米内海相の政治」

歴史の表面上は、「和平派」の米内光政海軍大臣が、「抗戦派」の大西軍令部次長と、大西に焚きつけられた豊田軍令部総長に手を焼かされたように見えるが、沖縄戦の帰趨もはや明らかとなり、まさに日本が滅びつつある昭和二十年五月という時期に、この両名を起用したのは、誰あろう米内である。

高木惣吉少将の『覚書』によれば、軍令部次長には、ほかに福留繁、宇垣纏の名前も挙がったというが、そのなかであえて選ばれたのが大西瀧治郎であった。

昭和十九年八月五日から昭和二十年五月十五日まで、米内海相のもとで海軍次官を務めた井上成美大将は、戦後、終戦工作の腹心だった高木惣吉に、

「大西は、昭和十二年頃、戦艦不要論を強調したりして、頭のよい男で、物にコダワラヌし、オリジナリティを持っていたので、戦局に転換を見附けて和平論に導くに使える人と思った。しかし沖縄戦後には機会はないと思った。(敵が)本土に来る前に小戦果でもあげたい。早ければ早い程良い。しかし、小戦果でもあげるには、大西は適任と考えた」

と述べている。

米内は、和平を進める上で、抗戦派を抑えるために、大西を台湾から呼び返した。このことについては、戦後、豊田副武が「極東国際軍事裁判」(「東京裁判」)の法廷の被告人質問で、

「大西の起用は海軍部内の主戦派の不満を和らげるためだ」

と証言したのを、復員庁第二復員局勤務で、のちに『私の見た東京裁判』（講談社学術文庫）などの著書を著し、「神風忌」特攻慰霊法要の幹事役になった元第二十九航空戦隊参謀・冨士信夫少佐が傍聴している。

（豊田は昭和二十年十二月、A級戦犯容疑で逮捕されたが、A級犯罪「平和に対する罪」、は除外されて不起訴。B級犯罪「通例の戦争犯罪」、C級犯罪「人道に対する罪」に重大な責任があるとの容疑で昭和二十三年十月九日、起訴され、ほかの、いわゆるBC級とは別個に用意された東京・丸の内の法廷で裁かれた。三百回を超える公判ののち、昭和二十四年九月六日、無罪判決を受け、即日釈放される）

米内とすれば、大西が激越に徹底抗戦を叫べば叫ぶほど、好都合であったのだ。米内は、大西に徹底的な抗戦論者を演じさせ、手を焼くふりを演じきった。大西もこれに十二分に応えた。門司はこれを、

「米内海相の政治」

だったのではないか、という。米内光政は終戦後、メモを焼却し、そのへんの機微を文書としてはなにも残していない。海軍大佐・高松宮宣仁親王も、日記には大西を抱きこんだ和平工作のことなど、なにも書いていない。大西が唱えた「あと二千万」の数字の根拠を示すものも見つからない。だが、「書いていない」ということは、「なかった」ということにはならない。むしろ、隠密裏に進めるべき国家の重大事は日記になど書かないほうが自然であろう。

——だが、そのなによりの証拠が、大西の遺書には内包されているのだ。

このあたりの事情は、角田和男が小田原参謀長から聞かされた「特攻の真意」とあわせて見ればより明瞭になる。

角田によると、小田原参謀長は大西中将の言葉として、

「万一敵を本土に迎え撃つようなことになった場合、アメリカは敵に回して恐ろしい国である。歴史に見るインディアンやハワイ民族のように、指揮系統は寸断され、闘魂のある者は次々各個撃破され、残る者は女子供と、意気地のない男だけとなり、日本民族の再興の機会は永久に失われてしまうだろう。このためにも特攻を行ってでもフィリピンを最後の戦場にしなければならない。

このことは、大西一人の判断で考え出したことではない。東京を出発するに際し、海軍大臣（＝米内光政大将）と高松宮様に状況を説明申し上げ、私の真意に対し内諾を得たものと考えている。

宮様と大臣とが賛成された以上、これは海軍の総意とみて宜しいだろう。ただし、今、東京で講和のことなど口に出そうものなら、たちまち憲兵に捕まり、あるいは国賊として暗殺されてしまうだろう。死ぬことは恐れぬが、戦争の後始末は早くつけなければならぬ。宮様といえども講和の進言などされたことがわかったなら、命の保証はできかねない状態なのである。もし、そのようなことになれば陸海軍の抗争を起こし、強敵を前に内乱ともなりかね

ない。

極めて難しい問題であるが、これは天皇陛下御自ら決められるべきことなのである。宮様や大臣や総長の進言によるものであってはならぬ」

……と言っている。角田がこの話を聞かされたのは昭和十九年十一月末、話に出てくる「海軍の総意」は、大西がフィリピンに向け出発する以前のことで、米軍がまだレイテ島に上陸するかどうかもわからない時点のことである。

「講和のための最後の手段」

門司によれば、大西がじっさいに特攻隊を編成することを決心したのは、捷一号作戦が発動された昭和十九年十月十八日で、それ以前から周到に準備されていたとするには、状況に無理がある。

その直前に台湾沖航空戦があり、海軍は一時的にせよ、敵機動部隊撃滅の虚報を信じた。もし、その報告が事実であったなら、米軍のレイテ侵攻自体がなかったか、あったとしても大きく遅れたはずである。もし、米軍侵攻の時期があと二ヵ月遅れれば、人間爆弾「桜花」を主戦兵器とする第七二一海軍航空隊（神雷部隊）のフィリピン投入が間に合い、特攻の様相が大きく違ったものになる可能性もあった。

台湾沖航空戦で報じられた大戦果が幻に終わり、スルアン島に敵上陸の報を受けて大西は十月十七日、フィリピンに着任し、十月十九日、マバラカットの二〇一空本部で特攻隊の編成を命じた。

このとき、指揮官に指名された関行男大尉に、猪口先任参謀が不用意にもらした、

「関大尉はまだチョンガーだっけ」

という言葉からも、関大尉が事前に特攻隊指揮官要員として送り込まれてきていたとは、門司には考えにくい。もし、事前に準備をしていたのなら、この程度のことを調べていないはずがないからだ。

だが、角田が聞いた「真意」が事実なら、特攻を実行するか否かは別にして、高松宮、米内海相と大西の間では、少なくとも事前に、特攻を「講和のための最後の手段として使う」という、意思の統一は図られていたことになる。そして、そう考えれば、大西の徹底抗戦論と遺書の内容とのギャップもふくめ、以後のなりゆきに全て辻褄があう。

大西は、はじめ飛行機隊指揮官たちには、

「栗田艦隊のレイテ湾突入を支援するため、敵空母の飛行甲板を一週間程度、使用不能にする」

という、特攻の明確な目的を伝えた。これは、レイテ島から敵を追い落とすことができれば、それが有利な講和の一つのきっかけになるということでもある。

しかし、昭和十九年十月二十五日、敷島隊以下の体当り攻撃が成功し、栗田艦隊のレイテ湾突入が失敗に終わると、こんどは、台湾から応援に駆けつけた第二航空艦隊をも巻き込んで、

「全力を挙げて特攻を続ける」

と、大西の姿勢は一歩踏み込んだものに変わった。しかも大西は、

「反対する者は叩き斬る」

とまで言い、決意のほどを示した。これには、通常攻撃よりも特攻のほうが戦果が大きかったという現実もあり、若者に死処を与えるという意味合いもあったのかもしれない。だが、角田和男が聞かされた「特攻の真意」からすると、

「多くの若者が肉弾となって体当り攻撃を繰り返すことで、天皇の大御心を動かし、戦争終結のご聖断を仰ぎ、もってフィリピンを最後の戦場にする」

というのが、もっとも正確な解釈となろう。

そして、航空兵力を失い、昭和二十年一月、リンガエン湾へ敵上陸を迎えて、「フィリピンを最後の戦場に」という思いが叶わなくなってからは、ただひたすら特攻隊の恐怖を敵軍にアピールし、本土上陸を防ぐための防波堤とすると同時に、「ご聖断」への期待も込め続けた。

戦況により、目先の目的には変化がみられるが、そこに一貫しているのは、「特攻は講和のための最後の手段」という究極の目標である。

大西は、小田原参謀長に、こうも言っている。

「万世一系仁慈をもって国を統治され給う天皇陛下は、このこと（特攻）を聞かれたならば、必ず戦争を止めろ、と仰せられるであろうこと。

二つはその結果が仮に、いかなる形の講和になろうとも、日本民族が将に亡びんとする時に当って、身をもってこれを防いだ若者たちがいた、という事実と、これをお聞きになって陛下御自らの御仁心によって戦を止めさせられたという歴史の残る限り、五百年後、千年後の世に、必ずや日本民族は再興するであろう、ということである」

「大西は、後世史家のいかなる批判を受けようとも、鬼となって前線に戦う。講和のこと、陛下の大御心を動かし奉ることは、宮様と大臣とで工作されるであろう。天皇陛下が御自らのご意思によって戦争を止めろと仰せられた時、私はそれまで上、陛下を欺き奉り、下、将兵を偽り続けた罪を謝し、日本民族の将来を信じて必ず特攻隊員の後を追うであろう」

生んだ子とともに死ぬ覚悟

ここで、角田和男の抱いていた「大西中将の特攻の真意」への疑問と、門司親徳が抱いていた「大西中将の遺書と、徹底抗戦論の謎」の疑問に対する答えが、あたかもカメラのピントが合うかのようにピタリと一致する。

「大西中将は、本土決戦さえ防ぐことができれば、たとえ国は滅びても日本民族は残る、残った民族に将来の再興を託す、という最終の決断をされたのでしょうね」

と角田が言えば、

「大西中将の徹底抗戦論は、味方の戦意を奮い立たせると同時に、特攻隊を盾にしてアメリカに日本本土決戦を思いとどまらせ、和平を促すためのメッセージであったと思います」

と、万感をこめて門司も言う。

そしてこれは、大西個人の意思を超えた、海軍の総意であった。

昭和二十年八月九日、ポツダム宣言を受諾するか否かを決める御前会議に先立って行われた最高戦争指導会議でも、和平派の鈴木首相、米内海相、東郷外相と、なおも強硬論を唱える豊田軍令部総長、梅津参謀総長、阿南陸相の意見がちょうど三対三に分かれた。その日深夜から翌十日未明にかけて開かれた御前会議では、「強硬派」三人と、東郷外相、米内海相、そしてこの会議に列席した平沼枢密院議長の「和平派」三人の意見が一致せず、司会にまわった鈴木首相が、天皇の決裁を仰いだ。

そこでポツダム宣言受諾の聖断がくだり、聯合国側の回答を受けて八月十三日に行われた最高戦争指導会議でも、聯合国に宣言内容で曖昧と感じられる「国体護持」についてさらに説明を求め、了承、保証を得よと主張する「強硬派」三人と、受諾に当たって条件をつけることは外交上不利と考える鈴木、東郷、米内の「和平派」三人の意見が平行線をたどった。

八月十四日、全閣僚と平沼枢密院議長、最高戦争指導会議の構成員が招集された御前会議では、「強硬派」三人が、聯合国に宣言内容を再照会すべきとの所信を述べたが、ほかに発言する者がいなかったことから、鈴木首相は最終的に天皇の聖断を仰いだ。

万が一、ポツダム宣言受諾決定が多数決によるものであったなら、和平派、抗戦派それぞれの不満から国論が割れ、陸海軍の抗争を招いたかもしれない。天皇の聖断であったからこそ、日本陸海軍は整然と武装解除に応じることができたのだ。

——まさにこれは、大西が特攻作戦に踏み切る前から描いたとおりのシナリオであった。だとすると、特攻隊員たちの死は、犬死にどころか、日本を敵の本土上陸から救い、多くの国民に復興と平和をもたらしたということになる。そして、大西瀧治郎は、将来の日本の再興までを見据えながら最後まで徹底抗戦論者の暴将を演じきり、遺書にささやかな本心を遺して、一人黙って責任をとった。

大西の人物像について、門司は次のように述べている。

「大西中将は、血も涙もある、きわめてふつうの人だったと思う。ふつうの人間として、身を震わせながら部下に特攻を命じ、部下に『死』を命じた司令長官として当り前の責任のとり方をした。ずばぬけた勇将だったとも、神様みたいに偉い人だったとも、私は思わない。だけど、ほかの長官と比べるとちょっと違う。人間、そのちょっとのところがなかなか真似できないんですね。ふつうのことを、当り前にできる人というのは案外少ないと思うんです。軍人として長官として、当り前のことが、戦後、生き残ったほかの長官たちにはできなかったんじゃないでしょうか」

必死必中の特攻作戦そのものは、大西瀧治郎自身のアイディアではなく、フィリピンでの特攻作戦が始まったときにはすでに各種特攻兵器が開発され、特攻専門部隊の編成も始まっていた。だから、

「大西は、特攻の引き金を引いたにすぎず、『特攻の生みの親』とはいえない。せいぜい

『産婆』役と呼ぶのが適当ではないか」

という意見もある。筋の通った正論であろう。

――だがそれでも、門司は、大西中将を「神風特攻隊の生みの親」と呼ぶことに躊躇《ためら》いはないという。

〈生んだ子とともに死ぬ覚悟がない者に、親たる者の資格はないと思うからであります。〉

門司が生前、最後に書いた遺稿の一行である。

エピローグ
「神風」の見果てぬ夢

「池頭春草夢」と揮毫された大西瀧治郎の書の掛軸

零戦を見るのはつらい

筆者（＝私）が、七十七歳の角田和男とはじめて会ったのは、戦後五十年の節目を迎えた平成七年八月のことである。茨城県の角田の自宅の前に車を停めたとたん、

「百姓のじじいを見にきてもしようがないでしょう」

と、大きな声が聞こえた。声の主は角田だった。

私はそのとき三十二歳で、写真週刊誌の専属カメラマンとして、報道の仕事に従事していた。

同年五月と八月、オリジナルの「栄」エンジンで唯一飛行可能な零戦五二型が、茨城県の竜ヶ崎飛行場の上空を飛んだ。私は雑誌の仕事でこの飛行を取材し、そこで孫の手を引いて空を見上げる元零戦搭乗員と出逢ったことから、この人たちの戦中戦後の半世紀の人生に興味を持つようになった。そして、海軍航空隊の生き残り関係者を探しては訪ね、取材することをはじめたところだった。

角田は、元毎日新聞社の新名丈夫に手記を書くことを勧められた八年後の昭和五十八年、こんどは今日の話題社の戸高一成（現・呉市海事歴史科学館──大和ミュージアム──館長）に執筆を依頼された。そして、定年のない農作業の傍ら五年にわたって手記を書き続け、平

成元年、『修羅の翼』を今日の話題社から刊行、その無理がたたったか、平成二年に脳梗塞で倒れ、杖の手放せない身体になっている。

それでも慰霊祭だけでなく、遺族を訪ねることもできる限り続けている。この頃はまだ、戦没特攻隊員の母親たちの何人かが、百歳近くなって存命である。

私が角田のもとを訪ねたのは、そんな時期であった。

このとき角田は、特攻隊で突入を見届けた隊員たちの姿を、自らが味方輸送船を守るため、身を捨てる覚悟で敵戦闘機群に突っ込んでいったときの「胸のふくらむ思い」と重ね、涙をうかべて語ってくれた。深い哀しみを秘めた澄んだ瞳が印象的だった。この瞳に、どれほど凄惨な戦いが映ってきたのだろうと、ふと考えた。

帰り際、竜ヶ崎で撮ったばかりの零戦の写真をプレゼントしようとすると、角田は写真に一瞥しただけで、

「私はいいです。零戦を見るのはつらいですよ」

と表情を曇らせて言った。

「竜ヶ崎は同じ県内だから、誘ってくれる人はいましたが、行く気になれなかった。いま、それを見る人はカッコいいなあ、勇ましいなあ、と言うんですが、私にはそうは見られないんです。きっと、戦って戦って、傷だらけになって生き残った零戦でしょうね。それがあんなふうに見せ物になって。手を叩いて見られる心境じゃないんです」

私は、胸を衝かれた。そうだ、この人は零戦に乗って実際に戦ってきたのだ。それは、戦

後世代の私たちの想像を絶する苦難の日々だったに違いない。零戦に乗っていた人だから、零戦の写真を見れば喜んでもらえると、単純に考えていた自分の浅はかさが恥かしく思えた。それは、心の傷に塩を塗るような無神経な思いつきだったのだ。

虚飾のない、真情にあふれた角田の人柄に、私はしだいに心惹かれるようになっていった。四季折々に違った表情を見せる茨城の広大な農地と広く大きな空も、私の心を魅了した。何度もインタビューに通ううち、やがて角田から、慰霊祭に参加するたびに同行の誘いをもらうようになった。

門司親徳の問いかけ

慰霊祭の席上で、門司親徳、鈴村善一をはじめ、特攻隊の関係者や遺族に引き合わされたのは、平成八年のことである。

門司は、おそろしく頭のシャープな人で、戦時中の記憶も明瞭だが、ちょっと怖いというか、うっかりした質問ができないような感じを最初は受けた。鈴村は気さくな人だが、つねに角田や門司を立てて、自分は一歩さがったところにいた。

「特攻で敵艦を発見して、いざ突っ込む、というときの気持ちはどんなでしたか？」

私が聞くと、

「もう忘れたなあ」

と、鈴村は答えた。しばらく間をおいて、「忘れた」では気の毒だと思ったのか、

「たぶん言葉にはできんですよ。でも、特攻で死ぬのが嫌だとは思わなかった」

ポツリとつけ加えた。

以来、慰霊祭が終わった直会《なおらい》の席や、親しい人同士の会合などで、しばしば特攻の、公にはいまだ語られざる話を聞く機会を得た。

門司と角田が、それぞれ特攻に関する疑問、すなわち「大西瀧治郎の遺書についての謎」と、「大西中将の特攻の真意」を持ち寄って、当時を思い出し、互いの記憶の糸を手繰りながら補完していく姿を何度もまのあたりにしている。

東京、靖国神社や世田谷山観音寺での慰霊祭、慰霊法要の帰りにはいつも喫茶店に立ち寄り、話が始まるとあっという間に二時間、三時間のときが過ぎる。いつしか日が傾き、門司が腕時計を見て、

「もうこんな時間か。角田さん、お元気で。また話しましょう」

と、これから上野駅まで出て、常磐線に一時間以上乗って帰らなければならない角田を案じてお開きにするのがつねであった。

慰霊祭で会うだけでなく、私の角田宅訪問は、その後も年に五〜六回のペースで続いた。また、神奈川県大磯の門司邸にも通うようになり、これも同じく年に五〜六回のペースだった。門司は、妻・豊子を平成七年に亡くし、長女、長男もそれぞれ独立していて一人暮らしである。だが門司は、最愛の妻を亡くしたことを戦友には一言も話していない。

玄関をあけると、門司はもう資料を広げて待っていて、

「じゃあ、今日はなんの話をしようか」

と言う。第一印象で感じた「怖さ」とは裏腹に、門司は、若い人と話をするのが好きでたまらない、人懐っこさのある人だった。

ときに、しばらく間があくことがあると門司から電話がかかってきて、

「このところご無沙汰だから、また近々、ダベりにおいでよ」

という。門司邸での話は、インタビューの域ではない、マンツーマンの塾に通って「太平洋戦争」を学ぶような趣があった。

自分が語るだけではなく、門司はつねに、

「あなたはどう思う？」

と問いかけてくる。例を挙げると、

「昭和二十年八月十五日、玉音放送後に出撃した『宇垣特攻』をどう思うか」

とか、

「同じ日、台湾の高雄警備府では、ポツダム宣言受諾を知りながら、『魁《さきがけ》作戦』と称して可動全機による体当り攻撃を命じた。これをどう見るか」

といった具合である。

「宇垣特攻」について、私は、

「後世の目で見れば若者を無為に死なせた恥ずべき行動なんでしょうが、そのときの状況で

考えると、別の答えになると思います。いまのいままで本土決戦、全軍特攻の気構えでいた第一線部隊の隊員たちが、いきなり矛を収めよといわれて、ハイそうですか、と言えるものかどうか。大西中将は軍令部という官衙《かんが》にいて配下の兵力を持たなかったから一人で自決できたのでしょうが、最前線の実戦部隊を率いる第五航空艦隊の総大将である司令長官を、一人で死なせるようなことがあったら部下の恥だと思います。自分たちの長官が、これから突っ込むぞ、というときに誰も手を挙げないようでは、軍隊としてすでに終わっている。そんなときは『お供します』っていうのが男じゃないですか。玉音放送は停戦命令とは別ですし」

と日頃の考えを述べた。門司は、

「ふふん」

ちょっと含み笑いを浮かべてから、

「そうね。――でも、そういう血気に逸る部下を抑えるのも長官の役目ではある。官衙の軍令部次長と実戦部隊の長官の立場の違いに目をつけたのはいいね。部下に『死ね』と命じた司令長官が責任をとって自決するのは当然だから――もっとも、福留中将や寺岡中将は自決なんて考えもしなかったみたいだけど――宇垣中将が自決すること自体は間違いじゃない。ほんとうは、指揮官先頭、兵学校最優先の海軍の伝統からいえば、予備士官や下士官兵は連れずに、気の毒だけれど、兵学校出身の指揮官・中津留達雄大尉一人を供連れに行けば上出来だったのかもしれないね」

と言った。「魁作戦」については、

「ポツダム宣言を知っての全機特攻、しかも参謀長が和平派につらなる中澤少将（のち中将）ということは、みんな決死の覚悟で出撃を待っているときに戦争終結を告げることで、張りつめた気持ちをホッとさせ、徹底抗戦への意欲を殺ごうとしたんじゃないでしょうか。二〇五空飛行長の鈴木實中佐がおっしゃっていたことの受け売りですが」

と答えると、やはり門司は
「ふふん」

と鼻を鳴らし、

「中澤さんは策士で非常に頭の切れる人だったから、それは十分に考えられるね。しかし、あらかじめ正解を知ってたんじゃつまらないな」

と、はにかんだような笑顔をみせた。

特攻作戦中、門司が作成に携わり、大切に保管してきたフィリピン、台湾からの特攻隊戦闘報告のコピー、その他の資料を渡され、

「この編成表から、敷島隊、大和隊、朝日隊、山櫻隊の、昭和十九年十月二十日から二十五日までの隊員の入れ替わりを整理して、一覧表にしてみてくれる?」

と、宿題を出されたこともあった。人名のパズルを解くようにそれをつくって、次の機会に門司に見せると、

「うん、なるほど。そう、これでいい」

まるで学生のレポートを採点する教官のように講評する。私の「レポート」に誤りがあると、右肩上がりでせっかちな、独特の字で修正を入れる。門司のクセ字は戦時中からほとんど変わらず、現存する第一航空艦隊の戦闘報告のなかにも、門司が書いたと一目でわかる書類がいくつもある。

「ただね、当時、司令部では万全を期して記録につとめたんだけど、不時着したり通信の不備で把握できなかったものもある。角田さんや鈴村さんのダバオでの出撃記録が残らなかったのは、ほんとうに申し訳ない。私の手元にある資料や防衛庁に残っている資料は、正確を期してはいるけど百パーセントということはありえないから、そのつもりで見たほうがいい。『高松宮日記』なんかも、一級資料ではあるんだろうけど、書かれていることが正しいとは限らない」

そんな話をしている間にも、電話が何本もかかってくる。その多くがかつての特攻隊員からのもので、慰霊祭の案内や運営についての相談だが、そんな電話の受け答えを横で聞いていても、門司は、旧海軍の関係者のなかでもかなり重きを置かれているらしいことは伝わってきた。

「慰霊」が政治利用されることを好まず、左派勢力が「靖国神社に代わる無宗教の追悼施設」をつくろうという動きについて意見を求められるたび、

「そんなのはナンセンスだ。そもそも追悼とか慰霊というのは人の心の問題、信じるか信じないかだから、無宗教では成り立たないでしょう。A級戦犯合祀について、よその国がいち

ゃもんをつけてくるのは無礼です。合祀がよかったかどうかは、恩給法とかいろいろからんでて、もっと検討すべき課題だったかもしれない。しかしこれは、日本の国内問題ですからね。

だいたい、A、B、C級戦犯という言葉は罪の種類を分ける言葉で、軽重を表すわけじゃない。言葉の意味がわかって文句を言っている人がどれだけいるのか。神道はいったん合祀したものは外せないというのがどういう理屈かは知りませんが、そう決まってるんだったら曲げるわけにはいかないでしょう。死者にいつまでも鞭打つのはいかがなものか。

私たちは戦友と『靖国神社で会おう』と約束したんだし、遺骨なきご遺族にとっても、靖国神社は心の拠りどころなんですよ」

と答えている。

角田の杖がいつしか二本に

私の慰霊祭同行、角田宅訪問、門司宅訪問はその後も変わらぬペースで続くが、寄る年波で、状況には少しずつ変化が生じてきている。

一本だった角田の杖はいつしか二本になり、両手に杖をつかないと歩けなくなってきて、靖国神社の本殿の階《きざはし》を上り下りするのも一苦労である。慰霊祭に向かう道中、電車のなかで気を失い、救急病院に運び込まれたこともあったが、それでも角田は、節目、節目の慰霊祭に靖国神社へ行くことをあきらめなかった。

そのうち、角田の慰霊祭参加には、家族が付き添うようになり、家族が同行できないときは、角田の姿に感銘を受けた戦後世代の人たちが、進んで付き添うようになった。

このことには少し説明が要る。

――昭和五十三年、元零戦搭乗員が「零戦搭乗員会」という会をつくった。海軍戦闘機隊の元搭乗員を主にした集いである。年に一度の総会と年に二度の会報発行を柱に、海軍戦闘機隊の記録をまとめ、『海軍戦闘機隊史』（原書房）、『日本海軍神風特別攻撃隊隊員之記録』（私家版）を刊行するなどの活動を続けた。

しかし、平成十年、元搭乗員の全員が七十歳を超え、会員の高齢化で事務局機能の維持が困難になったことから、「解散」が話題に上るようになった。

そのことを知った大勢の若い世代が、

「零戦の灯を消してはいけない」

と、手伝いを申し出たことから、搭乗員だけの「零戦搭乗員会」は平成十四年で解散し、事務局を引き継ぐ形で若い世代を迎えての「零戦の会」に生まれ変わった（平成二十一年、東京都よりNPO法人の認可を受け、「NPO法人零戦の会」となる）。

――この会に加わった若い人たちが、角田の慰霊祭参加には必ず付き添うようになったのだ。

両手に杖をつきながら、黙々と、戦友たちの慰霊を続ける角田の姿は、万巻の書物よりも雄弁に、戦争の悲惨や男の友情、人間の生き方といったことを若者に伝えた。

「列機」鈴村善一の死

鈴村善一の体調が思わしくないと聞かされたのは、平成十四年の秋頃のことである。この年の三月、鈴村は靖国神社の特攻隊慰霊祭に妻・ハルをともなって参列したが、その後、体調をくずしたようであった。循環器系の難病らしかった。

平成十五年に入ると、鈴村の容態はますます悪化し、角田は不自由な体をおして、一人で名古屋の病院に見舞いに行っている。

角田は、昭和二十年一月二十五日、フィリピン・ツゲガラオ基地からの最後の特攻出撃で、行軍中に自分の着ていたシャツと交換してまで角田のために椰子酒を届けてくれた鈴村を、特攻隊員として指名したことに長く負い目を感じていた。そのときの椰子の実は、自分自身の心の戒めとして、いまも角田は大切に保管している。

戦後もずっと、慰霊巡拝の旅に同行し、ときにはホテルに泊まれず駅舎で一晩を過ごしたりもしながら、角田を支えてくれたのが鈴村だった。

鈴村が息をひき取ったのは、一月三十日朝のことであった。享年七十六。

名古屋市中村区名駅《めいえき》南のセレモニーホール名古屋で行われた通夜、告別式には、角田をはじめ、今泉利光、今中博、長田利平、香川克己、杉田（旧姓・小貫）貞雄ら、二〇五空の元特攻隊員十三名が泊りがけで集った。

鈴村の町工場は株式会社に発展し、社名も「八剣工業株式会社」となって自動車部品工場として成長している。仕事関係の参列者が多いなか、揃いの海軍帽を被った元特攻隊員たちの一群はひときわ目を引いた。

告別式が終わり、出棺のとき、霊柩車がクラクションを強く鳴らして動き出すと、元特攻隊員の誰かが大きな声でつぶやいた。

「鈴村も、霊柩車に乗るようになっちゃおしまいだな！」

「馬鹿だなあ、鈴村。死ぬときは一緒だって誓い合ったのに。約束が違うじゃないか」

荒っぽい言葉のなかに、戦場で苦楽をともにした戦友への気持ちがにじみ出る。角田は黙って、最愛の列機の最後の旅立ちを凝視している。棺を見送る彼らの目は泣き腫らして真っ赤になっていた。

「神風忌」慰霊法要のおわり

昭和二十一年、GHQの目を盗んで、港区芝公園の「安蓮社」でひそかにはじまった毎年十月二十五日の「神風忌」慰霊法要も、そろそろ終焉を迎えようとしていた。

安蓮社には、昭和二十六年に四体造立された「特攻平和観音」のうち一体が安置され（二体は世田谷山観音寺に、もう一体は知覧の旧陸軍特攻基地跡地に建てられた特攻平和観音堂におさめられた）、観音像の胎内には寺岡謹平中将の筆による、第一航空艦隊、第二航空艦隊の特攻戦没者二千五百二十五柱の氏名の書かれた巻物を蔵している。

戦後、「神風忌」をはじめたときは焼跡のバラックのようだった寺は、いまは近代的なオフィスビルに建て替えられ、その二階が寺になっている。

平成十四年十月二十五日、私は、許しを得てはじめてこの法要に参列した。

参列したのは、門司のほか、第一航空艦隊の司令部要員数名と、大西瀧治郎の甥の樽谷博光、「零戦の会」会長で、フィリピンでは三四一空の紫電隊を率いて戦った岩下邦雄大尉、神雷部隊の戦闘機隊長・中島大八大尉などで、第二十九航空戦隊参謀・冨士信夫少佐が幹事役をつとめていた。

だが、平成十七年一月二十四日に冨士が八十七歳で亡くなると、もはや幕引きを考えるしかなくなった。

平成十七年九月、門司は岩下邦雄と私、それに「零戦の会」事務局長・高橋希輔を大磯に呼んだ。「神風忌」を今後どうするかを相談するためである。ここで得られた一応の方針は、

「参会者への案内の葉書に、案内は今年限り、来年以降は自由参加とする旨を明記する。もとより、末永く特攻隊のみたまを供養してくれる約束だったから、安蓮社もそのように続けてくれるだろう。現在に至る参会者名簿もお寺に納めてもらおう。安蓮社には、慰霊法要一週間前の十月十八日、門司、岩下、神立、高橋がその旨お願いに行く」

ということだった。これまでは、毎年参会者から参加費をとり、三万円を寺に納めていたが、今後、自由参加となると会費をとるわけにはいかない。そこで、門司と岩下は相談のうえ、十月十八日に、これからの法要をお願いするためのお布施として五十万円を包み、住職に手渡すことにした。

「五十万円」というのは、靖国神社の永代神楽奉納が五十万円、海軍に縁の深い東郷神社のそれが三十万円ということと、いまやほとんどが年金生活者である参会者が現実的に出せる金額、ということから決めた金額である。

ところが、門司と岩下からの頼みに、寺側は応じなかった。猪口参謀に特攻隊員の供養を約束した住職は、とうに代替わりしている。

住職は言いにくそうに、

「永代供養となりますと、たいへん失礼ですが、金額の桁が一つ違います。いままでの名簿もこちらにお納めいただくとなると、それを保管する桐箱を新調するだけで、五十万円ほどかかってしまいます」

と言った。門司と岩下は、思わず顔を見合わせた。

「わかりました。ではこの五十万円は、いままでの御礼として、納めさせていただきます。私たちの『神風忌』は、これで終わりにします」

門司は住職に言った。

「ありがとうございます。毎年十月二十五日は、特攻隊のことを思いながらお勤めいたしたいと思います」

ホッとしたように、住職は答えた。

芝公園の坂道を歩いて下りる道すがら、門司は、

「そうか、神様と仏様では桁が違うか。この年になって世間知らずを痛感するよ。仕方がな

い、六十年も続けてきたんだから、みんな勘弁してくれるだろう」

と、残念そうにつぶやいた。そして、冨士信夫の遺族から門司のもとへ送られてきていた「神風忌参加者名簿（全六冊）」を、

「これ、お寺に納めるつもりだったけど、やっぱりやめた。大切なものだから、あなたが持ってなさい」

と、私に手渡した。

こうして、「神風忌」の慰霊法要は、ちょうど六十回で幕をとじた。

有終の美

ちょうどこの頃、元陸軍中佐で、大本営陸軍部参謀、関東軍参謀などを歴任、戦後、伊藤忠商事会長を務めた瀬島龍三《せじまりゅうぞう》が、全国の戦友会を大統合して新しい財団をつくろうと言いだした。門司は、この構想にはじめから「大反対」の意思を表明している。

呼びかけを受けた海軍の戦友会から相談を受けると、門司は、

「戦友会は、共通の体験を持つ戦友同士が集まるからうまくいくんで、統合して上納金みたいな会費をとるようになっちゃダメになる。実情を知らないもの同士がくっついても、うまくいくはずないでしょう。

慰霊というのは一人一人の心の問題なのに、団体をつくったり財団を維持することが目的になって、そのために会員を勧誘するようでは本末転倒。瀬島さんが亡くなるまで、あまり

細かいことは決めないほうがいい。

統合して、やれ慰霊碑の管理だとか、ほかの戦友会の手伝いとか、手を広げさせられても大変なことになるし、現実を見据えて慎重にやろう。それに、大本営陸軍部にひきずられるのは、戦争で懲りた」

と、アドバイスを続けた。もともと門司は、「全国の戦友会を大統合する」などという大風呂敷を広げられるのは嫌いであった。

世田谷山観音寺の特攻観音慰霊法要でも、門司はテントの最前列に用意された来賓席には絶対に座ろうとせず、元下士官兵特攻隊員と一緒に雑談しながら一般参加者の一人としてお参りをする。いっぽう、瀬島は、将官を迎えるときの儀礼喇叭《らっぱ》譜「海行《ゆ》かば」（国民歌謡として戦時中、広く愛唱された「海行かば」とは別旋律）の軍隊ラッパに迎えられて境内の会場に現れる。

「あれ、将官ラッパ？　瀬島さんって中佐じゃなかったっけ。いい気なもんだなあ」

と、海軍の元特攻隊員たちはささやきあったものだ。海軍と陸軍の気質の差だけでなく、門司と瀬島とでは性格も正反対のようであった。

そういう門司は、「海軍ラバウル方面会」の会長を務めている。

この会は、ラバウルにいた海軍部隊、南東方面艦隊や第八艦隊の関係者が主になり昭和三十八年に結成され、以後、毎年五月第二日曜日に靖国神社で慰霊祭を行なっている。

初代会長は、元南東方面艦隊司令長官・草鹿任一《じんいち》中将で、元南東方面艦隊首席参謀・佐薙《さなぎ》

毅《さだむ》大佐、元第八艦隊首席参謀・池上巌中佐を経て、平成五年、門司がその後を引き継いだ。「神風忌」が終わった平成十七年現在でも、三百名ほどの会員がいて、毎年、慰霊祭には多くの戦友が集う。だが、ここ数年、会員の物故者は年間三十名を超え、慰霊祭の参加人数は急激に減ってきている。草鹿中将以来の歴史を顧みれば解散するのはしのびないが、このまま寂れていくのはもっとしのびない。門司は、自分の代でこの会も幕を引くことを決意した。平成十八年の慰霊祭で、門司は来年、平成十九年の慰霊祭をもって「海軍ラバウル方面会」を解散することを宣言した。

そして平成十九年五月十三日――。

朝、集合場所である靖国神社参集所前の受付に、弟・親昭に伴われてきた門司の顔色はすぐれなかった。

「今日は有終の美を飾ろうと思ってね。昭和三十八年の第一回慰霊祭で草鹿中将が読んだ祭文を私が読んで幕引きにしようと思ったんだが、気持ちが昂ぶって眠れなくて、精神安定剤をついいつもより多めに飲んだら、なんだかぼんやりしちゃって」

と、門司はかすれ気味の細い声で言った。それでも、両手に杖をつき肩から黒革の重そうなカバンを斜めに下げた角田和男が次男・照實に付き添われ、正門のほうから歩いてくるのを認めると、机に手をかけて立ち上がり、

「やあ、元気？」

と、角田の分厚い肩を右手で抱くようにしてポン、ポンとたたいた。

「ええ、お陰さまで。ご覧のとおり不自由ですが……」

角田は答えた。門司は、角田の肩を抱きながら、

「うん、うん」

と頷いた。門司の目には涙が光っていた。もうこれだけで、二人の間には言葉はいらなかった。

門司の体調がすぐれないので、靖国神社本殿で読む慰霊祭の祭文は、急遽、別の会員が代理で読むことになった。

〈謹みて大東亜戦争中のラバウル方面に於いて散華されました四万余柱の戦友諸士の御霊に申し上げます。（中略）トラック島外郭の重要戦略拠点ラバウルの攻略が決行されたのは、昭和十七年一月二十二日のことであります。〉

その後、祭文は約二千百字にわたって続き、

〈願わくば皆様方の御霊の永久に安からんことを。

昭和三十八年五月十二日

海軍ラバウル方面会会長　草鹿任一〉

と結ばれている。

これを最後の会長である門司が読めなかったのは、本人にとって無念なことに違いなかった。

本殿での慰霊祭を終えると、靖国神社の正門前で、参加者全員の記念写真を撮る。写真を

撮るのは、靖国神社公認のツカモト写真館である。店主の塚本一由は昭和二十六年から半世紀以上もの間、ここで、雨の日も風の日も夫婦で営業している。

角田はいつも、この集いには、「ラバウル海軍航空隊　五八二空」と染めぬいた長辺が一・五メートルほどもある大きな旗を旗竿とともに肩からかけて持参し、旗を広げて写真に写るようにしている。

写真を撮り終えると、写真館の塚本夫妻は、ひな壇の台を片づけ始め、角田や遺族たちも、三々五々、靖国会館の直会《なおらい》会場に向かった。

ところが、門司はパイプ椅子に座ったまま動かない。

「門司さん、直会に行きましょうか」

私が声をかけても返事がない。おかしいぞ、と思い、しゃがんで門司の顔をのぞき込むと、目が裏返り白目をむいていた。驚いて門司の手を握り、

「門司さん、門司さん」

声をかけ続ける。呼吸はしているし、手を握り返す力はある。呼びかけに対して門司は、はじめのうちは、

「なんですか」

「ここにいますよ」

と、少しは意識があるようだったが、そのうち、私の手を強く握りしめたまま、口の中でぶつぶつとなにか言葉を唱え始めた。

「えっ？　門司さん、なんですか？」

口元に耳を近寄せると、

「謹んで……昭和十七年……ラバウル……」

と、途切れ途切れに聞こえた。草鹿中将の祭文の文句である。

「きれいに幕を引きたい」

と言っていた門司は、この日のために、全文を暗誦できるよう準備していた。門司は、今日の慰霊祭で読むはずだった祭文を、意識を失いながら諳《そら》んじていたのだ。

八十九歳、はじめての点滴

靖国神社からほど近い、千代田区富士見の東京逓信《ていしん》病院に搬送された門司は、脳のＣＴ検査を終え、ベッドに寝かされて点滴を受けた。

やがて意識を取り戻した門司は、腕に刺された点滴のチューブをまじまじと見て、

「なんだこりゃ、いったいどうなってるんだ」

と言った。

「記念写真のあと気を失われて、いま病院で点滴を打ってもらってるんです」

状況を説明すると、

「ふうん、八十九歳にして、生まれてはじめての点滴だよ。こうやってやるのか」

門司は、点滴の液体がポトリ、ポトリと落ちるのを顎を引いて見ながら興味深げにつぶや

いた。

時間が経つにしたがい、だんだん意識がはっきりしてきて、

「（靖国神社で倒れたことが）最高の演出だったろ？……あそこで死ねばドラマとしたら完璧だったんだが、どうやら助かっちゃったようだね」

などと軽口を言うようにもなった。

「冗談じゃない。手を握ったままあの世に行かれてたまるもんですか。それに私、剣道六級ですよ」

大西中将がピナツボ山麓への山ごもりを決意したとき、自決時の介錯を念頭に置いて、門司に「副官は、剣道何段だ」と聞いたことを思い出したのだ。

「六級とは、こりゃまた心細いな……」

門司はかすかに笑った。私は、言葉を続けた。

「それに、門司さんの主戦場はラバウルじゃありません。ラバウルは仮の住まいで、クライマックスは特攻作戦でしょう。大西中将でしょう。大西中将の命日ならともかく、今日は門司さんのご命日にふさわしくないと思います」

ムキになって言うと、門司は、

「わかった、わかった」

と素直に答えた。

そのとき、靖国会館から角田がやってきて、

「倒れたのに全然気づかなかった。びっくりしちゃって。よかった、気がつかれましたか。門司さん、ご丈夫になさってくださいよ」

門司の手を握って涙ぐんだ。

「うん、うん」

門司は頷いた。これが、門司親徳と角田和男が会った最後の機会になった。やがて夕刻、門司の家族が駆けつけたので、もう大丈夫と、私は角田に付き添って病院をあとにした。

大事をとって、門司はそのまま入院することになった。四日後、東京逓信病院を訪ねると、門司は個室の病室に移っていて、枕元にはCDラジカセと『古典落語全集』のCDが置かれていた。

「これがないと眠れない」

と、なによりもまず先に、長女・まり子に持ってこさせたのがこれだったという。

二週間足らずで退院し、大磯の家に帰った門司を、私は六月一日、七月一日と訪ねている。七月一日には、「零戦の会」会長・岩下邦雄と高橋事務局長が同行した。数年来、懸案となっている瀬島龍三の「戦友会の大統合」構想は、呼びかけに応じた戦友会だけで進行している。不参加を決めた「零戦の会」の岩下のもとへは、なおも参加を促すプレッシャーがかかっている。岩下の相談に答えて門司は、

「思ったとおり、瀬島さんは、シベリア抑留者六万人とか、徴用船員の戦没者の慰霊にまで

手を広げようとしてるでしょう。元軍人のトップに君臨しようって名誉欲じゃないのかな。高齢化が進む戦友会の積み立ててきた会費は一種の埋蔵金で、そこに目をつけたんだと思う。その埋蔵金を掘り返して、慰霊行事に使うのなら、それ自体は悪くない。でも、お金の話がからむと、どうもいやらしいことになる。単独で続けられている戦友会までがそれに飲み込まれて、変な方向に行くことはない。瀬島さんはこの三月から体調をくずしておられるっていうし、白紙のままでいたほうがいいんじゃない？」

と、答えた。

論旨は通っているし、これまで門司が言ってきたことと少しもブレていない。だが体力、気力ともに衰えているのは一目瞭然であった。ソファに座っているのも辛いようだったので、二時間ほど話して、早々に帰ることにした。

「それじゃあ、さようなら」

居間の入口の柱につかまって、門司は言った。足元がおぼつかなく、玄関から出るのは無理なようだった。これが、私が門司と会った最後になった。

その後、門司はふたたび倒れ、十月には生命が危ぶまれる状況になった。十一月には会話ができなくなり、食物もとれず、胃ろうから栄養を補給するようになる。

そして門司は、十二月九日に九十歳の誕生日を迎え、寝たきりのまま平成二十年を迎えた。

二十年八月十六日

平成二十年八月十六日——。

たまたま、私はこの日、角田方を訪ねることになっていた。

訪問の約束は午後一時だったので、事前に近くの飲食店で昼食をすませることにした。すると、席につくやいなや、携帯電話が鳴った。

発信者は「門司和彦」。門司親徳の長男である。着信時刻は十二時二分だった。

電話の向こうで、和彦が、

「午前十一時十分、父が亡くなりました。全く偶然、今日という日に息を引きとりました」

と言う。それで、ハッと気づいた。

——今日は、大西瀧治郎中将が割腹した命日。しかも、昭和と平成、元号は違えど、同じ「二十年八月十六日」ではないか。

偶然とはいえ、あまりの符合に驚いた。門司は、昨年靖国神社で気を失って病院に運ばれたとき、私が、

「大西中将の命日ならともかく、今日は門司さんの命日にふさわしくないと思います」

と言ったのを憶えていて、それでももっとも「命日にふさわしい」今日まで頑張ったのではないか、というようなことがふと頭をよぎった。

角田宅訪問は、門司の訃報を伝える使者を兼ねることになった。話を聞いて角田は、

「ええっ！」

と最初は驚いた様子だったが、やがて悲しげに、

「まあ、この年ですから、もうしようがないですね。今日という日に亡くなって、最後まで大西中将に殉じられたんですね」

と肩を落とした。

門司親徳の通夜は八月十八日午後六時から、告別式は十九日十一時から、いずれも東京都調布市の「セレモニアル調布」で執り行われた。長男・和彦が、喪主としての挨拶とともに、門司が生前、平成十二年八月十五日に書いて用意していた感謝の言葉を読んだ。

〈小生の一生を振り返ってみますと、ほんとうに恵まれていたと思います。戦争でいろいろな体験をしながら生き残り、それを本に書いたために多くの人と知り合い、将来も戦史を調べる人がきっと参考にすると思います。これは、書いたものが残るという意味で、嬉しいことです。（中略）

みんな先に逝ってしまいました。あとは、みんなに迷惑をかけず自分が終末を迎えるだけです。（中略）ただ、いまこれを書いている段階では、どんな死に方をするのかわかりません。少しは迷惑をかけることになるかもしれません。そのときはよろしくと書いておくほかはありません。（中略）

それではみなさん、ほんとうにありがとうございました。仲良く、健康で、幸せに暮らしてください。

では、豊子のところへ行きます。さようなら……。〉

告別式には、茨城から角田和男も駆けつけた。棺のなかの門司は、昨年、最後に会ったときよりも一回り小さく見えた。それでも、

「大西中将と同じ八月十六日に死んだのは、最高の演出だったろ？」

というようないたずらっぽい声が聞こえるような気がして、私は涙ぐんだ。

式場には、今泉利光や杉田（旧姓小貫）貞雄、長田利平らかつての特攻隊員たちの姿も見られ、出棺のときには海軍式の挙手の敬礼で門司の棺を見送った。

夢なら覚めないでほしい

角田和男は、門司が亡きあともできるかぎり、慰霊祭や墓参、戦友の見舞いに出かけた。ただ、平成二十一年七月十五日、二五二空舟木部隊の慰霊祭で詣でたのを最後に、靖国神社には行っていない。行きたいのは山々だが、自宅を出てから帰るまでを考えると一日がかりになる。靖国神社にお参りするのは、そのために家族の誰かが仕事を休んで車を出さなければ、電車での移動はむずかしくなったからだ。

外出は意のごとくならなくなったが、角田は現在も茨城県の自宅で、亡き戦友たちを静かに弔い続けている。

「いまもよく夢に見ます。死んだ連中が出てきて、眠っていてもこれは夢だとわかるから、はじめのうちは、『お前たち、また出てきやがったか！　早く成仏しろ』と追い払うように

無理やり目を覚ましたものですが、歳月が経てば経つほど、夢なら覚めないでほしい、もっとゆっくり会っていたいと思うようになりました。でも、そう思えば思うほど、夢ははかなくすぐに目が覚めてしまうんです」

しかし……と、角田は言う。

「特攻隊員が敵艦に向かって突入し、目を見開いて、これで命中する、とわかったとき、幸せに胸をふくらませたであろう気持ちは、自分の体験に照らして信じています。ただ、これを戦後世代の人に理解してもらうことはむずかしいでしょうね。ほんとうに胸をふくらませるような、幸せな気持ちになったことがある人が果たしているのかどうか……」

（文中敬称略）

あとがき

戦争体験者、そしてかつての零戦搭乗員たちを訪ね歩き、何冊かの本を上梓してきたが、「特攻」をテーマとすることは、これまで意識して避けてきた。ある元特攻隊員は、私のインタビューに、

「特攻が嫌だと思ったことは一度もない。俺たちがやらないで誰が敵をやっつけるんだ。私の仲間には渋々征ったようなやつはいない。それだけは、覚えておいてくださいよ」

と言い、また別のある元特攻隊員は、

「死ぬのがわかってて自分から行きたいと思うやつはいないでしょう。みんな志願なんかしたくなかった。私も志願しなかったけど、否応なしに行かされたんです」

と言った。人それぞれ、置かれた状況も違えば感じ方、捉え方も全然違う。「生存本能」と「使命感」のはざま、言葉を替えれば「個体保存の本能」と「種の保存の本能」とがせめぎ合う、人の生死の極限状態であり、当事者の数だけ異なった捉え方があるのは当然である。

それを一冊の本で語りつくせるとは到底思えなかったのだ。

それでも今回、私が本書を書くに至ったのは、本書の二人の主人公、元第一航空艦隊副官・門司親徳氏、元零戦特攻隊員・角田和男氏という、「特攻」を語る上で欠かせない人たちと、誰よりも身近に接した取材者として、二人が語る大西瀧治郎中将の「特攻の真意」、すなわち、「特攻は聯合軍に日本本土上陸を思いとどまらせ、和平を促すためのメッセージ」であったということを、きちんとした形で検証し、書いておく責任があると考えたからである。

関係者の多くが鬼籍に入ったいま、「特攻＝愚挙」という思い込みを基に、特攻を貶めて足れりとするような書籍が出回っている。なかには、門司氏だけが、それも一度きりしか聞いていない、「棺を覆うても定まらず、百年ののちに知己を得ず」という大西中将の言葉を、門司氏本人への取材もせず、前後の状況や文脈を全く無視して、「妄言」と切り捨てたものさえもある。

取材をせずに書かれた本が増えてきては、取材をしてきた者として座視するわけにはいかない。何より、話すことは辛いことであるのに違いないのに、取材に応じてくださった人たちに申し訳ない、ということも、本書を書くにいたった動機の一つである。

「特攻隊員の死はけっして徒死《むだじ》になどではなく、日本に平和をもたらすための尊い犠牲だったのだ」

という事実を、日本を担う次の世代のためにも示しておかなければならない。と同時に、

「特攻隊員の親御さんたちの、子を想う姿をみていると、たとえ平和のためであっても、二度と戦争をしてはいけない、『遺族』をつくってはいけない、とつくづく思います」という、角田氏の思いも大切に噛み締めたい、そんな気持ちで書き上げた。

近頃、政権の中枢にいる政治家が、「命を懸けて」という言葉を好んで使う。何ごとかを成し遂げるのに「命を懸けてやる」と国民に約束したからには、約束が果たせなかったときには死ぬのでなければ筋が通らない。「いのちを大切にする政治」などと標榜しながら、「命」という言葉が、いまの時代、じつに軽く使われているような違和感を、そのたびに覚える。日本の政治家をはじめ、リーダーたる人には、大西瀧治郎の「責任のとり方」を学んでほしい。ほんとうに「命を懸ける」というのは、大西や特攻隊員ほどの覚悟があってはじめて、口にできる言葉だと思うのだ。

最後に、本書の取材にご協力くださった全ての皆様、そして出版の労をとってくださった文藝春秋の細井秀雄氏に、心より御礼を申し上げます。特攻戦没者のみたま安かれと祈りつつ。

平成二十三年七月

神立尚紀

七十五年後のクラーク特攻基地——再文庫化にあたって

本書の単行本が、文藝春秋から刊行されたのは平成二十三年のこと。それから九年の間に当事者の多くが鬼籍に入り、「特攻」にまつわる環境も激変した。

本書の語り部のひとりである元零戦搭乗員・角田和男氏が亡くなったのは、平成二十五年二月十四日のことである。享年九十四。通夜は二月十七日、告別式は十八日、いずれも茨城県かすみがうら市の「トモエホール」で執り行われた。

ふつう、この年齢になると同年代の友人がほとんどいなくなっていて、葬送の式は寂しいものになりがちである。だが、親族はもとよりかつての戦友、遺族、著書や慰霊祭を通じて出会った人たち、角田氏を取材したことのあるテレビ、ラジオの番組スタッフなど、交通不便な場所にもかかわらず斎場いっぱいの人が参列し、故人の人徳がしのばれた。告別式では、不肖私が弔辞を読む大役を仰せつかり、大西瀧治郎中将の「特攻の真意」を軸に、角田氏の「戦い」と「慰霊」に明け暮れた生涯を振り返った。軍艦旗に覆われた棺は、元神風特攻大義隊員・荒井敏雄氏、岩倉勇氏、井上廣治氏、長田利平氏らにも見送られ、永遠の旅路についた。

本書を最初に上梓したさい、角田氏は、

「私はかねがね、大西瀧治郎中将の『特攻の真意』を伝え残すために生かされてきたと思ってるんですが、この本を世に出してもらって、私の役割はもう終わったと思うんですよ」

としみじみと語った。その角田氏が亡くなったことで、大西中将の「特攻の真意」を語りうる当事者は一人残らず世を去ったことになる。

いっぽう、戦後七十五年となる今年の夏は、本書のもうひとりの主人公・門司親徳氏が亡くなって十二年、十三回忌となる。この三月、私は、門司氏の長男・門司和彦氏らとともに、フィリピンのかつての特攻基地跡を訪ねた。フィリピンで父の足跡をたどるのは、和彦氏の宿願だった。新型コロナウィルスによる感染症はすでに猛威をふるっていたが、出発前に確認したところ、羽田―マニラ便は平常運航で、入国制限も敷かれていない。

三月十三日午前一時三十分、羽田空港発のJAL便に乗り、現地時間五時（日本時間六時）、マニラ空港に到着。そこで車をチャーターし、あえてガイドはつけず、Googleマップを頼りに、かつての特攻基地を訪ねることにした。まずはマニラ市街を抜けて北上し、クラーク・フィールドを目指す。

クラーク・フィールドは、マニラの北側、ルソン島中部に広がる大平原で、戦時中、ここには、北からバンバン北、バンバン南、マバラカット東、マバラカット西、クラーク北、クラーク中、クラーク南、マルコット、アンヘレス北、アンヘレス東、アンヘレス西、アンヘレス南と、陸海軍合わせて十二もの飛行場があった。当時、飛行機搭乗員が携行した航空図に各飛行場の詳細はなく、一帯を赤い円で囲って「クラーク航空要塞」とのみ記されている。アンヘレスのように、上空から見て飛行場とわからないよう、草原のままにしている秘匿基地もあった。昭和十九年十月二十日、特攻隊が最初に編成された二〇一空本部はマバラカット市街にあり、十月二十一日、最初に出撃したのはマバラカット西飛行場、敷島隊が初めて突入に成功した十月二十五日に発進したのはマバラカット東飛行場である。さらに、ほかの飛行場からも、特攻隊は続々と出撃した。

マニラのニノイ・アキノ国際空港からクラークまでは約百キロ、早朝から大渋滞のマニラ市街を抜け、きれいに整備された高速道路に乗れば、約二時間の道のりである。高速道路は、かつて大西中将と門司副官が走った幹線道路のやや東寄りを通っている。左右には広大な田園風景が広がり、よく晴れた空の下、牛や山羊が草を食んでいるのがあちこちに見える。サンフェルナンド近くに差しかかった頃、右前方の平原の向こうに、擂鉢を伏せたような形の山が見えた。アラヤット山である。「決死隊を作りに行くのだ」と大西中将がつぶやいたのは、このあたりだったに違いない。

最初に訪れたのは、アンヘレスとマバラカットの中間あたりに位置するクラーク博物館である。ここには、太古の昔から現代までの、クラーク地方の歴史資料が時代を追って展示されているが、なかでもアメリカ統治時代、この地に置かれた航空基地に関連する展示が目を引いた。太平洋戦争初期、在比米軍は日本軍の猛攻を受け壊滅、クラークは日本陸海軍航空部隊の一大拠点となる。しかし、やがて巻き返したアメリカ軍は戦争に勝利、ふたたび広大な米空軍基地が置かれる。一九九一年四月、空軍基地からわずか二十キロのピナツボ山が大噴火、同年十一月、米軍は、基地使用期限を更新せず撤退するが、二〇一二年からふたたび駐留している。――いろいろとめずらしい資料、写真の展示があって興味深く見学したが、太平洋戦争については、明らかに米軍側の視点に立っていて、ハワイ・真珠湾のアリゾナ記念館ほどではないものの、日本人としてはあまり気分のよいものではなかった。

次に私たちは、マバラカット西飛行場跡にある特攻隊記念碑に向かった。この記念碑は、もとはアンヘレス市在住の画家、ダニエル・H・ディソン氏が、昭和四十九年（一九七四）、マバラカット東飛行場跡に建てたもので、二〇一空の関係者による慰霊祭がここで行われたことは本文で述べた。

ところが、一九九一年、ピナツボ山噴火のさいの土石流で記念碑が失われ、再建の話が出るようになると、こんどはマバラカット市観光局が、この地に特攻隊の記念碑を建てる計画が浮上してきた。マバラカット市は、ディソン氏が元の場所（東飛行場跡）に記念碑を再建することを認めず、ディソン氏を外す形で、新たな記念碑をつくることを決めたという。ディソン氏はやむなく、マバラカット西飛行場跡の西端に土地を確保し、ここに記念碑を建立することとした。門司氏は、マバラカット市の動きも否定はしないが、心情的にディソン氏を応援していたことは言うまでもない。かくて、あたかも「元祖」と「本家」が互いに存在を主張しあうような形で、二〇〇四年、カミカゼが「最初に飛び立った飛行場」（ディソン氏の西飛行場）と「最初に突入したときに発進した飛行場」（市当局の東飛行場）、二つの記念碑が同時に建立されたのだ。

だが、ディソン氏は二〇一五年十二月十日、八十五歳でこの世を去り、日本側の関係者もほぼ全てが亡くなったいま、記念碑建立のいきさつを知る人はほとんどいない。

――話を戻すと、私たちがまず西飛行場の記念碑を目指したのは、和彦氏の父・門司親徳氏が応援していたディソン氏にゆかりの場所であるからにほかならない。ところが、現在、西飛行場の記念碑は射撃場の敷地内になっていて立ち入り禁止、事前に許可証を入手しない限り、そこに行くことはできないのだという。許可証と言われても、どこに申請すればいいのかもわからない。そこで、ゲートの番をしていた守衛に、訳を話して交渉すると、一人五百ペソ（約千円）を払えば、十分間だけ入場を許可するということで話がついた。もちろん、これは正規の入場料ではないはずだが、入れてくれるのならやむを得ない。

車でゲートを入るとほどなく、右側の草むらの奥に記念碑が見えた。周囲は草ぼうぼうだが、記念碑の敷地だけはきれいに整備されている。碑の左右にはフィリピン国旗と日本の軍艦旗が描かれ、その間に〈第二次世界大戦に於て日本神風特別攻撃隊が最初に旅立つた飛行場〉と記されている。台座の上には観音像が置かれ、供物台には、以前日本人が来たときに供えていったものか、干からびた果物や溶けた蝋燭が残っていた。

おそらく、無許可で人を立ち入らせたことがバレてはまずいのだろう、守衛は終始そわそわと落ち着かない。私たちは、観音像に線香をあげ、供物を供えると、急き立てられるように記念碑をあとにした。

マバラカット西飛行場跡、ダニエル・ディソン氏が建立した特攻隊記念碑

次に私たちは、マバラカット東飛行場跡、かつてディソン氏が建てた記念碑の跡地にマバラカット市がつくった記念碑を訪ねた。交通量の多い幹線道路に面したところに、日本の鳥居を横長にしたような形のゲートがあり、飛行服姿の特攻隊員の像が立っている。ゲートの左脇には、ダークグリーンの地に〈神風　Kamikaze（DIVINE WIND）EAST AIRFIELD〉と大きく書かれた「MABALACAT CITY TOURISM OFFICE」の看板。土曜日の昼で、学校帰りらしい制服姿の女子学生が大勢前を通るが、彼女たちはこの碑に全く関心はないようだった。

ガイドもつけない、行き当たりばったりの旅。マバラカット西と東、両方の記念碑に詣でた私たちは、続いて、スマートフォンで見つけた「バンバン歴史博物館」に向かった。バンバンの地には、特攻作戦の渦中、第一、第二航空艦隊司令部が置かれていたが、ここがどんな博物館なのか、予備知識は何もない。着いてみると、入口には「CLOSED」の札が出ている。どうしても見学したかったわけではないが、一応、念のためノックしてみると、ドアが開いて男性が訝しげに顔を出した。そこで和彦氏が、

「突然訪ねて申し訳ない。じつは私の父が戦争中、この地にいたので寄ってみました」

と言うと、男性が、

「お父さんの名前は？」

と聞き返す。

「父の名前は門司親徳です」

和彦氏が答えたとたん、男性は大きく目を見張り、心底驚いた表情を見せた。

この博物館の館長を務めているローニー・デラクルス（Rhonie Cauguiran Dela Cruz）氏、五十歳。一九九九年に設立されたバンバン歴史協会（Bamban Histrical Society）の会長を務めている。二〇〇〇年には一年間、勤めていた日系企業の技術研修のため日本に滞在したことがあり、休日には大磯の門司親徳氏邸を何度も訪ねて話を聞いたという。門司氏は、

「バンバンで実際に起きたことを記録することはフィリピン史研究にとって重要。日本の戦

没者への供養にもなる」

と熱心に語る、このフィリピン人青年に目をかけ、デラクルス氏も門司氏を「パパ・モジ」と呼んで慕っていた。デラクルス氏は目を丸くしたまま、

「パパ・モジの息子さんが来てくれたなんて信じられない！　彼は偉大な人でした。この博物館ができたのもパパ・モジのお陰なんです」

と、興奮気味に言った。和彦氏は知らなかったが、「パパ・モジ」こと門司親徳氏は生前、ここバンバン歴史博物館にも援助を続けていたのに違いなかった。

バンバン博物館第三展示室にて。左から門司和彦氏、デラクルス館長、筆者、NPO法人零戦の会事務局長・高橋氏（撮影／井上達昭）

思わぬ縁に驚きながら、デラクルス氏の案内で館内を見て回る。入口を入って最初の細長い展示室の壁面には、この地で戦い、命を落とした日本、アメリカ、そしてフィリピンの人々の肖像写真がズラリと並び、展示ケースにはそれらを補完する形で、飛行機の模型や実物の銃弾、日本軍が使用した信楽焼の地雷などがおさめられている。そのなかに、若き日のデラクルス氏が門司親徳氏と一緒におさまった写真もあった。

壁面に飾られた写真のなかには、特攻隊の最初の指揮官・関行男大尉や、関大尉の敷島隊を直掩した西澤廣義飛曹長ら日本人の姿もあれば、デラクルス氏の祖父や伯父の遺影もある。

「私のおじいさんと伯父さんは、抗日ゲリラとして日本軍と戦いました。でも私は、祖国のために戦った人は等しく尊敬します。この博物館で私は、日本人とアメリカ人、フィリピン人を平等に扱いたい。それが歴史を学ぶことです。そしてそのことが、互いの友好にもつながると信じています」

恩讐を超えて、ニュートラルな視点に立とうとするデラクルス氏の言葉は重い。日本で戦争の歴史を扱う博物館にも、これほど公平な姿勢で運営されている施設はなかなか見当たらないのではないか。私設の小規模な博物館であるからこそ、館長の考えが展示の隅々に行きわたるのかもしれない。

最初の展示室から中庭に出ると、フィリピン人抗日ゲリラたちの集合写真が大きく飾られ、銃や撃墜された飛行機の部品など、さまざまなものが置かれている。デラクルス氏の説明は驚くほど正確で、日本側の動きや人名、その人がどんな人かなども、本を何冊か暗記したのではないかと思うほど詳しかった。

第二展示室の入口には、日本とフィリピン、アメリカの国旗が掲げられている。展示室の横はオフィスになっていて、つけっぱなしのテレビには、NHKの大相撲中継が流れていた。無観客で開催された大阪場所である。

「相撲は好きでいつも見ています。観客がいないのは不思議な感じですね」

と、デラクルス氏。第二展示室には、日本の零戦搭乗員や特攻隊員の写真が解説とともに並び、飛行機の模型などが展示されている。そのなかに、門司親徳著『空と海の涯で』（光人社NF文庫）と、拙著『特攻の真意』（文藝春秋＝本書の単行本）があった。「パパ・モジ」とデラクルスさんの関係から言えば、『空と海の涯で』があるのはわかる。だが『特攻の真意』が刊行されたのは門司氏歿後で、誰かが届けない限り、フィリピンに渡ってくるとは思えない。飛び入りで訪ねた異国の博物館で、まさか自分が書いた本と再会しようとは思わなかった。

バンバン歴史博物館で、門司親徳氏の写真を持つデラクルス館長（左）と門司和彦氏

第三展示室の前には、「神風」と刻まれた石碑があり、そこに線香の台や鈴（りん）まで置かれている。ここにも、若き日の門司親徳主計大尉の写真が飾られていた。和彦氏が、

「父は二〇〇八年八月十六日に亡くなりました。昭和と平成、年号は違えど、大西中将と同じ『二十年八月十六日』でした」

と説明すると、デラクルス氏は、さらに目を丸くして、

「ほんとうですか？　信じられない、奇跡のよう

な符合ですね……」

と驚いた。

見学すること約一時間。バンバン歴史博物館を辞去しようとすると、デラクルス氏が、このあと行きたいところがあれば案内してくれるという。私たちは厚意に甘えることにした。まずはマバラカットの二〇一空本部跡に行ってみたいとリクエストする。ここで一瞬、デラクルス氏の表情が曇った。

「とても悲しい知らせです。二〇一空本部だった建物は、三年ほど前に取り壊されて……跡地はいま、フライドチキンのケンタッキーになりました」

大戦中、日本軍は現地の民間人の住居を接収し、司令部や士官宿舎として使用した。二〇一空本部は、サントス氏という地元の名士の住居で、二階建ての瀟洒な洋館だった。接収中、サントス一家は裏庭の小屋で暮らすことを余儀なくされたが、サントス夫人は戦後、日本からの慰霊団に、終始親切に接してくれたと聞いている。一九七〇年代、サントス家の子供たちが独立したのを機に住居は大改装され、原形をわずかにとどめるのみとなったが、その後も長く、この家のフェンスには「KAMIKAZE BIRTH PLACE」と記したプレートがかけられていた。由緒あるこの建物が、ついになくなって、いまはケンタッキーに姿を変えているというのだ。

残念だが、なくなったものは仕方がない。和彦氏の提案で、そのケンタッキーで遅い昼食をとることにした。

二〇一空本部跡のケンタッキーは、マバラカット市街の目抜き通りにあった。その筋向い、角田和男少尉らの宿舎があったあたりはマクドナルドで、往時の面影は全くない。店内は清潔で、学校帰りの女子学生や家族連れで華やかに賑わっていた。フライドチキンと、日本のケンタッキーにはないおにぎりを注文し、それらを皿にあけて、ソースをかけて食べるのがご当地風らしい。食事をしながら、昭和十九年十月十九日深夜、大西中将と主要幹部が特攻隊編成の会談をした二階のベランダはあのあたり、関行男大尉が指揮官に指名された士官食堂はこのあたり、翌二十日朝、最初に編成された特攻隊員二十六名を前に、大西中将が訓示をした前庭は店の駐車場……などと想像をめぐらせてみるが、いまひとつピンとこない。ただ、歴史の痕跡はなくなっても、若い人の笑い声にあふれた平和な店内の様子を眺めていると、これはこれでよかったのだとも思えた。

マバラカット市街、かつて二〇一空本部が置かれていた洋館は取り壊され、跡地はケンタッキーになっていた。画面左の駐車スペースのあたりで、大西中将が最初の特攻隊員に訓示をした

続いて向かったのは、マバラカットからほど近い、バンバンの丘にある第一、第二航空艦隊司令部壕跡である。昭和十九年十一月中旬、それまでマニラに置かれていた司令部は、最前線のこの地に移された。

神社の鳥居のような建造物をくぐって丘を数十メートル登ると、左手に、高さ四メートルはあろうかという大きな石碑があり、「海軍中将　大西瀧治郎　平和記念碑」と、ややたどたどしい漢字で刻まれていた。この碑は、この地に司令部が置かれ、大西中将がいたことを伝え残そうと、デラクルス氏らバンバン歴史協会の有志が、總持寺にある大西中将の墓を模して、手造りで建てたのだという。この字を書いたのは、日本人女性と結婚した、デラクルス氏の兄とのことだった。

大西中将記念碑からさらに坂を上ると、民家の敷地内に三つの壕が口を開けている。入口に、強度を保つためしっかりと柱や梁が組まれていた痕跡はあるものの、壕のなかには何もない。かつて、ここで特攻隊員たちが寝泊まりしていたと誤って伝えられたこともあったが、宿舎ではなく司令部と通信基地である。

陽はすでに傾き始めていた。私たちは最後に、昭和十九年十月二十日、大西中将と、関行男大尉以下特攻隊員たちが別杯を交わしたバンバン川の河原に向かった。

デラクルス氏によると、ピナツボ山の噴火の影響で、川の流れも地形も変わってしまっているという。そこで我々は、マバラカット西、マバラカット東飛行場跡を一望できる橋の上に移動した。ここから東の方を見ると、眼下のバンバン川の右岸にススキの生えた河原が広がっている。川の流れは、当時よりも左、すなわち北寄りに動いているというから、現在見られる河原の右（南）端あたりで、別杯が行われたのだろう。河原の向こうはマバラカット西飛行場で、さらにその奥、街道をはさんでマバラカット東飛行場があり、その延長線上のやや右にアラヤット山が遠望できる。――驚いたことに、そこから見る風景は、戦後、開拓農家となった角田和男氏の自宅あたりにそっくりだった。アラヤット山の山容も見え方も、角田家の田畑から望む筑波山に瓜二つである。千葉県南房総出身の角田氏が、戦後の入植地として茨城県を選んだのは、思い出深いマバラカットの風景を、そこに重ねたことも理由の一つだったのではないか、とふと思った。

昭和19年10月20日、特攻隊編成の日に、大西中将が敷島隊、大和隊の隊員たちと別杯を交わしたバンバン川の河原は、ピナツボ山の大噴火で地形は変わったものの、面影はとどめられている。河原の向こうにマバラカット西飛行場、さらに奥に東飛行場があった。画面右にアラヤット山が遠望される

マニラに着いて十一時間。クラークで行きたかった場所を全て巡った私たちは、デラクルス氏をバンバン歴史博物館に送り、再会を

約して別れた。ホテルは、アンヘレス市内の「HOTEL SNOW」である。しかし、ホテルに戻った私たちを待っていたのは、約三十時間後の三月十五日零時をもって、新型コロナウイルスの感染拡大防止のため、マニラ首都圏がロックダウンされるというニュースだった。ドゥテルテ大統領の決定だという。予定では、十四日にレイテ島タクロバンに渡り、そこからセブ島の特攻基地跡に行って、またレイテに戻って、マニラ経由で十七日に帰国するはずだったが、「従わない者は射殺も辞さない」と聞くと、どうもそれどころではなさそうである。ロックダウン直前、十四日のマニラ発はすでに満席だった。なんとか帰国の方法はないかと調べてみると、ホテルのすぐ近くにあるクラーク国際空港から、十四日朝七時発の関西国際空港行きLCC便に空席があることがわかった。迷わずこれで帰ることにする。

ホテルで仮眠をとって、朝四時に出発。クラーク国際空港の出発ロビーに着くと、朝日がまさにアラヤット山の山腹から上ってくるところだった。フィリピン滞在わずか二十六時間。しかし最後に、クラークを離陸し、マバラカットやバンバンのかつての激戦地を空から見ることができたのは、むしろ幸運だった。

＊

「戦後七十五年」の節目の年に、本書がふたたび文庫化され、より多くの読者の目に触れるであろうことは著者としても感慨深いものがあるし、泉下の門司親徳氏、角田和男氏も喜んでくれることと思う。光人社NF文庫版の刊行に当たっては、潮書房光人新社の坂梨誠司氏に多大なご尽力をいただいた。再文庫化にあたっては、さらに記述に正確を期し、今回のクラーク行きの経験なども踏まえ、一部内容、表記を改めた。長年の知己であり、私の著作をもっとも深く理解してくださっているＮＨＫの大森洋平氏による解説は、文春文庫版から引き継がせていただいた。

本書の取材から編集にいたるまで、お力添えくださった方々に改めて心より御礼申し上げるとともに、本書の証言者のさまざまな思いが、現代を生きる日本人の心に届くことを願ってやまない。日本のために身を捨てて戦った若者たちがいたこと、和平を求めながら彼らに「死」を命じた指揮官の身の処し方、そんなことが現実に起こりえた時代があったこと──。「特攻」を現代の高みから見下ろすだけでなく、当時の視線で正しく認識することこそが、将来、ふたたび戦争を起こさないための力になるのではないだろうか。

令和二年七月

神立尚紀

解説

大森洋平

本書は「特攻の生みの親」と言われた海軍中将大西瀧治郎が、いかなる真意のもとに特攻作戦を指導し、死に至るまで徹底抗戦を呼号したか、その解明を試みたものである。

著者神立尚紀は、太平洋戦争について海軍航空隊の戦いを中心にして、高い記録性を持つ数々の優れたノンフィクションを世に送ってきたが、これまで特攻作戦を書くのは「意識して」避けてきたと言う。その神立があえて今回特攻を題材に選んだ理由は、自身があとがきで詳しく述べている。神立の腕をもってさえ、特別攻撃隊は重いテーマだったのである。

神立は、当時の戦闘記録、当事者の証言、写真解析、その他の膨大な資料を駆使して物語を進め、その筆致は従来に増して抑制され着実である。本書が導き出した「特攻の真意」は、ネタバレになるのでここで殊更繰り返さない。しかし本書が、今後日本人が特攻について、いや太平洋戦争について考え、論じ、あるいは創作を試みる時、絶対に無視できない存在となることは疑いない。

この書物の魅力は、まずその巧みな構成にある。第一章から七章は、戦局の推移に現代の回想を交えつつほぼ時系列に沿って進み、ここで読者には、結論に至る手がかりとして様々な情報が提示される。八章と九章でついに大西をめぐる謎が解き明かされるが、そのプロセスにはあたかも上質の推理小説を読むかのような知的興奮を覚えるだろう。エピローグでは、登場人物すべてのその後が淡々と描かれる。そして大西の副官門司親徳が、大西と同じ「二十年八月十六日」に世を去る終幕には、単なる偶然の一致では割り切れない、人の世の不思議さを感じさせる。神立の言う「ものごとにはいくつもの筋があり、それが近づいたり遠ざかったり、複雑に絡み合ったりして、ひとつのできごとは起こる」、まさにその象徴であろう。

第二の魅力は、その平明達意の文章で、凡百の戦争小説をはるかに上回る。第五章、関大《だい》尉《い》率いる敷島隊が、敵護衛空母群「タフィ・3」に攻撃をかける描写に注目して欲しい。ここでは安手の擬音・擬態語はおろか、形容詞さえほとんど使われていない。ただ「飛行機が、船に、突っ込んだ」様子を簡潔に描いているだけなのだが、読者はそれをまるで、ごく近距離の鮮烈なカラー映像で観戦しているような錯覚に陥る。これは報道カメラマンとして出発した神立の資質によるもので、第九章、いよいよ謎が符合する大詰めの「あたかもカメラのピントが合うかのように」という言葉遣いにも、おそらく本人無意識のうちに現れている。神立は報道写真と同じく、文章においても常に構図を重んじ、「どうすれば読者に一発で理解してもらえるか」で勝負する。よって例えば文中に、テーマ上色々難解な軍事用語が出てきても、読者は文章のリズムに乗って「何となく」その意味がつかめてしまう。あとは筆の流れに身を任せて読み進めれば良いだけである。

第三の魅力は、二人の証言者、角田和男と門司親徳の存在である。角田は予科練から叩き上げの特務士官、門司は東京帝大卒で短期現役の主計科士官。どちらも海軍兵学校出身のいわゆる「本職」ではない。しかし海軍内ではアウトサイダー的なこの二人が大西の身近にいたことは、ある意味幸いだった。角田は熟練の戦闘機搭乗員としての観察眼と直感から、門司は兵学校教育とは異質の知識・教養を身につけた青年の視点から、大西の外見に隠された「何か」に気づく。その疑問を胸に抱いた二人が、戦後再会し、やがて本書の誕生につながっていく。もし二人がガチガチの正規将校だったなら「何か」に気づくことも、それを疑問と認識することもなく、結果、特攻についての歴史的考察は従来以上に深まることもなかったろう。

朴訥誠実な角田もさることながら、古今亭志ん生の落語を愛する門司のキャラクターは深い印象を残す。門司は持ち前のユーモアのセンスで、草の上をゴロゴロ転がる大西長官の意外な一面を悟る。ユーモアは人生の様々な負の要素を転換させ、逆境に立ち向かう勇気を与えてくれるものという。戦場という人間社会の最も苛烈な現場から、門司が己を保って生還し、戦後は社会人として成功、戦友の慰霊をめぐっても最後まで毅然とした姿勢を貫き得たのはまさしくユーモアのおかげだろう。靖国神社で倒れた後「あそこで死ねばドラマとしたら完璧だったんだが、どうやら助かっちゃったようだね」と本人がしみじみ語る志ん生落語のオチみたいな場面では、不謹慎ながら誰もが吹き出さずにはいられない。

こういう何気ない達人、真の紳士こそ、日本の各地になおさりげなく生きていてもらいたい。とかく戦後世代は、軍人と言えば一律に「軍国の走狗、訓練によりロボット化した暴力主義者」とレッテルを貼りがちだが、現実はそう単純ではない。実際の戦場には門司や角田のような人々が、好むと好まざるとにかかわらず、黙々と本分を尽くしていたことにも、読者は注目して欲しい。

本書第四の魅力は、時代考証的興味である。神立は空と海の戦場を概観する一方で、その場面場面に出てくる、ちょっとした小道具や、人間の動作にも注意を怠らない。空母から発艦する搭乗員たちが「艦橋に向かって軽く敬礼すると、めいめいの飛行機に向かって歩いていく」（以下傍線筆者）「士官用の折椅子と、下士官兵が座る木の長椅子」「電報取次の兵が、電信紙の入った電信箱を、大西（長官）に届け」「稲荷寿司の缶詰」（何だそれ？　食べてみたい！）「海軍では禁じられていた麻雀」等々の描写は、レイテ沖海戦の勝敗に劣らず、将来に語り継ぐべき重要な知識である。放送局でドラマやドキュメンタリーの時代考証の仕事をしている身としてはなおさらそれを痛感する。あらゆるメディアで過去を再現する時、何より大事なのは、有職故実のトリビアな事柄だからだ。

そしてそれは「物・形・動」だけにとどまらず、「言」にも及ぶ。例えば、我々は日常「クルクルパー」という言葉をよく用いる（と思う）。しかし、これがいつ頃からあるものなのか、ある辞書には「昭和三十年頃の流行語」とあるのみ、調べてもどうもよくわからない。

だが本書には上官を批判して「クルクルパーになっちゃった」と頭の上で指を回して叫ぶ搭乗員が出てくる。昭和二十年の正月にこの言葉と動作がある以上、この人が成人する過程の、昭和初期の日常会話にも既にあったと無理なく推測できる。これは並の戦記からは絶対に得られない、言語考証上の貴重な実例である。となれば昭和戦前ホームドラマの台詞と所作に取り入れてもよいのだが、まあ、そうは行かないだろう……。

さらに、特攻隊出撃の直前、兵学校出の若い中尉が、階級は下だが超ベテランの角田にどういう口調で話しかけるか、副官たるもの、長官にどういう時に話しかけるべきでないか、といった会話の実例にとどまらず、記述は専門用語にも広がる。海軍航空隊の部隊番号の読み方は独特なもので、その一例として「五八二」は「ごひゃくはちじゅうに」と通し読みではなく「ごおやあふた」と読むが、ちゃんとルビがある。これらをわきまえるだけで、台詞やナレーションの精度は格段に増すだろう。「索敵攻撃（敵艦隊の位置を探しながら飛行し、発見すれば攻撃をかける）」に至っては、大国語辞典にもない、簡にして要を得た説明である。こういう意味で、本書は時代考証の一大宝庫を成している。

ところで英国推理小説の古典的名作に『時の娘』という歴史ミステリーがある（ジョセフィン・テイ作　早川書房刊）。ロンドン警視庁の敏腕警部が、不慮の事故で負傷入院中、偶々「幼い王子を虐殺して王位を簒奪した英国史上最大の悪王」と言われるリチャード三世の肖像画を手にした。歴史学の知識こそ皆無だが、長年の経験から警部は「これはどう見ても悪辣な犯罪者の顔ではない」と直感する。そして寝たきりの徒然に様々な文献資料を収集、犯罪捜査の手法でリチャード王の実像を明らかにし、その冤罪を晴らさんとする、というストーリーである。

『特攻の真意』を最初に読んでいた時、『何だか『時の娘』によく似ている」という印象を持った。本書口絵写真の、くつろいで笑っている大西は、どう見ても「もう二千万特攻を出せば勝てる！」と絶叫する半狂乱の人間には見えない。「ひょっとして大西は佯狂《ようきょう》の人だったのか、何が彼をそうさせたのか……」という疑問を抑えきれなくなった。しかも著者神立尚紀は戦後生まれで、リチャード王を知らぬがごとく大西提督を知らない。そして警部と同じ様なアプローチによって、過去に切り込んでゆく。「似ている」と思った所以である。

しかしここで「似ている」というのはあくまでその手法であって、神立は「だから大西中将は、本当はいい人だったのです！」などという安直な結末に飛びついたりはしない。レイテ湾を埋め尽くす米艦隊を回想し「長官か参謀を零戦に乗せて、その様子を見せたかった。見た上で、命令してほしかった」という角田の、悲しみと諦観に満ちた言葉を引くことで、それを示している。

本書を読み終えて、改めて大西を考える時、その真意、功罪を別にして、何より気の毒な人であった、という思いを禁じ得ない。

人間があるものを創造すると、その「もの」は創造者の意図をはるかに超えて勝手にひとり歩きをし、やがては創造者をも災厄に巻き込んでしまう、ということがこの世には間々ある。極端な例は「フランケンシュタイン」であり、核の問題もそうだろう。大西はそうした犠牲者の一人と言えなくもない。

特攻作戦は、単に「敵空母の飛行甲板を使えなくさせる」から始まって、みるみるうちに陸軍にも拡大し、ついに日本人の心に永久に刻印を残してしまった。戦後に及んでは「カミカゼ」は国際語化し、一般人を無差別に殺傷する卑劣なテロの代名詞にも誤用され、また本来人類が普遍的に有しているはずの自己犠牲の精神まで、日本人が実行すると、殊更に「これぞ特攻精神の発露！」等と外国のみならず国内からも、良くも悪くも勘違いされるに至った。

大西は特攻が「統率の外道」であるとは認識していた。大戦末期の大西の言動にある種の倦怠感が読み取れるのは「とんでもないものが生まれてしまった」意識の表れかもしれない。だが、自分の死後のこうした状況までは予想すらしなかったろう。「百年の後にも知己を得られない」という予言は、本人の思いを超えて悲痛な響きがある。

大西を許すか否か、特攻の真意を認めるか否か、角田と門司は果たして大西の「知己」たりえたか否か、判定するのは読者の自由である。しかしこの神立の書が、大西瀧治郎への、ある手向けの花となったことは確かである。

文庫化を機に、本書『特攻の真意』が一人でも多くの日本人に読まれ、過去を観照し、未来を思いやる一助となることを願ってやまない。

（文中敬称略）

（平成二十六年、ＮＨＫドラマ番組部　シニア・ディレクター・考証担当）

取材協力、資料・談話提供者

海軍関係

青木與、青戸廣二、浅村敦、吾妻常雄、阿部三郎、安部安次郎、荒井敏雄、飯野伴七、池田良信、生田乃木次、壹岐春記、石井惇、石川四郎、泉山裕、伊藤仙七、一宮栄一郎、稲田正二、井上広治、今泉利光、今中博、岩井勉、岩倉勇、岩下邦雄、岩田勇治、植松眞衛、内田稔、梅林義輝、江上純一、江原三郎、大石治、大川原要、大澤重久、大竹典夫、大西貞明、大原亮治、奥宮正武、長田利平、尾関三郎治、小野清紀、小野了、香川克己、香川宏三、笠井智一、柏倉信弥、加藤清、香取穎男、神山猛次、北沖道行、木名瀬信也、栗林久雄、黒澤丈夫、桑原和臣、国分道明、小町定、佐伯正明、佐伯美津男、佐伯義道、坂井三郎、堺周一、榊原喜與二、坂本武、相良六男、佐々木原正夫、佐藤繁雄、真田泉、澤田祐夫、志賀淑雄、島地保、下山栄、新庄浩、進藤三郎、杉田貞雄、須崎静夫、鈴木實、鈴木英男、鈴村善一、高岡迪、高田幸雄、高原希國、多胡光雄、立澤富次郎、田中公夫、田中國義、田中昭吉、田中友治、谷水竹雄、田淵幸輔、千脇治、角田和男、椿孟、津曲正海、寺島幸夫、堂本吉春、戸口勇三郎、豊田一義、内藤徳治、内藤千春、内藤宏、内藤祐次、長先幸太郎、中島大八、中島正、中島三教、中西健三、長野道彦、中村輝雄、中村佳雄、中谷芳市、西村友雄、野田新太郎、羽切松雄、橋本勝弘、畠山金太、花川秀夫、林常作、林藤太、速水経康、原田要、土方敏夫、日高盛康、平野晃、藤田恰与蔵、藤田昇、藤本速雄、藤本道弘、細川八朗、細田圭一、前原正三、松崎豊、松田章、松村正二、丸尾穂積、丸山泰輔、三上一禧、水木泰、三森一正、宮崎勇、宮本治郎、望月慶太郎、本島自柳（大淵珪三）、森永隆義、柳井和臣、柳谷謙治、山川光保、山岸茂助、山口慶造、山田良市、山本精一郎、湯野川守正、横山岳夫、吉岡六郎、吉田勝義、吉野治男、渡辺正、渡辺秀夫

（以上搭乗員）

池田正、伊勢田達也、伊藤安一、岡田貞寛、岡野允俊、梶原貞信、加藤種男、角信郎、川口正文、桑島斉三、河本広中、児玉武雄、小林貞八郎、小谷野伊助、塩崎博、清水芳人、砂田正二、竹内釼一、武田光雄、竹林博、陳亮谷、寺田健、豊島俊夫、中山弘二、萩原一男、羽田正、萬代久男、日野虎雄、福山孝之、冨士信夫、前田茂、松永市郎、村上俊博、本村哲郎、森敏夫、門司親徳、守屋清、山鳥次郎

遺族・親族

青木春日、岡部哲治、佐藤千代、樫村千鶴子、進藤和子、鈴木隆子、樽谷博光、角田照實、富樫ヨコ、羽切貞子、日比野まり子、松尾礼子、松尾芽実、水木初子、宮野善靖、宮崎その、門司和彦、門司親明、山下佐知

技術

緒方研二、風見博太郎、川口宏、高山捷一、松平精

一般

板倉昌之、井上達昭、井上明則、大森洋平、萱茂徳、吉良敢、柴田武彦、萱野寛也、杉野有喜雄、高城肇、高橋希輔、服部省吾、三田宏也、渡辺洋二

潮書房光人社、(財)海原会、全国甲飛会、丙飛会、二〇四空会、二〇五空会、三四三空剣会、五八二空花吹会、海軍ラバウル方面会、伊藤忠ネイビー会、交詢社ネービー会、昭八会、八千代会、零戦搭乗員会、NPO法人零戦の会

参考文献・資料

市販本

『修羅の翼』角田和男著・光人社、『道を求めて』黒澤丈夫著・上毛新聞社、『空と海の涯で』門司親徳著・毎日新聞社、『回想の大西瀧治郎』門司親徳著・光人社、『伝承・零戦』（第一集〜第三集）秋本実編・光人社、『回想のラバウル航空隊』守屋清著・光人社、『カメラと戦争』小倉磐著・朝日ソノラマ、『日本系譜総覧』日置昌一編・講談社、『必中への急降下』『闘う海鷲』『闘う零戦』『異端の空』『遥かなる俊翼』渡辺洋二著・文藝春秋、『首都防衛三〇二空』『大空の戦士たち』『大空のエピソード』渡辺洋二著・朝日ソノラマ、『マッカーサーの日本』カール・マイダンス写真集・講談社、『ヤンキー放浪者』デビッド・ダグラス・ダンカン写真集・ニッコールクラブ、『秘蔵の不許可写真1、2』毎日新聞社、『あゝ航空隊　続日本の戦歴』毎日新聞社、『高木海軍少将覚書』毎日新聞社、『人間爆弾と呼ばれて〜証言・桜花特攻』文藝春秋編、『日本軍艦戦記』文藝春秋、『日本航空戦記』文藝春秋、『阿見と予科練』阿見町、『航空賛歌五十年』伊藤良平著・日本評論社、『あゝ予科練』産経新聞社、『等身大の予科練』常陽新聞社、『瀬島龍三回想録　幾山河』産経新聞社、『それでも日本人は「戦争」を選んだ』加等陽子著・朝日出版社、『加藤隼戦闘隊の最期』宮辺英夫著・光人社、『日本ニュース映画史』毎日新聞社、『特攻の思想』草柳大蔵著・文藝春秋、『あの戦争〜太平洋戦争全記録（上、中、下巻）』産経新聞社、『不沈—戦艦長門』今官一著・R出版、『海軍予備学生零戦空戦記』土方敏夫著・光人社、『小松物語』浅田勁著・かなしん出版、『真珠湾攻撃総隊長の回想　淵田美津雄自叙伝』・講談社、『高松宮日記（全八巻）』中央公論社、『戦史叢書（12・マリアナ沖海戦ほか海軍関係全三十三巻）』防衛研修所戦史室・朝雲新聞社、『戦時行刑實録』戦時行刑實録編纂委員会編・矯正協会、『坂井三郎空戦記録』坂井三郎著・出版協同版、講談社版、『大空のサムライ（正・続・戦話編）』坂井三郎著・光人社、『写真・大空のサムライ』・光人社、『敷島隊の五人』森史郎著・光人社、『空母零戦隊』岩井勉著・文藝春秋、『大空の決戦』羽切松雄著・文藝春秋、『日本空母戦史』木俣滋郎著・図書出版社、『零戦－日本海軍の栄光』マーチン・ケイディン著・産経新聞社、『日本海軍艦艇写真集（各巻）』光人社、『海軍中将中澤佑』中澤佑刊行会編・原書房、『軍艦長門の生涯』『山本五十六』『米内光政』『井上成美』『春の城』阿川広之著・新潮社、『日本海軍に捧ぐ』阿川弘之著・PHP研究所、『高松宮と海軍』阿川弘之著・中央公論社、『カウラの突撃ラッパ』中野不二男著・文藝春秋、『海軍技術戦記』・図書出版、『ミッドウェー戦記』亀井宏著・光人社、『ミッドウェー』奥宮正武、淵田美津雄著・出版協同社、『神風特別攻撃隊』中島正、猪口力平著・出版協同社、『零戦』堀越二郎、奥宮正武著・出版協同社、『指揮官空戦記』小福田租著・光人社、『空母艦爆隊』山川新作著・光人社、『自伝的日本海軍始末記』高木惣吉著・光人社、『戦時用語の基礎知識』北村恒信著・光人社、『海軍航空隊全史』奥宮正武著・朝日ソノラマ、『零式戦闘機』柳田邦男著・文藝春秋、『空母翔鶴海戦記』福地周夫著・出版協同社、『ラバウル海軍航空隊』奥宮正武著・朝日ソノラマ、『予科練のつばさ』乙七期会・光人社、『バラレ海軍設営隊』佐藤小十郎著・プレジデント社、『海軍アドミラル軍制物語』『海軍ジョンベラ軍制物語』雨倉孝之著・光人社、『大東亜戦争　海軍作戦写真記録Ⅰ・Ⅱ』大本営海軍部・朝日新聞社、『ソロモン戦記』福山孝之著・光人社、『不滅の零戦』・潮書房、『無敵の戦闘機・紫電改』・潮書房、『スーパー零戦　烈風図鑑』・潮書房、『海鷲の航跡』海空会編・原書房、『海軍戦闘機隊史』零戦搭乗員会編・原書房、『日本の軍装　1930〜1945』中西立太著・大日本絵画、雑誌『大洋』昭和十九年六月号「海軍戦闘機隊座談会」・文藝春秋、『最後の帝国海軍』豊田副武記述・主婦の友サービスセンター、『風雲（上）（中）（下）』児玉誉士夫著・日本及日本人社、

私家版

『大西瀧治郎』故大西瀧治郎海軍中将伝刊行会編、『英霊の島を訪ねて』門司親徳著、『神風特別攻撃隊員之記録』零戦搭乗員会編、『特別攻撃隊』（財）特攻隊戦没者慰霊平和祈念協会、『商船が語る太平洋戦争＝商船三井戦時船史』野間恒編、『飛魂〜海軍飛行科第九期、第十期予備学生出身者の記録』、『海軍想い出すまま』岡田貞寛著、『ミッドウェー海戦と源田参謀の無能』柴田武雄著、『六十期回想録』昭八会編、『無二の航跡』海兵六十二期会編、『第六十五期回想録』海兵六十五期会編、『海軍神雷部隊』神雷部隊戦友会編、『三四三空隊史』三四三空会編、『第十三期飛行専修予備学生誌』、『伊号第八潜水艦史』伊八潜史刊行会編、『空母海鷹戦史』海鷹会編、『ひと筋に歩んできた道』内藤祐次著、『海軍中攻史話

集』中攻会編、『海軍時代と戦後の思い出』高橋敬道著、『航空魚雷ノート』九一会、『ブインよいとこ』守屋清著、『航空母艦蒼龍の記録』蒼龍会編、『佐多大佐を偲ぶ』、『空将新郷英城追想録』、『川田要蔵君を偲ぶ』、『海ゆかば　主計科短現六期文集』、『同期の桜（正、続、続々）』海兵七十一期七一会編、『日本海軍史（全十一巻）』（財）海軍歴史保存会著、『三菱重工名古屋航空機製作所二十五年史』、『山本長官の想ひ出』三和義勇著、『江田島の契り（正、続）』海兵六十六期会編、『二〇一空戦記』二〇一空会編、『海空時報』（合本・上、下）海空会編、『日本海軍航空史』海空会編、『海軍空中勤務者（士官）名簿』海空会編、『旧海軍の常設航空隊と航空関係遺跡』海空会編、『五甲飛空ゆかば』五甲飛会・文藝春秋、『ソロモンの死斗』ソロモン会編、『予科練の群像』大分県雄飛会編、『第三五二海軍航空隊の記録』三五二空会編、『海軍ラバウル方面会会報』、零戦搭乗員会会報「零戦」創刊号（昭和五十三年）～四十九号（平成十四年）、「月刊豫科練（各号）」財団法人海原会、「甲飛だより（各号）」全国甲飛会、「雄飛（各号）」雄飛会、「へいひ（各号）」丙飛会、『散る桜、残る桜　甲飛十期の記録』甲飛十期会

未公刊資料、一次資料

黒澤丈夫少佐航空記録、藤原喜平少尉航空記録、蓮尾隆市大尉航空記録、青木與一空曹航空記録、羽切松雄中尉航空記録、角田和男中尉航空記録、土方敏夫大尉航空記録、一宮栄一郎中尉航空記録、柳谷謙治飛曹長航空記録、壹岐春記少佐航空記録、山本栄大佐陣中日記、宮野善治郎大尉日記、武田光雄大尉日記、角田和男中尉日記、橋本勝弘中尉手記、佐々木原正夫少尉日記、徐華江中尉（中国空軍）日記、大野竹好中尉手記（遺稿）、中澤政一一飛曹日記（遺稿）、吉田勝義飛曹長日記、進藤三郎少佐手記、鈴木實中佐手記、長田利平一飛曹手記、杉田貞雄一飛曹手記、林藤太大尉手記、吉野治男少尉手記、丸山泰輔少尉手記、大西貞明少尉手記、羽切松雄中尉手記、今泉利光上飛曹手記、志賀淑雄少佐手記、山口慶造飛曹長手記、野田新太郎少尉手記、伊藤安一少尉手記、門司親徳主計少佐手記、江間保少佐手記、島毅軍医大尉手記、毎日新聞社新名丈夫記者手記、周防元成少佐・志賀淑雄少佐／空技廠テスト飛行ノート、『空母加賀戦闘機隊空戦記』柴田武雄著、『二〇四空概史』柴田武雄著、『二〇四空隊員座談会速記録』二〇四空会、十二空記念アルバム、海兵六十期記念アルバム、海兵六十二期記念アルバム、海兵六十五期記念アルバム、海兵六十六期記念アルバム、海兵六十二期兵学校教科

書（各科目）」、『偵察員須知』第十三聯合航空隊司令部、『零式艦上戦闘機五二型取扱説明書』晃部隊（三六一空）、航空図各種・個人蔵、『昭和十九年度元山空飛行機操縦法参考』・元山空、『昭和十九年度日米主要軍用機要目一覧表』元山空、『オーラル・ヒストリー山田良市（元航空幕僚長）』防衛研究所、『Air Powerとその変遷』山田良市著・航空自衛隊、『P－47サンダーボルト戦闘機隊』山田良市著・航空自衛隊、『源田實元空幕長を偲んで』山田良市著・航空自衛隊、軍機布哇作戦（原本・個人蔵）、戦闘機隊奥地空襲戦闘詳報（原本・個人蔵）、十四空戦闘詳報（原本・個人蔵）、飛行機隊戦闘行動調書（十二空、二空、三空、四空、六空、台南空、谷田部空、筑波空、横空、二〇一空、二〇二空、二〇四空、二一〇空、二二一空、二五一空、二五二空、二五三空、二八一空、三〇一空、三三一空、五〇一空、五八二空、七〇一空、七〇五空、七五三空、鳳翔、龍驤、赤城、加賀、蒼龍、飛龍、翔鶴、瑞鶴、隼鷹、飛鷹ほか）防衛省防衛研究所蔵、飛行機隊戦闘詳報、戦時日誌（十二空、十四空、二〇二空、二〇五空、三四三空ほか）防衛省防衛研究所蔵、「S戦闘機隊戦時日誌」三三一空、三八一空、巡洋艦「青葉」戦闘詳報、戦艦「大和」戦闘詳報（防衛省防衛研究所蔵）、「二十六航戦先任参謀覚書」柴田文三大佐（防衛省防衛研究所蔵）、「二一〇空編成表」、「厚木空編成表」、「第一神風特別攻撃隊戦闘報告」他、一航艦、二航艦の特攻出撃詳報（個人蔵）、「神風特攻大義隊辞令」、「機密聯合艦隊告示者名簿」（防衛省防衛研究所蔵）、「辞令広報（海軍省・各号）」（防衛省防衛研究所蔵）、「海軍航空基地略号」（防衛省防衛研究所蔵）、「横空戦闘機隊名簿」昭和十九年、二十年、「昭八会名簿」、「海兵六十六期生名簿」、「海兵七十期生名簿」、『海軍兵学校出身者（生徒名簿）』、『海軍義済会員名簿（昭和十七年七月一日調）』

『特攻の真意』年表

明治24（1891）	6月2日	大西瀧治郎、兵庫県氷上郡に誕生
大正6（1917）	12月9日	門司親徳、東京に誕生
大正7（1918）	10月11日	角田和男、千葉県安房郡に誕生
昭和12（1937）	7月7日	盧溝橋事件。北支事変が始まる（日中戦争始まる）
	8月13日	上海で日中両軍が衝突（第二次上海事変）
	8月14日	海軍の九六式陸上攻撃機、台北と大村基地から中華民国の首都南京を渡洋爆撃
	9月2日、	中国での戦いを「支那事変」と命名
昭和14（1939）	10月19日	大西、第二聯合航空隊司令官（11月15日　少将）
	10月21日	角田、南寧空襲で初陣（空母「蒼龍」乗組）
昭和15（1940）	9月	零式艦上戦闘機（零戦）、重慶空襲で初の実戦。敵機27機撃墜、損失0
	9月27日	日独伊三国同盟調印
	10月26日	角田、零戦で敵機を初撃墜（第十二航空隊）
	11月1日	大西、第一聯合航空隊司令官
昭和16（1941）	1月15日	大西、第十一航空艦隊参謀長
	4月13日	日ソ中立条約調印
	4月18日	門司、海軍経理学校第六期補修学生、任海軍主計中尉（8月11日戦艦「陸奥」乗組、9月25日空母「瑞鶴」庶務主任）
	11月26日	米、日本にハル・ノート提示
	12月8日	日本軍、マレー半島上陸、真珠湾攻撃、フィリピンの米軍基地空襲、対米英宣戦布告。太平洋戦争開戦
昭和17（1942）		この年前半、日本軍、東南アジア各地から太平洋の島々を占領

2月10日　大西、航空本部出仕（3月20日 総務部長）
4月1日　角田、飛行兵曹長に進級
4月18日　米軍機による日本本土初空襲
5月1日　門司、呉鎮守府第五特別陸戦隊主計長（8月12日ラバウル進出、8月下旬～9月上旬、ニューギニア・ラビ攻略作戦に従事。占領に失敗
5月31日　角田、第二航空隊附（11月1日第五八二海軍航空隊と改称）。8月6日、ラバウル進出
6月5日　ミッドウェー海戦
8月7日　米軍、ガダルカナル島上陸、本格的反攻を開始
11月1日　門司、海軍主計大尉に進級（20日、土浦海軍航空隊主計科分隊長）

昭和18（1943）

2月　ガダルカナル島の日本軍撤退
4月18日　聯合艦隊司令長官山本五十六大将戦死
5月1日　大西、海軍中将に進級
6月2日　角田、厚木海軍航空隊附
6月29日　侍従武官・城英一郎大佐、体当り攻撃隊の編成を進言
9月1日　門司、第五五一海軍航空隊主計長、インド洋方面に派遣
9月8日　イタリア無条件降伏
11月1日　大西、軍需省航空兵器総局総務局長・軍務局御用掛

昭和19（1944）

2月11日　門司、トラック島楓島基地に進出
2月17日　米軍、トラック島大空襲
2月20日　角田、第二〇三海軍航空隊附
2月26日　海軍省、呉海軍工廠に人間魚雷の試作命令
3月6日　角田、第二五二海軍航空隊附
3月31日　聯合艦隊司令長官古賀峯一大将殉職
4月9日　海軍省、軍令部の要求に㊀から㊈と名づけた特攻兵器の製造を決める
5月1日　角田、海軍少尉に進級
6月15日　米軍、マリアナ諸島攻略を開始、サイパン島上陸
6月16日　中国・成都基地から米軍の重爆撃機B－29、北九州を初空襲
6月19日　マリアナ沖海戦で日本機動部隊敗北・同日、三四一空司令・岡村基春

大佐、体当り攻撃隊の編成を具申
6月24日~7月4日　米機動部隊艦上機、硫黄島に来襲
7月7日　サイパン島の日本軍玉砕
7月18日　東条内閣総辞職
8月3日　テニアン島、10日グアム島の日本軍玉砕
8月10日　門司、第一航空艦隊副官。ダバオ基地へ（9月10日マニラに移動）
8月16日　海軍省、海軍航空技術廠に(大)兵器（桜花）の試作を命じ、搭乗員の志願者募集を始める
9月9日~12日、ダバオ水鳥事件、セブ事件で、フィリピンの日本軍航空兵力激減
9月13日　海軍省に海軍特攻部発足。仮名称だった特攻兵器に制式名。㊃は震洋、㊅は回天、(大)は桜花
10月5日　大西、南西方面艦隊司令部附
10月9日　門司、大西を迎えに台湾へ
10月12日~16日　台湾沖航空戦、幻の大戦果と引き換えに日本軍航空兵力の多くを失う。19日　角田、フィリピン進出を命ぜられ台中基地発
10月17日　レイテ湾スルアン島に米軍上陸、大西、マニラへ
10月20日　大西、第一航空艦隊司令長官。神風特攻隊編成
10月21日　特攻隊初出撃
10月25日　特攻隊、初めて突入に成功。比島沖海戦（23日~25日）で日本艦隊壊滅、レイテ島の敵上陸部隊の殲滅は失敗に終わる
11月20日　一航艦司令部、マニラからバンバンへ
11月24日　マリアナ基地の米軍機B-29、東京の中島飛行機工場を爆撃。本土空襲の本格化
12月15日　米軍、ミンドロ島に上陸

昭和20（1945）

1月9日　米軍、ルソン島リンガエン湾上陸
1月10日　一航艦司令部、バンバンから台湾へ
2月4日　米英ソ、ヤルタ会談
2月5日　角田、第二〇五海軍航空隊附
2月16~17日　米機動部隊艦上機、関東を空襲（以後、日本本土が艦上機の空襲に晒される）

2月19日　米軍、硫黄島上陸
3月10日　東京大空襲
3月22日　硫黄島玉砕
4月1日　沖縄本島に米軍上陸
4月6日　沖縄特攻「菊水一号作戦」発動（～6月21日の「菊水十号」まで）
5月1日　角田、海軍中尉に進級
5月7日　ドイツ無条件降伏
5月10日　大西、軍令部出仕（19日、軍令部次長）
6月6日　宮中で最高戦争指導会議始まる
6月15日　一航艦解隊、門司、第二十九航空戦隊司令部附
7月26日　ポツダム宣言発表
8月6日　広島に原子爆弾投下
8月8日　ソ連、対日宣戦布告
8月9日　長崎に原爆投下
8月14日　御前会議でポツダム宣言受諾決定
8月15日　陸軍将校のクーデター失敗、天皇、終戦の詔書放送、鈴木内閣総辞職、阿南陸相自刃、厚木の三〇二空叛乱
8月16日　大西瀧治郎自刃
　大本営、自衛を除く戦闘行動即時停止を発令
8月18日　偵察に飛来した米軍爆撃機を横須賀海軍航空隊の戦闘機が邀撃（最後の空戦）
8月19日　大本営、22日午前0時をもって、支那方面艦隊を除く全部隊の一切の戦闘行動を禁止
8月28日　聯合軍第一陣、厚木到着
9月2日　米戦艦「ミズーリ」艦上で降伏調印式
9月5日　門司、海軍主計少佐に進級

昭和21（1946）
1月1日　角田、千葉県に復員
3月5日　門司、鹿児島に復員
10月25日　芝・安蓮社で第一回神風忌慰霊法要が営まれる

（平成二十六年七月　文春文庫刊）

NF文庫

特攻の真意

二〇二〇年八月二十三日　第一刷発行

著　者　神立尚紀

発行者　皆川豪志

発行所　株式会社　潮書房光人新社

〒100-8077　東京都千代田区大手町一-七-二

電話／〇三-六二八一-九八九一(代)

印刷・製本　凸版印刷株式会社

定価はカバーに表示してあります

乱丁・落丁のものはお取りかえ致します。本文は中性紙を使用

ISBN978-4-7698-3178-5　C0195

http://www.kojinsha.co.jp

NF文庫

刊行のことば

第二次世界大戦の戦火が熄《や》んで五〇年——その間、小社は夥しい数の戦争の記録を渉猟し、発掘し、常に公正なる立場を貫いて書誌とし、大方の絶讃を博して今日に及ぶが、その源は、散華された世代への熱き思い入れであり、同時に、その記録を誌して平和の礎とし、後世に伝えんとするにある。

小社の出版物は、戦記、伝記、文学、エッセイ、写真集、その他、すでに一、〇〇〇点を越え、加えて戦後五〇年になんなんとするを契機として、「光人社NF（ノンフィクション）文庫」を創刊して、読者諸賢の熱烈要望におこたえする次第である。人生のバイブルとして、心弱きときの活性の糧《かて》として、散華の世代からの感動の肉声に、あなたもぜひ、耳を傾けて下さい。